KB085904

반야

2

반야

제1부 | 그 별들의 내력

송은일 대하소설

문이당

차례

이미 져 버린 아침 꽃을 버리고
아직 피지 않은 저녁 꽃을 연다

－육기陸機,「문부文賦」중에서

풀리고 맺히는

　이 생에서 만나기는 했으되 엇갈리게 된 인연이었다. 다음 생이
나 그 다음 생에서 다시 만나 서로 몰라본 채 이전투구를 벌이게 되
리라. 반야는 그 사실을 알지만 김근휘는 몰랐다. 모르므로 수긍도
못한 채 그대로 이 생을 마감할 수도 있었다. 그대로 떠나게 하는 건
공평치 못하다는 결론에 이르렀다. 그를 일으켜 놓으면 다시 한 번
수선스러워질 수도 있을 터이나 김근휘에게도 기회가 있어야 하는
것이다. 하여 찾아와 그를 살폈다. 그냥 뒀더라면 그대로, 지병과 더
불어 가슴에 맺힌 바위만큼 단단한 응어리를 안은 채 숨을 거뒀을
것이다. 그의 응어리를 풀어헤친 몸에다 반야는 자신의 기를 불어넣
었다. 그는 한 차례 깨어나 반야를 알아보고는 울먹이다 다시 잠이
들었다.
　깨어나면 그는 꿈을 꾸었다고 여길 것이나 병석에서 일어나긴 할
터이다. 살 섞고 지낸 반년 정도의 기억보다 진한, 어찌할 수 없는
애증이 두 사람 사이에는 있었다. 오직 자신만 사랑 받고 싶어 몸부

림쳤던 계집과 그 계집을 한때 사랑했으나 대개의 시간 극도로 미워하다 숨통을 끊어 놓던 남정네. 더하여 계집을 제 삶의 제물로 삼았던 사내. 몇 생을 돌아서라도 되갚아 주고야 말리라고 저주했던가.

이 생에서는 이쯤에서 그와의 인연이 접히면 다행이련만 그리될 것 같지 않다. 교만에 빠져 분별을 잃고 그를 취했던 값을 치르게 될지도 몰랐다. 반야는 한참 더 그를 다독이다 몸을 일으켰다. 이불을 여며 주고 이마를 쓸어 본 뒤 일어나 방문을 열었다. 문밖 차가운 마루에는 안방마님과 별당 아씨가 서성이고 있었다. 차마 문에 귀를 대 보지는 못하고 방 안 기척을 살피고 있었던 것이다.

"다시 잠이 드셨습니다. 초저녁쯤에 깨실 터이니 물을 많이 드시게 하고 미음을 드리십시오. 기운을 약간 차리신 뒤에 몸을 보하는 탕약을 드시게 하시고요."

안방마님이 아드님을 보러 방 안으로 들어갔다. 아씨는 움직이지 못한다. 내용을 알지는 못해도 방 안에서 남녀가 소곤대는 사품에서 색다른 기운을 느꼈을 것이다.

"보살, 잠시 나하고 이야기를 나눌 수 있겠소?"

반야가 따라 들어간 아씨의 방 위 칸에는 짓는 중인 겨울 도포가 펼쳐진 채이다. 근휘의 옷들이 늘 수려하더니 방에 펼쳐진 도포 색도 밝은 청색과 자주색이 교직되어 환하다. 안쪽 방 경상에는 이야기책 『유효공전劉孝公傳』이 놓여 있다. 보나마나 부모에 효도하고 형제간 우애하라는 교훈이 담긴 이야기책일 터이다.

"온율 서원에서 그대가 온주동 참의 댁 며느님을 건져 냈다는 소문을 들었어요. 같은 여인으로 그대가 고마웠소. 그리고, 누군지는 몰랐으나 그동안 서방님이 마음에 다른 여인을 들였다는 것은 느끼고 있었어요. 서방님의 생사를 쥐고 있는 사람이, 젊고 고운 그대였구려."

부드럽고 순한 어투에 배인 슬픔이 깊다. 아이를 낳았으나 기르지 못한 애절함과 가문에 대한 죄책감과 시앗을 마주한 기막힘이 어우러져 그네에겐 슬픔이 되었다.

"소인은 성화 무녀의 부탁을 받고 온 무녀일 뿐 아씨께서 잘못 보시었습니다. 서방님의 생사는 저한테 달린 것이 아니라 서방님 스스로에게 있사옵니다. 소인은 조금 전 서방님께 그 사실을 상기시켜 드렸을 뿐입니다."

아씨가 물끄러미 반야를 건너다보았다. 시앗의 진위를 따져 보는 게 아니라 그저 막막한 듯했다. 한숨을 내쉬다 말고 거두어들이더니 입을 열었다.

"서방님 마음에 든 여인이 누구든, 그이한테 간절히 부탁하고 싶어요. 부디 서방님을 안아 달라고. 내가 낳지 못한 서방님의 아이를 낳아 달라고. 그리해 준다면 내, 뒤꼍으로 물러나 평생 그 시중들면서 없는 듯이 살겠노라고 말이오."

아무 잘못 없이 두 손 두 발 다 내주고도 화낼 줄 모르는 이런 여인들을 만나면 반야는 심사가 곤두섰다. 부아가 끓다 못해 영기가 진창처럼 흐려졌다. 속으로 인내하고 겉으로 인자한 여인들. 속과 겉이 모두 어질다 해도 다를 것은 없었다. 저 스스로도 안간힘을 쓰는 마음일 터이나 그네들은 자신들 앞을 막아선 시앗들 못지않게 악업을 쌓는 것이었다. 그리하여 영원히 같은 양상으로 환생하여 자신들이 빚어 낸 지옥으로 여러 목숨을 끌어들이며 살아갈 중생들이었다.

"서방님 마음에 설혹 다른 계집이 있다 해도 그 계집이, 서방님의 소실 노릇을 하려 들지는 알 수 없지요. 그리할 여인이었으면 서방님께서 중병을 앓으셨을 리도 없고요. 아씨의 자리, 고귀하시긴 하나 다른 여인이 탐내는 자리는 아닐 수도 있다는 것입니다. 하오니 아씨, 마음 단단히 잡숫고 아씨 자리는 스스로 지키십시오. 저녁쯤에 서방님이 깨실 터인데, 아씨, 그때 서방님 품으로 드시어요. 서방님이 제정신 아닌 걸 탓하지 마시고, 주변 상황을 보거나 부끄러워도 마시고, 안으십시오. 그리하오시면 아씨의 운이 바뀌실 텝니다."

참는다고 참았음에도 할 말을 다해 버린 반야는 짐짓 눈을 내리떴다. 아씨의 영을 읽지 않기 위해, 그의 전생을 보지 않으려 외면하는 것이다. 내리뜬 눈에 그의 손이 들어왔다. 왼손 약지에 금가락지 한 개를 낀 손가락들에 쉼 없는 바느질의 흔적이 박혔다. 부러 외면했던 그의 전생이 눈앞에 드리워졌다. 기운 없는 반야 속이 울렁거렸다. 열이 나면서 먹구름을 들이마신 듯 기운이 혼탁해졌다. '나무 사만다 못다남 남.' 눈을 감은 채 정법계진언淨法界眞言을 속으로 거푸 외어 보지만 금세 맑아질 혼탁이 아니다.

"정곡을 찌르는 그대 말씀이 몹시 아프오만, 시원하기도 하구려. 고맙소, 꽃각시 보살. 이건 친정어머님이 내 시집올 때 주신 금붙이요. 복채로 내리다. 이거 받고 내 앞날을 보아 주시구려."

아씨가 자그만 주머니 속에서 꺼내 놓은 건 금 석 냥은 될 법한 두꺼비와 쌍가락지다. 전생에도 그는 김 선비의 안해였다. 전생의 반야는 날마다 그를 증오하며 저주했고 그를 죽이기 위해 갖은 술책을 다 썼다. 저주도, 술책도, 그의 어진 심성과 꼿꼿한 자존심에는 먹히지 않아 전생의 반야는 홀로 더 극악해질 수밖에 없었다. 그가 몇 달

앞서 세상을 떴던 건 반야의 저주가 맞아떨어진 탓은 아니었지만 결국 반야의 괴롭힘으로 허약해졌기 때문이었다. 그를 향했던 전생의 모든 저주는 남김없이 이생의 반야에게 돌아왔다. 그리고 그 모든 인연들이 동아리를 이루어 커다란 그림 한 점 완성되듯 현생으로 이어졌다.

"아씨, 소인이 조금 전 서방님께 기를 내어 드린 바람에 지금 점사를 볼 기운이 없사옵니다. 차후 기회가 닿으면 보아 드리겠나이다. 그전에 정히 점을 보고자 하시면 성화 무녀를 불러 물으시어요. 그의 신기가 맑고 높아 점사를 잘 보옵니다."

"혹 내 앞날이 심란하여 말하길 꺼리는 것이오?"

"아닙니다, 아씨. 소인 원래 큰 기운을 쓰고 나면 기진하는지라 영을 보지 못하옵니다. 혜량하시고 이만 물러나게 해주십시오."

"하기는 내가 그대한테 생떼 쓸 처지가 아니지요. 점을 봐 달라고는 않을 테니 이 금붙이라도 받으오. 서방님이 생기 도신 것을 보니 내 고마워서 그대로 있을 수가 없소."

전생과 현생의 시앗을 앞에 두고도 자신을 책하는 그의 얼굴은 수줍은 채 평온하다. 가식이 아니라 성정이 그랬다. 전생의 그이가 싫었던 것도 그 결 바른 심성 때문이었다. 그런 그이를 향해 멍청한 계집이라고, 네가 어진 얼굴 속에 감춘 독기를 내 모를 줄 아느냐고 짓씹곤 했던가. 이생에서 만나는 그런 여인들도 죄다 미워 굿을 하기조차 싫었다. 그들을 위해 귀신들과 다투고 싶지 않았다.

"소인, 성화 무녀의 부탁으로 찾아뵌 것인 데다 원래 환자 돌보는 일로는 대가를 받지 못하나이다. 약사 보살이 내린 무녀들의 업이지요. 꼭 주시고 싶으시다면 차후에 성화 무녀에게 내리소서. 그네의 권속들이 한 철 넉넉히 살게 될 것인바 아씨께서 큰 덕을 쌓으시게 될 겝니다. 하옵고 오늘 밤에 서방님 깨시거든 꼭 안으시어요."

"근자에는 미음도 제대로 못 드신 서방님을 어찌……."

"서방님을 살리시는 일입니다. 아씨의 명운을 바꾸시는 일이고요."

얼굴이 붉어져 말을 잇지 못하는 아씨에게 못 박듯 한마디를 더 건넨 반야는 정중히 절한다. 그의 명운이 바뀌면 그의 지아비가 바뀔 것이고 더불어 반야도 편해진다. 오늘 밤 김근휘를 안아야 할 계집이 자신이어야 하리라는 예감이 문제이긴 했다. 그를 안고 마음을 다하여 속죄해야 김근휘의 맺힌 응어리가 풀리고 그와의 인연도 풀리리라. 그리 느끼지만, 느낌 따라 움직일 수 없는 게 현실이다. 그들의 거처에서 방 밖에 그의 안해를 두고 그를 안을 수도 없거니와 그리하고 싶지도 않다.

보이는 일과 느낌이 부합되지 못하고, 할 일과 할 수 있는 일이 같지 못하여 반야의 질곡이 빚어졌다. 속이 몹시 메슥거려 일어서다 휘청해도 넘어지지는 않는다. 금생을 사는 동안에 이들 내외를 다시 만나지 않으리라, 작심하지만 헛된 결기임을 모르지 않았다. 반야는 뉘엿거려 넘어오려는 속엣것을 참으며 간신히 방을 벗어났다. 전생에 그랬듯 이생에서도 다시 만나기 어려울 만큼 싫은 사람들이다. 이 혼탁과 염오를 털어 내자면 절에 올라가 삼천배는 해야 할 터이다.

손님이 오셨다고 꽃님이 외치는 소리에 유을해는 대문을 내다보았다. 등짐을 진, 추레한 몰골의 젊은 아낙이다. 정월에는 동냥치며 걸립패가 훨씬 많이 찾아들기 마련이었다. 아낙도 여느 동냥치와 색다를 것 없는 행색이다. 문밖의 아낙이 쭈뼛쭈뼛 안을 살피다가 유을해와 눈이 마주치자 대문 안으로 들어온다. 눈길에 이끌려 신당 쪽으로 다가오는 아낙의 몸피가 꽤나 두텁다. 별별 사람이 다 와도 배불러 찾아오는 아낙은 드문데 그네 몸피는 만삭이다.

"여기가 꽃각시 보살 댁이 맞사와요?"

갈 데 없어 찾아든 아낙이다. 그리 여기고 싶다. 아낙의 부른 배를 보고 나니 어쩐지 불안한 것이다. 그나저나 끝애는 혼인한 지 아홉 달이나 됐건만 어찌 태기가 늦을꼬. 유을해는 하릴없는 생각을 하다 떨쳐 내고는 몸이 퍼렇게 얼어 찾아든 배불뚝이를 우선 안채로 이끈다. 신단에 차릴 메를 받쳐 들고 나오던 삼덕이 뜬금없이 안채로 드는 배불뚝이를 보고 눈이 동그래져 지나갔다.

유을해는 깨금네한테 아낙을 삼덕의 방으로 들여 언 몸을 녹여 주라 이르고는 신당으로 들어선다. 아래채에 들어 있던 여인들이 주섬주섬 건너와 불공드릴 차비를 한다. 차비를 갖춘 유을해는 저녁 예불을 알리는 정주를 흔든다. 예불을 드리는 내내 심란이 그치질 않았다. 정성이 모자란 것 같은 미흡함 때문에 아낙들과 함께 백팔배를 올리는 것으로 예불을 마친다.

돌아갈 신도들은 배웅하고 자고 갈 아낙들은 아래채로 보낸 유을해는 배불뚝이 아낙을 찾아 삼덕의 방으로 들어섰다. 잠들어 있을 거라 예상했던 그네는 그새 옷을 갈아입고 머리를 빗는 중이다. 낯을 씻고 봇짐 속에 넣어 온 듯한 옷으로 갈아입은 아낙은 한 시진 전의 그 아낙이 아닌 듯 말끔하다. 유을해가 들어서자 아랫목을 비우고 일어서는 품도 어엿하다.

"언 몸이 좀 풀리셨소?"

유을해가 아랫목에 좌정하며 묻는데 아낙이 느닷없이 일어나더니 이마에 두 손을 모으고 절을 한다. 유을해가 엉겁결에 맞절을 하고 나니 아낙이 앉아 세운 무릎에 손을 얹는다. 자신이 길 위에서 헤매는 계집이 아니라고 선언하는 몸짓이다. 유을해가 묻기 전에 그네가 먼저 입을 열었다.

"저는 박새임이라 하옵니다. 전라도 담양에서 지아비를 찾아 두 달을 걸어왔나이다."

느닷없는 배불뚝이가 들어온 것을 보았을 때 벌써 불안했다. 아낙을 아래채 손님들 사이에 끼워 넣지 않고 안채로 들였던 것은 그 불안 때문이다. 혹시나 동마로를 찾아온 계집일 수도 있으리라. 그러면서도 아니기를 바랐다. 반야가 돌아온 지 보름 정도 지났을 뿐인데 집안이 예전 모습을 되찾았다. 넉넉하고 평온했다.

"댁네의 지아비가 누구관데, 우리 집에 와서 지아비를 찾는단 말이오?"

"동마로가 제 지아비입니다, 어머님."

가을에 집을 나서 이제야 도착한 만삭의 그가 왈칵 반가워야 하건만 유을해는 예상이 맞아떨어진 게 반갑지 않다. 금강산에 다녀왔다고만 하던 동마로가 전라도에 있었다는 건 새삼 놀랄 바도 아니었다. 한 달이 일 년 될 수 있듯 북녘 금강산이 남녘 담양이 될 수도 있을 터. 두 달을 걸어왔다는 배불뚝이의 걸음도 수긍할 수 있었다. 놀라운 것은 돌아오지 않는 지아비를 찾아 두 달을 걸을 수 있는 그 정성이다. 고집이라 해도 무방할 것이다. 밉상은 아니나 다복한 인상도 아닌 계집.

"언젠가는 지아비가 돌아올 줄 알았으나 마냥 기다릴 수 없어 왔습니다. 그 곁에서 아이를 낳아야겠다 싶어서요."

"그 몸으로 이 엄동에 두 달을 넘게 걸어왔다니, 내가 미안타. 그 사람을 진작 보냈어야 하는 것을. 아니면 너를 데려오게라도 해야 했던 것을."

미안하다는 유을해의 말이 떨어지자 새임이 푹 고개를 수그리곤 어깨를 떨기 시작한다. 두 달을 걸어오는 동안 쌓였던 고통과 설움과 그리움이 몰아치는지 방바닥에 엎드려 흐느낀다. 나지막하던 울음이 통곡으로 변한다. 유을해는 새임에게 다가들어 어깨를 다독인다. 흐느끼는 어깨를 다독일수록 근심이 쌓인다. 한꺼번에 두 식구가 느는 것이 문제가 아니라 반야가 동마로의 계집을 보아 낼지가 걱정이다.

"성씨 붙은 이름이며 몸가짐을 보아하니 너는 우리처럼 천한 신분이 아닌 듯한데 동마로를 따라 살 수 있겠니? 겁나지 않아?"

"겁나옵니다. 하오나 어머님, 저는 그 사람 없이는 죽은 목숨이옵니다. 그래서 죽기로 그 사람한테 매달려 붙들었고, 다시 제가 살고자 그 사람을 찾아왔습니다."

죽기로 매달리는 계집을 죽으라고 내버릴 수 있는 사내도 있기는 할 것이다. 최소한 동마로는 그런 종자가 아니었다. 그리 키우지 않았다고 유을해 스스로 자부할 수 있었다. 하지만 사내한테 죽기로 매달릴 수 있는 계집에게 동마로가 쉬이 정을 줄지는 의심스럽다. 정이 있었다면 떠나왔을 리 없고, 돌아가지 않았을 리 없지 않은가.

"배가 많이 불렀구나. 몇 달째냐?"

"만삭이옵니다. 며칠 안에라도 낳을 것입니다. 도중에 낳지 않으려 기를 쓰고 조심하며 왔습니다."

"동마로도 아이를 알고 있니?"

"예."

알고 있었다니 할 말이 없다. 유을해는 새임에게 저녁밥을 먹인 뒤 데리고 동마로의 방으로 들어선다. 횃대에 걸린 옷들이며 이부자리를 살피는 새임의 눈길이 울먹하다. 깨금네가 뜨끈한 방바닥에다 이부자리를 펴 주고 자리끼와 요강을 들여 주고 나갔다. 유을해는 새삼 이불 밑의 방바닥을 만져 보고 일어나 쪽창이 잘 닫혔는지 확인한다.

"밤이 늦었는데, 어머님, 이 방 사람은 어디 멀리 나갔사옵니까?"

그게 제일 궁금했으련만 두 시진이나 지나 묻는 참을성이 수월찮다.

"꽃각시 보살이라 불리는 별님이 동마로의 손위 누이라는 것은 알고 왔니?"

"예."

"허면, 별님이 이 집의 가장이며 이 모든 식구를 먹여 살린다는 사실도 알겠구나. 우리 집은 여느 집과 달리 별님이 어른이다."

"아무려나 어머님이 어른이시지 형님이 어른이시리까?"

"네 의문이 당연타만 우리 집에선 그러하니라. 별님이 팥으로 메주를 쑤라 하면 쒀야 한다. 밥상을 차리매 별님이 밥은 따로 짓는다. 별님이 고기나 생선 등의 육것을 일체 아니 먹으므로 반찬도 달리한다. 별님이 그릇은 따로 씻으며 빨래도 다른 식구들 것과 섞지 않는다. 네 친가의 어른들 모시듯 하기는 일반이되 더 해야 하는 것은 별님이 집을 나설 때는 항상 누군가 따라나서야 한다는 것이다. 그 일을 주로 동마로가 해왔고 시방도 한다. 별님이가 어제 기도하러 절에 갔다. 동마로는 그를 따라간 것이고. 내일쯤 돌아오지 않을까 싶다만, 며칠 더 걸릴 수도 있을 것이다.”

“예.”

“나머지 의논은 그 사람들 돌아오면 하기로 하고, 몹시 곤할 터인데 우선 푹 자거라.”

어째 이리 마음이 닿지 않는가. 나무관세음보살. 방문을 닫고 나와 툇마루를 내려선 유을해는 도리질을 한다. 새임이 가엾지도, 며칠 안에 태어날 아이가 기쁘지도 않다. 집안에 분란이 생길 수도 있으리라.

떠났다 돌아온 동마로처럼 반야도 변했다. 여덟 달 만에 귀가한 반야는 좀체 정줄 줄 모르던 이전과도 달라졌다. 품이 커진 건 분명했지만 여낙낙해진 게 아니라 지나치게 고요해졌다. 신당 밖에서는 하루 한 마디 안 하는 날도 있을 지경이었다. 그런 반야는 도무지 자식 같지 않다. 그래도 다그치기는커녕 무슨 일을 겪었냐고 묻지도 못한다. 물을 수 없는 것, 보아도 못 본 척해야 하는 너울 같은 게 동마로와 반야에게 생겨 있는 것이다. 언제 돌아올지 모르는 반야를 위해 깨금 아비는 나무를 데리고 정제간을 들락거리고 있었다. 오늘 밤 안으로는 돌아오지 않을 게 분명하니 정제간 군불이 아깝게 되었다.

요대문양腰帶紋樣

아홉 달 만에 보는 김학주는 많이 야위었고 그만큼 강팔라졌다. 공사를 구분치 않을 만큼 체신이 무너진 반면 기세는 한층 등등해졌다. 곡식 자루에서 알곡 덜어 먹듯 근동 무녀들을 파먹은 그에게는 뜬것들이 더 붙어 일곱으로 늘어 있었다. 보통 사람이라면 벌써 말라 죽고도 남았을 것이다. 드센 기와 낮은 뭇기의 어우러짐을 제 신기로 착각하는 그는 자신에게 뜬것들이 더 붙었음을 아직 깨닫지 못했다. 많아진 뜬것들이 수시로 드나들며 일으키는 통증을 제 신기로 알고 끌어안고 있었다. 고을 원인 그가 임금이 금한 술을 마셔야 하는 까닭도 잦은 통증 탓일 터. 백성들에게 금한 술이매 고을 관장인 저 또한 술상 차려 놓고는 못 마셔도 물잔에 채운 술을 수시로 마신다. 그 술은 아마도 충주에 있다는 제 본가에서 조달될 것이다. 지금도 놈은 적당히 취했다. 조모 동매가 말년에 하루 몇 잔씩 술을 마시고 신명을 불렀듯 놈 또한 술로 자신을 달래고 있었다. 술로 인사불성이 된 것은 못 보았으니 그 절제력도 그의 힘이라면 힘이었다.

놈은, 어머니를 불러다 능욕했다. 상상하지 못한 일이어서 예시 같은 것도 없었다. 반야가 다시 관아에 불려 가게 되겠다고 했을 때 유을해의 설명은 짧았다.

"지난 시월에 사또가 불러 갔더니라. 놈이 보는 앞에서 놈의 종자와 그짓을 해야 했느니라."

그뿐이었다. 부끄럽다거나 참담하다거나, 도망을 가자는 일체의 말씀이 덧붙지 않았다. 어머니가 하지 않은 말들은 반야가 알아들었다. 어머니한테는 이제 목숨에 대한 불안이 사라졌다. 놈은 반야의 어미이며 무녀 유을해한테 함채정이라는 본색을 되살려 놓았다. 죽기로 작정한 게 아니라 아예 죽음으로써 세상을 다시 살았던 여인의 도도한 고집과 자존을 일으켜 놓았다. 함채정은 놈의 손에 다시 죽게 될망정 스스로를 위하여는 놈을 피해 달아나지 않을 것이다.

김학주는 절하고 앉는 별님을 찬찬히 건너다본다. 검은 저고리에 붉은 치마를 받쳐 입었다. 저고리와 치마에 박힌 엷은 금박은 구름 무늬들이다. 무녀가 아니라면 감히 입을 수 없는 옷임에도 검은 저고리에 달린 희디흰 동정이 너무 가냘파 보여 년의 기세를 읽기 어렵다. 신기란 숨길 수 없는 법, 그동안 겪은 별님의 신기는 다른 무녀들에 비하여 높지도 낮지도 않았다. 하지만 별님이 속내를 감추고 있음을 모르지는 않았다. 투명하게 보임에도 아니 보이는 것. 별님 자체인 그 무엇. 그의 힘으로는 그걸 캐낼 수가 없는데, 별님은 제 목숨 아까운 줄 모르는 년이라 위협이 소용없다. 석달여 전 년의 어미를 불러 들이고도 직접 그 몸을 취하지 않은 까닭은 보루를 남겨 놓아야 했기 때문이었다. 저희들 목숨이 누구에게 속했는지 알리기 위함이었거니와 고금을 따질 것 없이 모녀를 동시에 취하는 일은 스스로도 꺼림칙했다.

"그래, 기도는 실컷 하고 왔더냐? 몸을 보하고 왔다면서 어째 더 야위었다?"

"송구합니다, 나리."

"어딜 그리 돌아다녔느냐?"

"때로 암자에서 머물기도 하였사오나 쇤네 장차 굿판을 벌여 볼 생각에 몇 무녀들에 의탁하여 굿하는 법을 익혔나이다."

"그동안 않던 굿을 새삼 왜 해?"

"장차 신기만으로 호구지책을 마련하기 어려울 듯하니 재주를 병행하려 함입니다."

"그래서 재주를 몸에 붙였고?"

"언감생심 재주를 익혔다 말씀드리오리까. 무가 사설 몇 가지는 간신히 외웠사오나 곡조 맞춰 사설 푸는 법, 제물 차림이며 굿거리마다 차려입어야 할 옷이며 춤, 온갖 의례와 격식을 배워야 할 과정이 태산같이 놓였나이다."

"그걸 다 배우겠다? 누구한테?"

"세상 모든 무녀들이 쇤네 스승임을 이번에야 알아보았습니다."

"자못 도통한 듯, 고행한 티가 나는구나. 혹 대궐 주변에 가 보았느냐?"

"운종가와 육의전 근방의 풍물 구경을 한 적이 있습니다. 온갖 신기하고 재미난 물건들이 많더이다. 게가 대궐에서 멀지 않은 곳이라 들었고요."

"네 보기에 내가 언제 대궐로 들어갈 듯 보이느냐?"

내린 신을 받아 신이 솟구치라고 내림굿을 하는 법, 뭇기 들렸으나 내림굿을 하지 않는 자들은 보통 사람들과 눈빛이 달랐다. 불안과 초조에 시달려 괭이눈처럼 빙글거리기 마련이었다. 놈도 다르지 않았다. 그의 권세가 이 시골 현에서는 상감보다 높다 하여도 제게 뭇기가 남은 한 놈은 국외자일 수밖에 없고 불안한 게 당연하였다. 그 불안이 권세를 업고 날뛰고 있는 것이다. 신기란 영기처럼 덜어 줄 수 없는 것임을 이제야 깨달은 그 앞에서 반야는 어떤 반감도 내비치지 않는다. 지금까지 그랬다. 그는 살얼음판이었다. 그가 비끗만 해도 얼음장 밑으로 가라앉을 사람들은 반야와 식구들이었다. 이젠 다르다. 내가 약하여 굴종하는 게 아니다.

"대답이 없는 건 모른다, 아니 보인다, 그 말이렷다?"

"송구하옵니다."

당금에 이르러서는 김학주로 인해 사신계가 시끄러워질 수도 있었다. 이 일을 끝까지 모르고 지나갈 동마로가 아니었다. 알게 된 순간 그는 김학주를 죽이려 들 터였다. 그러면 사신계도 알게 된다. 반야는 그리 쉽게 김학주를 죽이고 싶지 않았다. 단순히 죽이는 것이 무슨 고통이련가. 갈가리 찢어 죽여도 시원치 않을 놈이 기를 잃고 벼슬을 잃고 나날이 앓으면서 아무것도 못하게 된 채 홀로 말라죽어 가는 꼴을 천천히 지켜볼 참이었다.

더하여 놈이 만단사자일 것이라 짐작한 바 놈으로부터 만단사에 대한 실마리를 잡아야 했다. 사신계에서 파악하고 있는 만단사는 그 조직체계나 추구하는 것들, 몇몇이 만단사자일 것이라는 단편적인 단서들뿐이었다. 각 부에서 자신들의 권역 안에 있는 만단사자들 일부를 파악하고 있는 것 같기는 해도 사령이라 불린다는 수장이나 각 부 부령에 대해서는 알지 못했다. 오랜 세월 부딪치지 않은 채 따로 존속해 왔으므로 일부러 파고들 필요도 없었다. 하지만 반야는 모종의 조짐을 느끼는 참이었다. 자신이 사신계 칠요 자리에 오른 게 우연이 아니듯 김학주를 만나게 된 것도 우연이 아닌 것이다.

"떠돌아다니는 새에 네가 나를 까맣게 잊고 산 모양이지?"

반야는 김학주를 통해 만단사령에 이르는 길을 찾아볼 작정이었다. 하여 반감을 일으킬 수 있는 마음은 밖에 두고 들어왔다. 그렇지만 제가 대궐로? 사온재가 내직으로 들어가리라고 예시할 수 있었던 것은 상감을 만난 덕분이고 상감의 영 속에 나리가 있었기 때문이었다. 야밤에 잠깐 뵌 상감의 영 속에서 김학주 따위를 읽었을 리 만무였다. 해서 대궐과 김학주와의 인연은 모르지만 놈이 이곳을 떠나는 광경이 보이기는 한다. 놈이 그만큼 준비하고 있을 터이니, 일 년쯤 걸릴까.

"황송합니다, 나리."

"우리가 더불어 나눈 게 만만치 않은데 나로서는 섭섭할 노릇 아니냐?"

방사술만으로도 계집을 제 신도로 만들 수 있을 법한 그는 계집과 교접하매 스스로 소리를 내지 않았다. 계집에게도 소리를 못 내게 했다. 소리를 못 내니 전신의 신경이 돋아오른 계집은 오직 그에게만 집중하며 매달릴 수밖에 없는 지경이 되었다. 그런 계집을 즐기며 사내로서의 자신을 과시하는 그는 계집으로 하여금 제 몸을 애써 만지게 하지도 않았다. 제 기를 빼앗길까 몸을 잔뜩 사리는 것이었다. 그럼에도 그는 둘이 한 짓을, 더불어 나눈 다정에 비유하며 반야를 시험하고 있었다.

"한 번도 나리를 떠올리지 않을 수야 있었겠습니까만, 천한 쇤네가 나리의 전도를 어찌 감히 읽을 수 있사오리까."

"궐과 내 인연을 못 본다 하여도 내가 여기 얼마나 더 있을지는 짐작할 수 있을 게 아니냐? 너와도 무관치 않은 일인데 그걸 못 보았다고?"

김학주가 짐짓 해본 말에 별님은 알 듯 모를 듯한 미소를 짓는다. 목숨을 끊어 놓을 수는 있을지라도 함부로 대할 수 없는 까닭이 그 속내를 읽을 수 없어서인데, 년은 그것까지도 아는 것이다. 당장은 제 속내를 읽을 수 없을망정 장차 작첩하여 들여앉히면 달라질 것이다. 세상에 못 드러낼 소실이라 하여도 제겐 지아비 일이 아닌가. 지아비 앞에서 한사코 제 신기를 숨길 까닭이 없어지니 제 영기를 덜어 주지 못한다 해도 전도를 예시하여 주기는 할 터.

별님은 그가 겪은 어떤 계집들보다 성정이 순했다. 깨끗한 살성이 갈증을 해소해 주었다. 가냘픈 몸이 드리우는 품이 여름날 아름드리 나무 그늘처럼 넓어 쉬기에 맞춤했다. 년을 통하여 만파식령을 찾을 수도 있지 않을까 하는 기대는 포기했으되 일 년 뒤쯤 도고를 떠날 때 데리고 가면 몇 년은 우려먹음 직했다.

"쇤네, 손님으로 드는 이들의 사주를 따라 역서에 나온 말은 할 수 있사오나 스스로의 앞날은 못 보옵니다. 나리의 사주를 모르와 나리의 전도도 알지 못하옵니다. 다만, 옅게나마 느끼기로는 일 년쯤 지나 이 고을, 이 내아를 뜨시지 않을까 하나이다."

"그래? 너도 그리 보았다? 나도 그리 보고 있느니라. 네가 이미 내 계집인데 네 앞에서 내가 뭘 숨기겠느냐? 그리되도록 공작을 하고 있기도 하다. 먼 소리로나마 노론이니 소론이니 하는 조정 이야기를 들어 본 적이 있느냐?"

"금시초문이라 할 수는 없사오나 알지 못하기는 같사옵니다. 노론과 소론은 젊은 사람과 나이 든 사람들의 뜻이 갈리어 국사를 논의함을 이르는 것입니까?"

시치미의 정도가 심했나 싶어 반야가 실그러지는데 놈이 하하하, 호쾌하게 웃어댄다. 천하고 어린 계집의 물정 모르는 언사가 재미있는 것이다.

"노론이니 소론이니 하는 사람들이 국정을 논하는 것은 맞다. 국정을 논하매 뜻을 달리하는 경우가 많은 것도 사실이고. 우선 그 정도만 알아두어라. 장차 내가 도성으로 가면 너도 따라가게 될 테니 그때는 식견을 높여서 사람 보는 눈 또한 밝히면 되리라."

"외람되오나 나리께서는 어느 쪽에 계시옵니까? 인연 따라 사람 행보가 놓이기 십상이라 하니 나리의 전도가 어찌되실지 알고자 여쭙습니다."

"네가 알아 무엇에 쓰겠느냐만 굳이 따지자면 나는 노론에 속한다. 나를 이끌어 줄 이들도 그쪽에 있고. 내가 일 년 안에 움직일 거라 네가 말하지 않았더냐?"

"대략이나마 전도를 뵙자면 나리의 사주를 아는 게 도움이 될 것입니다. 사주가 어찌되시는지요?"

"사주를 따지는 정도야 나도 할 수 있느니, 되었다. 사주를 모르고도 네게 보이는 바가 있는지를 물었을 뿐이다."

놈이 제 사주 밝히기를 저어하리라는 걸 짐작하고 짐짓 해본 말이다. 자신의 앞날은 스스로 만들어 가는 것이라 해도 생년월일시에 따른 기본은 있는 것. 김학주가 제 사주를 밝힐 리 없었다. 내놓아 보아야 제가 꿈꾸는 정승에 당치 않을 터, 스스로 그걸 인정하고 싶지도 않을 것이다.

"되었고, 옷이나 벗어라. 내가 못 보는 동안 네가 무슨 짓을 하였는지 어디 한번 구경이나 해봐야겠다."

일 년 안에 여길 떠나겠다 하니 여유가 생기는가. 낮고 느리게 뱉는 말투가 잦바듬하다. 예전 김학주에겐 신기를 갈무리 못하여 현실에 치어 죽은 뜬것들이 붙어 있었으나 지금 그에겐 계집을 탐하다 몸을 버린 영들만 머물렀다. 그야말로 잡것들이었다. 저들 스스로 구제받기를 원치 않거니와 구제하겠다고 나서 주는 사람도 없어 하염없이 떠다닐 것들. 떠다니다 만만한 몸에 붙어 생전에 매달렸던 허망한 욕구의 잔영을 좇는 것들. 반야는 그것들을 다스려 김학주로 하여금 스스로 소진되게 하는 중이었다. 그가 몰라야 하므로 시간이 필요했다. 반야는 검은 저고리와 흰 속저고리를 벗고 붉은 치마와 흰 속치마를 차례로 벗는다.

지난가을 한 달여에 걸쳐 새긴 허리께의 자문은 고쟁이 속에 들어 있었다. 동마로가 어둔 물속에서도 알아챘던 그림. 칠요들이 왜 몸에 자문을 새겨야 했는지, 새기면서 느꼈다. 칠요의 자문은 허울이면서 사치였다. 그 허울과 사치를 위해 자문하는 동안 긴긴 이야기를 들었다. 칠성부의 역사와 먼 옛날 칠요들에 대해 전해져 온 모든 것들. 칠요의 몸에 새겨지는 자문은 그래서 대를 물려 가야 할 칠성부의 역사였다. 그걸 몸에 새기는 동안 칠요는 스스로 칠요임을 자각하는 것이고 더불어 칠요가 되어 가는 것이었다. 자문을 마친 뒤 선인곡仙人谷과 칠성곡七星谷에 가서 각기 보름씩 머무르다 나왔다. 그곳들은 별세계였고 칠요가 닿아야 할 원형의 세상이었다. 작년 여덟 달 동안 반야는 낯선 장소들을 찾아다녔다기보다 장구한 세월의 맨 앞, 그 어떤 시원始原의 세월을 살다 돌아왔다.

천여 년의 내력의 담긴 그림에 놈이 어찌 반응할까. 반야는 고쟁이며 속옷을 한 겹씩 벗고 놈 앞에 섰다. 만파식령으로까지 연결은 못해도 그림의 남다름이라도 볼 수 있는 놈인지 궁금하기도 하다. 게슴츠레하던 김학주의 눈이 커지면서 비스듬히 기대고 있던 몸이 곧추선다.

"무엇이냐!"

여덟 달 가까이 만에 보는 별님의 알몸에 그림이 새겨졌다. 숱한 계집들을 겪었으나 자문한 계집은 처음이다. 꽃수 놓인 요대 같은 거기서 기이한 광휘가 흘러나왔다. 그 빛이 특별한 영기 같다 느낀 순간 김학주의 가슴이 두근거렸다.

"신체발부수지부모라 했거늘 몸에다 무슨 짓을 한 것이야?"

달려들어 만져 보고 싶은 것을 참느라 짐짓 허세를 부리고도 김학주는 궁금함을 참지 못하여 다가들고 만다. 꽃을 매단 넝쿨무늬다. 나비 몇 마리와 새 몇 마리가 꽃 주변에 날았다. 더 자세히 보니 수십 송이 꽃 중의 몇은 도깨비 얼굴이다. 허리를 감은 넝쿨 줄기일 법한데 볼수록 복잡한 그림이다. 자문이란 고문이나 형벌의 한 가지거나 음란한 계집들이 재미 삼아 제 몸에 새기는 글자거니 여겼다. 좀 전 찰나 간에 느꼈던 광휘는 다시 보이지 않지만 별님의 몸에 새겨진 그림은 솜씨 좋은 화공이 공들여 그린 그림인 듯 어여쁘다. 알몸으로 세워 놔도 허리께에 꽃무늬 너울을 걸친 듯 보기에 심심치 않다.

"강원도 화천에 있는, 오구굿 잘 한다는 만신을 찾아갔다가 여독으로 며칠 앓았사온데, 어느 날 근동에 묵고 있다는 한 뜨내기가 만신네로 찾아왔더이다. 쉰네를 보고 기가 약하다면서 자문을 하면 기를 보할 수 있다고 꾀는 바람에 쇤네 하릴없이 넘어가 이리하게 되었습니다."

"붓으로 그린 것도 아니고 바늘로 찌르는 짓거리 아니냐? 이런 짓 하느라 아홉 달을 돌아다니다니, 너도 참 별수 없는 계집년이로구나."

언제든, 내용의 문제이지 말투로야 막되 먹은 놈은 아니었다. 시방은 아주 들척지근하고 은근하기까지 하다. 놈이 자문을 쓰다듬는데 반야는 왈칵 싫증이 났다. 싫증난들 그를 밀쳐 낼 수는 없는 일, 반야는 김학주 주변에서 알몸의 자신을 기웃거리는 놈의 뜬것들을 노려보며 속으로 건단진언建檀眞言을 왼다.

'옴 난다난다 나지나지 난다바리 사바하 사바하 사바하.'

법계法界를 펼치기 위해 단을 만드는 진언이매 법계를 두려워하는 뜬것들이 공구恐懼한다. 두려움으로 움츠러든 뜬것들이 슬금슬금 제들의 둥지인 김학주의 몸속으로 스며든다. 아주 쫓아 버리거나 밀어 넣을 수 있고, 밀어 넣은 그것들이 그 안에서 발광하게 할 수는 있어도 그것들이 제 둥지인 사람을 죽게 할 방법은 반야도 알지 못한다. 그런 진언이 세상에 있겠지만 반야가 아는 진언이며 경문들은 사람과 귀신들을 살리는 것들뿐이었다. 흔휜 만신을 통해 수련했던 칠요로서의 비법도 사람을 죽이는 건 아니었다.

반야의 자문을 세심히 뜯어보던 김학주가 예상치 못한 급작스런 두통으로 머리통을 감싸 쥐며 방바닥에 나동그라졌다. 제들 뜻대로 움직이다 반야한테 쫓겨 들어간 뜬것들이 김학주 안에서 심술을 부리는 것이다. 놈의 비명 소리가 컸던가, 대청 쪽 문이 왈칵 열리면서 놈의 종자가 뛰어 들어왔다. 알몸의 반야가 제 상전을 안고 있는 것을 보고는 흠칫한다. 이름이 병술이던가. 무격이나 사노나 처지는 매일반. 제 목숨 줄을 쥐고 있는 상전의 명으로 유을해를 품은 건 그의 죄가 아니었다.

"사또께서 잠시 편찮으신 듯하나 내가 다스려 드릴 수 있소. 의원을 불러 관아를 소란케 할 일이 아님을 알 게요. 통증 가라앉으면 주무시게 되리다. 걱정 말고 나가 잡인이 내아에 근접지 않도록 하세요."

김학주가 병술에게 그리하라며 손을 내젓더니 보료 위로 몸을 움직여 무너지듯 눕는다. 병술이 뒷걸음으로 물러나 문을 닫았다. 반야는 놈의 이마에 손을 놓고 반야심경을 소리 내어 왼다. 외면서 놈의 머리 속에 든 뜬것들의 기세를 누른다. 그의 뜬것들에 끼어 있던 계집의 영은 반야가 진작 천도해 도솔천으로 올려 보냈다. 반야는 놈의 이마를 천천히 쓸어 준다. 좋든 싫든 거듭되다 보면 익숙해지는 게 습성이듯 김학주를 대하매 반야도 그랬다. 한겨울, 반쯤 얼어 내 집 앞에 쓰러진 걸인들을 거둠이 마땅하듯 때때로 그를 거두지 못할 까닭이 없었다.

그는 두통이 가라앉자 잠이 든다. 잠든 그 곁에 반야는 가부좌를 틀고 앉는다. 어차피 그가 놓아 주기 전에는 나갈 수 없으므로 곁에 앉아 명상이나 하려는 것이다. 놈이 일어나면 치러야 할 일이 있었다. 주눅이 들어 그의 아랫도리로 쫓겨 내려간 뜬것들이 거기서 기지개를 켜고 일어서면 김학주가 깨어나 반야의 몸을 파고드는 게 순서였다. 마흔네 살 그의 몸은 더러운 영기와 추잡한 행태로 인해 더할 수 없이 추했다. 더러운 몸과 살을 뒤섞으매 스스로 더러워지는 건 자연스럽지만 그 더러움을 씻어 내기까지 홀로 치러야 하는 마음

은 늘 수선스러웠다. 정월 말 오후 햇살이 내실 방문을 부수고 들어
올 것처럼 드세다. 더러운 연놈들이 든 방 안은 깊은 진창처럼 고요
하다.

꽃맞이굿

온양에서 밀초를 한 짐이나 되게 사서 등에 멘 동마로가 대문 앞에 이르러 말에서 내리니 미리내가 맨 먼저 나와 맞았다. 아침 손님 맞이는 다 끝났는지 집 안은 한가하다. 삼짇날 봄볕이 연둣빛으로 화사하다. 오늘 밤에는 온양 성화 무녀와 신창 을순 무녀가 와서 삼덕과 더불어 한바탕 놀이 굿판을 벌이기로 되어 있었다. 명목은 미타원 검님들을 위한 안택굿 겸 꽃맞이굿이지만 그걸 빌어 미타원에 든 무녀 삼덕을 인근에 알리기 위한 의식이었다.

며칠 전부터 거창한 제물들이 준비되었다. 아랫말 여러 집에다 의탁해 일백 장의 오색 등피를 만들었고, 감주를 삭히게 했고, 오색 떡도 만들게 했다. 열두 거리 굿판마다 시루떡이 따로 오를 터여서 그 쌀가루도 빻아 두었다. 원래 미타원 굿판은 이웃 감밭골과 아랫말과 장터까지 번지는 잔치였지만 오늘 저녁 술시부터 시작될 굿은 한 달 전부터 예고해 왔다. 소문이 어디까지 미쳤을지 짐작키 어려웠다.

"아씨께서 들어오시랍니다."

미리내의 표정이 심상치 않다. 뒤미처 나온 깨금 아비한테 등짐을 벗어 준 동마로는 신당으로 들어섰다. 미리내는 들어오지 않고 지석과 함께 문 밖에서 수직을 선다. 반야는 붉은 치마에 붉은 회장을 두른 흰 저고리를 입고 경문을 외고 있다가 동마로를 맞는다. 옷차림은 혼자 봄을 맞은 듯 화사하건만 눈매에 웃음기라곤 없다.

"지금 도고 관아에서 사람이 오는 듯해. 한두 식경 뒤쯤에 도착할 것 같으니 나는 관아에서 나온 사람들을 따라가야 할 거야. 미리내한테 해 질 녘쯤에 관아 앞으로 와 있으라 했으니 그리 알고 그대는 집안을 단속하도록 해."

반야가 돌아오고 관아에서 불러 가는 게 벌써 세 번째다. 반나절쯤 머물다 나오는 것 같은데 앞의 두 번 다 미리내와 오두기만 데리고 갔다가 돌아왔다. 반야가 관아에 불려 가 무얼 하는지 두 처자도 모르겠다고 했다. 관아 밖에서 반야가 나오길 기다렸다가 돌아왔다는 것이다.

"관아에 들어가시면 무얼 하시는 겁니까?"

반야가 싸늘한 눈빛을 쏘았다. 동마로는 고개를 슬쩍 숙여 반야의 눈길을 피한다. 잠시 호위로서의 본분을 잊었다. 반야가 하지 않는 말까지 다 알아들을 수 있었던 예전의 자신이 아닌 것도 깜박했다. 반야가 하는 일, 하는 말에 예, 이외에는 필요치 않는 게 현재의 동마로였다.

"죽을 일은 아니니 관아 일은 걱정 말고. 급한 게 따로 있다. 불온한 기운이 뜨겁게 다가오고 있어. 당장 비가 올 것 같지도 않고, 가만두면 오늘 밤 이 집과 이 집 둘레 산이 통째로 불바다로 변할 거야. 불 놓을 자들을 미리 잡을 방안을 찾도록 해."

"누, 누가 불을 놓으려 한다는 것입니까?"

봄 가뭄이 꽤 심했다. 지난겨울 몇 차례 눈이 내리기는 했으나 봄 들면서 아직 비다운 비가 내린 적이 없었다. 계곡 물이 도랑물처럼 줄었다. 밭이 마른 건 물론이고 모내기철이 닥쳤는데 논물 대기가 어려워지고 있다고도 했다.

"영신 아씨 참사에 연루됐던 자들이 준동하는 것 같아. 귀신들은 내가 물리칠 테니 그대는 사람들을 잡아."

두 해나 지났는데, 그사이 천지가 뒤바뀌듯 많은 게 달라졌는데 그때의 근심이 지금의 현실이 된다는 건 기이할 정도다.

"몇 명이나 될 듯합니까?"

"내가 눈 부려려 그것까지 살펴야 해? 그럴 것이면 그대가 여기 왜 있는데? 대체 그대가 하는 일이 무어야!"

반야의 날카로운 노성이 신당 안을 쩌렁쩌렁 울린다. 마땅찮거나 화가 나면 입을 다물어 옆 사람 숨통을 막을망정 이제껏 이렇게 소리 지른 일이 없던 반야였다. 동마로를 향한 반야의 분노가 이제야 터진 것이었다.

세상천지 셀 수 없이 많은 사람 중에 오직 둘 사이에만 존재하던 묵약이 있었다. 죽고 사는 일보다 근본적이고 사신총령보다 앞서는 그것. 더불어 평생을 살자는 묵약이었다. 그걸 동마로가 깼다. 한순간의 정념을 이기지 못하여 평생을 함께 하기로 한 묵약을 아무것도 아닌 것으로 만들었다. 아무것도 아닌 것이 되어 버린 두 사람이었으므로 반야는 그에 대해 입을 열지 않았다. 잘못을 빌 수 있는 사안이 아니므로 동마로도 용서를 구할 수 없었다.

"나가 봐."

반야의 어조는 얼음보다 싸늘하지만 한바탕 경을 치고 난 동마로의 컴컴했던 머릿속엔 외려 서광이 비친다. 오랫동안 명치께를 짓누르던 체기가 스르르 풀리는 것 같다. 사태의 심각함이 비로소 느껴지면서 어떻게 움직여야 할지가 떠오른다. 신당을 나오니 문 밖에 수직하고 있던 지석이 놀란 눈을 뜨고 있다가 동마로를 사립문 밖의 팽나무 밑으로 이끌었다. 나무그늘 속에 놓인 평상 아래서 강수가 명일과 꽃님에게 공깃돌 놀이를 가르치고 있었다. 명일과 꽃님의 손이 작아 공깃돌 다섯 개를 한 손바닥에 다 쥐지도 못하는데 강수는 연신 시범을 보이고 작은 아이들은 따라한다. 지석이 작은 소리로 물었다.

"아씨께서 어찌 저리 역정을 내시는 거요?"

"제게 화를 내시는 겁니다. 괜찮아요. 아씨와 제가 한 얘기 들으셨지요?"

"들었소."

"당장 공세포로 가셔서 선주님께 사람들을 보내 달라 하십시오. 가시는 길에 샘골 객점 들러 꺽진님을 올라오시라 해주시고요."

지석이 즉시 나갔다. 인근 여러 마을이 이어지는 지점에 자리한 샘골 객점에는 잠자는 손님보다 노름하는 손님들이 더 많이 꼬였다. 아무려나 식구들이 먹고살자면 수입이 있어야 했으므로 옥종 무진이나 동마로는 다행으로 여겼다.

동마로는 새삼스럽게 집 뒤를 둘러보며 산을 올려다본다. 도가 높다는 뜻의 도고산道高山은 높기보다 깊었다. 계곡도 깊다. 계곡이 뻗어 내려 끝나는 지점마다 마을들이 형성돼 있었다. 은샘 계곡은 남쪽으로 흐르고 미타원은 그 끝자락에 앉았다. 더 내려가 계곡이 개천으로 변한 지점에 샘골 마을이 있고 샘골은 세상을 향해 열려 있다. 사람들은 대개 장거리와 샘골을 지나 미타원으로 오지만 미타원 뒤쪽 산 중턱 만수사 쪽에서 내려오기도 한다. 감나무가 많은 감밭 골에서 넘어오기도 한다. 길이 사방에 나 있었다. 방화범이 어느 쪽에서 올지는 가늠하기 어려웠다.

동마로가 인근을 살핀 뒤 집으로 내려오니 꺽진이 아래채 마루에 앉아 있다가 벌떡 일어섰다. 동마로는 그에게 반야가 예시한 사태를 전했다. 꺽진은 설마 싶은지 작은 눈을 동그랗게 뜨며 이마를 긁적인다.

"객점 방 두 칸을 치워 주십시오. 아이들이 여럿이고 부실한 사람이 있으니 점심 뒤에 내려보내야겠습니다. 몇 사람이 될지 모르나 계원들이 거길 거칠 테니 밥을 먹여 올려보내 주세요."

지난 정월에 새임이 오고 그 나흘 뒤 새벽에 아이가 태어났다. 유을해는 아이 이름을 한본이라 지은 뒤 동마로를 본이 아비라 칭했다. 새로 지어진 별채의 큰방을 차고앉은 새임은 한 집안의 며느리 노릇을 당당하게 했고 점점 더 천연덕스러워졌다. 아래채가 지어진 이래 동마로가 홀로 썼던 방에는 이제 깨금 내외가 들었다. 별채 끝방을 차지한 삼덕은 꽃님을 데리고 기거했고 강수와 명일은 그 옆방에 거처를 마련했다. 미리내와 오두기가 안채 건넌방을 썼다. 방이 많아지니 땔감이 많이 들어 나무와 깨금 아비 두 사람으로는 감당하기가 어림없었다. 지난겨울 샘골 장날의 장작이란 장작은 죄 미타원으로 실려 들어온 셈이었다. 그럼에도 동마로가 들 방이 없었다. 꺽진의 객점에서 노름꾼들이 피워대는 연초 냄새를 맡으며 눈을 붙이거나 나무 옆에서 자거나 손님 들지 않아 불기도 없는 아래채 빈방에서 건넌방 아낙들의 수다를 들으며 선잠을 자곤 했다. 한 울타리 안에 있는 새임의 방에 들 수가 없으니 동마로는 집안에서 뜨내기 노릇을 하고 있었다.

"언니, 어디 가요?"

꽃님이 치맛자락을 들까불어 흙을 털며 묻는다. 공깃돌놀이가 재미없어진 모양이다.

"어머니 뵈러 간다. 왜?"

"나도, 나도 엄마한테 갈래요."

두 팔 벌리는 꽃님을 안고 덩달아 따라 일어서는 사내 녀석들을 말린 동마로는 안채로 들어선다. 마루에서 삼덕과 끝애가 유돌네 등과 더불어 등갓을 씌우고 있다. 밤이 되면 샘골 객점 어름에서부터 띄엄띄엄 밝혀져 미타원으로 난 길을 알려 줄 등들이다. 우물 곁 절구통에서는 깨금 아비와 끝애 서방 먹돌이 삶은 팥을 빻느라 바쁘고, 부엌에서는 새임과 깨금네가 점심상을 차리느라 분주했다.

동마로는 안방 앞에서 기척을 하고는 안으로 들어갔다. 아랫목에 한본이 잠들어 있고 심경이 방바닥을 기어 다닌다. 꽃님이 기어 다니는 심경에게 다가들어 덩달아 긴다.

유을해는 서안 위에 펼친 공책에다 오늘 밤 굿에 필요한 물목이며 들어간 돈을 적는 참이다. 반야가 돌아온 뒤 쓰임새가 한층 커진 살림살이가 어디로 날아가는지 알 수가 없는 터라 틈나는 대로 기록하는 것이다.

"아범, 안색이 나쁘구나. 무어 좋잖은 일이 있니?"

새임이 들어온 뒤 동마로는 웃는 낯을 짓지 않았다. 한본이 태어난 뒤에도 달라지지 않았다. 동마로는 새임을 집에 손님으로 드는 아낙들 보듯 했다. 내외를 붙여 놓기 위해 식구들 방을 새로 정하면서 제 방을 없애 버렸더니 숫제 바깥 잠을 잤다. 유을해가 아는 한단 하룻밤도 내외가 한방에 든 적이 없다. 새임은 애써 의연한 체했다. 제 서방의 일거수일투족에 온 신경을 모으면서도 서운한 맘을 내놓지 않기 위해 무던히 애썼다. 아기 옷을 만들었고, 서방의 옷을 지었으며, 끼니때마다 부엌에 들어와 깨금네한테서 이 집의 음식이 어떻게 만들어지는지, 반야의 밥상이 어찌 차려지는지를 익혔다. 저녁이면 만들어지는 공부방에 들어 아이들과 더불어 글자도 익혔다. 그 안간힘이 가여웠다.

"별님의 전언입니다, 어머니. 점심 뒤 하룻밤 날 짐만 꾸려서 아이들을 아랫말 객점으로 옮겨야겠습니다."

"거두절미하지 말고 자초지종을 일러라."

"우리 집을 겨냥해 불을 내려는 자들이 있을 거라 하옵니다. 그자들을 막을 준비를 지금 하고 있사오나 혹여 모르니 아이들을 내려보내려는 것입니다."

"하, 하룻밤이면 되겠다 하더냐? 짐을 실어 내지 않아도 돼?"

"그리되도록 하겠습니다. 대신 동네 사람들이 불안해하지 않도록 눈에 띄지 않게 움직여야 할 것입니다. 그리고 한두 식경 뒤쯤에 관아에서 나올 듯하다 합니다. 판이 워낙 크니 소문이 관아에도 미쳤을 것이고, 무슨 트집을 잡으려는 거겠지요. 이번에도 별님이 따라가야 할 것 같다 하고요."

반야의 말을 전하는 동마로의 얼굴은 차분하지만 유을해의 가슴은 불안으로 떨렸다. 불난다는 것이야 제가 막을 거라니 그만이지만 사또와 반야의 힘겨루기가 언제까지 지속될지, 어떤 양상으로 끝날

지 짐작하기 어려웠다. 손님으로 오는 아낙들이 심심찮게 거론할 정도로 김학주에 대한 소문이 파다했다. 신기가 있다 하더라, 무녀는 물론이고 박수들까지 불러들여 내아에다 신단을 차렸다더라, 관아 옆 은봉산 동굴에 신당을 꾸몄다더라. 손님들은 유을해한테 짐짓 묻기도 하였다. 꽃각시 보살이 사또한테 은밀히 내림굿을 해줬다던데 사실이오? 꽃각시가 사또 대신 관아 일을 본다던데, 그래서 오늘도 미타원에 없소?

어지러울 정도로 중구난방인 소문에 유을해는 대처할 길이 없어 웃기만 했다. 소문이 번다해지니 손님 또한 번잡해졌다. 여덟 달이나 닫아 두다시피 했던 집인 게 맞는가 싶을 만큼 손님이 끓어 반야 혼자 감당하기 어려울 정도였다. 그래서 삼덕의 이름을 알린 뒤 반야의 일을 덜어 받게 할 참으로 오늘 굿판이 커진 것이었다.

"어머니, 술만 치우면, 무격 집에서 벌이는 굿판이야 무슨 꼬투리가 되오리까? 심려 마십시오. 더구나 세금 잘 내기로 소문난 미타원 행사인데요."

반야가 관아에 들어가는 까닭을 동마로가 눈치채지 못하는 게 다행이다. 그리 여기면서도 유을해는 한편으로는 섭섭하다. 동마로가 할 수 있는 일이 없으므로 반야가 내색치 않는 걸 알지만 이렇게 둔한 놈이었던가 싶은 심사도 있는 것이다.

"술이야 미리 단속했더니라. 감주만 내놓을 참이었지. 그나저나 오늘 밤 찾아들 사람들은 다 어쩐다니?"

"몸 움직일 수 있는 사람들이니 걱정 마십시오. 아이들 때문에 어쩔 수 없이 객점을 빌린 것이지, 평소와 다름없어 보여야 범인들을 잡을 수 있을 터입니다. 오늘 밤 잡아야 차후 위험을 제거하는 것이

고요."

"알았다. 준비하자꾸나. 아범도 나가 꼬투리 잡힐 게 없는지 다시 한 번 살펴라."

심상하려 애쓰는 유을해의 가슴이 죄어든다. 욕심 때문이다. 식구가 많아지니 쓸씀이가 커졌고 지켜야 할 것도 그만큼 많아졌다. 정삼품 좌부승지를 제수 받고 한양에 머무르게 된 사온재를 끝내 따르지 못한 것도 욕심 때문이었다. 그가 상감을 가까이 모셔야 하므로 내직에 있는 동안 온양에 올 시간이 없으리라고 서신을 보내왔다.

'간곡히 청하노니 여보, 미타원을 반야에게 맡기고 한양으로 와 살아 주지 않으려오?'

본가에는 물론이려니와 그가 접하는 세상에 유을해를 내어놓고 싶다는 말이었다. 관아에 들어가 능욕당한 사실을 숨기면서라도 그리하고 싶기도 했다. 유을해는 그렇게 할 수 없었다. 불가항력에 따른 것이었다고 해도 영감 앞에 떳떳치 못한 게 사실이었다. 그 사실을 숨기고 싶지 않거니와 내놓고 싶지도 않았다. 무엇보다 자존을 지켜야 했다. 어미는 자존을 지키느라 정인의 청을 거절했는데 딸자식은 목숨을 지키느라 자존을 내놓고 있다. 유을해는 기어서 다가온 심경을 안고는 울음을 삼킨다. 어미의 불안을 느낀 꽃님이 심경을 감싸며 유을해를 마주안았다.

"어머니 왜 울어요? 몸이 편찮아요?"

어미와 언니의 이야기를 들었을 꽃님이 불안한지 눈을 크게 뜨고 물었다. 난 지 두 달도 되지 않았을 핏덩이로 유을해 품에 들어와 일곱 살이 된 아이였다. 남이 버린 목숨이었을망정 유을해는 꽃님을 키우면서 반야를 키울 때와 다른, 자식 기르는 재미를 누렸다.

"아니다. 이리 온."

유을해는 심경 너머 꽃님을 그러안는다. 사온재가 보고 싶다. 그에게 안겨 모든 사실을 다 털어놓고 당장 김학주 놈을 죽여 달라 청하고도 싶었다. 그는 그리해 줄 것이었다. 그리해 줄 사람이기에 유을해는 청할 수가 없었다. 어떤 것도 할 수 없고 하고 싶지 않은 어미의 혼돈을 알 리 없는 두 아이가 몸부림을 치며 품에서 빠져나가고 싶어 한다.

해 질 녘 먼발치서 바라보는 관아 입구는 반야를 토해 낼 것 같지 않은 호구처럼 오연하다. 반야가 익숙하게 관졸들을 따라나설 때 동마로는 까닭을 몰랐다. 뒤늦게 미리내와 오두기 대신 마중을 와 반야가 나오기를 기다리면서야 그 까닭을 벼락 맞은 듯 깨쳤다. 죽을 일은 아니라 했던 반야의 말, 어머니의 어두웠던 침묵의 이면. 눈 뜨고 있어도 보지 못하고 귀가 있어도 듣지 못한다던가. 까마득히 몰랐다. 모르는 것 천지였다. 이 살기등등한 분노를 어찌 다스려야 할지는 더욱 모른다.

소나무 그늘에 앉은 동마로는 등신불처럼 스스로의 몸을 한껏 웅크린다. 일어나면 필경 무슨 짓을 하게 될 터이다. 왜관에서 간자의 목을 그을 때처럼 고요히 끝날 수 없는 일. 모두를 끌고 불구덩이 속으로 들어갈 일. 식구들이 보이지 않고 사신계도 아랑곳없다. 현령 놈을 죽이지 못할 바엔 반야라도 죽이고 싶다. 하기 싫은 일은 그 무엇도 아니 하던 사람이 하였고, 하고 있을 일. 그 꼴을 어찌 차마 눈 뜨고 보랴. 입이 있으나 입에 담지 못할 이 말을 어찌 하랴. 동마로는 관아 입구에 박은 눈을 부릅뜬 채 제 몸피만 줄였다.

두 필의 말이 주인들의 심사에 아랑곳없이 한가하게 풀잎만 뜯어대는 사이 긴긴 삼월 해가 졌다. 지금쯤 굿판이 시작되려 할 것이다. 동마로는 말을 끌고 숲에서 나와 길가 느티나무 그늘로 내려섰다. 관아 입구에 불이 켜졌고 광장에도 횃불이 꽂혔다. 주변 민가에도 불들이 켜졌다. 동마로가 든 나무 그늘은 더욱 캄캄해졌다. 마침내 반야가 관아에서 나와 광장을 건넌 다음 곧장 큰 거리로 접어드는 게 보였다. 큰 거리라야 온양 같은 큰 고을에 댈 것이 아니어서 듬성듬성한 민가들과 몇 개의 상점과 객점 하나가 다였다. 오가는 사람도 드문드문했다.

반야가 나릿나릿 느리게 걸어 다가오더니 동마로를 알아보고는 고개를 돌린 채 연풍 앞에 선다. 아무 말 없이 숨도 쉬지 않는 듯 한참을 말만 쳐다보며 서 있더니 동마로한테 손을 내민다. 동마로가 고삐를 내밀자 받아 쥐더니 동마로, 부르면서 비로소 바로 본다. 그 눈빛을 보기에는 불빛이 너무 멀다.

"잘 들어. 내, 저 안의 그자가 무서워서 하는 일이 아니야. 시작은 어떠했든 지금은 내가 필요하여 하는 일이다. 언젠가 자세히 설명할 날이 있을 건데, 그자와 나, 둘만의 일이야. 내가 해야 하는 싸움이란 말야. 분명히 말하는데 그대는 누굴 상대로도, 아무 짓도 벌이려들지 마. 그대는 아무것도 모르는 거야. 언젠가는 내가 그대한테 도움을 청할 거야. 그때까지는, 그대가 아는 게 없음을 명심해."

관아로 뛰어들 생각 따윈 접으라는 말이거니와 옥종 무진에게 알려 사신계가 움직이게 하지도 말라는 말이다. 모처럼 부드러운 타이름이지만 동마로는 대답하지 않는다.

"왜 대답이 없어?"

대답이 곧 약조인바 동마로는 아무 말도 하고 싶지 않다. 영영 벙어리가 된다 해도 입을 열기 싫다. 하지만 대답하지 않으면 이 자리에서 움직이지 않을 사람이 반야다.

"알겠습니다."

대답을 들은 반야가 치마 차림으로 익숙하게 말에 오른다. 동마로도 자신의 말 화풍和風에 올라앉는다. 반야가 돌아와 서너 필의 말을 구입하라 하매 옥종 무진이 찾아 사준 네 살짜리 월따말이다. 털빛이 붉은 편이고 갈기가 검은 말을 만나자마자 화풍이란 이름이 떠올랐다. 반야의 백마인 연풍 덕이었을 것이다

"가자."

반야가 연풍에게인지 동마로에겐지 알 수 없게 짧게 외치고는 앞서 달려 나갔다. 사십여 리 길을 한 번도 쉬지 않고 내달린다. 새임이 아이들을 데리고 있을 샘골 객점을 지나쳤다. 샘골 장터 안의 인가에는 일체 인기척이 없다. 멀리서 북소리며 해금 등의 장단 소리가 났다. 벌써 시작된 미타원 굿이 한창 진행 중인 것이다. 삼십여호 남짓한 샘골 마을도 텅 빈 듯 고요하다. 마을 사람 태반이 미타원으로 올라갔기 때문이다.

장터에서부터 달리기를 그만두고 천천히 연풍을 몰던 반야가 샘골 옆으로 난 미타원 길에 들어서자 우뚝 멈춰 선다. 길을 표시하느라 나뭇가지에 매달아 놓은 오색등 옆이다. 샘골에서 미타원까지는 두어 마장 거리. 수레가 다닐 만큼 길이 넓어 단숨에 올라갈 법한데 반야는 움직이지 않는다. 길을 감상하는가. 여리면서도 화사한 등불은 초사흘 밤 어둠 속에서 꽤나 영롱하다. 왼편으로 드문드문

등불이 걸린 미타원 길은 호젓하고도 사치스런 꿈길 같다. 동마로가 연풍 곁에 바싹 화풍을 붙이니 반야가 나지막이 물었다.

"동마로, 무절이라는 그대의 무예가 몇 사람을 감당할 만해?"

"상대 따라 다르지요. 왜요?"

"불기운에 놀라 등한시했는데, 큰 고욤나무 어름에 살기가 모여 있어. 나를 향한 살기들이야."

큰 고욤나무는 미타원 길 가운데쯤에 있는 고목이다. 꽃보다 작은 검은 열매들이 조랑조랑 열려 가을이면 미타원 아이들이며 샘골 아이들이 따먹는데, 지난가을에 보니 열매가 거의 맺혀 있지 않았다. 아이들이 따먹은 게 아니라 나무가 너무 오래되어 가을까지 열매를 간직하지 못한 성싶었다. 그래도 올봄 꽃은 은하수처럼 무수히 피기 시작했다. 어린 날 반야는 열매보다 이즘에 피는 꽃을 더 좋아했다.

"대여섯쯤인 것 같은데, 감당할 만해?"

어디서 보낸 자들인지 뻔하니 그들의 수준도 뻔했다.

"그 정도는 미리내나, 오두기도 너끈합니다."

미리내와 오두기를 공세포로 데려가 삼품 길중, 한수와 대련시켜 본 일이 있었다. 무술하는 여인을 동마로가 처음 보았듯 마주 대련했던 길중, 한수도 여인들과의 대련이 처음이었다. 어떻게 처자들과 대련을 하겠느냐고 사양하다 장난스레 응했던 두 사람의 품새가 봉술 몇 합을 겨루는 동안 진지해졌다. 처자들에게 지면 무슨 망신이냐 싶은지 최선을 다해 겨뤘다. 놀랍게도 미리내 오두기가 우세했다. 결말이 나기 전에 무진이 대련을 중지시켰다.

그대로 두었다면 길중과 한수는 사나흘 운신하기 어렵게 나동그라졌을 터였다. 비슷한 술법으로 진행되는 봉술임에도 칠성부 기술은 동작의 마디가 짧았고 현무부 기술은 길고 컸다. 칠성부가 빠르면서도 날카로웠다. 네 사람의 대련을 살피는 동안 칠성부 무술이 살기에 훨씬 가까움을, 그 까닭이 상대적으로 긴 합을 다투기 어려운 여인들의 신체를 감안한 기술임을 알아보았다. 옥종 무진은 미리내와 오두기의 수련이 깊어지면 동작들에 깃든 살기가 걷히게 될 거라고, 칠성부 술법을 평했다.

"허면, 다치게 하지는 말아. 삼동네 사람이 다 모여 놀고 있는 잔칫날을 흐리고 싶지 않고, 나도 맘 쓰고 싶지 않으니까, 엉뚱한 데다 분풀이할 생각 말라고."

살기가 모여 있다는 소리를 듣는 순간 동마로의 몸에도 살기가 솟구쳐 있었다. 반야가 말리지 않았더라면 관아 밖에서 돋웠던 살기가 어찌 작용했을지 몰랐다.

"다치지 않게 조심하겠습니다. 대신 여기 계세요. 제가 먼저 가서 치워 놓고 모시러 오겠습니다."

"혼자 있기 싫어. 무서워."

꽃님이 종알대는 듯한 어투에 동마로는 웃음을 터트린다. 웃으니 온몸에 비늘처럼 돋았던 살기가 누그러진다. 명만 내린다면 수백 명의 사람이 저를 위해 한날한시에 죽을 수도 있었다. 반야는 자신이 어떤 존재인지 미처 모르고 있다.

"알겠습니다. 집 안팎에 공세포 사람들이 전부 나와 있을 거예요. 고욤나무 근방에 이르러 무슨 일이 벌어져도 언니는 그냥 집으로 올라가세요."

살기를 갖고 있는 놈들 중 하나쯤은 반야의 얼굴을 알고 있을 터이니 함께 가야 놈들이 나타나긴 할 것이다. 때문에 같이 움직이기는 하지만 옥종 무진을 위시하여 반야의 안전을 맡은 근동 무진들이 알게 되면 질타를 면키 어려울 것이다. 아무려나 그건 나중 일이다.

"그리할게."

조금 빠르게 말을 움직이는 반야에 나란히 맞춰 동마로도 말을 몬다. 고욤나무 근방에서 기다린다는 살기가 정말일까. 어린 날부터 무수히 반야의 예시들을 지켜보았음에도 이따금 확인하고 싶은 것도 사실이었다. 때때로 무서워할 줄도 아는 사람인데 어떻게 남의 머릿속을 훤히 들여다보는지. 고욤나무 어름에 이르렀다. 키 큰 사람 키 높이로 늘어진 가지에 오색등 하나가 매달려 보일 듯 말 듯 간드작거렸다. 등불 밑을 막 지나는데 예상했던 인물들이 뛰어나왔다. 복면한 놈들이 여섯이다. 동마로는 화풍의 엉덩이를 때려 내달리게 하고 뛰어내림과 동시에 연풍의 엉덩이도 쳐서 따라가게 한다. 놈들은 말들이 뛰니 덩달아 뛰기 위해 우왕좌왕하다 동마로에 가로막히자 겸두겸두 칼을 겨눈다.

품새들이 엉성한 걸 보니 기껏해야 저희들 근동 장터에서 힘깨나 쓸 법한 왈패들이다. 행전 속에 든 칼을 뽑을 필요도 없다. 동마로는 놈들의 공격을 기다리지 않고 가까운 놈을 향해 몸을 날린다. 동마로의 발에 찍힌 머리가 돌아가면서 칼을 놓친 놈이 풀썩 나가떨어진다. 길게 끌기 싫은 동마로는 땅에 떨어진 칼을 차올려 잡고는 다섯 놈의 칼을 견제하면서 놈들을 손과 발로 쓰러뜨렸다. 손끝과 발끝에 놈들의 혈과 관절들이 척척 감긴다. 지난 십 년 가까이 그다지 시험해 본 일이 없었던 실전이었다. 재작년 여름 왜관에서는 간자의 목숨을 단숨에 제거하고 달아나기 바빠서 몸을 쓴다는 의식조차 못했다. 지금은 죽이지 않아도 되는 상대들을 향해 몸을 쓰니 신난다.

반야가 다치지 않게 하라 하여 시간이 약간 더 지체되었으나 놈들은 서운하리만치 쉽사리 널브러졌다. 동마로는 놈들을 끌어다 고욤나무 안쪽 숲에다 나란히 눕혔다. 나름 조절했지만 도고 관아에서부터 돋았던 분기가 워낙 강했던 탓에 힘을 지나치게 쓰기는 했다. 놈들은 내일 낮이나 되어야 정신이 들 것이고 스스로 움직이려면 이틀은 더 걸려야 할 터였다.

"다 치웠어?"

저만치 가다 멈춰 서서 동마로가 움직이는 것을 지켜보던 반야가 돌아와 물었다. 놈들의 칼을 길 건너편 풀숲에 던진 동마로는 반야가 붙들고 있는 화풍의 고삐를 잡아 잔등을 두어 차례 다독여 준 뒤 오른다. 미타원에서 들리는 장단은 굿거리 가운데 여흥 장단이다. 보통 터주굿과 조왕굿과 성주굿과 제석굿과 조상굿으로 진행되기 마련인 안택굿이니 지금쯤 터주굿이 끝나고 노는 시간일 것이다. 며칠 동안 준비했던 음식들이 일제히 나누어질 것이다.

"이따 사람들을 내려보내 저들을 멀리 내다 두어야겠습니다. 깨어나면 어리둥절하겠지요. 겁도 날 테고요. 어쨌든 여긴 마무리 되었으니 올라가지요. 아직 방화범들이 남아 있지 않습니까."

"보는데 재미났어. 그리 재미있는 것이면 어릴 때부터 나도 데리고 공세포로 다니지 그랬어? 혼자 날마다 도적질 배우러 다니는 줄 알았구먼."

농담인 것 같아 동마로는 얼떨결에 웃기는 한다. 웃고 나니 한숨이 났다. 앞으로 저를 지키거나 제 명을 따르기 위해 움직일 숱한 계원들의 몸부림을 알기는 할 것인가. 반야가 미타원으로 돌아온 며칠후 찾아온 몇 명의 무진들이 반야에게 칠배하는 걸 봤다. 쉰 몇 살에서 예순 몇 살인 그들은 수십 년씩의 수련을 거치며 숱한 명을 따르고 난 뒤에야 그 자리에 오른 사람들이었다. 그들 위에 있는 부령들은 말할 것도 없었다.

반야는 입계와 동시에 최상위 명령자가 되었다. 대체 어떻게 그런 일이 가능한가. 사신계의 한가운데에 있는 칠성부의 중심에서 일어난 일이므로 동마로는 어떻게 그렇게 될 수 있는지 알 수 없고 알아서도 안됐다. 웃기나 할 수밖에 없는 것이다.

"그리 재미나 보이시면 강수, 꽃님이하고 같이 배워 보시든가요."

"배워야 할 게 너무 많아 무술까지 배울 자신은 없어. 그러니 그쪽은 그대가 알아서 해."

"알겠습니다. 대신 제 쪽에 관한 일이 생길 땐 제 말도 좀 따라 주세요."

흐릿한 빛 속에서 하하 웃은 반야가 말을 움직인다. 집 어름에 당도했을 때는 지레 불이라도 난 것 같다. 미타원 마당에서 흘러나온 오색 불빛들이 대문 건너 팽나무에 매달린 등불들과 아울러 넘실거린다. 조왕굿이 막 시작된 듯 새로운 굿판이 열리고 있었다.

"인간의 차지는 가오행이라 하옵더이다. 초하루 하귀 조왕님네. 열흘에 중개 조왕님네 스무하루 팔만사천 제대조왕, 금덕비운 수철 잡던 바래 장군!"

조왕굿 사설이 미타원을 가득 채우며 울려 퍼졌다. 이 굿거리에서는 성화 무녀가 주무이고, 을순 무녀와 삼덕이 조무였다.

반야가 일곱 살 정월 보름에 치렀다는 신맞이굿은 동마로도 못 보았다. 열세 살 봄, 지금과 같은 꽃맞이굿을 하기 위해 머리를 올리고 굿판에 나선 반야는 작두를 탔었다. 이른바 선등屳嶝 춤이었다. 보통은 여물이나 써는 작두가 굿판에서는 영물이라 했다. 그 전날 할머니가 두 자루의 작두를 날이 시퍼렇게 갈더니 반야의 붉은 치마로 감싸 조왕 단지 위에 놓았다. 이튿날, 꽃맞이굿판은 작두날을 안고 있던 조왕신에게 제를 지내는 것부터 시작되었다. 마당 가득히 모조리 무녀인 듯한 여인들이 모여 있었다. 여러 굿거리를 마친 할머니가 부엌으로 뛰어가 작두를 어깨에 메고 굿판으로 되돌아왔다. 여섯 층의 떡시루로 쌓인 작두 탑 위에 작두날이 하늘을 보도록 묶였을 때, 그 곁으로 맨발의 반야가 다가들었다. 굿판이 무르익어 장단이 태풍처럼 거칠어졌을 무렵 반야가 삽시에 작두 탑 위에 올라서 있었다. 아아! 사방에서 구경꾼들이 신음 소리를 냈다. 동마로는 제 입을 주먹으로 막으며 작두날 위에서 삼현 육각에 맞춰 춤추는 반야를 보았다. 선등 탑 꼭대기, 작두날 위에서 펄쩍펄쩍 뛰는 반야는 동마로가 알던 반야가 아니었다. 신당이 아니라 작두날 위에서 공수를 쏟아 내는 반야도 익히 알던 반야가 아니었다. 동마로의 작은 가슴이 작두날에 썩썩 썰리는 것 같을 때 반야가 탄 선등 주변에는 돈이 마구 쌓였다. 그리고 며칠 뒤 할일 다한 듯 할머니가 세상을 떠나셨다. 반야는 다시 작두를 타지 않았고 굿도 하지 않았다.

오늘 굿도 구경만 할 반야가 담장 밖을 돌아 계곡으로 곧장 향한다. 계곡에는 미리내와 오두기가 등불과 옷을 들고 나와 있었다. 반야는 옷을 입은 채 샘 안으로 쑥 들어가 앉는다. 어릴 때부터 목욕이 잦은 대신 목욕 시간이 길지 않은 반야였다. 그런 사람이 앞서 관아에 들어갔다 나왔을 때는 물 속에서 몇 식경이나 보내곤 했다. 온몸이 퉁퉁 불을 때까지 몸을 담근 채 부륵부륵 몸을 문질러댔다. 그땐 그 심정을 몰랐다. 지금도 다 안다 하기는 어려울 것이다. 어둠 속에서 반야를 지켜보던 동마로는 집으로 올라왔다. 언뜻 보면 아무도 없는 듯한 어둠 속 곳곳에 계원들이 숨어 있다가 동마로가 나타나면 인기척을 했다.

떡을 얻어먹으러 온 아이들과 구경거리 찾아 올라온 노인들, 봄바람 들린 반야의 신도들. 성화 무녀와 을순 무녀가 데리고 온 그들의 권속들. 마당을 빙 둘러 매달린 오색등 아래 모인 사람은 이백 명은 넘음직했다. 늘 사람이 끓는 집이긴 했으나 한날한시에 이렇게 많이 모이기는 처음이다. 등불이 울긋불긋하여 사람들도 죄 색색으로 보였다. 멍석을 깔고 앉아 잔치를 지켜보는 사람들 중 누가 불을 낼 사람일지는 가늠할 수 없다.

집안 곳곳을 둘러보고 나서 다시 대문 앞으로 오니 조왕굿거리가 끝났는지 제물상에서 물려 나온 제물들이 사람들 사이로 나누어진다. 술 대신 동이째 나온 감주도 바가지에 담겨 돌아다닌다. 감주만으로도 취할 수 있는 여인들이었다. 아직까지는 앉아 구경만 하고 있지만 성주굿과 제석굿에 이르면 난리법석이 날 것이다. 굿판에서 여인들이 얼마나 난장을 치는지 여러 차례 목격한 동마로였다. 어떤 굿판이든 여인들에게는 한가지였다. 그들은 무녀의 사설과 공수와 춤에 따라 눈물 줄줄 흘리며 웃고, 깔깔대며 울었다. 너나없이 무녀가 된 듯 춤을 췄다. 아마 그 틈에 방화범들이 움직일 것이다. 반야가 오두기와 함께 마당에 나타나 여인들 새에 끼어들었다. 그러자 삼덕이 붉은 철릭을 걸치고 고깔을 쓴 채 성주거리에 나섰다. 동마로가 사람들을 살피며 옮겨 다니는데 지석이 다가와 속삭였다.

"방금, 안채 뒤 숲과 이어진 담 밑에 엎드려 부싯돌을 부딪던 두 놈을 잡아 무진 쪽으로 옮겼소."

"잘하셨습니다. 더 경계해 주세요."

지석에게 이른 동마로가 안채 옆구리를 돌아 마당으로 막 나서려는 찰나, 부엌으로 들어가는 두 여인이 보인다. 물이라도 마시러 들어가는 듯 짐짓 태연한 그들 몸짓이 엉성하다. 굿거리에 맞춰 거푸 시루떡을 쪄내고 있는 부엌 아궁이에는 지금도 벌건 불이 타고 있었다. 동마로가 부엌으로 다가드는데 굿판에서부터 여인들을 뒤쫓아 온 듯한 미리내가 동마로를 향해 급한 손짓을 하며 부엌으로 뛰어든다. 동마로가 들어가니 문 안쪽에서 바깥을 살피고 있었던 듯한 여인이 넘어져 있고 한 여인은 불꽃이 살아 있는 장작개비를 든 채 나무청 앞에서 미리내한테 손이 잡혀 있었다. 스물 몇 살쯤으로 보이는 젊은 여인이 놀라서 손에 들고 있던 장작개비를 툭 떨어뜨린다. 동마로가 장작개비를 집어 올리고 나무청으로 튄 불꽃을 밟는 사이에 여인은 미리내 품 속에서 혼절했다. 주변에 있던 계원들이 다가와 여인들을 별채로 옮겨 갔다.

신당 마당의 사람들은 삼덕을 따라 춤추거나 사설을 따라 부르며 흥에 취했다. 반야가 그들과 어우러져 있었다. 관아 일 같은 건 없었던 듯, 조금 전 고욤나무 밑에서 벌어진 일 같은 것도 없었던 듯 눈부시게 흰 자태로 너울너울 춤을 추었다. 사람들 사이에 있어도 저리 눈에 띄어 버리는데 직접 굿까지 하고 돌아다녔더라면 얼굴 또한 이름만큼이나 알려지고 말았을 것이다.

'굿을 아니 하였기 다행이다!'

동마로는 어둠 속에서 중얼거리고는 별채로 향한다. 별채 마당에는 서너 명의 사신계원들이 포진했고 혼절한 네 사람은 문이 열린 강수 방에 주검들처럼 누워 있었다. 옥종 무진은 그 곁에서 태연하게 굿판 사람들 몰래 건너온 술을 마신다. 자그맣고 다부진 체구의 무진은 쉰한 살이다. 인상이 설렁설렁해 얼핏 보면 하는 일 없이 늙어 가는 초로 같지만 공세포구의 배들 중 절반이 그의 소유였다. 공세포 어름의 어창들이며 땅들도 거의 그에게 속해 있는 듯했다. 그의 휘하에서 수십 명 계원과 그 식구들이 넉넉하게 살았다.

"두 사내와 두 계집 중 누굴 깨워 오늘 밤의 이 법석에 대한 이야기를 물어볼까? 아예 작정하고 달려든 듯한데, 방화범이 더 있을지도 물어봐야지?"

"나이 든 여인을 깨워 주십시오."

"내가?"

"그럼 누가 합니까?"

"자네가 해야지. 기절시킬 줄 알면 기를 통하게 할 줄도 알아야 하거니와 자넨 이미 알고 있잖아. 생사람을 상대로라도 해봐야 할 터, 기회 됐을 때 해봐. 백회혈에 자네 기의 일할 정도 쏟아 두 숨 참쯤 짚으면 될 것이야."

술을 또 한 잔 따라 쭉 들이켠 무진이 커, 좋다, 하며 빙긋 웃는다. 미리내가 와서 마루에서 절을 하자 술병을 들고는 어슬렁어슬렁 삼덕의 방으로 들어간다. 동마로는 마흔 살 가량 돼 보이는 여인을 미리내에게 일으켜 앉히게 한 뒤 혈을 짚는다. 일할의 기운이 어느 정도인지를 계량해야 하는데 두 숨의 참은 너무 짧아 본능적으로 움직여야 했다. 미리내한테 늘어진 채 안겨 있던 여인의 몸에 힘이 생기는 게 손가락 끝에 느껴진 순간 동마로는 잽싸게 손을 떼고 몸을 물린다. 미리내가 여인의 몸을 가만히 흔들자 눈을 뜬 그네가 주변을 둘러보다 놀라 소스라친다. 곁에 누운 사람들이 죽은 줄 아는 듯했다. 미리내가 여인에게서 떨어져 앉으며 말했다.

"잠깐 기절했을 뿐이니 걱정 마세요. 아주머니를 보내신 댁에서 이 댁에다 왜 불을 놓고자 했는지는 저희들도 짐작합니다. 어느 댁에서 오셨는지, 몇 사람이 왔는지 말씀하십시오. 미리 말씀드리는데 아주머니, 저 앞마당에 사람이 꽉 차 있지만, 아주머니와 옆에 누운 이 사람들이 이 방에 들어 있는 건 아무도 모릅니다. 아주머니가 여기서 숨이 끊긴다 해도 아무도 알지 못하고, 주검 찾으러 올 사람도 없을 거라는 뜻입니다. 아주머니를 여기 보내신 댁에서, 이 집에 불 놓으러 보낸 식구 내놓으라고 찾아오겠어요?"

뜸 들이고 재는 법 없이 곧장 치고 들어간 미리내의 서슬에 내막을 술술 털어놓은 여인은 풍세 고을 솔모랭이 우 참봉네서 왔다. 참봉 댁 마님이 꽃각시 보살 때문에 아드님이 옥청에 갇히고 난 뒤로 걱정과 분기로 잠을 못 이루다가 분이라도 풀자고 생각해 낸 게 무녀 집을 태우자는 것이었다. 젊은 여인은 참봉의 며느리, 옥청에 갇힌 우생의 안해라 한다. 봄볕에 바싹 마른 초가지붕에 작은 불꽃 하나만 댕겨졌어도 삽시간에 온 집안으로 번졌을 것이고 산으로도 이어졌을 것이다. 사람들이야 피신을 하겠지만 꽃각시 보살의 명성에는 치명적인 손상이 생겼을 것이다. 제 집에 불날 줄도 모르는 점쟁이를 누가 찾아올 것인가. 사람이 찾지 않는 점쟁이는 산송장이나 다름없다. 꽃각시 보살 때문에 집안이 망가졌다 여긴 집들에서 생각해 낼 수 있는 복수로는 최상의 방법이었다.

"그러니까 아주머니는, 며느리한테 죄를 지으라고 명하는 분들을 상전으로 모시고 있는 거군요. 하면, 저기 저 사내들은 누굽니까?"

"우리 댁 사람들 아니오. 모르는 사람들이오."

홀로 척척 해내던 미리내가 동마로를 돌아보았다. 동마로는 사내들 옆으로 다가가 그중 나이 든 자의 혈을 짚는다. 그새 요령이 생겨 조금 전 여인을 깨울 때보다 쉽다. 서른댓 살 남짓한 사내가 눈을 뜨더니 놀란 얼굴로 벌떡 일어나 앉았다. 사내한테는 동마로가 물었다. 어둠 속에서 정체 모를 힘에 제압되었던 걸 깨달은 사내도 겁에 질려 술술 털어놓는다. 배방 고을 옷밥골 양 생원 집에서 온 자였다. 그와 함께 온 자는 배 생원 집의 소작인 중 한 사람이라 한다. 그도 제 주인이 시킨 일 이외에는 아는 게 없었다. 어디나 명하는 자와 명을 따르는 자들이 존재했다. 따르는 자들은 자신들이 하는 일의 내용을 모르기 일쑤였다.

"돌아가 상전들께 전하십시오. 꽃각시 보살은 이런 모의쯤, 미리 다 보는 사람이거니와 온율동 정 참의 댁과 용문골 이 승지 댁 비호를 받고 있다고요. 무엇보다 귀신들을 꿰고 사는 사람이니 두 번 다시 허튼 맘 잡숫지 말라 하더라고 말씀드리십시오."

"살려, 주는가?"

"물론입니다. 일행은 깨워 드릴 테니, 이제 조용히 돌아가십시오. 이 방에서 나가시면 마당 오른쪽에 쪽문이 있습니다. 사람들 눈에 띄지 않게 속히 돌아가세요."

동마로는 아직 기절 중인 사내를 먼저 깨워 두 사람을 내보냈다. 그들이 별채 쪽 문을 나섰다 싶을 즈음 젊은 여인을 깨워 미리내한테 맡기고 방을 나왔다. 삼덕 방으로 들어간 옥종 무진은 야금야금 술을 마시며 삼덕이 공부하는 『성신말법 동매무가』를 넘겨다보는 참이다.

"재미나다. 아주 재미나. 아녀자들이 저리 잔뜩 모여 죽자 사자 노는 건 내 평생 처음 맞는 광경이거든. 무가집도 처음이고. 누구 글씨가 이리 어여뻐? 동매라는 분이 쓰신 글이신가?"

"그 글은 저희 어머니가 쓰셨습니다. 필체도 그렇지만 문장이 좋으시지요. 누이께서, 장차 필사되어 널리 익힐 거라 말씀하시더이다. 그건 그렇고 소제, 무진께 곡진히 드릴 말씀이 있습니다."

"서설을 왜 달아, 내외하나?"

"아까 누이 모시고 돌아오던 길에 자객이랄 수도 없는 엉성한 칼잡이 여섯을 만났습니다. 길옆 풀숲에 뉘어 놓았습니다."

"시끄러운 놈들 재웠다니 잘 했구먼. 그게 문제일 리는 없고, 뭔 일인데?"

"누이가 입계하시기 전, 소생이 명받아 저 아랫녘에 가 있을 때부터, 관아에서 현령이 불러 가는 모양입니다. 오늘 낮에도 불려 갔다가 굿판에 늦게 당도한 것이고요."

"현령이 무녀인 자네 누이를 불러다 무엇을 하는데?"

무진의 질문에 동마로의 가슴이 작둣날에 닿은 듯하다.

"무얼, 하겠습니까."

술기가 제법 올랐던 무진의 얼굴에서 웃음기가 싹 걷혔다. 동마로에 시선을 준 채 무가집을 조용히 닫는다.

"그 이야길 왜 이제야 하는 게야?"

"오늘, 뒤 시간 전에야 알게 됐습니다. 마중 나갔다가."

"허어, 이런 미련한 놈을 보았나. 십 년 공부 도로아미타불이라더니 네 놈이 영락없이 그 짝이로구나."

처음 만난 이래 옥종 무진은 동마로의 엄한 아버지였고 자애로운 스승이었다. 그의 믿음을 자양분으로 커온 동마로였다. 미련하다는 그의 나무람에 뼈가 아픈 까닭은 그의 나무람 탓이 아니다. 무진도 동마로의 뼈아픔을 모를 까닭이 없다.

"내, 그자를 조금 안다. 충주 태생으로 영특하여 일찌감치 급제하고 벼슬길에 나선 자라 들었다. 일찍 급제한 것에 비해서는 벼슬이 별것 아닌 셈이고. 제 욕심보다 낮은 벼슬일 터이나 간특하여 고을 원으로 재직하며 한 재산 모으는 수단을 부릴 줄 아는 자이지. 더 알아보기로 하자. 굿판 틈 보아 누이를 이쪽으로 모셔오도록 해. 자의이셨을 리 만무, 다시 그런 일을 겪게 하실 수는 없지."

"하온데 누이는 제게, 아무 일도 벌이지 말라 하더이다. 계에 들기 전에 시작된 그자와의 일대일 싸움이라고 무진께 아뢰지도 말라 했습니다."

"아직 어리시어 사람살이를 모르시는 게지. 젊으시어 혈기 난만하신 게고. 허나, 단순히 네 누이기만 했어도 그냥 못 넘어갈 일이매, 우리 모두의 아씨이신 분을 일대일 싸움판에 내놓아 두고 우리가, 또 계가 존재할 까닭이 무어냐. 내막을 알아보고 방법을 찾아보자. 우선은 그 초상난 얼굴 거두고, 굿이나 보고 떡이나 먹자꾸나."

실상 동마로 혼자서는 어떤 힘도 없었다. 혼자 죽는 것으로 끝날 수 없는 일이매 아무 짓도 벌일 수 없었다. 동마로는 비로소 꾹꾹 눌러 참았던 숨을 조심스레 내어쉰다. 아래채에 반나마 가려진 신당 마당에서 제석거리 사설이 울리고 있었다. '제석님을 볼작시면 얼굴은 관옥이요 풍채는 두목지라. 인물의 소신은 이마 위에다 딱 붙이고 백 폭 큰 장삼은 진홍 띠 둘러 띠고 가사 털어 입고 염주는 목에다 걸고 단주는 팔에다 걸으시고……' 삼짇날 밤 별만큼 높은 무녀 삼덕의 목소리다.

화마火魔를 입다

흔훤 만신은 자리에서 일어나지는 못했으나 웃음 띤 얼굴로 반야를 맞았다. 반야가 다가드니 힘겹게 손을 내민다. 우듬지처럼 메마른 손이 벌써 서늘하나 표정은 그지없이 평안하다.

"스승님께서 이생에 계시는 동안 한 번 더 뵙고 싶어 급히 왔나이다."

"그대를 기다렸어요. 이리 보니 좋구려."

"한 일 년, 더 계시다 가시렵니까?"

반야의 농담에 흔훤 만신이 환히 웃는다. 옆에 있던 그의 제자 향업과 모올도 젖은 눈으로 웃는다. 석양이 방문에 어리기 시작했다. 이 시각에 맞추기 위해 어제 새벽 인시 무렵에 길을 떠나왔다. 새벽 불공을 드리기 위해 일어나다 불현듯 이승을 떠나려 하는 만신의 영을 느꼈던 것이다. 시간이 하루쯤 더 남은 줄 알았는데 아니다. 흔훤 만신의 이생은 한 식경 가량 남았다.

"한도 원도 없이 살았소. 환생하지 않아도 될 게요."

"소제도 그리 살 수 있겠나이까?"

"그리 사세요."

"뜻하신 대로 되시더이까?"

"아니 되었지. 해서 재미났고."

임종 자리에서 이렇게 웃을 수도 있는가 보았다. 할머니 동매는 열세 살 반야가 낮잠 자는 새에 떠났다. 동매는 그 마지막 잠에 들기 전까지 반야한테 무가 연습을 시켰다. 반야는 이제야 할머니가 그토록 치열하게 수련을 시킨 까닭을 알게 되었다. 신맞이굿을 한 일곱 살 때든, 작두를 탄 열세 살 때든, 사신계를 미리 알았더라면 더 열심히 배웠을지. 그건 알 수 없다.

"소제한테 남겨 주실 말씀이 계시어요?"

"나는 나 대로 살았소. 그대는 그대 대로 살면 되지. 내, 육신을 버리는 동안 그대는 반야심경으로 목청이나 틔우시구려."

"그리하겠나이다. 내생에도 못 뵙는다니 지금 하직 인사올립니다, 스승님. 평안하소서."

반야가 일어나 절하니 누운 채 고개를 끄덕인 흔훤 만신이 웃는 얼굴로 잠이 든다. 그 곁에서 반야는 반야심경을 나지막이 읊조리기 시작한다.

"관자재보살 행심반야바라밀다시 조견오온개공……."

모올 무진과 도무녀 향업이 뒤늦게 사태를 깨닫고는 반야에 맞춰 경문을 읊는다. 반야심경을 두 번 마쳤을 즈음, 만신의 영이 몸에서 분리되었다. 몸을 떠난 영이 일고의 미련 없이 열린 문을 통해 밖으로 나가더니 사라졌다. 환생하지 않아도 되는 하늘, 윤회를 벗어난 하늘로 올라가 버린 것이다. 반야는 감히 쳐다볼 수도 없는 하늘이다.

집 옆 공터에 다비 준비가 돼 있었다. 숨 거둔 즉시 육신을 태우라는 유지에 따라 흔훤 만신의 주검은 금세 수의에 싸여 관 속으로 옮겨졌다. 제를 지내는 것은 순전히 남은 자들의 자위다. 흔훤 만신의 육신이 담긴 관이 벌겋게 타오르는 장작더미 위에서 녹아들었다. 조용히 다비가 이루어지는 동안 반야는 불길이 멀지 않은 맨땅에서 불기운을 이불 삼아 잠이 들었다.

미리내가 반야의 머리를 제 무릎에다 올려 다독이는 걸 동마로는 몇 걸음 이편에서 지켜보았다. 말을 달려오느라 둘이 다 사내 복색이었다. 꽃각시 보살이든, 칠요이시든, 시영 도령이든, 미리내와 오두기가 있어 동마로는 반야의 몸수발을 직접 할 필요가 없어졌다. 반야가 이생을 버릴 때까지 이렇게 한두 걸음 거리에 존재해야 하는 게 동마로의 일이었다.

새벽에 흔훤 만신의 다비가 끝났다. 사리를 수습하자면 하룻밤은 더 지나야 한다고 했다. 불꽃이 다 사그러들어 재가 되기를 기다려야 하는 것이다. 잠든 채 방으로 옮겨진 반야는 내리 잤다. 미리내가 그 곁에서 몇 시간을 자고, 그 옆방에서 동마로가 몇 시간을 번갈아 자는 동안에도 반야는 한 번도 깨지 않는다. 영원히 잘 사람 같다.

열흘 뒤 보름날에 오령 회합이 예정돼 있었다. 오령 회합이 천안 태조산 원각사에서 열린다는 통문이 온 게 열흘 전이었다. 새 칠요의 거점을 배려하여 정해진 장소인 듯했다. 통문을 받은 뒤 동마로는 홀로 천안 칠성부에 들러 반야의 이동을 알리고 원각사에도 다녀왔다. 온양에서 천안까지 말을 타고 오가는 시간만 치면 반나절 길이었다. 한양에서는 가는 데만도 이틀은 잡아야 할 터. 반야가 만신의 초상을 치른 뒤 한양에 들르겠다고 했으니 한양에서 며칠 머물다 태조산으로 가면 될 것이었다.

동마로는 이번에 가게 될 한양이 처음이다. 북악산 밑 홍지문 바깥에 가마골이라는 마을이 있다 했다. 가마골 웃실에는 반야가 어린 날 살았고 다시금 반야가 구입했다는 집이 있어 한양 칠성부에서 그 집을 칠요의 거처로 단장하는 중이라 했다. 또 이번에 반야가 가서 묵게 되는 혜정원이라는 객점이 미리내와 오두기가 난 선원이라는 말도 들었다. 칠요의 호위가 되니 눈이 새로 생긴 듯 미리 알게 되는 일이 많아졌다. 평생 현무부령이 누군지 모르고 살 수도 있었을 텐데 사신계 오령들을 한자리에서 뵙게 될 날이 마련되어 있을 줄 어찌 알았으랴. 오령 회합 통문을 받은 뒤 동마로의 가슴이 모처럼 설레었다.

　반야가 자고 일어난 사이에 만신의 육신은 두 홉 정도의 사리로 추려져 있었다. 반야는 모올 무진과 향업 무진, 무녀 영추 등과 더불어 사리함을 앞에 두고 새벽 불공을 드렸다. 불공이 끝난 뒤 반야는 흔훤 만신의 제자들과 마주 앉았다.

　"여러분들이 이미 들으셨다시피 만신께선 당신 흔적이 세상에 남지 않기를 바라셨습니다. 사리함을 마당 한쪽에 깊숙이 묻으시고 잔디를 동그랗게 까시되 비석 세울 생각은 마시어요. 제祭도 더 이상 지내지 마시고요. 서운하시더라도 이미 윤회에서 벗어나신 분의 함자를 어지럽히지 말자는 뜻입니다."

　"예, 아씨."

　"그동안 어른 모시느라 고생들 많으셨습니다. 이 집에서 무업은 향업께서 이어 가십시오. 향업 만신의 이름이 널리 퍼지실 텝니다.

오늘부로 흔훤께서 가꾸신 이 집을 흔훤사欣暄舍로 명명하며 칠성부 양평 선원으로 정합니다. 모올 무진께서 약방을 맡으시고 향업 무진 께서 신당을 맡으십시오. 부령입니다."

며칠간 제대로 못 잔 데다 스승을 잃은 슬픔에 막연히 듣고 있던 여인들이 부령이라는 말이 떨어지자 벌떡 일어났다. 신단이 북쪽을 향해 있으므로 모올과 향업의 칠배는 신단과 칠성부령인 반야를 향 해 동시에 이루어진다. 반야가 마주 절했다.

"두 분이 어련히 잘 하실 터입니다만, 부령으로서 덧붙입니다. 모 올 무진께서는 앞으로 여기가 큰 도량이 될 수 있게 애쓰시고, 더불 어 흔훤약방주欣暄藥房主로서 백성들을 널리 도와주시고, 향업 무진 께서는 모올 무진과 더불어 도량을 꾸리시면서 만신으로서의 이름 을 아름다이 높여 주십시오."

향업이 만신의 무업을 이어가고 의원 모올이 이곳에다 약방을 연 다는 건 지난해 가을 반야가 묵는 동안 서로 간에 숙지된 사항들이 다. 흔훤 만신이 일찌감치 정리를 해놓았기도 했다. 칠성부만이 아 니라 사신계 내 부령들이 살던 집은 부령이 떠난 뒤 도량이 되는 게 관례였다. 흔훤 만신에게 혈육이 있었다면 칠성부 재산과 개인 재산 을 분리하는 과정이 선행되었을 것이다. 흔훤은 이생에 한 점의 피 붙이도 남기지 않고 떠났다. 하여 그의 일생이 오롯이 사신계원들의 삶의 터전으로 남게 되었다.

반야가 곤전의 상궁과 나인한테 이끌려 간 곳은 대조전이다. 삼경 을 알리는 종소리가 난 뒤였다. 밤 깊은 대조전은 잠들지 못한 채 불이 밝다. 십육 년 전 첫 번째 세자를 잃고, 그로부터 여섯 해 만에야 어렵사리 다시 얻은 세자가 또 원인 모를 신열을 앓은 지 닷새째. 곤전께서는 대전 모르시게 어의들을 물리고 무녀를 불러들였다. 대조전에 가까운 돈화문이나 홍화문 등을 두고 먼 요금문을 통해 입궁한 반야가 몇인지도 모를 문들을 거쳐 세자의 병실에 들어섰을 때 방 안에는 곤전과 어린 빈궁과 나이 든 상궁 둘이 있었다. 방 중간에 반투명한 휘장이 내려졌다. 그 안에 누운 이는 세자고 앉은 이는 보모 상궁인 최씨다.

주 상궁이 낮은 목소리로 곤전께 예를 올리라고 반야한테 이른다. 곤전의 지밀 상궁은 칠성부 오품이라 했다. 들어오는 길에 그에게서 궁중 예법을 수십 가지 들었으나 반야는 유의하지 않았다. 지금까지 익히지 못한 게 잠깐 사이에 달라질 수 있으랴. 되어 가는 대로 처신하기로 한 터였다.

나인 복색으로 들어온 반야는 곤전께 큰절을 올리고 어린 빈궁께도 인사를 올린다. 반야의 인사를 받는 빈궁의 눈이 의문으로 커진다. 어디선가 보았던 사람인데 그때 본 사람과 지금 사람을 일치시키지 못해 어리둥절한 눈빛이다. 반야는 고개를 숙였다 들며 예, 하는 입 모양을 만들어 빈궁의 의문을 불식시킨다. 이왕 시작된 궐 출입이라면 무녀 반야의 존재를 인식시킬 필요가 있었다. 반야를 톺아보던 곤전이 하문한다.

"예상보다 훨씬 젊은 무녀로구나. 네 나이가 몇이더냐?"

"스물한 살이옵니다."

"어디 살고 이름은 무엇이냐?"

"소소라 하옵고 북악 뒤편 가마골에 깃들어 있나이다."

"그랬다 참, 주 상궁이 세검정 길목의 가마골, 무녀 소소라 했어. 내가 시방 어진혼이 나가서 방금 일도 도통 기억을 못하느니라. 다가가서 우리 동궁을 살펴 보거라. 왜 열이 내리지 않는지, 귀신이 들었는지, 단순한 병인지 한번 보아. 귀신이 들었다면 내 대궐을 전부 뒤집고라도 이번에는 푸닥거리를 하고야 말리라. 여봐라, 휘장을 걷어라."

지난날 푸닥거리를 못해 효장세자를 잃었다고 여긴 곤전의 목소리가 사뭇 결연하다. 동궁의 병실을 대조전에 차린 것만 해도 유다른 애정과 걱정이 깊음이다. 상궁들이 양쪽에서 휘장을 걷어 올린다. 반야는 가만히 일어나 세자 곁으로 다가 앉는다. 이마에 흰 물수건을 얹은 세자의 자그만 얼굴이 벌겋다. 반야는 세자 이마의 수건을 들어 건너편 최 상궁에게 주고는 세자의 이마를 짚는다. 뜬것들에 들린 게 아니거니와 영이 강한 몸이라 뜬것들이 침입할 수도 없다. 아직 어린 세자는 제 안에서 치민 열화에 휩싸여 있다.

"곤전마마, 혹여 저하께옵서 앓으시기 전에 맘을 다치신 일이 계셨사옵니까?"

"세자가 맘을 다쳐? 글쎄다. 이보오 빈궁, 근자에 동궁이 맘 다치실 일이 있었을꼬?"

동궁과 빈궁이 가례를 올린 지 겨우 두 달째였다. 동갑내기 어린 내외는 동무처럼 사이가 좋아 각자의 공부 시간 틈틈이 만나 어울려 놀았다. 빈궁이 망설이다 아뢴다.

"이레 전에, 아바마마께 꾸중을 듣고 오신 뒤 한참 우시긴 하였사옵니다. 그리고 통 말씀을 아니 하시더이다."

"그때, 공부 게을리 한다고 부왕께 걱정 들은 걸로 세자가 울었단 말이오? 겨우 그만한 일로? 그리고 그리 울고 났으면 후련히 털어냈을 터인데, 심화를 앓아? 얘, 소소야. 동궁께서 지금 심화에 들려 계신 게냐? 귀신이 아니고?"

"뜬것들 침범이 아니신 게 분명하온데, 보통 열병도 아닌 듯하시니 심화로 속을 상하게 하고 계신가 하옵나이다."

"하면 어린 사람 심화는 무엇으로 다스려야 하느냐? 정신이나 차려야 달래 보든지 할 게 아니냐."

귀신 든 것이 아니므로 어의들에게 열을 다스리라 해도 무방할 터이다. 동궁의 고집이 만만치 않아 해열제가 듣지 않고 있지만 어의들이 어떻게든 방법을 찾아낼 것이다. 그냥 물러나고 싶어 찰나 간에 생기는 핑계다. 세자의 뜨거운 심화를 가라앉히는 게 옳은가. 흘러가는 대로 두는 게 마땅하지 않는가.

대답을 어찌 올려야 하나 망설이다 어린 빈궁과 눈길이 맞닿는다. 무슨 인연인지 살피기 저어되어 눈 감고 있으나 작년 여름 안국방 사저에서 처음 만났을 때부터 안쓰러웠던 아기씨였다. 아기씨가 노론집안 출신이든 소론집안 태생이든 반야에겐 가여운 아기씨일 뿐이다. 동궁을 이대로 두고 나가도 당장 죽지는 않겠지만, 극한 심화는 필연코 몸을 치는 법. 반편이가 되거나 생산을 못하는 몸으로 성장할 수도 있다. 오래 살기나 하랴. 세자는 제 운수가 그렇다 할지라도 화월 같이 단아하신 아기씨가 구중궁궐 깊은 그늘에서 한번 피어 보지도 못하고 시들어 가는 것을 멀리서나마 어찌 지켜보랴. 삼로 무진에 따르면 효장세자빈이 그렇다고 했다. 효장세자가 아홉 살에 가례를 올리고 그 반 년 뒤에 타계하였는바 효장세자빈은 궐 깊은 처소에서 홀로 젊어졌다가 소리 없이 시들어가고 있다고.

"곤전마마, 소인이 저하의 옥체에 손대는 것을 허락하오시면, 우선 급한 열은 내려 보겠나이다."

"허락하고말고. 동궁을 구할 수 있다면 내가 무얼 못하겠느냐. 어서 할 바를 하여라. 나는 무엇을 할꼬?"

"휘장을 내려 주옵시고 아무 소리가 나지 않게 하옵시고, 혹여 나가는 이나 바깥에서 새로 들어오는 이가 없게 하여 주옵소서."

"동궁의 자궁慈宮께서 오고 계실 터인데?"

"그리 오래 걸리지 않으니 문 밖에서 잠시만 기다려 주시오면."

"알겠느니라."

휘장이 내려졌다. 휘장 안쪽 공간에는 보모상궁과 반야와 세자만 남았다. 세자 숨소리가 거칠다. 작년 여름 성상을 뵙고 그 기세에 눌려 주저앉았던 반야였다. 동궁의 기세도 부왕 못지않았다. 부자의 기가 부딪치면 어린 세자가 넘어질 수밖에 없었다.

"저하의 상의를 열어 주십시오."

반야의 요청에 보모상궁이 동궁의 옷고름을 풀어 가슴을 내놓는다. 강수와 같은 나이거니와 몸피도 비슷하다. 나머지는 다 다르다. 지체의 다름은 감히 견줄 수도 없으나 강수는 영이 맑고 환하다. 동궁은 영이 탁하고 거세다. 산만하기 이를 데 없다. 어찌 이리 못나게 나셨을까. 동궁의 전생이 확연히 보이며 코끝이 매큼해진다. 전생이나 이생이나 이 세상에서 가장 귀한 몸이나 그만큼 불쌍한 목숨이었다. 이왕 날 것이면 순한 성정을 타고 날 것이지. 생모가 계시는데도 그 젖을 제대로 못 먹고 떨어져 나와 천애고아인 듯 자란 동궁이 지금 성정 그대로 커난다면 임금 되기가 어려울 터였다. 승지 영감이 궁금해했던 게 그것이었다. 세자가 장차 보위를 이을 수 있을지. 하여 어떤 임금이 될 것인지. 어떤 임금인지가 백성들 살이를 좌우하므로 사신계로서는 그 점을 미리 살피고 싶은 것이었다.

'나자색선백 공점이엄지 여피계명주…… 나무 사만다 못다남 남.'

정법계진언을 읊어 방안을 깨끗이 만든 반야는 호신진언으로 스스로의 몸을 먼저 보호한다. '옴치림, 옴치림, 옴치림.' 온갖 죄업을 소멸하고 몸을 보호하여 병고와 재난을 없애 주는, 중생이 스스로를 위안할 수 있는 진언을 왼 것은 어린 동궁의 기와 맞서기 위함이다. 동궁의 기세에 눌려 그의 심화를 덮어 쓸 위험을 방지해야 했다.

준비를 마친 반야는 심호흡을 하고 동궁의 여린 가슴팍에다 왼손을 올리고 이마에 오른손을 놓는다. 뜨겁고 거친 기운이 세자 몸안에서 드센 여울처럼 요동치고 있었다. 제가 보는 모든 일이 못마땅하기만 하여 들끓는 그 기를 순하게 만들어야 했다. 반야는 낮은 목소리로 신묘장구대다라니를 읊조리며 스스로의 기를 낮춘다. 낮추고 잦추어 비운다. 부왕을 이기지 못해 발광한 드센 기운과 마주 싸워서는 동궁을 상하게 할 뿐이므로 스스로를 비워 세자의 거친 기운이 옮아오게 하는 것이다.

'사미사미 나사야 모하자라 미사미 나사야 호로호로 마라호로…….'

다라니를 반쯤 읊었을 때 동궁의 영이 반응했다. 둑에 막힌 채 휘돌며 파동 치던 물줄기가 출구를 찾은 듯, 거친 기세가 반야 몸속으로 밀려들기 시작했다. 순간 반야 몸속에 불이 나는 듯하다. 반야는 동궁에게서 옮아와 뜨거워지는 자신의 기운을 밖으로 뱉으며 다라니를 계속한다. 동궁이 움칠거리고 반야는 넘어지지 않기 위해 동궁을 짚은 손에 힘을 준다. 불이 이글거리는 화덕을 짚은 것처럼 손이 아리고 팔이 저리고 어깨가 흔들린다. 온몸의 거죽이 미어지는 듯한 통증이다. 동궁이 시달리고 있는 통증이기도 하다.

죽음에 이를 수 있는 열화였는데, 더불어 죽을 수도 있는 화마였는데, 아직 어린 몸이라고 가벼이 여겼다. 치명적인 실책이다. 그렇다고 이제 와 물러날 수는 없는 일. 이 교만이 나를 죽이리라, 하면서도 반야는 다라니 소리를 높이며 동궁의 상체를 일으켜 끌어안는다. 심장이 맞닿는다. 동궁의 화마가 두 몸에서 동시에 끓었다. 동궁의 심장이 터질 듯 부푼다. 반야의 심장도 고통으로 터질 것 같다. 둘이 다 죽든가 둘이 다 살든가, 기로다.

한 차례, 또 한 차례. 다라니가 세 번째 끝났을 때 물이 다 빠진 연못처럼 동궁의 기세가 잦아든다. 창백해져 땀을 흘리는 동궁을 뉜 반야는 전신이 땀에 흠뻑 젖어 바람에 쓸린 짚단처럼 모로 넘어진다. 사신계 칠요가 아니 되었다면 설령 현생의 자식이라 해도 스스로를 통째로 내어 주는 이런 일은 평생 하지 않으리라. 맥을 놓으면서 반야는 이생에서 자신의 마지막 순간이 이와 같으리라 생각한다.

오령 회합五令 會合

봄비가 절 마당을 패며 쏟아진다. 마당에 선 칠층석탑의 탑개 층층이 분수처럼 빗방울을 튕긴다. 빗발에 흔들리는 숲은 폭포 소리를 낸다. 이 비로 오랜 가뭄이 해소될 터다. 보름날 아침이다. 반야가 몹시 아프다. 이레 전 한밤중, 대궐에 들어갈 때 멀쩡했던 사람이 궁인들한테 업혀 나왔다. 얼핏 시신인 줄 알았다. 죽음에 이를 수 있는 세자의 화마를 뒤집어썼다고 했다. 대궐에서 나와 사흘을 쉬고 나흘에 걸쳐 여기까지 오는 동안에도 반야는 전혀 몸을 가누지 못했다. 이틀이면 왔을 길이 나흘이나 걸린 까닭도 반야가 혼자 말을 탈 수 없어서였다. 미리내와 동마로는 말 등에 긴 안장을 얹고 번갈아 반야를 안은 채 왔다. 말을 못 탈 곳에서는 업고 움직였다. 원각사에 도착한 뒤에 비가 내린 게 그나마 다행이었다.

큰스님을 뵙고 나온 동마로는 공양간에 들러 공양주가 마련해 놓은 죽 소반을 들고 건물들 처마 밑을 징검다리처럼 지나 요사에 이른다. 오시쯤에는 옥종 무진이 계원들을 이끌고 올 것이고, 신시 무렵이면 수 명씩의 호위들을 거느린 부령들이 도착할 터였다. 그 안에 반야가 일어나 몇 시간 앉을 만큼이라도 기운을 차릴 수 있을지 의문이다. 지금까지 기운이 소진되어도 아픈 적은 없었던 반야였다. 아무리 기진해도 한나절이나 하루 자고 나면 새 사람인 양 일어나곤 했다. 이번엔 달랐다. 어젯밤에 큰스님이 진맥하고 칠요께서 원기를 상실했다며 깊이 근심하셨다. 큰스님이 내린 약을 먹이고 있지만 반야는 차도를 보이지 않았다.

방 앞에서 기척을 내니 미리내가 나왔다. 며칠간 잠을 제대로 못 자 눈이 퀭해졌다. 간밤에도 번갈아 병석을 지키자 해도 고집을 부렸다. 칠요를 모신 지 반년 남짓 되었을 뿐인 사람의 그 지극함이 동마로는 신기했다.

"이건 내가 드시게 할 테니 걱정 놓고 미리내, 건너가서 아침 공양을 하세요. 그런 뒤 내 방에서 잠깐 눈을 붙여요. 아씨 곁에서야 잠을 못 잘 테니."

"그리하겠습니다. 한 시진만 잘 테니 혹 제가 못 일어나거든 꼭 깨워 주시어요."

밥은 못 먹겠는지 미리내가 그냥 옆방으로 들어간다. 동마로는 반야의 방으로 들어서서 소반을 내려놓는다. 새벽에 군불을 지폈던지라 방바닥은 따뜻하고 공기는 보송하다. 한 번에 마시지 못해 나누어 마시는 탕약 사발에서 약 냄새가 우러나 향내처럼 방안에 퍼져 있었다. 반야는 잠이 든 듯하다. 늘 기진해 잠드는 반야의 잠은 고통이었다. 그걸 동마로는 몰랐다. 타인의 삶과 미래를 보는 능력, 귀신들과 소통하는 능력은 사람으로 살기 어려운 천형이었다.

반야가 노상 자는 걸 보면서도, 집을 나서 걷던 숱한 길을 따라다니면서도, 총령을 받아 집을 떠나기 전의 동마로는 반야의 고통 대신 반야를 바라보는 자신의 고통만 느꼈다. 새임과 엮이고, 새임을 떠나와 반야를 기다리면서야, 김학주와 대적하는 반야를 보면서야, 사람 속내를 봐야 하는 그 무거운 고통을 어렴풋이나마 느꼈다. 자신의 얕은 깨달음은 그러나 반야의 고통에 댈 것이 못된다. 반야는 타인의 고통을 함께 지는 것이었다. 스스로 의도하지 않고 치러야 하는 대속代贖의 처절함을 누가 알 수 있으랴. 그게 힘겨워 어린 날부터 그렇게 많이 자고 숱한 사찰들을 찾아다니며 기도하고 때로 도망치고 그랬던 것을.

이마를 짚어 보니 사늘하다. 얼굴이 백지처럼 희다. 지금은 열이 내린 것 같지만 또 모른다. 여드레째, 하루에도 몇 번씩 오르내리는 열이었다. 반야가 앓고 있어도 동마로는 어쩌다 이마나 한 번 짚어 보고 묵연히 기다리는 일밖에 할 수 있는 일이 없었다. 열이 높을 때 반야는 헛소리처럼 다라니를 읊었다. 신음 대신 내는 소리였다. 반야가 어린 날부터 수시로 읊던 다라니들이 신음이며 비명이었음도 동마로는 이번에야 알게 되었다.

"목말라."

자는 것 같던 반야가 눈을 감은 채 중얼거렸다. 동마로는 주전자의 물을 그릇에 따라 가까이 두고 반야를 일으켜 앉힌다. 물 몇 모금을 받아 마시곤 고개를 젓는다.

"몇 모금 더 드세요."

"이따가. 몇 시쯤 되었어?"

"진시 중간 참입니다. 공양간에서 죽을 끓여 왔습니다. 몇 수저라도 드세요. 조금이라도 기운을 차리셔야 회합에 드실 수 있을 거 아닙니까. 이것도 못 드시면 회합을 미루겠습니다."

"먹을게. 벽에 기대어 줘."

벽에 기대야 할 만큼 기운이 없으면서도 먹겠다는 걸 보니 소임이 크긴 한가 보다. 동마로는 반야의 등을 벽에 기대 놓고 죽을 떠 내민다. 한 수저, 또 한 수저. 아이 밥처럼 조금씩 뜬 죽을 여섯 수저 받아먹고는 고개를 젓는다. 동마로가 약사발을 가져다 내미니 낯을 찡그리면서도 다 마신다.

"미리내는?"

"간밤에도 한숨 못 붙인 듯해, 옆방에서 잠을 좀 자라 했습니다. 불러오리까? 아니면 요강을 들이리까?"

"괜찮아. 비가 심하게 들네?"

"새벽부터 다시 내리고 있습니다. 몸이 어떠신 것 같습니까?"

"모르겠어."

"다른 사람 아픈 정도는 다 보시면서, 남의 병을 뒤집어쓰기까지 하면서, 정작 자신은 모르세요?"

"남을 보는데 나까지 보면 내가 살아 있겠어?"

"나를 먼저 보고 달아날 수 있으면 달아나야지요."

"듣기 싫어. 타박하려거든 법당 올라가 절이나 해."

두 해 전 봄날 이맘 때 온율 서원에서 이런 대화를 나눈 적이 있었다.

"저는 절하는 것 재미없습니다. 암말 않고 있을 테니 누워 쉬세요. 한숨 더 주무시고 나면 한결 나아지실 겁니다."

반야가 고부라지듯 눕는다. 동마로는 이불을 덮어 주고 물러나 소반을 윗목으로 밀어 놓고 그 곁의 벽을 등지고 앉는다. 아랫목 벽을 향해 누운 반야의 뒤꼭지만 보인다. 희고 여린 목, 사내 저고리에 갇힌 얇은 어깨. 땋인 채 흐트러진 긴 머리채는 베개에 늘어져 있다. 두 해 전 사신 총령을 받고 집을 떠나던 날에도 이렇게 비가 쏟아졌다. 여름이라 이불도 덮지 않고 자던 반야를 안을 때 자신이 어땠는지 동마로는 기억나지 않았다. 다만 그때는 거리끼는 것이나 두려움이 없었다. 채 두 해도 지나지 않은 그 시절이 두 생을 지나온 듯 까마득하다. 현실은 막막했다. 스물한 살에 하고 싶은 건 다 해버렸고 이제는 해야 할 일들만 남은 듯했다.

승지 영감을 모시는 최위, 본명이 최갑인 스물다섯 살의 한양 청룡부 무절과 혜정원 어두운 뜰에서 인사를 나눈 적이 있었다. 반야가 곤전에서 부름이 나오기를 기다리던 때였다. 그는 사온재가 좌부승지로 등용되면서 무과에 응시해 의금부 군사가 되었다 했다. 군사라 해도 종구품의 어엿한 벼슬이었다. 설위, 설희평도 무과에 입격해 대전을 호위하는 겸사복兼司僕으로 들어갔다고 들었다. 승지 영감이 사신계 열외 무진이시리라 여겼던 동마로의 막연한 짐작은 들어맞지 않았다.

"승지 영감께서는, 무진이신가요?"

동마로가 슬쩍 물었을 때 최갑이 씩 웃었다.

"그러면 부령이신가요?"

그때도 같은 웃음을 지었다.

"하면요?"

동마로의 짧은 물음에 그가 또 빙긋 웃었을 때 퍼뜩 깨달았다. 승지 영감이 사신경四神卿이셨던 것이다. 어머니의 정인이자 심경의 생부인 그가 사신경이라는 사실에 놀라기는 했다. 반야가 칠요라는 것을 들었을 때만큼은 아니었다. 자신이 놓인 현실이 신기했을 따름이다. 안이 보이지 않는 먼 밖에서만 맴돌며 그걸 당연하다 여겼는데 문득 눈 한번 감았다 뜨니 안에 들어와 있는 격이지 않은가.

사신계원으로서의 일과 세상일을 겸하는 주변 사람들이 얼마나 바쁘게들 사는지 나날이 목격하는 즈음이었다. 자신들에게 주어진 일에 하나같이 재미를 느끼는 듯 보이는 그들을 마주할 때 동마로는 자신만 홀로인 듯했다. 동마로는 벽에 뒷머리를 댄 채 눈을 감는다. 빗소리가 와와 귓전에 몰려들었다. 자신의 몸이 바위에 짓눌려 물에 잠겨 가는 환상이 아른거렸다.

"동마로!"

벽에 등을 기대고 졸던 동마로는 퍼뜩 눈을 떴다. 분명히 돌아누운 반야한테서 난 소리다.

"예, 저 여기 있습니다. 뭐 필요하세요?"

"이대로는 아니 되겠어. 날 안아."

"무슨?"

"기운을 차려야겠다는 말이야."

동마로의 코끝이 울컥 매워진다. 숨을 가다듬으며 얼굴을 훑은 동마로는 앉은걸음으로 다가들어 이불 속으로 들어간다. 반야의 머리 밑에 팔을 받쳐 넣고 뒤에서 감싸 안는다. 안는 것만으로도 약간의 기운을 건네 줄 수 있었다. 그걸 몰라 안 했던 게 아니라 반야가 원하지 않기에 못했다. 품속의 반야는 빈 자루처럼 맥이 없다.

"많이 주려 마."

"압니다. 편히 쉬세요. 깨어 계시는 게 좋겠지만 졸리면 그냥 주무시고요."

반야 머리를 받친 팔을 둘러 이마를 감싸고 허리에 팔을 둘러 반야 아랫배에 손을 놓은 동마로는 가만히 심호흡을 하며 먼저 자신의 기를 다스린다. 두어 시진 안에 기운을 차리게 하려면 짚어야 할 혈자리가 신체 가장 깊은 곳에 있었다. 반야의 허리 아래쪽을 빙 둘러 요대처럼 새겨져 있을 연비는 이제 제 살처럼 되어 동마로 손끝에 느껴지지 않는다. 흐릿한 불빛 속에서 보았던 그 무늬는 꽃을 매단 넝쿨 같았다. 나비도 날았던가. 음문과 항문 사이 그 깊은 곳에 있는 회음혈에 손을 넣어야 할 차례다.

"통천혈과 회음혈을 짚을 거예요. 알지요?"

반야가 고개를 끄덕인다. 동마로는 반야 이마에 뒀던 손가락을 통천혈에 둔 뒤 반야의 아랫배에 있던 손을 가랑이 깊숙이 뻗어 회음혈을 짚는다. 양쪽 경혈에 손가락이 닿으니 반야의 전신이 느껴진다. 동마로가 숨만 잘못 쉬어도 반야의 숨통이 막히거나 핏줄기가 역류할 수 있다. 온몸으로 피를 뿜으며 즉사할 수도 있다. 또 반야가 무의식 속에서라도 욕심을 부려 동마로의 기를 흡수하려 들어도 큰일이 난다. 주는 일도 받는 일도 욕심을 내지 않아야 했다.

제 목숨을 고스란히 내맡긴 반야를 안은 채 동마로는 다라니를 가만가만 읊조리며 자신의 기운을 천천히 주입한다. 인체 모든 조직의 생양과 균형을 조절함으로써 전신의 기능을 통솔하는 경혈이 회음혈이다. 사신계에서는 무술하는 계원이 삼품이 되면 그런 공부를 하게 했다. 경혈들을 다 익히고 그 경혈을 통해 상대를 제압할 수 있으면 사품이 될 수 있었다. 텅 빈 듯 허약해져 있던 반야의 몸이 동마로가 건네는 기운을 서서히 받아들이며 잠이 든다.

비가 그쳤는가. 새소리가 들린다. 그뿐 사위가 고요하다. 동마로의 숨소리만 들릴 뿐이다. 몸속에 스며드는 기운을 느끼며 잠이 들었는데 반야는 아직 동마로 품속이다. 그는 잠들어 있다. 동마로의 기를 나눠 받은 몸이 잠들기 전보다 훨씬 가볍다. 동마로는 제 기가 허약해진 몸을 칠 것을 염려해 종지로 물을 떠서 항아리를 채우듯 느리게, 저를 덜어 내 반야를 채웠다. 운기 정도가 아니라 제 자체인 영기였다. 반야는 움직이지 않은 채 넉넉하고 다사로운 그의 품을 느낀다. 아무도 만나지 않고 아무 일도 겪지 않은 채 단 둘이 커서 이곳에 이른 듯하다. 눈을 감으니 아늑하고 평화롭다. 그의 품에서 다시 누리지 못할, 다시 누리려 해서도 안 되는 아늑함이다.

　"동마로", 하고 불러 본다. "예", 하는 대답이 들린다. 부르면 잠결에도 대답하는 그였다. 한 번 더 불러 본다.

　"동마로!"

　그가 또 "예", 한다.

　"우리, 아주 먼 훗날에 무릉곡에 가서 살자."

　반야의 속삭임에 동마로가 "예", 한다. 선인곡이라거나 칠성곡으로도 불리는 무릉곡들은 산이 너무 높고 깊어서 단 한 번의 침입도 받아본 적이 없다고 했다. 한번 들어가면 나오지 않고 나온 사람은 다시 들어가기 어려운 그곳은 삶의 원천이었고 선인들은 그저 한 자연이었다. 산에서 나는 것만 먹고 사는 무릉곡에는 신분이 없고 제도도 없었다. 물론 혼인도 없었다. 그래도 태어나는 아이들은 선인들이 함께 키웠다. 그렇게 자란 아이들은 아직 선인이 아니다. 열다섯 살이 되면 선인으로 살아갈지 세상으로 나올지 선택하게 된다. 세상으로 나온 사람이 무릉곡으로 다시 돌아가고 싶어도 최소한 십 년은 지나야 한다. 돌아가 선인이 되고 싶을 때 그들은 세상에서 얻은 것을 모두 내려놓고 무릉곡으로 들어가려는 다른 비선인非仙人과 똑같이 시험을 통과해야 한다. 선인으로 살기 위한 통과의례는 사십구일간의 단식이라 했다. 물만 마시며 버텨야 하는 사십구일은 죽는 것과 진배없다. 그 과정을 통과하기 위해서는 한참 전부터 심신을 그리 만들어야 한다. 단식 과정에 들기 전에 이미 선인이 되어 있어야 하는 것이다. 그 시험을 거쳐서 무릉곡의 선인이 되고자 하는 사람은 삼 년에 한두 명쯤이라 했다. 비선인 손님인 반야는 두 무릉곡에서 자신의 나이를 세지 않는 큰 스승들과 보름씩을 지냈다.

"약조해?"

"예."

반야는 안긴 채 까치발을 딛듯 고개를 들고 잠결의 동마로 입술에 자신의 입술을 가져다 댄다. 거스러미가 느껴진다. 혀끝으로 그의 입술의 거스러미를 가만히 매만진다. 입술을 떼어 내곤 눈을 뜨지 않았던 듯, 꿈속인 양 다시 동마로의 품을 파고든다. 잠결의 그가 반야를 당겨 안는다. 눈을 감은 채 반야의 머리를 당겨 입술을 포개 온다. 어차피 꿈이다. 꿈에서야 무슨 짓인들 못하랴. 반야는 그의 입술이 원하고 자신의 입술이 원하는 대로 가만가만 혀를 움직여본다. 어느 결에 동마로가 깬 걸 느끼지만 스스로는 잠결인 양 그의 움직임을 모른 체한다. 두어해 전 그가 사신총령을 받아 떠나던 날처럼. 마침내 동마로의 하초가 반야의 음문을 파고들어와 온몸을 채운다. 고요한 합일이다.

"갓 핀 수국 같으세요."

반야를 향해 거울을 들고 있던 미리내가 종알거린다. 작년 구월 보름날 흔휜 만신네서 입었던 옷을 차려입었다. 천안 칠성부에서 경엽 무진을 따라온 나온 칠품 열음이 반야의 머리를 올려 쪽을 지우고 그 위에 자홍색 꽃수가 놓인 쪽댕기를 드려 준다. 반야가 아픈 걸 모른 채 가져온 분첩이며 연지로 화장도 시켜 준다. 한껏 단장한 반야는 앓다가 잠시 일어난 사람이 아니라 초례청에 들어설 새색시처럼 화사하다. 비가 그쳤고 다른 부령들은 대중방인 보광당에 들어 있다고 했다.

"열음이라고 하셨어요?"

반야의 질문에 열음이 "예." 한다. 서른 남짓이나 됐을 법한데 광품이면 진급이 빠르다. 여느 칠성부원들이 알게 모르게 풍기는 억셈이랄까, 드셈이 전혀 없이 천생 여인다운 기품만 내비치는 사람이다. 또 한 사람, 소예는 방에 들어와 인사를 한 뒤 말 한마디 없이 고요하다. 황원黃苑인 경엽 무진이 두 사람을 데려온 것은 반야한테 보여 주기 위함이고 두 사람에게 사신계의 한 단면을 보여 주기 위함이다. 두 사람이 그만한 재목이자 천안 칠성부가 누대로 칠요의 오원五苑으로서의 소임을 담당해 왔음을 반야에게 알리고 있는 것이다. 불과 열흘 전에 선원으로 세운 양평의 흔휜사가 그렇듯 천안 선원은 옛적 어느 때 칠요의 본원이었을 터였다.

"열음 칠품, 특기가 무엇입니까?"

"변장술이옵니다."

아뢰는 사품이 워낙 가만하여 그가 말하는 변장술의 의미는 나중에 와닿는다. 자신의 특기를 변장술이라 말할 수 있고 그로 하여 광품에 올랐다면 그는 신기에 가까운 기술을 가지고 있다는 뜻이다. 경엽 무진이 곁에서 웃었다.

"사내를 계집으로, 계집을 사내로 만들 수도 있답니다. 그저 외양만 바꿀 수 있는 게 아니라 속내까지 말이지요. 그, 어쩔 수 없는 속 물건들만 빼고 말입니다."

방 안의 여인들이 바깥에 들릴세라 소리 죽여 웃음을 터트린다. 웃고 나니 반야는 기운이 새롭다.

"허면, 거기 계신 소예 육품께서는 특기가 무엇인가요?"

반야의 물음에 경엽 무진이 대답하라는 듯 소예한테 고개를 끄덕였다. 소예가 앉은 그대로 속삭이듯 말했다.

"책 읽기를 좋아하여 날마다 책만 읽사옵니다."

변장술이라 한마디 한 열음의 소개처럼 짧은 소예의 설명에 반야가 웃는데 경엽 무진이 이번에도 나섰다.

"원 애도, 그래가지고야 무슨 소개가 되겠누. 이 아이는요 아씨, 책벌레입니다. 아직 어리지만 천안 칠성부의 글 선생 노릇을 하며 이야기책을 쓰고 있지요. 그건 본업이고, 아이가 재미 삼아 닦는 특기는 독술毒術입니다. 우리 부 전래의 독술을 지닌 사람한테 배우고 있지요. 현재는 한 목숨 계량할 만한 재주이나 더 크면 여러 목숨을 한꺼번에 다스릴 수 있을 텝니다. 곧 칠품으로 승품하게 될 아이이매 장차 아씨께서 크게 쓰시라고 미리 데려와 보여 드리는 것입니다. 염두에 두어 주세요."

열여덟 살에 육품이 되고 제 속에 독을 기르며 산다는 소예는 젊은 게 아니라 해 질 녘 연못처럼 깊어 보인다. 오죽한 일을 겪었기에 영이 저리 무겁고 깊을까. 언제일지는 몰라도 같이 살게 될 인연이 느껴진다.

"아씨, 오늘 입으실 옷에 맞춰 보려고 가락지 몇 쌍을 가져왔나이다. 골라 보시렵니까?"

열음의 말에 반야는 품속 주머니에서 가락지 한 쌍과 반지 한 개를 꺼내어 내민다. 곤전과 세자의 모궁母宮이 내린 것들이다. 곤전의 가락지는 둘레에 칠보 봉황 무늬가 새겨진 쌍가락지이고 모궁이 내린 건 검은 진주가 박힌 백금반지다. 동궁 처소에서 한 시진쯤 정신을 잃었다가 진땀을 흘리며 깨어났을 때 세자의 두 어머니가 당신들 손가락에 끼어 있던 가락지며 반지를 빼 건네며 이걸로 네 궐 출입이 자유로우리라, 하였다. 세자는 편한 얼굴로 잠들어 있었다.

"귀하고 어여쁜 가락지며 반지입니다."

열음 칠품은 가락지며 반지의 출처를 알아보는 듯 살포시 웃으며 반야의 왼손을 끌어당긴다. 세자 모궁의 반지를 중지에 끼우고 중전의 가락지 한 쌍을 엄지에 끼워 준다. 모궁이 약지에 끼던 반지는 반야의 중지에, 중전이 중지에 끼던 가락지는 반야의 엄지에 맞춤하다. 가락지와 반지를 낀 자신의 손가락을 들여다보던 반야가 소예를 부른다.

"제 가까이 좀 오세요."

소예가 다가앉는다. 어쩐지 가엽고 안쓰럽다. 무엇이라도 해주고 싶은데 당장 줄 수 있는 게 손가락에 낀 반지뿐이다. 반야가 중지에 끼었던 검은 진주 반지를 빼 소예의 왼손을 잡은 뒤 중지에 끼워 준다. 놀라 얼굴이 붉어진 소예가 반지를 빼내려하자 경엽 무진이 어허, 나무란다.

"아씨께서 맘을 담아 주시는데 사양하면 아니 되지."

"하오나 이리 귀한 것을 어찌 소녀가 받잡겠나이까."

"귀한 것이라 주시지, 귀하지 않은 것을 주시겠느냐? 그리고 무엇이든, 설령 당장 먹고 죽으라 하는 독약을 내리셨어도 존명해야 하는 사람들이 우리야. 알겠느냐?"

"명 받들겠습니다, 스승님. 하옵고, 아씨 내리신 은혜 감사히 받겠나이다."

반야가 웃고 나서 말했다.

"경엽님, 어찌 그리 무섭게 하십니까. 그리고 소예, 자세히 살펴보지 않아 어떤 형식인지 잘 모르지만 그대와 내 인연이 깊은 듯합니다. 부지런히 공부하시어 언젠가 내 곁으로 와 주세요. 이 반지에 박힌 검은 보석이 그대와 닮았거니와 훗날 함께 살게 될 수도 있을 그대에게 나를 잘 부탁하노라, 정표로 드리는 겁니다."

경엽과 열음이 어쩔 줄 몰라 하는 소예가 귀엽다는 듯이 웃었다.

"이제 나가 보시지요, 아씨."

출정을 명하듯 선언한 경엽 무진이 단장을 마친 반야를 일으켜 앞장섰다. 환갑 나이의 무진은 어린 칠요를 배행하기 위해 온 것이었다. 반야의 방문 앞에는 옥종 무진도 와 있었다. 성장한 반야를 보고 장난스레 큰 눈을 뜨더니 끝내 한마디 한다.

"오늘 이 절에 숨넘어갈 자들이 수두룩할 듯하니 줄초상 치를 준비를 해야겠습니다."

"허어, 옥종, 농이 심하십니다. 아씨께서 놀라시겠어요."

옥종 무진을 책하는 경엽 무진의 어투에도 웃음이 서렸다. 자랑스러움도 배어난다. 그들의 웃음기와 자랑스러움을 반야는 알 것도 같고 모를 것도 같다. 두 사람 다 세 번째 만나는 자리였다. 그들이 내리는 귀염과 그들이 바치는 정성이 반야에겐 어렵다.

성큼성큼 앞장서 가는 두 무진의 뒤를 반야가 따라 걸었다. 대중방인 보광당 어름 곳곳에 오령의 호위들이 서 있었다. 바깥에는 공세포 현무부 계원들과 주작부 태조산 선원의 계원들이 둘러서 있을 것이고 절을 둘러싼 숲에는 아예 결계가 쳐졌을 것이다. 오령 회합이 워낙 은밀해야 하는바 원각사가 세상으로부터 도려빠진 듯이 흔적을 감춰야 하기 때문이다.

보광당은 문이 열린 채이다. 경엽 무진이 먼저 올라서서 반야가 들기를 기다린다. 옥종 무진은 동마로, 미리내와 더불어 전각 아래 남았다. 드넓은 방 가운데에 네 사람이 나지막한 탁자를 둘러앉아 있었다. 경엽 무진이 반야를 이끌고 들어서자 앉아 있던 네 사람이 일어났다. 경엽 무진이 반야를 상석에 세우고 곁에서 말했다.

"소인은 천안 칠성부 무진 경엽이라 하옵니다. 칠요께서 처음 나서는 자리이신지라 소인이 모시었나이다."

"잘 하시었습니다, 경엽 무진. 우리도 칠요께서 어리시단 말씀을 듣고 우리를 어려워하실까 염려하던 참이었습니다."

반야 왼쪽에 선, 수염이 허연 부령이 경엽을 치하했다. 나이로는 그가 좌장이다. 사령들은 전대 부령이 유고되면 같은 부 무진들에 의해 추대되어 칠요처럼 종신한다. 사신경이 유고되면 오령들이 오령 중 한 사람을 사신경에 추대한다. 사신경도 종신한다. 사신계 수령이라 알려진 사신총이 실체 없는 존재라는 사실은 오령과 무진들까지만 안다.

"총경께서 합석을 못하셨으니 오늘 첫머리는 제가 시작하렵니다. 칠요, 좌정하십시오."

좌장 격인 부령의 말에 반야가 앉자 경엽 무진이 뒤에 앉았고 다른 사람들도 따라 앉았다.

　"저를 칠요께 소개해 올립니다. 저는 청룡부령 이완구라 합니다. 서라벌에 본원을 틀고 있고 예순아홉 살이지요. 편찮으시다고 들어 심히 걱정했는데 이리 뵈니 반갑습니다."

　청룡부령 옆의 백호부령은 진하원으로 쉰일곱 살에 전주가 본원이다. 주작부령은 쉰한 살의 구영출로 개성에 거한다. 평양에 사는 현무부령 김상정은 마흔네 살이라고 각자 자신을 소개하며 앉은절을 했다. 그들에 이어 반야도 자신을 소개했다.

　"저는 반야입니다. 다들 아시다시피 지난해 중양절 즈음에 칠성령이자 칠요로 명받았습니다. 그 자리에서, 칠요란 사신계가 만들어가신다는 말씀을 들었습니다. 제가 철이 없고 앎이 박하여 눈이 얕사오니 혜량하시고 가르침을 주시기 바라나이다."

　"우리 모두 사신계에 의해 키워지고 만들어져 이 자리에 있습니다. 하여 다시 사신계를 키우고 만들어 가는 것이고요. 칠요께서도 어려워하지 마시고 우리와 더불어 기탄없이 이야기를 나누어 주시기 바랍니다. 한양 다녀오시는 길이시라고요?"

　주작부령 구영출이다. 체구가 자그만 편인데 목소리가 동굴에서 울리는 것처럼 깊다. 눈빛은 온화하다.

　"한양보다 먼저 흔훤 만신을 찾아뵈었나이다. 그 어른의 임종을 지켜보았습니다. 원도 한도 없이 아름다이 살다 가노라고 말씀하시고 잠에 드시듯 승천하셨습니다."

　그 소식은 아직 전해지지 않았던가 보다. 칠요에서 물러난 지 여러 해인 데다 만신 스스로 세상에 남겼던 자취를 다 거두어 간 탓에 전해질 겨를이 없었던 것이다. 반야의 전언에 부령들이 고개를 끄덕이거나 눈을 감고 묵념을 올린다. 청룡부령 이완구가 사뭇 진지하게 입을 열었다.

"얘기할 거리들이 끝도 없을 것이라 이 노구가 칠요께 지레 청할 사항이 있습니다. 제 나이가 예순아홉이라는 건 말씀드렸지요. 하니 칠요, 제 수명이 얼마나 남았는지 보이시거든 이 자리가 끝날 즈음 알려 주십시오. 근년 들어 차근차근 정리를 해가고는 있습니다만, 가능하다면 미리 대비해 놓고 흔훤 만신처럼 근심 없이, 자는 듯 떠나고 싶어 청합니다."

사신계에 칠요가 필요한 이유가 그런 대비를 위한 것이기도 한 것이다. 그러잖아도 반야는 청룡부령이 나이를 밝혔을 때 그의 수명을 보았던 차였다. 겨울에 순사하게 될 것 같았다. 남은 세월이 한 해는 넘고 두 해는 못 되는 듯 보이니 내년 겨울에 그의 금생이 접힐 터. 반야는 청룡부령에게 그리하겠다며 고개를 숙인다.

"흔훤 만신의 다비를 치른 뒤 한양에 들었습니다. 궐에 불려가 곤전마마와 세자 저하와 빈궁마마를 뵈었지요. 부령들께오서 그 소식을 궁금해하시리라는 총경의 말씀을 들었습니다. 총경께서 안부를 전하셨고요. 하문하시면 제가 보고 느낀 대로 말씀드리겠습니다."

"그보다 앞서, 작년 유월에 잠행 나서신 금상 전하를 칠요께서 뵈었다고 들었습니다. 시전 거리였다지요?"

현무부령 김상정이다. 네 해 전 이한신 현무부령이 사신경에 추대된 뒤, 이어 부령이 되었다는 그는 네 부령 중 제일 젊다. 반야가 사신계를 까마득히 몰랐을 때도 그는 동마로와 연결되어 가까이 존재했던 셈이다. 동마로도 스무 해 뒤쯤에는 저와 같은 모습이 되어 있으면 좋을 것이다. 현재 현무부 육품인 실품이니 내년에라도 벽품으로 승품할 테고 벽품으로 지내다 보면 언젠가는 무진이 될 터이다. 무진은 자신의 휘하 계원들을 보살필 경제력이 있어야 하는바, 동마로의 경제력은 미타원이 뒷받침할 것이다. 다음 대 현무부령은 동마로가 될 수도 있는 것이다. 늠연할 그 모습이 얼마나 흡족하랴. 사신계에는 하늘 아래 가장 천한 목숨이 타인의 목숨을 귀하게 만들 존재로 탈바꿈할 길이 있었다.

동마로는 모르지만 반야는 동마로의 생부모가 무슨 일을 하던 사람들인지 어림했다. 그들은 짐승을 잡는 백정이었던 듯했다. 성정이 거친 아비와 자식이 너무 많아 숨쉴 겨를도 없던 어미. 양반들 고기를 만들어 대며 입에 풀칠하던 그들에게 천행두에 걸린 자식은 온 식구의 목숨을 위협하는 천물 덩어리였을 터. 그들이 동마로를 내다 버린 건 당연했다. 천하다 하여도 부모로부터 버려진 목숨이 가장 천한 것. 그렇게나 천하던 동마로가 사신계 부령에 오른다면, 그 과정을 지켜보는 건 얼마나 재미날 것인가.

"그때 칠요 보시기에 금상께선 어떤 분이시더이까?"

"그때 저는 칠요가 아니었지요. 열다섯 살짜리 도령이었던걸요."

반야가 낮게 중얼거리니 뒤늦게 말뜻을 알아들은 부령들 얼굴에 웃음이 퍼진다. 밤길에 도령 행색의 계집과 미복 차림새의 임금이 부딪치는 광경이 연상되는 모양이다.

"물론 첨에는 금상이심을 꿈에도 몰랐고 어느 양반 어른인가 보다 했습니다. 신묘장구대다라니를 읊조리며 지나치는데 그 양반이 저를 불러 세우셨어요. 방금 한 노래가 무엇이냐 하시기에 대답했더니 다시 해보라 하시더군요. 했지요."

"그랬더니요?"

"은전 한 냥 주시더이다."

부령들이 동시에 허허 하하 웃음을 터트렸다. 반야 뒤에 등을 받칠 듯 바투 앉은 경엽 무진도 웃고 있었다. 긴장했던 반야의 심신도 비로소 편해진다.

"그날 밤 아직 사신경이신 줄 몰랐던 총경께 말씀드렸지만, 전하께오선 기세가 광대하셨습니다. 여든은 넘겨 사실 거라 느꼈고요. 이번에 세자 저하를 뵈면서, 전하를 뵈올 때와 같은 걸 느꼈습니다. 저하도 기세가 몹시 큰 분이시더이다. 그 큰 기세가 자그만 몸 안에서 용암처럼 끓어 열병에 드셨던 것인데, 제가 어린 몸이시라고 얕보았다가 그 화마에, 아니 제 교만에 스스로 치었습니다. 대조전에서 업혀 나온 이래 계속 업혀만 다니고 있지요."

백호부령 진하원이 반야를 새삼 뜯어보며 묻는다.

"지금은 괜찮으십니까?"

"어젯밤 여기 큰스님께서 내려 주신 약을 먹고 자고 났더니 지금은 갱신할 만하옵니다."

인기척과 함께 찻상이 차려졌다. 찻물을 데우는 화로며 다구들이 들어와 찻잔들이 나누어졌다. 큰스님이 내리신 차였다. 차를 가지고 들어온 큰스님의 상좌승이 차를 준비해 주곤 나갔다. 현실계의 신분이나 직책이 사신계 안에서는 일체 무효였다. 철저히 계 안의 품계로 위계가 이루어졌다. 그 품계는 스스로의 역량에 따라 높아졌다. 경엽 무진이 차 수발을 드는 사이 반야는 다른 부령들이 묻는 대로 대전과 곤전, 세자 내외의 인상에 대해 대답했다.

"그러니 세자께선 당하지 못할 부왕의 기세에 대적하느라 기를 쓰다 수시로 발광하며 성장하실 것입니다. 더구나 전하와 저하 주변에는 그 부자의 반목을 부추길 기운들이 뒤섞여 있습니다. 그게 소위 노론이니 소론이니 하는 세력들의 움직임일 터이죠. 하온데 저는 아직 그 세력들의 흐름을 알지 못합니다. 그 흐름들이 세자께 어떻게 작용하게 될지도 현재로선 모르겠고요. 다만 한 가지, 세자 저하가 부왕과 반목하는 그 성정이, 우리 사신계가 이 나라 체제에 반하는 맥락과 닮은 듯 여겨져 안타까웠더이다."

"저하를 우리 계가 추구하는 이상과 닮은 인물로 보시었다 그 말씀이십니까?"

"부왕과 권신들을 봐내지 못하여 수시로 안절부절못하시는 어린 성정을 저는 그리 느꼈습니다. 잘 자라신다면 좋을 텐데 그 점은 미지수이고요."

"그 운세가 달라질 수는 있습니까?"

백호부령의 물음에 반야는 경엽 무진이 연신 권하는 차로 입을 축이며 숨을 고른다.

"세자께서 잘 자라시면 물론 운세가 바뀌실 수 있고 당연히 보위에 오르실 수 있을 텝니다. 하면 우리 계와 새 임금의 나라가 지금보다 훨씬 닮은 모습으로 되어 갈 수도 있을 것이고요. 세자께서 스스로의 운세를 바꾸실 만한 의지가 있으실지, 누가 그걸 도와드릴 수 있을지가 관건이겠지요."

"세손이 나시기는 할 것 같습니까?"

그 질문에 반야는 빈궁이 되기 전 사저에서 보았던 아기씨를 생각했다. 영롱하게 어여쁘고 총명하지만 힘들게 살게 되리라 여겼던 아홉 살짜리. 동갑인 세자 내외는 지금 열 살이었다. 열다섯 살이 되어야 관례를 치르고 합궁을 하게 될 터. 빈궁의 사저나 궐에서는 세손까지 떠올릴 겨를이 없었다. 지금 그걸 살피기엔 기력이 턱없이 약했다.

"세자 내외분이 아직 어리시나 장성하시면 당연히 자식을 보시겠지요."

"세자가 어찌 자라시든, 장차 어찌 되시든 현재로선 왕실 자손이 워낙 귀하니 걱정이지요. 어쨌거나 왕실은 만백성의 지붕 아닙니까. 지붕이 허술하면 비바람이 샐 테고요."

천생 왕의 신하로서 걱정하는 백호부령을 건너보다 반야가 입을 뗀다.

"네 분께야 새삼스러우실지 모르오나 제가 몰라 여쭙니다. 우리 사신계는 임금의 신하이거나 백성입니까? 하여 우리는 임금께 충성합니까? 아니면 우리는 그저 우리로서 임금의 세상과 더불어 이 나라에 사는 것입니까?"

"우리는 임금의 신하가 아니라 우리로서 이 나라에 삽니다. 임금의 세상과 화합하거나 반목하는 까닭은 우리가 이 나라에서 백성으로 백성과 더불어 살기 때문이지요. 우리는 임금께 충성하지 않고 우리로서 존재합니다."

"하면 사신계는 새 나라, 혹은 새 임금을 꿈꾸기도 하옵니까? 지금 국체에 사신계가 어찌 가담하였는지, 이따금 반란들에 어떻게 참여하였는지 듣기는 하였사오나 우리 계가 다시 추구하는 나라가 따로 있는지를 여쭙는 것입니다."

"언제나 그렇듯 우리는 임금 없는 나라를 꿈꾸지요. 일품부터 경까지 각자 하는 일이 다를 뿐 모든 사신계원은 동등합니다. 사신총이 허위인 까닭이 거기 있습니다. 총이 있다면 결국 임금과 같은 권력이 되기 마련이었을 것이고, 그 한 사람을 위해 이용되었을 사신계는 진작 와해되어 흔적 없이 사라졌을 터입니다. 임진란 이후 우리 계에서는 급격한 양상의 변혁은 모색하지 않고 있습니다."

"제가 입계한 지 얼마 되지 않았으나 계원들 거개가 즐거이 사는 것을 느낄 수 있었습니다. 그렇다면 계 바깥의 백성들도 그리 살 수 있게 계를 넓힘직한데, 왜 다시 그런 시도를 하지 않나이까? 만백성이 동등한 나라, 계가 추구하는 것처럼 사람이 저마다 자신의 삶을 가꿀 수 있는 그런 나라를요."

"우리 조선만이 아니라 세상의 역사 이래 그런 완벽한 나라, 그런 조직은 존재하지 않았을 것입니다. 존재할 수도 없지요. 그런 시도 자체가 또 다른 권력 욕구를 실현하는 일이 될 수밖에 없기 때문일 것입니다. 이미 수없는 시도가 있기도 했고요. 헌데 결과는 계 안이나 계 밖이나 같습니다. 한 사람을 향한 권력 집중과 그로 인한 부조리한 현실들. 자리가 부여하는 권력이 저절로 생기는바, 사신계 모든 무진들과 여기 우리 다섯 사람에게도 그 권력욕이 없다고 할 수 없지요. 다만 계 안에서 나고 자란 우리는 그 욕구를 최대한 다스릴 수 있는 체계 속에 살도록 만들어진 사람들이라는 차이가 있을 뿐입니다. 이해가 되시었습니까?"

미진한 감이 없지 않지만 큰 궁금증은 가시게 하는 대답이다. 사신계원으로, 칠요로 살다 보면 어느 날엔가는 이 미진함도 채워질 것이다. 반야와 백호부령의 문답을 듣고 있던 주작부령 구영출이 그 문제는 일단 접어 놓고 급한 사안을 의논하자며 나섰다.

"작년 칠요께서 사신계에 드시기 전에 경을 따라 살폈던 인물들이 있었지요. 작금 조정의 실세들 말씀입니다. 그중 경과 심히 반목하는 자들이 있습니다. 우상 김용헌과 호판관 서중회라는 자입니다. 그자들이 총경 개인과 반목하는 것이나, 조정 인물들을 형평에 맞게 기용하여 나라를 운영하려는 상감의 뜻에 위배되는 것이나, 우리 사신계로선 사실 별 관계없습니다."

반야가 알 수 없는 조정 일들이다. 서중회는 헛갈렸지만 김용헌이라는 조정 실세는 기억났다. 그저 남은 수명이나 읽었던, 예순 살가량의 대감이었다. 사인교에 올라앉아 퇴청하던 그를 어둠 속에서 지켜보며 한 오 년쯤은 더 살겠네, 그랬다.

"그럼에도 이 자리에서 그자들이 거론되는 까닭은 그들이 지지난해 부산포와 회령에서 일어난 일을 새삼 파고든다는 것 때문입니다. 조정을 벗어난 모종의 조직이 존재하는 게 아닌가, 의심하며 캐고 있는 것이지요. 우리 사신계는 현실 정치에 직접 관여치 않아 형체가 드러나지 않았을 뿐 파고들면 어디선가 걸리기 마련입니다. 몇십 년에 한 번 정도씩은 사신계가 세상에 드러날 위험을 겪어 온 것으로 아는데 지금 그 시기가 아닌가 하여 대처하자는 것이지요."

주작부령의 말이 끝나자 현무부령이 나섰다.

"칠요께서 그때 일을 모르시니 우선 자초지종을 설명해 드려야지요."

지지난해 유월 동마로가 집을 나섰던 연유가 사신총령 때문이라는 것은 사신계에 들면서 반야도 알았지만 무슨 일을 했는지는 지금에야 듣게 되었다. 사람 사는 세상 어디에서나 일어나는 살생이 사신계라고 없을 거라 생각지는 않았지만 동마로가 그 일에 직접 가담했다는 건 새롭다.

"작금 조정은, 청국은 물론이고 왜국과도 친화정책을 쓰고 있습니다. 물론 필요하고 합당한 일이지요. 헌데, 그 이면의 움직임을 간과한다는 것입니다. 그때 우리가 왜관과 회령 개시의 첩자들을 제거한까닭은 전란 가능성의 싹을 뽑아 내자는 것이었습니다. 임진란과 병자란 같은 참변이 또다시 일어나서는 아니 되겠기에요. 또한 외세의움직임을 등한시하는 조정에 경종을 울리기 위함이었지요. 당쟁이아니었더라면 그 양란이 일어나지도, 일어났어도 그리 커지지 않았을 터입니다. 작금 조정도 그때와 크게 다르지 않습니다. 겉으로 보기에는 건국 이후 어느 때보다 평온한 편이고 전체적으로 백성들 살기도 그만큼 나아졌다 할 수 있겠지요. 그러나, 노론 세력을 빌어 등극한 금상이 그들 세력과의 밀고 당기기에 힘을 쓰느라 남으로도 북으로도, 크게, 멀리 보지 못하는 것도 사실입니다. 어쨌든 조정 한가운데에 있는 김용헌 그자가, 외교 문제로도 번지지 않았던 왜관과개시 일을 새삼 걸고 나오는 것은, 그 일을 행한 세력을 빌미로 정적들을 제거하자는 의도라고 우리는 판단하며 살피고 있습니다."

"조정에 경종을 울리기 위해 한 일이 그때는 왜, 소리 소문 없이잠잠해 버렸지요? 따지고 보면 꽤 큰일 아니었습니까?"

"큰일이기 때문에 외려 덮인 것입니다. 그 사건의 연원을 캐고 들면 조선과 왜국, 조선과 청국의 첩보전이 드러나게 되고 그러면 서로 심히 불편해지지요. 왜국이나 청국에서는 조선 내에서 조선인 간자들이 사라진 것이라 덮었고, 우리 조정에서는 타국의 간자들이 우리 조선인임을 인정하는 게 수치이며 조정의 실책을 인정하는 일이라 덮어 버린 것입니다. 어쨌든 김용헌을 비롯한 세력이 그 문제를걸고 나오는 의도에 사신계가 걸려 나갈 수도 있다는 게 현재 우리가 논의해야 할 사항입니다. 오늘 우리가 칠요를 모신 자리에서 의논코자 한 것은 그자를 어찌할 것인가 하는 것입니다."

"다섯 해 뒤면 늦겠군요?"

불쑥 내놓은 반야의 질문에 사령들이 일제히 반야를 쳐다보았다. 김용헌이 다섯 해 가량 더 살 것이라는 단언에 놀란 것이다.

"왜들 그리 보십니까? 어린 몸으로 여기 와 앉기까지의 여러 정황으로 보아 제 말을 의심하는 건 아니나, 제 영기의 움직임을 몸소 들 확인하고 싶으시어요?"

"영락없으십니다."

주작부령의 덧붙임에 왁자한 웃음판이 벌어진다.

방에서 나는 웃음소리가 전각 아래까지 들려온다. 비는 그쳤으나 해가 나지는 않은 채 오후 시간이 흘러간다. 오 부령이 합석한 지 한 시진이 가까웠다. 몇 시간이 더 소요될지 알 수 없다. 전각의 기단 아래서 등지고 선 동마로는 방안의 왁자한 웃음소리 속에서 반야의 웃음을 가려듣는다. 아주 오랜만에 듣는 웃음소리인데 근기가 빠져 있다. 뿌리에 뜨거운 물을 뒤집어쓴 나무 같다고나 할까.

기를 보충해 주는 것에는 한계가 있었다. 받아들일 몸이 소화할 수 있는 정도가 한계였다. 기 소통하는데 이각二角쯤에서 반야는 벌써 진땀을 흘렸다. 멈추고 아기 때의 꽃님이를 다독이듯이 안고 등을 다독였다. 그러다 동마로도 잠이 들었다. 품안에서 움직이는 기척에 잠이 깼다. 동마로! 하며 반야가 한숨처럼 불렀다. 잠결이었던 듯했다. 반야가 한 번 더 불렀다. 동마로! 그리고 입술이 닿았다. 반야의 혀끝이 동마로의 입술을 가만가만 어루만졌다. 그리고 서로 모르는 일을 하는 듯이 잠결을 가장하여 교접했다. 서로의 평생을 그러모은 듯 최선을 다했으나 일체 소리를 낼 수 없는 눈물겨운 교접이었다. 그런 뒤 반야는 한 시간쯤 더 잤지만 동마로는 다시 잠들지 못했다. 반야가 깰 때까지 내도록 안은 채 숨소리만 낮추고 있었다. 반야가 아주 먼 훗날에 무릉곡에 가서 살자고 했다. 무릉곡이 어딜까. 아주 먼 훗날은 얼마나 먼 훗날일까. 그런 생각만 했다.

방안에서 또 웃음소리가 들린다. 쉬이 기운 차리기 어려울 것이다. 기력이 예전 같아질 수 있을지도 알 수 없다. 넓은 방 안 한가운데 모여 앉은 오 부령이 무슨 이야기를 나누는지 밖에서는 모른다. 그저 웅얼대는 듯한 울림들과 합창하는 듯 나오는 웃음소리뿐. 현무부령의 웃음소리도 가늠할 수 없다. 아까 옥종 무진과 더불어 현무부령을 처음 뵈었을 때 감히 눈도 마주치지 못했으나 그의 크고 높은 기상에 눈이 부셨다.

"그대가 칠요 호위대장이라고? 막중한 일을 맡았구나."

부령께선 목소리도 깊었다. 너무 높아 올려다보기도 벅찬 자리. 자리가 사람을 만드는가, 자리에 맞춰 타고난 사람이 결국 자리에 앉는 건가. 새삼스런 의문이 일었다가 스러진다. 이 회합이 끝나면, 혹은 중간에라도 옥종 무진은 도고 현령인 김학주의 일을 의논키 위해 현무부령을 독대할 터였다. 도고 관아 안팎을 소상히 살핀 옥종 무진은 반야가 홀로 김학주를 상대하게 할 수 없다는 결론을 내렸다. 천안 칠성부와 연계하여 김학주를 제거할 계획도 제법 세밀하게 세웠다.

김학주는 한직의 외로움과 독한 신병을 견디지 못하여 성상과 조상을 원망한다는 유서를 남기고 목의 혈맥을 끊어 자진하게 되어 있었다. 자진보다 유서가 죽은 자를 한 번 더 죽게 할 내용이었다. 선

정까지는 아니었을지라도 고을 백성들에게는 큰 원한 산 일 없이 원 노릇을 했던 그였다. 자필로 쓰인 유서로 하여 그의 주검은 백성들에게조차 다 알려지지 않은 채 서둘러 도고를 떠나 그의 본가가 있는 충주로 향하게 될 것이다. 하지만 동마로가 품신한 사실을 눈치챈 반야는 부러 옥종 무진을 불러들여 움직이지 말라 명했다.

"놈에게 죽음은 징벌이 못 됩니다. 놈을 그리 쉽게 죽게 하고 싶지 않습니다. 제가 부탁할 때까지는 놈을 그냥 두어 주세요. 그리고 놈이 만단사와 연결되어 있는 걸 확인한 참입니다. 놈을 통해 만단사에 대해 더 알아볼 방법을 찾고 있으니 우선은 나를 내버려두세요. 칠요로서의 명입니다."

칠요령이 부령에 앞서는 것이라 옥종 무진은 진퇴유곡에 빠졌다. 동마로의 염원이 아무리 간절해도 움직일 수 없게 된 옥종은 현무부령과 의논하겠노라 했다. 두 어른들의 의논 뒤 어떤 결론이 날지는 알 수 없다. 회합이 해지기 전에 마무리될 것 같지 않지만 끝난다 해도 오늘 안에 떠나기는 힘들 것이다. 그나저나 만단사萬旦嗣가 무엇일까. 세상의 모든 아침을 잇는 자들이라니. 동마로는 자신이 알 수 없는 또 하나의 거대한 세계를 상상해 보다 고개를 숙인다. 발밑에 개미들이 줄지어 기어 다니고 있다.

바람이 지난 잎과 풀 속의 우는 짐승

사신계 내 다른 부에서 칠요와 의논할 문제가 있을 때는 부령들을
거쳐 통문이 왔다. 칠성부 안에서 부령과 의논해야 할 문제가 발생
하면 무진들이 반야한테 사람을 보내왔다. 드물게는 기도하러 다니
는 무녀나 점사 보려는 아낙인 듯 무진이 직접 내방하기도 했다. 어
제 찾아온 춘천 칠성부 오품 무절 금이는 저의 무진 창희가 부령한
테 묻고자 하는 바의 근거를 전했다.

춘천 칠성부 무진 창희 휘하의 한 이품 계원이 제 어미의 억울함
을 품신해 왔다. 이품의 어미는 스물다섯 살에 여섯 살, 네 살의 딸
둘을 두고 과수가 되었는바, 평민 집 가세로는 넉넉했다. 그 어미가
자못 바지런하고 굳세어 가세를 지킨 건 물론이고 늘리기까지 하며
딸자식들을 키우던 중 한 사내를 만났다. 처자가 달린 자였다. 정분
나누기는 잠깐이었고 사내가 본색을 드러내어 대놓고 서방 노릇을
하는데 놈이 개차반이라 허구한 날 행패 부리며 돈을 요구하기 다
반사. 이품의 어미가 얻어맞고 돈 뜯기기를 더 이상 참지 못하고 관

에 고발하였더니, 현감이란 자가 사통한 계집이라며 물볼기를 서른 대나 쳤다. 현실의 법은 계집한테만 가혹하였고 놈은 아무 벌도 받지 않았다. 놈은 제 식솔까지 몰고 들어와 이품 어미의 집주인 행세를 하면서 이품 모녀들을 종년 부리듯 하고 있다. 더하여 큰일은 놈이 이품 자매를 넘보고 있어 그대로 가면 이품이 살인자가 될 수밖에 없을 지경이었다.

창희 무진은 놈을 제해야 마땅할 듯하다며 허락을 바랐다. 놈을 벙어리로 만들든 반신불수로 만들든 달리 이품 모녀들을 구제할 방법이 있다면 놈의 목숨을 거두자는 청을 해왔을 리 없었다. 계집은 나이를 불문하고 스스로의 의지와 상관없이, 한 사내를 받아들인 순간 그의 계집으로 낙인 찍혀 오도 가도 못하게 된다. 그 아수라 지옥을 견디며 살지 못할 바에 계집들에게는 스스로 죽거나 상대를 죽이는, 하여 결국 자멸에 이르는 길밖에 도리가 없었다.

반야는 간밤 금이의 말을 곰곰이 듣고 나서 양평 모올 무진 앞으로 쓴 편지와 은전 석 냥이 담긴 붉은 주머니를 금이 앞에 내놓았다. 사흘 동안 말을 달려와 하룻밤 쉬고 다시 떠나려는 금이 얼굴에 피로는 남아 있지 않다.

"금이 무절! 춘천에 닿기 전에 양평 흔흰사의 모올 무진을 찾아가 이 편지를 전하세요. 놈의 목숨을 거두되 흔적 없이 해야 할 것이므로 모올 무진의 도움을 받으라는 거예요. 두 선원이 연계하여 놈을 제거한 뒤 이품 모녀의 안위를 되찾아 주라 하더라고 그대의 무진께 전하세요. 그리고 가시는 길에 요기하시라고 몇 푼 넣었습니다. 제 마음이니 받으세요."

반야가 밀어 주는 서신과 주머니를 두 손으로 받아 넣는 금이는 스물일곱 살의 무절이었다. 무절이 아니라면 남복 차림새로 말을 달려 예까지 혼자 찾아올 엄두를 못 냈을 터였다.

"금이 무절, 그대 돌아갈 길은 염려치 않아도 되겠지요?"

"심려치 마옵소서. 내려 주신 마음을 고이 안고 가 보겠나이다."

사뿐히 배례하고 나서는 금이 뒤에 대고 반야는 그네를 위한 호신 진언을 왼다. 그자를 이 세상에서 제하라. 세 번째 내린 영이었다.

첫 번째는 지난봄 오령 회의에서 나온 조정의 실세 김용헌이었다. 사신계에 치명적 위기를 초래할 수 있는 그를 제거하자는 데에 반야도 찬성했다. 그는 오령 회합이 끝난 열흘 뒤 자신의 첩실 집에서 칼을 맞았다. 야밤에 강도의 칼을 맞고 이틀 뒤 숨을 거두었는데, 단숨에 죽지 못한 건 서투른 도적들에 의한 참변인 양 위장되었기 때문이다. 두 번째는 지난 칠월에 경상도 달구벌 칠성부에서 취품해 온 계집을 제거하라고 허락했다. 딸만 있는 한미한 양반집에 씨받이로 들어앉은 계집이 아들을 낳자 기세 등등, 본실과 본실의 딸을 봐 내지 못하고 서방을 들볶어 본실을 쫓아냈다. 더한 문제는 계집이 본실을 쫓아내매 외간 사내를 보았다는 누명까지 씌웠다는 것이었다. 본실의 딸이 일품이었다. 사특한 계집은 밤중에 뒷간에 빠져 죽었고 본실한테 누명을 쓰게 했던 외간 사내는 실상 계집과 사통한 놈으로 밝혀졌다. 일품의 어미는 제 집으로 돌아가 계집이 낳은 아들을 제 아들 삼아 키우게 되었다. 사태를 그 지경까지 방치한 시원찮은 일품의 아비에게도 손을 썼다. 겨우 걸어만 다닐 수 있는 바보로 만들어 사내 노릇 못하기는 물론이고 살림살이를 아예 부인이 맡게 해버렸다. 그렇게 되었다.

명을 내리는 사람, 명을 수행하는 사람, 그 명에 숨이 끊기는 사람. 그들이 순환하거나 악순환하는 게 세상사임을 반야가 실감했던 계기였다. 이번에도 같다. 춘천의 그놈은 혼자 길을 걷다 급살 맞은 시신으로 발견될 것이다. 열흘 내, 놈이 혼자 걷는 길이 그의 저승길이 될 터. 업이 태산처럼 높아져 갔다. 그게 무겁지도 무섭지도 않은 반야는 죽은 자나 죽을 자를 위하여 어떤 경문이나 진언도 외지 않는다.

문 밖에서 수직했던 오두기가 금이를 배웅하고 들어오더니 새임이 신당 밖에 있다고 전한다. 반야는 문을 열어 놓고 나가라며 고개를 끄덕인다. 찬바람에 떨어지는 색색의 나뭇잎들이 마당에 굴러다닌다.

신당 앞에서 외코신 신은 발끝으로 마당을 파던 새임은 들어가시라는 오두기 말에 결연히 신당 안으로 들어섰다. 식구가 된 지 열 달여. 두 사람의 첫 독대다.

"보살 형님께 물어볼 게 있어 들어왔소."

새임이 신단을 등지고 앉은 반야 앞에 털썩 앉는다. 아이를 낳고 난 뒤 부기가 빠지지 않고 그대로 살집으로 남아 몸피가 커졌다. 큰 몸피로 적잖은 집안일을 척척 해냈다. 삼덕은 수시로 몸져눕는 별님 대신 손님을 받거나 신단을 받들고 근동 굿판에 참여하는 일이 많아져 집안일 할 시간이 별로 없었다. 미리내와 오두기는 별님을 수발하면서 아이들 공부시키고 자신들 공부하고 수련하느라 바빴다. 별님이 나들이를 못하게 된 지난봄부터 손님이 많아졌다. 손님이 많으면 집안일도 많았다. 아침마다 심경의 유모인 유돌네가 올라와 일을 거들고 깨금네도 있지만 집안일은 주로 새임 차지였다. 새임은 그렇게 여겼다.

"본이 아비가 예전에, 어릴 때부터 연모하던 여인이 있다 합디다. 심지어는 그 여인과 혼인했노라고 헛소리까지 했지요."

"그런데요?"

"그 계집이 누군지 알고 싶소. 형님은 아실 게 아니오?"

형님이라 하면서 말투는 불손하기 그지없다. 자신이 몇 살 많다는 것보다 별님과 동마로가 피가 섞이지 않았다는 사실을 알게 되면서 불손해졌다. 이 집안에서 피 섞임의 유무가 중요치 않다는 사실 또한 알지만 새임은 그것도 견딜 수 없어 한다. 지아비가 지어미인 저를 보아 주지 않는데 이 집안의 풍속이 자신한테 무슨 소용인가. 그리 여기는 것이다.

"나는 모르는 일인데, 본이 아비에게 물어보면 되지 않소?"

"그 사람이 대답해 줄 것 같으면 제가 이리 하겠습니까? 형님이 알아봐 주세요. 만 사람 운세를 보시니 그쯤 봐 주시기야 쉽지 않습니까?"

"만 사람을 보아도 집안사람은 보지 않음을 알 텐데요?"

"내가 이 집안사람이긴 합니까? 종년이 아니고요?"

"이 집안에는 식구만 있을 뿐 종은 없지요. 그것도 아실 테고요."

새임이 독이 올라 아랫입술을 잘근잘근 깨문다. 오라비가 담양 청룡부 칠품 무절이라 했다. 대개의 칠품들은 무진을 돕거나 대신하며 선원을 운영한다. 담양에는 칠성부가 없어도 그 가까운 광주에는 있다. 광주 칠성부인 무등원 무진은 화갑이 넘은 순례당이다. 그이는 동매를 이은 적원赤苑이고 그 후계는 이소당이다. 순례당이 나이가 많고 신기가 약해지면서 후계인 이소당이 무등원을 이끌고 있었다. 어쨌든 순례당과 이소당은 칠십 명 가까운 부원을 거느린 품 넓은 여장부들이었다. 이웃한 고을의 사신계원이 누이를 칠성부에 들여달라 했다면 어떤 방법이든 찾았을 터였다. 새임의 오라비가 자신이 칠품에 오르는 동안 시집도 못 가고 있는 누이를 사신계에 들여놓지 못한 까닭을, 새임을 지켜보는 동안 충분히 깨달았다. 새임에게 근기가 없다 못할 것이나 저 스스로를 위할 때만 발동하는 근기였다.

"나를 이 집 식구로, 형님의 아우로 생각하신다면 그 계집을 알아봐 주세요."

"알아봐서 어찌 하시게요?"

"만나서 본이 아비를 내놓으라 하려고요. 아니 애걸이라도 하렵니다."

"본이 아비가 어디 있기에요? 어느 계집 치마폭에 숨어 꼴이 보이지 않소?"

반야의 냉정한 비꼼에 분통이 터진 새임이 울음통도 터트린다. 지난겨울, 무거운 몸을 끌고 하루 십여 리씩, 달아난 서방을 찾아 걸어올 때는 그래도 꿈이 있었을 것이다. 이 집에 와서 일 년이 가까웠다. 지아비의 마음이 돌아오기를, 마음 따라 몸도 돌아오기를 기다리며 소처럼 묵묵히 일하노라 여길 터이다. 하지만 동마로는 새임을 깨금내나 삼덕 보듯 했다. 그 모든 설움과 분노를 담아 새임은 꺽꺽 운다.

우는 새임을 반야는 그냥 내버려둔다. 왜 성화를 부리며 우는지 대강은 알지만 반야는 타인을 향한 연민의 정서를 잘 모른다. 어쩔 수 없이 살펴야 하는 상대의 처지는 그야말로 어쩔 수 없는 헤아림이라 반야는 그걸 악연이거나 지난 생의 업장 때문이라 여겼다. 동마로가 자신에게 의미 있는 사람이라고는 하나 그것과 새임은 전혀 별개였다. 동마로가 불가항력의 상황을 넘어 새임과 얽힌 순간 그는 반야한테 세상 모든 사내와 같아졌다. 하여 그들 문제는 그들 것이었다.

울음을 추스른 새임이 치맛자락을 들어 얼굴을 훔치고는 코를 쿵, 풀었다. 벌겋게 달아오른 얼굴이 한창 피어난 자목련 같다. 첫아이 낳은 계집은 지나가던 평양 감사도 돌아본다던가. 스물여섯 살 새임의 몸은 제 인생의 절정에 올라 있었다. 절정의 새임은 동마로를 향해 사랑해 달라 졸라대고 동마로는 그런 새임을 소 닭 보듯 한다. 두 사람은 고집이 세다는 면에서 똑 닮았다. 화합이 어려울 고집인 게 두 사람의 비극이었다.

"본이 아비가 다른 계집을 맘에 품어 아우님을 서운케 하는 게 아님을 올케도 아실 텝니다. 근본을 모른 체하고 다른 것을 붙들고 늘어져 봐야 그건 억지밖에 아니 되지요."

"다른 계집 때문이 아니라면 본이 아비가 저를 모른 체하는 근본이 무엇인데요?"

"그건 내외지간인 두 사람이 알겠지요."

"내가 어찌해야 그 사람이 나를 봐 줄지 나는 알 수가 없소. 형님이 도와주시요. 다른 계집이 있어 나를 아니 보려는 게 아니라면 내가 어째야 할지 가르쳐 주세요."

"남녀 간의 상사지정에 대해 잘 모르는 나는 내외간의 일에 대해서도 아는 게 없습니다. 내가 어찌해 주었으면 좋겠는지 올케가 말씀해 보세요."

"근방에다 딴살림을 내어 주시오."

울음 끝이라 목소리가 탁해졌으나마 또록또록한 요구다. 몇 달에 걸쳐 해냈을 궁리가 고작해야 딴살림이라니. 반야는 고개를 돌리며 쓴웃음을 짓는다. 순하지도, 영리하지도 못하다. 사랑해 주지 않은 사내에게 사랑을 받자면 우선 연민이라도 받게 해야 하지 않은가. 동마로가 새임과 연이 닿은 시초에 작용한 게 연민이었을 터. 가여우면 내칠 수 없고 안을 수밖에 없는 게 인지상정이고 동마로는 인지상정을 아는 사내였다. 그 간단한 사실을 새임이 왜 모르는지 반야는 이해할 수 없다. 이해하고 싶지 않은 것이다.

"이왕 딴살림 나는데 왜 근방에다 차려요? 차라리 멀리, 이 집 식구들 꼴 보기 어려운 데로 가시지?"

"그리되면 본이아비도 보기 어려워질 테니 근방에 있어야지요. 그래야 나도 드나들면서 집안일을 할 수 있고요. 집안일이 좀 많은 가요?"

저 아니어도 이 집 일 해줄 아낙들은 근동에 널렸다. 아낙이 하루 일하면 온 식구가 사흘 먹을 식량이 생긴다는 미타원의 품삯 후하기는 십 년 전에도 삼동네가 다 알았다. 한 동네에 살 수도 없게 천한 무녀 집의 일을 상민의 아낙들이 부처님을 모시는 보살 집의 일이라는 핑계를 대면서 스스럼없이 해주는 까닭도 그 때문이다.

"본이 아비가 찬성하겠어요?"

"그 사람은 형님이나 어머님 말씀이라면 죽는 시늉이 아니라 죽기도 할 사람이지 않습니까. 형님이 그리하라 해주십시오."

동마로도 아직 모르는 일이지만 그의 세 식구는 신분이 달라졌다. 지난 오령 회합 때 만난 부령들에게 반야는 호위대장 동마로의 장래에 대해 의논했다. 동마로를 무녀의 아우로만 살게 둘 수 없어서였다. 서라벌에 사는 청룡부령 이완구가 답을 내주었다. 그의 손자 중

하나인 이협제가 몇 해 전에 감포 바다에 물놀이를 나갔다가 물귀신한테 잡혀갔다는 것이었다. 시신조차 찾지 못해 아직 살아 있는 것으로 되어 있는데, 반야가 그의 죽음을 확인해 준다면 이협제 자리에 동마로를 놓겠다는 것이었다. 반야는 이협제의 혼령을 확인했다. 그에 따라 청령부령 이완구는 손자가 죽은 게 아니라 왜국에서 살다 돌아오는 상황으로 만들어 가고 있었다. 미구에 동마로는 반족 신분을 가지게 될 터였다. 새임은 이협제의 내당이 되고 한본은 이완구의 증손자 중 한 명이 될 것이다. 아직 말할 계제는 아니었다.

"어머니와 의논해 그리되도록 해보리다. 그만 나가 보세요. 손님들이 기다리지 않소?"

고뿔 한 번 앓은 일 없이 살았다는 걸 믿기 어려울 만치 근 몇 달 동안 반야는 연해 앓았다. 기침이 끝나면 두통이 생기고 허리가 아프거나 배가 아프거나 발을 삐었다. 그저 아무 기운이 없어 운신을 못하는 날도 허다했다. 그래도 움직일 만하면 수시로 손님을 받았다. 계원들의 드나듦을 편케 하고 집안에다 손님들을 묶어 두지 않음으로써 이목에서 자유로워지기 위함이었다. 반야가 손님을 못 받으면 삼덕이나 어머니가 대신 점상 앞에 앉았다. 어머니는 경륜에 의한 지혜로 사람을 보았고, 삼덕은 이전에 비할 수 없이 맑고 높아진 영기로 손님을 보았다.

어머니와 의논해 보겠다는데도 미적거리는 새임을 면전에 두고 반야가 정주를 들어 흔들었다. 밖에 있던 오두기가 신당 문을 열었다. 새임이 나간 문으로 기다렸던 듯한 여인이 들어왔다. 서른 살 남짓한 여인이 낯익다 여긴 순간 반야는 그네를 알아본다. 거의 잊고 지냈던 문암 부수찬 댁 별당아씨다. 김근휘의 내당. 지난 정월에 보앉으니 열 달 만인데 많이 수척해졌다. 그네가 앉는 걸 보고 반야는 점상 앞에 앉은 채 고개 숙여 인사한다.

"먼 길 오시었습니다, 아씨."

"오랜만이요."

"소인한테 점을 보러 오시었습니까?"

"물론 그렇소만, 그대를 만나고 싶기도 했어요. 내 살 일이 울적하니 그대가 자주 생각나더이다. 그때 우리 집에 와서 그대가 내게 했던 말들, 기억하오? 나한테 그날 밤 서방님을 안으라 하였지요. 설마 가능할까, 염려하면서 부끄러움 무릅쓰고 그리했어요. 그날 밤 서방님이 안은 나는 내가 아니고 별님이라는 여인임을 알게 되어 서러웠지만 바로 그 밤에 수태를 했으니 안지 못한 것보다는 결과가 좋았지요. 서방님도 기운을 차리시었고. 집에서 공부를 하시었어요. 만사가 좋았는데 수태한 지 석 달여 만에 태중의 아이를 놓치고 말았어요. 만사휴의萬事休矣요, 만사개여몽萬事皆如夢이라. 자식을 낳아 놓치고, 낳기 전에 놓치고, 내 처지가 만신창이오."

천지 팔방에 만신창이 계집들이 널렸다. 남정네가 야차 같아도 계집이 뒤집어쓰고 계집이 저퀴 같아도 다른 계집이 상한다. 아씨한테는 반야도 저퀴 한가지였다. 그걸 왜 모르랴. 알면서도 질력이 난다. '나무 사만다 못다남 남.' 반야는 때 아닌 정법계진언을 외는 것으로 몸에 이는 진저리를 떨쳐 낸다.

"소인이 이리 앉아서 숱한 여인들을 만나자니 자식을 놓친 여인들 또한 숱하더이다. 아직 젊으신데, 아씨 처지가 만신창이이실 까닭이 무엇입니까?"

"태중 아이를 놓치고 난 뒤에 서방님이 또 책을 놓으셨소. 뿐만 아니라 기방을 드나들면서 계집질을 시작하셨답니다. 봐하니 술도 적 잖이 드시는 것 같아요. 내 나이가 스물여덟인데, 시어른들께서 이 런저런 걱정을 하시다하시다 급기야 양손자들이실 궁리를 하고 계 시오. 먼 일가붙이 중에서 어린아이를 물색 중이신데, 어느 부모가 쉽사리 어린 자식을 남의 양자로 내어놓겠소. 이래저래 내 처지가 곤궁하여, 그대한테 내 앞날을 보아 달라고 온 게요. 복채를 어찌 내 야 할지 몰라 지난날 내가 그대한테 건네고자 했던 걸 그대로 가져 왔어요."

수壽 자가 검게 수놓인 노란색 주머니가 반야의 점상 앞에 놓여졌 다. 지지난해 동짓달 밤에 김 선비가 제가 가진 전부라며 내놓던 가 죽 주머니에도 같은 글자가 새겨져 있었다. 기껏해야 그 정도밖에 안 되는 위인이었던 것을. 정신 드니 사내 자존심이 먼저 일어나더 라? 반야는 앞에 없는 김근휘를 향해 도리질 했다. 그나마 남았던 연민이 간데없어졌다. 그는 타고나길 거기까지였다. 복채를 마다할 까닭이 없었다. 반야는 주머니를 통째로 당겨 점상 아래 단지 속에 넣는다.

"아씨, 보이는 건 같아도 해석은 달리할 수 있는 게 점사입니다."

"그럴 테지요."

"하면 제게 보이는 대로 그대로 말씀드리길 바라십니까, 에둘러 말하길 바라십니까?"

"이제 와 헛된 희망 같은 것 갖고 싶지 않소. 그대한테 보이는 대 로 다 말씀하여 주세요."

헛된 희망 품고 싶지 않다고 말할 때 사람들은 간절히 희망한다. 그 정도는 아는 반야이므로 다른 손님이라면 이만큼 수가 나쁠 때는 돌려 말하거나 입을 다물 것이다.

"지난 정월의 그 밤, 아씨께서 서방님을 안으신 건 아씨 운세를 바꾸실 기회였나이다. 그래 수태를 하신 게지요. 그 아이를 놓친 건 아씨 탓이 아니십니다. 서방님 의지 약하시어 내외간의 운을 이끌지 못하신 겁니다. 점쟁이인 저는 그걸 타고난 팔자라 여기지 않습니다. 의지 탓이라 생각하고 그리 말하며 점사를 봅니다. 서방님이 태중 아이를 놓치고 주색에 빠졌다는 것은 그야말로 핑계이시죠. 두 분은 기회를 놓치셨습니다. 아씨께 더 이상 자식 맺힐 일이 없으시겠지요. 그렇다고 아씨께 자식이 없지는 않습니다. 그 댁 어른들이 궁리하시는 양상은 아닐 것 같으나, 자식을 보실 수 있을 듯합니다. 아씨 생월이, 이른 봄, 이월이시지요? 내년 이삼월 경에는 그 소식이 올 텝니다. 서방님도 그 자식을 보시기는 할 것이고요."

"서방님이 다른 계집을 본다는 뜻이오?"

"아마도 그렇겠지요."

자식을 보고 난 뒤 서방님이 오래지 않아 저세상으로 떠나리란 말을 그네라고 알아듣지 못했을 리 없었다. 한 가닥의 희망도 보태지 않고 줄줄 내놓는 반야의 말에 아씨 표정이 심하게 일그러졌다. 곧이곧대로 읊어 버린 건 그들 내외이기 때문이다. 두 번 다시 보고 싶지 않다고 작정하고 그들 곁을 떠났던 그날, 그들을 떨쳐 내기 위해 강당사로 올라가 삼천배를 시작했다가 백팔배도 못 채우고 혼절했다.

"나한테는 일고의 희망도 없다는 말이구려."

"숱한 아낙네들이 홀어미로 살고, 그만큼의 남정네들이 홀아비로 살지 않습니까? 물론 홀아비들이야 대개 다시 장가들기는 하지만, 홀로 사는 여인이라 해도 다 나름의 살 만한 기쁨이 있겠지요. 희망이란 생각키 나름 아니오리까? 아씨의 경우 늦게 찾아올 아들 잘 키우시면서 큰살림 다스려 가는 재미도 있으실 거고요. 입에 풀칠하기도 힘든 천한 목숨들을 아씨께 비유하기는 송구하오나 굳이 따지자면 희망 없지도 않다, 그거지요. 천한 것의 삿된 말이니 가려들으시어요. 소인이 드릴 수 있는 말씀은 다 드렸습니다. 호종을 달고 오시었습니까? 아니 달고 오셨다면 소인이 댁까지 모실 사람을 붙여 드리겠나이다.”

“행랑아범 내외하고 같이 왔으니 그 염려는 마오. 진정 내 처지가 나아질 방법이 없는 게요? 굿을 해도 아니 되오? 서방님이 달라지신다 해도?”

몇 마디 해놓은 아씨가 참담한 표정을 숨기려는지 고개를 숙이고 어깨를 들먹인다. 아낙들이 점쟁이 앞에서 우는 일은 흔하다. 순전히 울기 위해 점쟁이를 찾은 아낙도 있다. 울고 난 그들은 자신이 나아가야 할 길을 스스로 찾아내기도 한다. 울기 위해 온 듯 아씨도 운다. 통곡은 못하나 체면 차릴 여유는 없는 듯 흐느끼다 소매 속에서 손수건을 꺼내 눈을 훔치며 반야를 바라본다.

“서방님 살릴 방법을 알려 주구려. 우리 어른들을 살려 주세요. 별님 보살, 내 이리 간청하리다. 나를 살려 주오.”

전생에 무슨 원수가 져서! 그리 흔한 한탄을, 전생의 원수를 알아볼 수 있는 반야는 못한다. 훤히 보이는 일들을 놓고 수시로 도망치기도 하지만 도망쳐도 보일 건 다 보였다. 김근휘는 살 만큼 살았다. 몇 살까지 살라고 정해지진 않았지만 우연이 겹쳐 필연이 되는 법. 김근휘는 우연히 별님이라는 계집을 만났고 그걸 스스로의 필연으로 만들면서 명을 재촉했다. 그는 병이 들었다. 그대로 두면 죽을 것이다. 김근휘에 넌더리가 났다. 아씨에게도 넌더리가 난 반야는 한숨처럼 참회진언을 읊는다. '옴 살바 못자 모지 사다야 사바하.' 참회진언으로 모자라 업장을 멸하여 주신다는 열두 부처의 이름을 외어 댄다. '나무참제업장보승장불 보광왕화염조불 일체향화사재력왕불……'

"아씨, 서방님이 얼마나 사실 수 있을지는 저도 모릅니다. 내년에 어떤 식으로든 소식이 오고 내후년에는 찾아들 자식을 잘 돌보십시오. 그 아이가 서방님을 세워 드릴 수 있을 테니까요. 그전에 우선, 서방님이 심신을 다스려야 합니다. 아시다시피 서방님께는 지병이 있지 않습니까. 그것만 다스리며 사시기도 벅찰 판에, 더하여 서방님께는 이미 주색으로 인한 병이 침범하였을 것입니다. 조만간 발병하여 합병될 터이죠. 서방님을 당장 용한 의원한테 보이시고 어른들께 말씀드려 서방님을 비끄러매서라도 집안에 주저앉히십시오. 종복들 시켜 다리라도 부러뜨리시든가요. 어찌 그리하겠느냐 하시면 저도 할 말 없습니다. 반드시 의원한테 진맥케 하여 치료를 하십시오. 당장 시작하지 않으면 늦을 것입니다."

"서방님이 그대 말이라면 들으실 터, 그대가 서방님을 만나 주지 않으려오? 서방님이 그대를 어찌 연모하였는지 내 모르지 않아요. 서방님은 그대가 찾아와 주길 기다리며 그리하고 계시는지도 모르오. 선비 체면, 남정네 체면에 어찌하실 줄 몰라서."

"아니요, 아씨. 저를 계속 연모하셨다면 저를 찾아 오셨겠지요. 제가 이제금 서방님 앞에 무릎을 꿇고 애걸한다 해도 아무 소용없을 것입니다. 서방님 앞에서 제가 예전처럼 군다 해도 코웃음이나 치실 테지요. 한때나마 천한 계집한테 마음 주었던 것을 치욕스레 여기고 계실 서방님한테는 저 또한 서방님 젊은 한 시절의 핑계였을 뿐입니다. 곧 날이 저물 텐데, 조심히 가시기 바라옵니다, 아씨."

반야가 정주를 흔들어 점사가 끝났음을 알렸다. 밖의 오두기가 문을 열었다. 써늘한 바람이 왈칵 밀려들었다. 살갗이 시리고 아프다.

"아씨를 배웅해 드리고 삼덕 언니 내려와 신당에 앉으시라 하여라. 내 오늘은 더 이상 사람을 못 보겠다. 어머니 오시라 하고."

아씨가 미처 신당을 나서기 전에 찬바람 일으키며 일어선 반야는 자신의 방으로 건너와 무너진다. 기운 나는 좋은 기를 달고 점쟁이를 찾는 이는 드물었다. 그들은 좋잖은 그 기를 점쟁이나 무녀를 통해 뒤바꾸기 위해 오는 것이었다. 그들을 볼 수는 있어도 그들의 기를 바꿔 줄 기력이 요즘 반야에겐 없었다. 예전처럼 하루 수십 명씩 점사를 보기는 고사하고 상대의 기에 수시로 치일 정도로 허약했다. 아씨와, 아씨한테 실려 온 김 선비의 황막한 기에 또 치었다. 앞문으로 어머니가 급히 들어오는 것을 느끼며 반야는 정신을 놓는다.

떠나야 할 때

며칠 만에 보는 반야의 파리한 낯빛이 양쪽에 켜진 촛불에 흔들려 보인다. 기력이 쇠해 버린 반야는 며칠 빤하다 싶으면 외려 불안할 만큼 수시로 앓는다. 김학주에게 불려 갔다가 금세 내쳐졌을 정도로 몸이 허약하다. 제게 든 뭇기를 무녀들을 범하는 것으로 유지한다던 김학주는 반야의 신기가 완전히 소실된 것으로 느낀 듯했다. 기력이 약할 때 영기도 약해지면 좋으련만 그렇게는 아니 되는지 반야는 꼼짝 못하고 누워서도 한양 승지 영감 일이며 김학주의 관직 향배까지 살폈다. 더구나 임인까지. 반야 곁에 반년 남짓 머물다 사라졌다던 임인은 그동안 사신계 예비생으로서 저도 모르는 수련을 하고 있었던 모양이었다.

"날 그만 뜯어보고, 영감 뵙고 온 이야기나 해."

"도성 도착한 날 밤늦게 영감을 뵙고, 이삼일 안에 궐 안, 영감과 관계된 곳에서 불이 날 것 같다는 언니 말씀을 전해 드렸습니다. 하여 영감께서는 승정원 전각 안팎을 단속하셨던가 본데, 사흘 전 저녁나절에 상께옵서 영감께 함께 잠행을 납시자 하셨나 보더이다. 불은 그날 전하와 영감께서 궐 밖에 계신 틈에 승정원 문서 창고 쪽에서 났다 합니다. 승정원 전각 전체로 번지지는 않았으나 문서 창고 한 칸을 거의 태우고 진화되었는데, 거기가 역대 정원일기政院日記를 보관하던 곳이었다더군요. 정원일기가 거지반 소실된 것이지요. 헌데 불이 인정전의 정문인 인정문으로도 벗 닿는 바람에 승정원 문서고의 화재는 작은 문제가 되고 말았답니다. 창덕궁 정전의 정문에 불이 붙는 바람에 당장은 승정원 문서고가 문제 아니게 된 것이지요. 영감께서는 아침에도 퇴청을 못하시고 최위를 통해 소식만 전해오셨습니다. 승정원 문서고 화재를 방화로 추정하는 모양입니다. 인정문은 바람 때문에 번지게 된 것이라 여기는 것 같고요. 화재 원인을 규명하기 위한 내사를 시작했다는 말을 듣고 내려왔습니다. 영감께서는 금세 불을 발견하여 그나마 일이 작으니 크게 걱정 말라, 전하라 하셨다 하더이다.”

지키는 사람이 백이어도 저지르는 한 사람을 잡기는 어려운 법이다. 상감과 미행 나간 중에 난 일이었다 하더라도 정적이 많으니 어디서 꼬투리를 잡고 들지 모른다. 기력도 문제려니와 영감이 몸담은 세계는 정치를 모르는 반야가 아직 볼 수 없는 곳이었다. 배워야 할게 끝이 없었다.

“김학주에 대한 건 알아봤어?”

“호조판관 서중회가 김학주를 호조정랑戶曹正朗에 적극 추천하고 있다 합니다. 최위 말로는 호판관이 호조 내 관직들을 노론 사람들에게 안기면서 뇌물을 만만찮게 받아들이는 것 같다 하고, 지난여름에 우리가 지운 김용헌과는 사돈지간으로 꽤나 돈독했다 합니다.”

서중회는 지난봄 오령 회합 때 제거 대상으로 떠올랐다가 한꺼번에 조정 대신 둘을 제하였을 때 일어날 소요를 우려하여 살려 뒀던 인물이었다. 동마로는 모르는 사실이나 한양 현무부에서는 서중회가 만단사 용부龍部의 수장일 것으로 추정하며 그를 관찰하는 중이었다.

　"사헌부에서 호판관 서중회의 비리 기미를 잡고 그를 탄핵키 위해 증좌들을 수집하고 있다 하더이다. 사헌부는 그나마 파당에 중립적인 사람들이 포진하고 있어서 호판관이 물러나기 십상일 거라 보기는 하는데, 양대 세력의 힘겨루기 양상이 될 모양입니다. 사헌부 집의執義 영감이 전날에 사온재 영감과 함께 의정부에 함께 계셨던 분이라 친분은 있으나 좌부승지이신 영감께서는 병부 쪽 일을 보시잖습니까. 영감께서는 직접 관여치 않으시려는 것 같습니다. 어쨌든 호판관 탄핵 전에 김학주한테 정랑 벼슬이 내릴지 말지는 두고봐야 아는 것이지요. 어떨 것 같습니까? 그자가 여길 떠나게 될 것 같습니까?"

　"떠날 것 같은데, 또 아니기도 해. 종잡을 수가 없어."

　"알아듣게 말씀해 주시면 안 됩니까?"

　"놈이 도고 관아를 떠나기는 해도 아주 떠날 것 같지는 않아. 그게 어떤 상황인지 나도 모르겠는 것을 어째. 호조니 뭐니 하는 것과 연이 닿지 않은 것 같은데, 그 또한 애매하고. 내가 신령이니? 왜 나한테 답을 구하려 들어. 내가 전부 알면 벌써 도솔천에 가 있지 그대 앞에 앉아 있겠어?"

　소리소리 지르던 반야가 조용해진다. 괜한 어깃장을 부렸다는 걸 뒤늦게 느낀 것이다. 동마로는 아무 소리도 못 들은 듯 한양 행에 남아 있던 말을 한다.

"알아보라 하시었던, 과천 국태사의 임인은 두 달쯤 전에 절을 나가 행적이 묘연하다 하더이다. 입계에 필요한 글공부를 마치고 묵언에 들었는데 묵언수행 십여 일 만에 신도로 찾아온 젊은 여인을 건드리는 소동을 일으켰다던가요. 그리고 절을 나가 돌아오지 않는다 하였습니다."

언짢은 임인 소식에 낯을 찌푸릴 뿐 반야는 가타부타 말이 없다. 이미 짐작하고 알아보라 했거니와 확인하고 나니 할 말도 없는 모양이다. 동마로도 임인에 대해 묻고 싶은 말이 없었다. 임인이 입계치 못하고 사라졌다 했을 때 솔직히 안도했다. 그자가 입계한다면 언젠가는 반야 곁으로 오게 될 것이고 계원으로 만나야 할 터인데, 동마로는 임인을 보고 싶지 않았다.

"그리고 한 달여 전쯤에 대조전, 곤전께서 소소 무녀를 찾으셨다 합니다. 기도 여행을 떠나 세검정 집을 비운 것으로 아뢰었는데, 돌아오는 대로 입궐하라 하명하신 모양입니다. 세자 모궁에서도 따로 소소 무녀를 찾는 모양이구요. 주 상궁이 짐작하기에 곤전이나 모궁에서는 동궁의 성정을 걱정하시어 성정 고칠 방법이 없는지 의논해 보시고 싶으신 듯하다고 합니다. 지난 중양절에 퇴역 원로대신들이 모이는 기로소에 상감과 세자께서 함께 거둥하셨는데, 그 자리에서 세자께서, 전하의 심기를 몹시 불편케 하셨던가 봅니다. 전하께서 진노하시어 저하를 처소에서 근신하라 명하셨다 하고요."

"내, 한양에 아니 있었기 다행이네."

"곤전의 근심을 풀어 드릴 방법을 모르시는 겁니까, 관여치 않으시려는 겁니까?"

"내 집안사람 성정도 못 고치는데, 동궁 성정을 내가 어찌해?"

백 가지로 돌려 말해도 두 사람은 서로의 말을 제꺽 알아듣게 돼 있었다. 동마로의 낯빛이 흐려졌다.

"현재의 내가 어떻든 나는, 반야가 원하는 양상대로 커나 현재입니다."

동마로의 읊조림에 반야는 잠시 말을 잊는다. 그랬을 것이다. 혼인을 한다거나 지아비를 섬긴다거나 하는 보통 계집의 길을 걷지 못한다고 여겼을 때 동마로는 반야의 유일한 사내였다. 반야 스스로 동마로의 유일한 계집일 것을 의심해 본 적 없다. 의당 평생 함께 할 거라 여겼다. 평생 함께 할 거라 믿은 사내한테 의식, 무의식중에 원한 게 얼마나 많았으랴.

"알아. 고마운 것도 알고. 그러니 앞으로도 그리해 줘. 안사람을 어여삐 보고 안아 줘. 우리와 같이 살아야 할 사람이니 그 사람이 우리와 함께 살 수 있도록 다독여 달라는 거야."

이번에는 묵묵부답이다. 어떤 일이 벌어질 때 그 일들은 대개 자신이 원하거나 의도하여 벌어지기 마련이다. 지금 동마로한테 벌어진 일은 그가 벌인 일의 결과였다. 그 결과는 또다시 어떤 일의 원인이 될 것이었다. 새임에 관한 한 동마로는 어떻게도 할 수 없는 함정에 빠져 있었다. 반야도 그걸 알지만 해결해 줄 수 없는 사안이었다. 동마로가 반야의 지극한 사내라는 것과 박새임의 지아비라는 사실과의 사이에는 도저히 넘을 수 없는 간극이 있었다. 그 간극은 동마로가 만든 것이었다.

"그대 안사람이 딴살림을 나고 싶다고 했어. 어머니와 나는 그래도 무방하다 여겨. 가까운 곳이든 좀 먼 곳이든 그대들이 결정하면 어머니가 집을 마련해 주실 거야. 그리고 내년엔 그대 신분이 바뀌게 돼. 지난봄에 원각사에서 뵀지? 달구벌의 이완구 생원. 그대는 그분의 손자가 될 거야. 그러니 우선은 그대 식구를 다독거려 조용히 살게 해줘. 언니로서 말하는 거야."

"본이 어멈과 의논하겠습니다."

"그리해. 그리고, 아무래도 이 겨울을 소소원昭疏院에 가서 나야겠어. 이대로는 몸이 아니 될 것 같아."

막힌 것이 트이어 밝게 빛나리란 뜻의 소소원은 가마골 웃실에 있는 반야의 집 이름이다. 그 집을 보수, 증축한 삼로 무진이 여러 사람의 의견을 모아 택호를 정한 뒤 주인이 거하기도 전에 그렇게 부르고 있었다.

"그 몸으로 먼 길 움직이긴 무리십니다. 바람도 이미 차고요."

"무리여도 떠나야 해. 김학주 놈이 조만간 여길 뜨게 될 거야. 헌데 놈은 나를 제 계집으로 알아. 아직 나를 우려먹지 못했다고 여기는 놈이라 제가 어디로 가든 나를 달고 가려 하겠지. 내가 놈을 통해 만단사에 대해 알아보려던 건 실패했어. 놈이 만단사자인 건 분명해도 그 안에서의 놈의 위치가 별 거 아닌 것 같거든. 그래서 실패를 인정하는 거야. 그래서 나는 놈하고 더 이상 어떠한 실랑이도 벌이기 싫고, 벌일 필요도 없어. 놈은 이제 껍데기뿐이야. 신기가 완전히 스러진 놈은 이제 갈 데 없어 제게 붙어 있는 귀신들한테 시달리면서 천천히 죽어 가게 될 테니까. 사흘 안에 떠날 수 있게 준비해."

반야가 이렇게 선언한다면 동마로가 제일 먼저 해야 할 일은 칠요께서 거처를 옮긴다는 통문 돌리는 일이다.

"알겠습니다. 헌데, 놈이 혹여 호조정랑이든 무엇이든 된다면 도성으로 갈 텐데 도성이 아무리 넓다 한들 놈이 꽃각시 보살을 못 찾겠습니까?"

"내가 원하지 않으면, 놈은 나를 못 찾아. 그 걱정은 말고, 떠나기 전에 놈을 어찌하겠다는 생각 따위도 말아. 추호라도, 어떤 일도 벌이지 말라고. 상전으로서의 명이야."

동마로는 한양에서 내려오는 동안 내내 그 생각을 했다. 어떻게든 놈을 제거하고 말리라고. 사신계는 물론 반야도 모르게 홀로 도고 관아에 잠입해 놈을 죽여 없애리라고. 그 생각을 읽은 반야는 그리 말라 경고한다.

"제가 무슨 수가 있어 그런 생각을 합니까? 걱정 마십시오."

"그럼 됐고, 우리 떠난 뒤 지석이 아이들 공부를 계속시키게 해. 강수가 몹시 예민한 아이이니 무술이든 글공부든 녀석의 성정을 감안해 달라 하고."

"어리광 다 받아 주면서 수련을 어찌 시킵니까. 그런 스승이 어디 있어요?"

"내가 만난 스승들은 모두 그런 분이셨어. 첫 스승이셨던 할머님부터."

그래서 할머님께서 얼마나 애를 끓이셨는지 나도 안다는 말을 삼키며 동마로는 웃고 만다. 웃음의 뜻을 알아들었는지 반야도 미소 짓는다.

"이번에 소소원에 가 보니 아곱이라는 할아버지가 계시더이다. 백 살은 되셨을 것 같던데, 그분도 스승이셨습니까?"

"아마 그럴 거야. 내가 태어날 때도 그 집에 계셨던 분인데, 내 아기 때 할머니와 어머니가 굿하러 가시면 날 업고 지내셨어. 강화도에서 지내신다고 들었는데 소소원으로 돌아오셨나 보네. 암튼 우리 떠나기 전에 너희 딴살림 문제를 매듭짓도록 하고, 그만 나가 쉬도록 해. 서둘러 먼 길 다녀오느라 고생했어."

시월 하순의 밤공기가 써늘하다. 동마로가 나서자 문밖에 있던 미리내와 오두기가 안으로 들어간다. 아직도 동마로는 반야의 진심이 따로 있을 거라 믿었다. 아니, 믿고 싶었다. 어떤 진심인지는 알 수 없었다. 겨울을 예고하는 바람이 낙엽을 싣고 휘몰려 다닌다. 김학주 놈을 피해 한양으로 간들 달라질 게 있으랴. 또 무슨 일을 더 겪어야 할지. 놈이 신기가 없어져 보통 사람이 되었다 하여도 그는 보통 사람이 아니라 권력을 지닌 벼슬아치였다. 제 놈 스스로 반야를 포기하지 않는 한, 놈이 죽어 없어지지 않는 한 끝날 수 없는 악연이었다.

신당에서 나오는 동마로의 기척을 느낀 유을해는 그를 안방으로 불러들인다. 한본과 심경이 아랫목에서 뒹굴 듯 잠들어 있었다. 한본은 여섯 달 만에 젖을 뗐다. 어미가 술을 너무 자주 마시므로 젖 먹일 시간을 자꾸 놓쳤고 먹이는 젖도 술이 반일 성싶어 떼게 했다. 젖을 떼기 전에도 한본은 주로 유을해가 데리고 잤다. 젊은 내외를 위한 배려였으나 동마로한테는 소용에 닿지 못했다. 동마로한테 새임이 지어미라는 그윽한 존재가 아니듯 새임에게도 동마로는 지아비가 못 되었다. 그나마 부딪칠 시간조차 많지 않으니 미운 정 들 새도 없었다. 수시로 함께 드나드는 끝애 내외가 정답게 사는 것을 보자면 동마로 내외의 쓸쓸함과 새임의 고적함이 애달플 정도였다.

한본이 백일 지날 즈음부터 새임은 밤마다 혼자 술 마시는 재미에 들려 살았다. 살림 솜씨가 여무졌고 눈썰미도 좋아 미타주를 거르고 내리는 것도 혼자서도 너끈히 했다. 요즘 새임은 제가 만든 술을 제가 다 마셨다. 퍼다 마실 술이 집안에 없으면 시어미가 제게 맡긴 찬 값을 헐어서라도 장터의 밀주를 사다 마셨다. 아까도 새임이 술을 떠 제 방으로 들어가는 것을 보았다. 술로나마 제 고단한 맘을 다스리는 것 같아 나무라지도 못한다.

들어와 절하고 난 동마로가 아이들을 멀거니 건너다본다. 먼 길 다녀온 사람이 속 빈 사내 얼굴을 하고 있다. 저 쓸쓸한 얼굴이 살림을 내주면 달라질 수 있을까. 의심스럽지만 청대 같은 나이에 내외가 서로 모른 체하며 삭아 가는 꼴을 유을해는 마냥 두고만 볼 수는 없었다.

"어멈이 살림을 따로 나고 싶다 했다는 말, 들었느냐?"

"들었습니다."

"아범 생각은 어떠하냐?"

"제 생각이 중요하겠습니까. 소자, 염치없사오나 어머니께서 처리해 주십시오."

이러나저러나 저는 아무 상관없다는 투다. 새임인들 제 지아비가 이런 걸 모를 리 없었다. 새임 아니라 어떤 지어미인들 지아비의 이런 냉정함을 견딜 수 있으랴.

"아범이 그리 나가면 어멈도 엇나갈 수밖에 없지 않아? 지금도 오기가 나 그러는 것 아니겠느냐. 그 사람이 누굴 믿고 예까지 와서 사는지, 그 맘을 살펴 주어라. 마음을 조금만 써 주면 순해질 사람이야. 애를 좀 써 보아."

"알겠습니다."

대답이 너무 쉽다. 어미 앞의 자리나 모면하고 보자는 속셈인 것이다. 어째야 할꼬. 덧들여 봐야 내외간 정만 더 떨어질 것 같아 유을해는 더 하고 싶은 말을 참는다.

"둘이 의논을 차분히 해보아. 마땅한 집을 사든지, 새로 짓든지. 너희들이 의논하여 결정하는 대로 해주마."

"예."

"그건 그리하기로 하고, 반야가 이번 겨울을 가마골 가서 나겠다는 말도 들었니?"

"예."

"지금 네 언니 허약하기가 속 빈 강정 같아 보양을 해야 하거니와 반야를 찾아다니는 길손들한테도 예보다는 가마골이 나을 것이다."

무꾸리를 하지 않으면서 반야를 찾아오는 손님들에 대해 내색치 않았던 유을해였다. 반야가 그들과 더불어 무얼 하는지 모르고 동마로와 미리내와 오두기가 동무인 듯 나란히 반야를 받드는 까닭도 몰랐다. 공세포에 집을 둔 지석이 미타원에 와 살고 연전에 새로 생긴 샘골 객점 주인 꺽진 내외가 살붙이인 양 드나드는 이유도 몰랐다. 그들에게 아무것도 묻지 말아야 한다는 것만 느낄 뿐이다.

유을해가 그 정도는 짐작하면서도 아무것도 묻지 않음을 동마로도 알았다. 자초지종을 털어놓을 수 없는 게 죄송하지만 어머니가 계원이 아니므로 어찌할 수 없었다.

"너희들이 무슨 일을 하든 나는 너희들이 무사히 잘 살아 주기만 하면 되는 사람이다. 그래서 숱하게 궁리했다. 가마골에 반야가 살

만한 거처가 마련돼 있다 들었다만 어떤 형세인지 내가 잘 모르겠다. 너는 가 보았으니 알 게다. 살 만하겠더냐?"

"원래 있던 집을 손보아 아담하고 깔끔합니다. 어떤 여장부가 그 집 아래쪽에 있던 집들을 헐어 내고 터를 널찍하게 닦아 기와집을 앉혔는데, 그 집에 사람이 자주 드나들어 예전만큼 호젓하지 않고요. 또 뒷집이 있던 자리에도 새 기와집이 생겼습니다. 비어 있긴 하지만 터가 좋다고 어떤 부자가 집을 지어 놓은 모양입니다. 평양 사람이라고 들었습니다."

무격들이 살던 터엔 예사 사람이 집을 짓지 않는 법이다. 귀신이 들끓는다고 여기기 때문이다. 옛집 위아래에 생겼다는 기와집들은 반야가 지었거나 반야를 위해 지어진 집일 게 분명하다. 그 또한 유을해가 묻고 나설 수 없는 일이다.

"그렇다면 다행이구나. 어찌되었든 반야가 몸을 추스른 뒤에는 점사를 봐야 할 테고 이쪽에 머물기보다 그쪽에 머무는 시간이 길어질 것이다. 아범은 이쪽저쪽 오갈 일이 잦을 게고. 해서, 아범한테 맡길 일이 있다."

"말씀하십시오."

"반야가 지금까지 점사를 보아 모은 재물이 꽤 됨을 너도 짐작할 터이다. 제 일곱 살 때부터 이날까지 화수분이라 해도 무방할 만큼 벌어 내게 안겼지. 어느 어미인들 나만큼 딸 덕에 호사를 누리며 살았으랴. 그럼에도 반야는 제가 얼마나 버는지 내가 얼마나 쓰는지 모르는 사람이고, 제 필요하면 필요한 만큼 내가 내어놓을 줄로만 아는 사람이다. 살림이 커 씀씀이도 컸다만 내 나름 여축하려 애썼다. 너도 거들었지 않느냐. 애써 뭉뚱그려 놓은 그걸 요번에 네게 줄 테니

네가 수단껏 묻어 두고 차후 반야가 필요할 때 쓸 수 있도록 해라.”

“저한테 그런 수단이 있을 리 없지 않습니까. 하옵고 언니가 아예 한양에 살 사람이 아닌데 그리하실 까닭도 없고요. 말씀 거두십시오, 어머니.”

“반야 주변에 너는 아나 내가 알지 못하는 사람들이 꽤 있을 터이다. 그중 굴려 줄 만한 사람이 있는지 물색해 보아. 사람이 없어 수단도 아니 보인다면, 그야말로 가마골 웃실 집 옆의 숲에다 묻어 두도록 해. 앞뒤로 집이 있으나 구기 계곡 방향의 숲은 비탈져서 사람 왕래가 없잖느냐. 거기 어디쯤도 좋을 것이야.”

“그럴 바엔 이쪽 뒤뜰에 묻어 두시지요. 아니, 어머니. 차라리 모두 옮겨 가 제 식구 살림을 나누어 주시면 어떻겠습니까? 가마골쯤에요. 어머니는 옛집에서 언니 돌보며 사시고요.”

“애야, 동마로!”

모처럼 동마로라 부르는 어머니 기색이 울적하다. 그러고 보니 한결같기만 하다 여겼던 어머니도 제법 나이가 드셨다. 동마로는 자신의 나이만 생각했지 어머니는 영원히 그 자리에 굳건히 버티실 산처럼만 생각해 왔다.

“예, 어머니.”

“누구보다 네가 잘 알 듯 반야는 특출한 영기를 타고났다. 헌데 특출난 것은 오래 지속되기 어려운 게 사람살이 이치다. 모난 돌 정 맞기 십상이라고 주변에서 그리 놓아 두지도 않지. 멀리 볼 것 없이 지금 반야는 기력을 잃고 있지 않느냐. 기력을 영 회복치 못하면 종당엔 무꾸리를 못할 사태가 생길 수도 있다. 반야가 여느 무녀들처럼 손님들 눈치 보아 가며 적당히, 그야말로 호구지책이나 하는 무꾸리는 못할 사람임을 너도 알게다. 무꾸리를 못하는, 보통 계집이 된 반야가 무얼 하며 살 수 있겠니? 제 손으로 머리 한번 빗어 보지 않고, 물 한잔 떠 마셔 본 적이 없는 사람이 이제 와 바느질을 하며 살겠느냐, 한 사내의 아낙이 되어 밥을 짓겠느냐? 그리되지 않으리라 믿는다만 나는 혹시 모를 때를 대비하는 것이다. 그때도 이 많은 식구가 여전히 반야한테 얹혀살 수는 없지 않아? 내가 여기서 거둔 식구들은 내가 예서 데리고 사는 게 옳다. 어미 맘을 알겠니?"

유을해로서는 반야의 미래를 위한 대비이려니와 반야에게서 동마로를 떼어 놓아 보려는 시도였다. 남녀 간 상사를 차치하고도 반야와 동마로는 노상 붙어 지내던 버릇을 버리지 못했다. 둘이 몸은 달라도 마음은 한 결이었다. 도무지 새임이 끼어들 새가 없었다. 그건 젊은 내외를 위해서나 반야를 위해서도 바람직하지 못했다. 당분간 동마로가 양쪽을 오가더라도 반야가 가마골에 자리를 잡는 게 나았다. 반야가 없는 집이라면 동마로가 새임을 대하는 게 달라질 수 있지 않겠는가 싶은 것이다. 그리고 반야의 짐을 덜어주고도 싶었다. 온 식구가 전부 아귀餓鬼나 돌덩이처럼 반야한테 매달려 있지 않은가. 제가 가진 능력 자체가 족쇄인 반야였다. 타고난 것이야 어쩔 수 없다 하더라도 식구들만이라도 가벼이 해주고 싶은 게 어미 심정이었다.

유을해의 진의를 동마로도 파악했다. 언제라고 그른 판단을 하시는 분이던가. 반야가 기운을 회복하든 회복치 못하든 대비해 나쁠 것도 없다. 그리해서라도 어머니가 걱정하시는 내외간의 문제 또한 풀리면 좋을 것이나 그럴 가능성은 희박하다. 조금 전의 반야는 동마로의 신분이 바뀔 것이라 했다. 신분이 바뀌게 되면 무녀 집에서 살기 어렵고 반야의 호위도 어려워진다. 반야를 떠나 살아야 한다면 동마로는 신분이 바뀌길 바라지 않는다.

"말씀 따르겠습니다."

일단 수긍한 뒤 동마로는 안채를 물러난다. 별채 강수 방에서는 책 읽는 소리가 난다. 강수는 채전의 쓰레기더미에서 주운 놈치고는 용모가 유달리 준수했다. 밤하늘에서 별 하나가 뚝 떨어져 앉은 것처럼 반짝였다. 어느새 무사로서의 자질을 타고 났음을 보였다. 머리 또한 비범하리만치 좋았다. 놈을 보노라면 대체 신분이 무슨 소용인가 싶었다. 요즘 새벽이면 집 뒤 숲 속 수련장에서 무술을 익히는 강수는 밤이면『동몽선습』을 읽으며 외웠다. 꽃님과 삼덕은『천자문』을 익히는 중이었다. 강수와 꽃님 소리만 나는 걸 보면 명일과 삼덕은 잠들었다는 뜻이다. 여섯 살 명일은 천자문을 익히기 시작했고 일곱 살 꽃님의 천자문 익히기는 금년 안에 끝날 것 같았다. 내년에는 꽃님에게도 기초 무술을 가르칠 작정이었다. 아이들이며 삼덕은 내년부터 차례대로 입계하게 될 것이다. 물론 그들은 아직 아무것도 모른다. 모른 채 그저 공부하는 게 당연하여 날마다 읽고 외워 쓰기를 했다.

대청 건너 새임의 방에도 불이 밝다. 새임은 혼자 술을 마시는 중이다. 동마로가 들어서니 새임이 살풋 놀라는 기색이다가 손에 잡고 있던 잔을 들어 마신다. 탁주도 아닌 소주를 병 가득 퍼다 거의 다 마셨는지 눈이 게게 풀렸다. 새임이 수시로 술 마시는 걸 몰랐던 건 아니었다. 그러려니 했다. 술로 하여 새임과 엮이게 된 이후 일체 술을 마시지 않는 동마로는 윗목에 앉아 취한 새임을 물끄러미 건너본다. 여인으로서는 큼직한 몸피에 이목구비가 또렷하고 낯빛도 밝은 편이다. 무던하고 무던하다. 내 자식의 어미가 아니라면 돌아선 순간 잊을 만한 여인. 그네 몸을 아귀처럼 탐했던 날들이 있었다는 게 기이하다.

"딴살림 내달라 했더니 따지러 들어오셨소? 그럴 줄 내 알았지요. 서방님 얼굴 한번 보려고 꺼낸 말이기도 했거든요. 한잔 하시려오, 서방님? 아아, 참! 임금님 무서워서 술은 못 드시겠지. 지성스럽기도 하시지. 벼슬 내려오길 기다리시오?"

담양 청룡부 박정생 각품에게 그의 누이가 이쪽에 도착했다는 서신을 사신계 연통을 통해 보낸 게 지난 정월 새임의 도착 직후였다. 답신은 한 달 뒤쯤 왔다.

출가외인, 그대의 가솔이니 그대가 보살피라.

그랬으나 보살피지 못했다. 굶기거나 헐벗기진 않았으나 그건 어머니와 반야가 한 일이었다. 동마로는 아무것도 못하고 내버려두었다. 그 결과가 주정뱅이가 된 새임이었다.

"살림을 나고 싶다면 그리해도 좋다고 하십디다. 새 집을 어디다 짓고 싶은지 생각해 보세요."

실그러진 눈빛이 비웃음을 담고 동마로를 건너보았다. 새임이 특별히 싫은 것도 아니었다. 그저 그네 몸에 손대기가 싫고 무서울 뿐이다.

"점잖기도 하시지. 술 퍼마시는 여편네를 패기는커녕 나무라지도 않고! 누가 사람 아래 종자들이라 할까? 허어! 내 가끔 반족 집안에 들어와 있는 것 같다니까."

"말소리 낮추세요."

"누구 좋으라고 내가 딴살림을 나가요? 나만 내어 놓고 이녁은 이 집서 뭘 할 테요? 별님이하고 둘이 살림이라도 차리시려오? 내가 모를 줄 알아요? 형님은 무슨 형님! 피 한 방울도 안 섞이고 형님? 형님 좋아하시네. 딴살림 안 나가요. 못 나가. 절대 안 나간다고!"

건넌방 강수와 꽃님의 글 읽는 소리가 벌써 잠잠해졌다. 눈이 동그래져 서로 마주보고 있을 아이들 정경이 눈앞인 듯 선연하다. 이 정도면 안채와 신당까지 울렸을 것이다.

"어머니 걱정하시겠어요. 목소리 낮춰요."

"걱정 좀 하시라 하세요. 만 사람 걱정을 다 하셔도 내 걱정은 아니 하시는 분 아니시오? 이 집에 종이 없다고요? 내가 이 집 종년인데, 종이 왜 없어. 나만 이 집 종년이지. 나 혼자 새경을 아니 받지 않소?"

동마로는 취해 소리를 높여 가는 새임에게 다가들어 혈을 짚어 버린다. 끝도 없이 외쳐대며 온 집안을 소란케 했을 새임이 품속에서 우뚝 고요해지더니 푹 쓰러진다. 비녀가 빠지면서 땋은 머리채가 늘어졌다. 손끝에 순간적으로 실릴 수도 있었을 살기는 제어했다. 잠시 기절시킨 것이었다. 술기에 젖은 얼굴이 불콰하고 색색 내뱉는 숨결에도 술내가 진동한다. 어여뻐야 하는데 어여쁘지 않고, 가여워야 하는데 가엽지 않고, 미안해야 하는데 미안하지 않다. 동마로는 새임을 이부자리에 뉘어 놓고 이불을 덮어 준다.

불을 끄고 새임의 방을 나서니 막막하다. 자고 일어나도 새임에게 달라질 게 없듯 동마로에게도 달라질 게 없었다. 달라지고 싶지 않다. 천행두에 걸려 내버려져 다 죽은 일곱 살배기한테 칡잎을 씹어 먹이던 일곱 살배기가, 이후 제 몸인지 내 몸인지 구분도 못한 채 살아왔던 반야가, 고맙게 생각한다고 했다. 알아, 고마운 것도 알고.

고맙다는 말이 그리 서운할 말인 줄 오늘에야 알았다. 고마운 줄 아는 반야는 앞날 또한 알 것이나 동마로는 오늘 밤 어디서 자야 할지도 모른다. 늦가을 밤별이 초롱초롱 서럽다.

지옥에 갇힌

날짜도 잊지 않았다. 별님이 꿈결인 듯 문암에 다녀간 건 지난 정월 스무하룻날이었다. 긴 외유에서 돌아온 직후였다고 했다. 그로부터 일 년이 거의 지난 섣달 스무하루다. 아침부터 흐리더니 근휘가 샘골 장터에 이를 즈음부터 가는 눈이 날리기 시작했다. 미타원에 들어서니 눈송이가 굵어졌다.

금세 눈에 휩싸여 가는 미타원은 못 본 새에 무격의 집이라고 볼 수 없을 정도로 틀이 커졌다. 높다랗고 튼튼한 담장 안에 집 한 채가 더 들어서니 그동안 휑하던 집이 자못 균형이 잡혔다. 위세조차 느껴진다. 이러느라 나를 내버려두었단 말인가? 현령 수청을 든 게 사실이었어? 근휘는 새삼 분노한다.

몸져 눕기 전이나 긴 병을 털고 일어난 뒤나, 다시 돌아보지 않으리라 수없이 다짐하면서도 진작 똬리를 튼 의혹을 견디지 못하여 왔다. 실상을 확인해야 별님을 버릴 수 있을 것 같았다. 아예 도고 현령을 만나 볼까 하는 생각을 숱하게 했고 그때마다 접었다. 현령은 종오품의 원이었다. 제 고을 백성의 생사여탈권은 그에게 있었다. 이웃 고을 백면서생이 찾아가 당신과 내가 한 계집을 서로 나눈 게 맞느냐고 묻는 것은 현령이 아닌 자신에게 치명적인 짓이었다. 명분이 없거니와 현실을 알기 두렵기도 했다.

그동안 근휘로 하여금 도고현으로 오는 걸음을 막았던 그 모든 의혹과 망설임이 이번에는 분노로 작용하여 기어코 고을을 넘어오게 하였다. 두 달 가까이 집 밖 출입을 제지 당했다. 부친은 노상 사랑으로 자식을 불러들여 곁에 있게 하셨고 나들이하실 때는 달고 다니셨다. 자고 일어나면 방 밖에 탕약을 든 모친이 지키고 계셨다. 대문이며 쪽문에는 종놈들이 어슬렁거렸다. 무엇보다 단 한 푼의 돈도 만질 수가 없게 되어 갈 곳도 없었다.

별님을 만나러 다니는 동안 돈 들어 본 적이 없어서 다른 계집들을 찾으매 돈이 얼마나 많이 드는지를 뒤늦게 알았다. 그 돈줄을 부친이 아예 막으셨다. 어른들이 장성한 아들의 외출을 한사코 뜯어말리며 의원을 연이어 불러들인 이유가 별당 사람에게 있었고, 음전하기만 하던 별당 사람이 어른들을 사주한 까닭이 별님한테 있음을 사흘 전에야 들었다. 별당 사람이 별님을 찾아갔다고 하지 않은가. 지병이 있는 데다 새로운 병이 침범했을 것이니 의원에게 보이고 출입을 삼가게 하라 했다는 것이었다.

몇 달 전부터 두통에 미열과 빈혈증이 생겼음을 근휘 스스로 느끼고 있었고 의원들은 그 증세를 매독에서 비롯된 것이라 진단하였다. 길가에 놓인 들병이들을 건드리고 다닌 결과 얻은 병이니 탓할 사람이라곤 자신밖에 없는데도 그걸 찾아낸 별당 사람과 별님 둘 다에게 불같이 화가 났다. 그 와중에 도고 현령이던 김학주가 도고를 떠나 한양으로 갔다는 소식을 들었다. 계집에 빠져 허우적이다가 앓고 일어났더니 세상은 자신에게 한층 더 적대적으로 변해 있었다. 별님을 능욕하던 놈이 아무 일도 없이 한성부 판관判官이 되어 떠나다니. 미치고 미칠 것 같았다. 더 이상 갈 데가 없어 별님을 찾아왔는데 또 없다고 한다.

근휘를 아래채 손님방에 들여놓고 멀찍이 앉아 말하는 아낙은 스물예닐곱 살 남짓해 보인다. 깨금 아비가 안에서 데리고 나온 계집이니 주인에 값할 만한 아낙일 터이다. 둥글뭉수레한 몸피에 살빛도 부연데 눈빛이 헤설프다.

"별님이 또 기도하러 간 것인가? 어디로?"

"지난 반년 동안 보살의 몸이 몹시 편치 못하였는지라 이번 겨울, 손님을 맞지 아니할 요량으로 요양을 떠났습니다. 어디로 갔는지 소인은 알 수 없나이다."

"한집에 살면 식구일 터, 어디 갔는지 왜 몰라?"

"식구로 살기는 하오나 소인은 집이나 지키는 처지인지라 꽃각시 보살의 향방에 대해 알아본 적이 없나이다. 꽃각시 보살 스스로도 집을 나설 때, 노상 어디로 갈지 모른다 하더이다. 그래서 소인은 천지간 절집들이 모두 꽃각시 보살의 집인가 보다 할 뿐이옵니다."

"동마로도 따라갔고?"

"제 지아비를 아시옵니까?"

아낙이 눈이 동그래져 쳐다보는데 근휘 또한 놀랐다. 동마로가 한집에 별님을 두고 따로 장가를 들었다? 겉으로만 오누이일 뿐 속내로는 평생 내외지간인 듯 붙어살 종자들 아니었던가?

"이름 정도는 알지. 그대로서는 처음 보는 내가 이 집 사정을 제법 아는 까닭을 짐작하겠나?"

"모르옵니다."

"궁금하기는 하나?"

"소인은 뭘 궁금해할 처지도 못 되나이다."

"제법 냉소적인걸. 세상 인자하신 모친이신데 그대는 어찌 그러나?"

"지옥에 살아 그렇습니다."

"이 집이 지옥이라! 그대한테 지옥은 뭔가?"

"제가 사는 게 지옥이라는데 그걸 또 물으십니까? 지옥이 뭔데요?"

"내가 생각하는 지옥은, 내 힘, 내 의지로 끝낼 수 없는 고통이지."

"왜 못 끝냅니까?"

"의지가 없어서라니까. 그렇다치고 모친께선 어딜 가신 게야? 집 안이 왜 이리 적요해?"

"소인의 시어미는 예산 고을 천도굿판의 수발을 들러 갔나이다. 오늘 밤부터 시작되는 큰 굿이라 내일 저녁이나 되어야 돌아올 터입니다."

조신한 듯 대답하던 아낙이 문득 고개를 숙여 제 입을 막으며 딸꾹, 했다. 놀랍게도 시큰한 술 냄새가 아랫목에 앉은 근휘에게까지 풍겼다. 오호라, 눈빛이 수상타 하였더니! 무격 집의, 무녀도 아닌 계집이 시어미가 굿하러 간 새에 대낮부터 술에 취해 있는 것이다. 웅등그러져 있던 근휘의 심사가 모처럼 지기를 만난 듯 무릇해진다. 숨통이 트이는 것 같지 않은가.

"그대가 지금 술기를 풍기는 모양인데, 음주가 국법을 어기는 일임을 모르는 게지? 몰라 마셨다고 해도 죄가 됨도 모르겠구먼?"

짐짓 부려 보는 허세에 계집의 낯빛이 사색이 된다. 새삼 머리를 조아리지는 않는다. 오기가 창창한 것이다. 그것은 마음에 든다.

"내가 이대로 관아에 발고하면 그대나 그대 시어미나 어찌될지는 아는 모양이구먼. 허면 그리되지 않을 방책을 내 일러 주지."

"말씀하십시오."

"나한테도 술을 먹이면 되는 게야. 술이 더 있겠지? 그대가 다 마시고 없다면 내려가 사오면 되겠구먼. 마침 장날인지 장터가 북적거리던데 술 마실 줄 아는 사람이 술 못 구할 까닭이 없겠지. 오늘은 그대가 이 집 어른인 모양이니 손님 대접을 잘 해야지. 눈이 저리 내리니 나도 오늘은 더 못 움직이겠고."

"저녁때가 되면 예불하고 내일 새벽에 점사 볼 손님들이 찾아들 것입니다. 눈이 저리 오니 그들도 오늘 밤을 예서 묵어갈 것이고요. 이 아래채가 주막이나 한가지인지라."

"그러니 어찌하라고?"

"몇 시진이라도 계시겠다면 서방님, 별채로 자리를 옮겨 주시옵소서."

"그러면 술을 내 오겠다? 그리하지."

먼저 일어나 나서는 계집의 뒤를 따라 방을 나오니 어느새 마당을 쓸기 시작한 깨금 아비와 나무란 놈이 빗자루를 든 채 멀거니 근휘를 쳐다본다. 두 천치 사이에서 강아지들처럼 뛰어다니던 아이 셋도 무르춤해져 있었다. 강수와 꽃님은 알겠는데 대여섯 살 남짓할 또 한 아이는 낯이 설다. 별님의 모친이 이따금 아이를 주워 자식으로 삼는다 했으니 낯선 놈은 새로 별님의 아우가 된 놈일 것이다. 깨금 아비가 보일 듯 말 듯 인사하는 시늉을 하고는 비질을 계속한다. 이

제 쏟아지기 시작하는 눈을 쓸어 내려 하다니. 아무리 부실한 놈들이라고 저리 천치 짓들을 하는가. 근휘는 죄 없는 놈들을 흘겨보고는 아래채 뒤편의 별채로 들어섰다.

미타원에서 술을 마셔 본 일이 있기는커녕 술이 있으리란 상상도 해본 일이 없는 근휘였다. 헌데, 술이 있었다. 깨금네가 몹시 곱잖은 눈을 뜨면서도 어쩔 수 없다는 듯 두 사람의 술상을 준비해 냈다. 두 달 만에 마주한 술이다. 그동안 술 대신 마셔댄 탕약이 몇 동이는 될 터다. 약 냄새만 맡아도 신물이 날 지경이었다. 신단에 올리기 위해 별님의 어미가 빚는다는 술은 물처럼 맑거니와 은은한 향이 풍기는 독주다. 한 잔에 손가락까지 쩌르르 울렸다. 습관에 따른 음주 욕구와 세상사에 의욕 없는 터에 발견한 작은 꼬투리를 잡고 도도하게 시작한 술자리였다.

동마로의 계집은 제 이름이 새임이라 하였다. 둘이 앉은 방은 새임의 거처였다. 지아비가 떠난 지 두 달 남짓 됐다는 그네 방에는 사내 냄새며 흔적이 일체 깃들어 있지 않다. 새임이 비치는 기색으로 보아 그네는 소박을 맞은 듯했다. 동마로는 떠나기 전에도 새임의 거처에서 잠을 잔 적이 없었던 것이다. 천한 무격 집일망정 술맛이 새록새록하다. 온양이며 천안의 기녀들을 찾아갈 때처럼 돈이 드는 것도 아니고 기녀들만한 교태는 없을지언정 새임의 무구한 숫기가 사뭇 자극적이다. 무엇보다 쉬운 계집이 아닌가.

별님은 사내를 제 마음대로 부리던, 따르지 않을 수 없는 어려운 계집이었다. 기꺼이 자청하여 좋았음에도 한편 생각하면, 생각할수록 모멸감이 가시처럼 돋아났다. 계집이 사내를 뭘로 알고. 어쨌든 끝낼 때가 되었다. 아니, 끝이 났다. 두 번 다시 만날 일이 없으리라.

근휘는 마구잡이로 술을 마셔댔다. 날이 채 어두워지기 전에 취할 대로 취한 둘은 방 밖의 세상을 잊고 질펀하게 몸을 섞었다.

　잠에서 깬 근휘는 바람에 흔들리는 문풍지 소리를 먼저 들었다. 쥐가 나무를 쏘는 듯 갉작이는 소리다. 시익시익 나뭇가지 부딪는 소리가 들렸다. 턱턱 무언가가 부딪치는 소리도 멀리서 났다. 방 안에는 다 닳아 꺼지기 직전인 촛불 한 자루가 가물거렸다. 이 집의 두 반푼이가 불을 얼마나 땠는지 방바닥은 찜이라도 찔 양으로 끓었다. 알몸의 연놈과 나뒹구는 술병과 저만치 밀쳐진 술상 풍경이 난삽한 그림처럼 촛불에 흔들리고 있었다.
　이것이야말로 지옥도의 한가지로구나.
　근휘는 소리 내어 웃는다. 동굴 속에서 울리는 소리처럼 허허로운 공명이 스스로의 몸안에서 느껴졌다. 세상 끝까지 오고야 말았다. 더 이상 갈 곳이 없으리라. 그러자 갈증이 인다. 깨금 어멈이 그 맘까지 써 주고 싶지는 않았던지 자리끼는 보이지 않는다. 윗목 구석에 말짱하게 선 술병이 보인다. 근휘는 자신의 몸을 반쯤 덮고 있는 새임의 몸을 밀쳐 내고 일어나 술병을 들어 본다. 마시다 죽어 버리라는 뜻인가. 반 되짜리 술병이 그득하다. 타는 듯한 갈증에다 술을 부으니 불이 붙는 듯 목이 시원하다. 반나마 마시고 나니 온몸 가득 얼음물이 찬 듯 쩌릿하다.
　밤이 얼마나 깊었는지 가늠할 재간이 없다. 방 앞쪽으로 난 문을 벌컥 열어 본다. 확 밀어닥친 바람이 써늘하다. 별님을 처음 품었던 밤에도 눈이 이렇게 천지 분간을 못하게 쌓였던가. 별님을 향한 다정이 넘치고 넘쳐 신열을 앓았던 날 밤. 품에 안긴 별님은 신열 앓는 근휘보다 뜨거웠다. 하염없이 깊었다. 뜨겁고 깊은 그 몸이 내 몸과 하나가 되었음에 격렬히 감격했다. 그날의 감격이 오늘에 이르러는 실재했던지도 알 수 없었다. 그 또한 꿈이었는지도 모른다.

토방 아래 마당에 쌓인 눈이 한 뼘은 됨직하다. 밤이 심히 깊지는 않았는지 안채며 아래채에 불 한 점씩이 밝혀져 있다. 안채에서는 아이 우는 소리가 났고 아래채에서는 사람 기척이 났다. 신당만 캄캄하게 적요할 뿐이다. 지난해 그대로 죽기를 바랐던 자신을 찾아와 되살려 놓고 자신을 안아 주었던 별님이었다. 그리 알았다. 하지만 혼몽 중에 별님인 줄 알고 품었던 계집이 알고 보니 별당 사람, 내자였다.

이미 다 지나간 일, 아무려면 어떤가. 반가의 아들로 살며 해야 할 바는 한 가지도 못했고 사내로서 저지를 수 있는 짓은 다 저질렀다. 천것이라 해도 엄연히 지아비가 있는 계집을, 그것도 별님의 식구를 망설임 없이 범하였다. 더구나 돌도 못된 아이까지 달린 계집이었다. 지금 옷을 차려입고 달아난다면 없었던 일이 될 수 있으려나. 따지고 보면 숱하게 도망쳐 왔다. 문중과 부모의 기대에서 달아나고 쌓이지 않는 공부로부터 달아났다. 병에서 도망치고 안해로부터 도망치고 별님으로부터도 도망쳤다. 진심으로 별님을 감싸 안아 보려 했던 적이 없듯 그 모든 해야 할 일에 진실로 맞서 본 적이 없었다. 지금 한 번 더 도망친들 새삼스럽게 낯 뜨거울 것도 없다. 아무도 보살피지 않는 천한 계집, 무슨 흔적이 남겠는가. 하지만 무엇 때문에 달아나랴. 눈이 저리 무너지듯 내리는데, 달아나서 또 무얼 하랴. 근휘는 문을 닫는다. 달아나기만큼 쉬운 일도 없으니 정작 달아나고 싶으면 날이 새고 눈이 그친 뒤 움직여도 될 터이다.

찬바람을 느꼈던가, 새임은 이불을 머리까지 뒤집어쓰고 있다. 근휘는 새임이 뒤집어쓴 이불자락을 목까지 끌어내린다. 보동동하니 봐줄 만한 계집이다. 한눈에 빠져들 만한 매력은 없어도 나름 고운 구석이 있었다. 동마로가 계집을 돌아보지 않은 까닭이 별님 때문임을 다른 사람은 몰라도 근휘는 짐작할 수 있었다. 취한 채 거침없이 응해 오던 새임에게서 깊은 서러움을 느꼈다. 될 대로 되어라. 앞이 안 보이는 인간의 몸짓이었다. 술기와 잠에서 깨고 나면 절망보다 깊은 암담함을 느끼게 될 그네는 곧 근휘 자신이었다. 근휘는 모로 누운 새임을 반듯이 눕히고는 그네 몸을 타고 앉는다. 타고 앉아 잠든 새임의 젖가슴을 거칠게 깨문다. 잠을 깨우기 위함이다. 아, 하는 신음과 함께 새임이 눈을 떴다. 서방님! 근휘의 입술이 새임의 입술을 덮는다. 새임의 팔이 근휘 목을 안아 끌어당긴다. 두 혀가 마구 얽힐 찰나 장막이 덮이듯 어둠이 드리워진다. 초가 닳아 꺼진 것이다.

하룻밤 한나절. 오구굿판에서 망자를 달래는 무녀 삼덕의 품새가 제법 어엿하였다. 장차 만신이 될 수 있으리라. 잘 자란 딸이나 아우인 듯 굿판에 주무로 선 삼덕이 대견했다. 예산 배다리마을 고깔 무녀의 요청으로 함께 치러 낸 굿판이었다. 고깔 무녀의 집에서 하룻밤을 더 묵고 온 까닭은 지난밤을 새운 피로가 눈 쌓인 밤길을 걷기엔 너무 무거웠기 때문이다. 아침에 길을 나서 집에 닿으니 어느새 해거름 녘이었다. 이래저래 사흘이 걸린 나들이였으나마 돌아오는 발걸음이 무겁지는 않았다. 무거운 일은 꽁꽁 언 몸을 끌고 도착한 집에 벌어져 있었다. 김 선비가 새임의 방에 떡하니 들어앉아 주인 노릇을 하고 있지 않은가.

아연한 상황에 유을해가 할 말을 잊고 쳐다보니 새임은 짐짓 의연하다. 눈길을 피하기는 해도 이리되었으니 어쩌겠소, 하는 듯 어연간한 얼굴로 유을해를 대했다. 갈 데까지 갔으니 맘대로 처분하라는 기세다.

"내, 장부로서 이런 판을 벌여 놓고 그대로 도망치는 것도 도리가 아닌 듯하여 미타원주를 기다렸소."

미타원주라는 생경한 지칭에 굳이 주인을 찾자면 반야이지 유을해는 아니다. 김 선비는 지난날 유을해를 별님 어미라는 뜻으로 모친이라 칭했다. 모친, 하룻밤 묵어가겠소. 모친, 내 저녁을 못 먹었소. 어느 법도에도 해당되지 않은 말법이었을망정 제법 정겨웠다. 그러나 이제 반야의 식구를 범하고 나서 마땅히 부를 말이 없으니 유을해를 미타원주라 하는 것이다. 예상치 못했으나 일은 이미 벌어졌다. 아무리 돌려 말한다 해도 변하지 않을 상황이다. 더 이상 큰일은 없으리라 여겼던 참이었다.

반야가 떠난 열흘 뒤에 김학주가 직접 반야를 찾아 들렀다. 반야가 기력을 완전히 잃어 태백산으로 들어갔노라 했다. 김학주는 유을해를 노려보긴 하였으나 의외로 쉽게, 두고 보면 알 일이라는 아리송한 말을 남기고 돌아섰다. 그렇게 김학주가 돌아간 한참 뒤에야 그가 한양으로 간 걸 알았다. 하필이면 반야가 있는 한양이라니. 놈이 반야가 한양으로 간 것을 눈치챘는가 싶어 눈앞이 캄캄했지만 또 한 생각해 보니 그리 높은 자리로 간 사람이 무에 모자라 예전 하던 대로 천것들을 상대하랴, 싶었다. 반야가 가마골에 있는 걸 식구들도 모르는데 신기도 없어졌다는 제 놈이 어찌 알 것인가. 또한 벼슬이 높아질수록 조심할 일이 많을 텐데, 한성부 관헌으로 있는 자가 설마 다시 천것들을 돌아볼까.

그리 자위하는 참에 지난해 여름 반야와 함께 떠났던 임인이 찾아왔다. 유을해 앞에서 큰절을 하고 난 임인은 별님이 태백산으로 들어갔다는 말을 듣더니 미타원에 머물게 해달라 청하였다. 유을해는 미타원이 멀쩡한 젊은 남정네가 살기에 적당치 않다며 있던 자리로 돌아가라고 그를 거절했다. 아무리 보아도 중이 되면 좋을 성싶은 사람인데 한사코 중 되기가 싫다는 그가 안쓰러웠으나 짐짓 냉연히 떠나보냈다. 이후 김학주도 임인도 잊어 가던 중이었다. 그들을 잊어 가는 판에 잊고 살았던 김근휘가 도드라져 미타원을 범했다.

"도망을 아니 치신 걸 뵈오니 서방님, 달리 하신 생각이 있으신 모양입니다. 저 아이를 어쩌실 셈인지요?"

긴말하고 싶지 않는 듯 직설로 물어 오는 유을해의 사품에 근휘는 내심 당황한다. 갈 데까지 가고 만 상황, 오기 부리며 퍼더앉아 버렸던 참이다. 스스로에 대한 징벌이려니와 별님에 대한 징벌이다, 그리 여겼다. 유을해가 곧장 어찌할 거냐고 물어 올 줄 몰랐다. 실상 아무 마련이 없어 움직이기도 싫었다.

"저 사람은 여기 있겠다 하지만 나는 저 사람이 나를 따라가겠다면 데려갈 생각이고, 미타원주가 저 사람을 내쫓아도 데려갈 생각이오. 그래서 기다린 것이니 결정을 내리시오."

유을해는 그동안 내심 근휘를 천하에 못난 놈이라 여겼다. 그가 빠져 허우적이는 계집이 내 자식인지라 그를 안쓰럽게 여겼을망정 그가 내 자식이라면 얼마나 미울꼬, 숱하게 생각했다. 헌데 저런 강단이 있었다니. 오기라 해도 마찬가지다. 새임과 인연이 있었더란 말인가. 처음 미타원을 찾아왔을 때처럼 음전하고 도도하게 앉은 새임은 세운 무릎에 올려놓은 제 손등만 내려다볼 뿐 유을해를 외면한다.

"어멈, 서방님을 따라가고 싶으냐?"

"어찌할 줄 모르겠습니다."

"내가 가라 하면 서방님을 따라가려느냐?"

"예."

"내가 예 있으라 하면 있고?"

"예."

"그럼 네 알아서 하거라."

새임의 고개가 획 들린다. 이 상황에서 내쫓기는 게 저한테는 어울리거니와 맘이 편할 터이고 남는다면, 아무 일 없었던 듯 그냥 살자고 붙잡아 주어야 명분이 생길 것이다. 노려보는 눈길에 서슬 푸른 증오가 어렸다. 결정을 내려 주지 않는 유을해에게 독이 오른 것이다.

"너나 나나 천것인 주제에 훼절을 따지겠느냐. 서방님이 너를 겁탈하였을 리는 없고, 네가 오죽하면 이런 일을 감당하였을지 내 모르는 바 아니다. 그러니 순전히 네 하고 싶은 대로 하여라. 비아냥하는 게 아니라 아직 젊은 네 신세를 생각하여 하는 말이다. 네가 이대로 살겠다면, 우리가 더불어 못 살 게 없다. 그리하기 싫다면 서방님 따라 가라는 게다. 누가 너를 탓하겠느냐. 새삼 아이 걱정은 할 것 없다. 그동안도 아이는 이 집 사람들이 다 함께 키우지 않았더냐? 서방님을 따르겠다면 짐을 꾸리거라. 대신 한 식경 안으로 결정 하여라. 하옵고 서방님! 데려가신다 하셨으니 새임이 따른다 하면 데려가십시오. 모르쇠 도망치지 않으셨으니 저 사람으로서도 다행한 일이고 소인 또한 감사히 여기옵니다. 아시는지 모르나 저 사람 본색이 원래 천출은 아닙니다. 어엿한 성을 가진 상민의 딸이니 무격에 비하겠나이까. 손끝 야무져 온갖 살림을 잘하거니와 강단이 있어 살림도 잘 일굴 겝니다. 서출일지언정 장차는 자식도 보실 수 있으실 테고요. 혹시는 벌써 생겨 있을지 모르지요. 데려가시거든 부디 어여삐 여겨 보살펴 주십시오. 못 데려가실 양이면, 두 번 다시 이 집에 발걸음을 말아 주사이다. 그게 모두를 위해 좋을 것입니다."

유을해는 새임의 방에 두 사람을 남겨 놓고 나온다. 그제 밤 쏟아졌던 눈이 아직 군데군데 쌓여 있었다. 섣달 스무사흘의 저녁 바람이 살을 엘 듯 날카롭다. 겨울에는 동냥치들도 길을 나서지 않는 법, 계집이 길을 떠나기엔 가혹한 날이다. 부러 독하게 말했다. 새임이 주저앉으면 받아 앉힐 셈이었다. 아무 일 없었던 듯 살아가게 할 것이었다. 따라간다면 못 보낼 것도 없었다. 반족집안 첩살이가 무녀의 며느리 노릇만 못할까. 더구나 소박데기 신세에. 어떤 길이든 제가 선택할 수 있는 상황이다. 제가 선택해야 했다.

안채에서는 깨금네가 저녁 준비를 하고 있고 신당에서는 삼덕이 저녁 불공드릴 준비를 하고 있었다. 아래채에는 어제부터 와 있었다는 환자가 둘이고 오늘 오후에 왔다는 손님이 셋이다. 그들이 전부 식객이다. 유을해는 별채에 아무도 근접하지 말라 식구들에게 이른 뒤 아무 일도 없는 것처럼 할 일을 한다. 이경 즈음까지 별채 사람들은 기척이 없었다. 유을해는 별채가 없는 듯 내버려두다가 꽃님과 명일을 작은 아이들 곁에 재웠다.

아이들을 재우고 부엌으로 들어가니 깨금네가 조바심을 내고 있었던 듯 속삭인다.

"조금 전에 별채 쪽 쪽문으로 두 사람이 나갑디다. 설마 따라가랴 했더니 정말 따라갔어요. 이제쯤 담장 앞이나 지나고 있을 터인데 지금이라도 본이 어멈을 붙들어야 하지 않겠소?"

"오래 걸렸구먼요. 그만큼 망설였다는 뜻이겠지요. 내버려두세요. 당장 태기가 보일 것도 아니고, 그 성정에 저보다 나이 어린 서방님 첩살이를 해내기 어려울 테니 돌아오겠지요. 돌아오면 저한테 여한 없을 것이고요."

"안 돌아오면요?"

"그쪽과 인연이 닿았다는 뜻이니 그 또한 저한테 좋을 일이지요. 옷이나 튼튼히 입고 나가던가요?"

"차려입을 만치 차려입었습디다. 보따리 하나 큼지막이 안았고요."

돈이나 좀 쥐어줬어야 하는 게 아닌가 싶지만 뒤쫓아 나가서 수선 피우기는 싫다. 안쓰럽긴 할망정 솔직히 곱지는 않다. 제가 이 집에 들어온 지 고작 일 년쯤이다. 서방이 제게 다정하지는 않을지라도 함부로 막 대하지는 않잖은가. 제 서방 맘이 돌아오기를 조금 더 기다려도 괜찮았을 것이다. 서방을 차치하고도 아직 돌도 못 된 아이의 어미다. 새끼한테 물려야 할 젖가슴을 외간 사내한테 함부로 빨리며 색정질하고는 급기야 그 사내를 따라 나갔다.

"하면 되었네요. 가서 방이나 치워 놓읍시다."

이 집에 사는 동안 내 두 번 다시 술을 빚지 않으리라. 별채를 향해 걸으며 유을해는 부르르 진저리를 친다. 말로는 갈 테면 가라 했지만 텅 빈 새임의 방을 보는 순간 막막해진다. 오쟁이지게 된 동마로 놈이야 자초한 무덤이니 어쩔 수 없다 처도 새임 그 물정 모르는 것이 살아 내야 할 곤욕스런 삶이 눈앞이런 듯 선연하다. 부디 금세 수태나 하려무나, 네 신세를 위하여. 나무관세음보살. 유을해는 식구가 남이 되어 빠져나간 방에서 새임을 위해 기도를 한다. 이 일이 악연으로 돌아오지 않게 합소사. 반야한테 해가 되지 않게 합소사. 부디 반야와 동마로가 그들을 다시 만나지 않게 합소사.

왕세자

눈 내리는 어둠 속 대궐은 귀신들이 득시글거리는 거대한 미궁 같다. 지난번에는 미처 느끼지 못한 혼들이 곳곳에서 흐느적거린다. 떠나지 못했거나 떠났다 되돌아왔거나 인연이 없으면서도 찾아들어 둥지를 튼 혼령들이다. 밤 불빛에도 나서지 못하는 뜬것들을 연기 가르듯 지나 대조전에 이르니 안팎이 낮인 듯 환하다. 궁인들이 귀신들보다 많다. 절하고 앉는 반야를 곤전이 다가앉으라며 환히 반긴다.

"지난날 네가 업혀 나가는 걸 보고 내 심히 언짢았더니라. 고맙고 가엽고 미안했다. 낯빛이 아직 온전치 못해 보이는구나?"

"황공하여이다, 마마. 다 나았나이다."

곤전께서는 비슷한 연배의 여느 여인들보다 나이가 들어 보이신다. 군부인으로 살다 세제비가 되고 결국 왕후에 오르시어 이십일 년째. 한 번도 생산을 못하시었다. 후궁의 첫 자식을 당신 자식으로 품고 살다 잃고 또 다른 후궁 소생을 자식으로 키우며 나이 드는 동안 보통 여인들보다 더 빨리 늙은 것이다. 환갑은 훨씬 넘겨 살 테고 더 험한 일을 당신 생전에 겪지는 않을 터이다. 부군의 사랑을 못 받았을지언정 선대 곤전들보다는 나름 평화로운 일생을 살아가고 있는 셈이다.

"네 친가가 어디라고?"

"천안에서 하루쯤 걸어야 하는 용말이라는 골이옵니다."

"용말이라면, 용이 난 마을이라는 게냐? 마을 형세가 그리 생겼어?"

"마을이 바다 쪽으로 뻗은 산 밑에 있는 데다 형세가 울퉁불퉁 괴이하여 그리 불린 듯하옵니다."

"호오, 그래? 게에 네 식솔은 어찌 되는데?"

"어미가 있사옵고 아우가 다섯이옵니다."

"자식을 다섯, 아니 여섯이나 낳다니, 네 어미가 부럽구나. 네 어미도 무녀인 게냐?"

"예, 마마. 하와 그쪽은 어미가 살고 쇤네는 떨어져 나와 살고 있나이다."

"내키는 대로 왔다 갔다 하면서 말이지?"

장난스레 말씀하시고 살풋 눈을 감았다 뜨신다. 상상을 하시는가 보다. 천한 것들이 천히 사는 모습이 아니라 바닷가에서 아이들이 반짝이며 뛰어다니는 모습일지도 모른다. 젊은 계집이 한양과 천안을 자유로이 오가는 모습일지도.

다과상이 들어왔다. 곤전 앞에 한 상, 반야 앞에 한 상. 곤전께서 반야한테 어서 들라고 손짓하시며 스스로는 차만 젓수신다.

"매양 걸어 다니느냐, 무얼 타고 다니는 게냐?"

반야는 짐짓 망설인다. 곤전이 모르는 세상이었다. 안다 해도 당신이 어찌해 줄 수 없는 계집들의 세계. 낯을 내놓고 다니기 어려운 계집들. 글공부를 하여도 쓸 데가 없는 계집들. 신분의 고하를 막론하고 사내들 손에 목숨이 달린 계집들. 당신 현생에서는 그 모든 것이 당연하기만 하실 곤전께서 눈을 뜨시며 어서 말해 보라 눈짓으로 채근하신다.

"말을 타고 다니옵니다."

"말을 타고 다니느냐? 마차도 아니고 가마도 아닌 그냥 말을?"

"예, 마마. 사내 복색을 하고 이목을 피해 말을 타고 다니나이다."

"그래, 계집이라 그런 어려움이 있겠구나. 말을 타고 다니면 어떠하더냐. 사내들 모양 씽씽 달릴 수도 있느냐?"

"그러하나이다. 말이라는 짐승은 제 등에 올라탄 인물이 사내인지 계집인지 가리지 않는지라 차별도 아니 하나이다. 하와 말을 타고 달리노라면 호습사옵니다."

"나는 네가 더 호습구나."

곤전이 소리 내어 웃으시니 입시해 있는 상궁들도 웃음을 짓는다. 방안에 화기가 돈다.

"네 집은 무꾸리로 살 것이고, 네 집 근동의 백성들은 주로 무얼 해 먹고 사는고?"

"농사를 주로 짓사옵고 인근에 오일장이 있어 장사치들도 있사옵니다. 떠돌이 장꾼들도 모여드는 듯하옵고요. 몇십 리 밖에 바다가 있고 그 바다에서 내륙으로 들어와 쇤네 사는 골에서 멀지 않은 데까지 뻗어 있는지라 그 바다를 캐 먹고 사는 백성들도 있나이다."

"먹고살 만은 하여 보이더냐?"

"근자에는 굶어 죽은 목숨이 있다는 말을 듣지 못하였나이다. 지난해 돌림병이 돌았을 때는 인명이 꽤 여럿 상했던 듯하였으나, 심한 기근이 들지 않으면 그럭저럭 먹고살 만한 고을인 듯하옵니다."

"그래, 몇 년마다 한 차례씩 역병이 돌아 백성들이 숱해 상해 나간다고 들었다. 어찌 돌림병이 그리 잦은지 걱정이다. 헌데 소소야, 너는 혼인을 하였느냐?"

"쇤네는, 계집이 출가하여 비구니가 되듯 혼자 사나이다."

"네 어미는 자식을 여섯이나 낳았는데 너는 어찌 혼인을 아니 해?"

"쇤네 어미는 그 시어미한테 배운 무격이옵고 쇤네는 타고난 무녀인지라 사는 모습이 달라진 듯싶나이다. 쇤네는 지아비 대신 신령을 섬기어야만 신기를 유지할 수 있사옵니다."

"시집가는 것보다 신기를 유지해 무녀 노릇을 하고 싶은 것이냐?"

"예, 마마."

"네 자색이 어디 내어놓아도 사내들이 탐을 낼 만한데, 지아비 없이 무사히 신령만 섬기며 살아질거나?"

"곤욕이 아주 없다고는 못하오나 쇤네 무녀이온지라 여염 사내들이 탐내는 일이 흔치 않사옵니다. 혹여 탐심을 내는 자 있어 침범해 오려 해도 명색이 무녀인지라, 쇤네 몸에 닥친 엔간한 위험은 알 수 있삽기로 피해 왔나이다."

"그으래?"

궁궐 밖의 풍속이 재미있으시어 끝없이 하문하시거니와 곤전께서는 누군가를 기다리고 계셨다. 오늘 밤 곤전에 들어오면 동궁을 만나게 되리라는 걸 느꼈다. 동궁의 기운을 눈 앞이련듯 느낄 수 있게 된 건 그의 열화를 뒤집어썼던 탓이다. 등등한 어린 기세가 느껴지는 걸 보면 동궁은 오늘도 화가 나 있는 듯하다.

"네게 점사를 보러 오는 이는 대개 어떤 이들이더냐?"

"아낙들이 많고 남정들은 열에 둘쯤 드옵니다. 상민의 아낙들이 주로 많사옵고 중인과 반가의 여인들도 이따금 오옵니다."

"한성에서는 누가 널 찾는고? 네 시골집에서는 누대로 이름을 날려 그렇다 치고 한성에서는 네 이름이 어찌 내게 들릴 정도가 되었을거나?"

"한성에서 아직 쇤네 이름 높지 않사옵니다, 마마. 다만 어쩌다 부중 여인들 새에 이름이 은밀히 돌게 되어 조용히 점사를 보는 것이옵니다."

"나로서는 그게 다행이다. 하면 너를 찾는 반가의 여인들은 어떤 일들을 주로 봐 달라 하느냐?"

"처첩 간의 애로와 대를 이을 자식 문제가 많은 듯하여이다. 그 때문에 생기는 재물 다툼도 있삽고요."

"가령?"

"벼슬로는 내놓을 것 없으나 먹고살 만한 반가의 아낙이 딸자식 둘만 생산하고 아들을 낳지 못하였습니다. 바깥사람이 아들 보기를 소원하여 씨받이 첩을 들였는데, 아들을 낳은 이 첩실이 사특하여 서방을 꼬드겨 본실을 쫓아냈습니다."

"저런, 요망한 것 같으니. 그래서?"

"본실을 쫓아내매 법도가 있는지라 그냥 쫓아낼 수는 없지 않사옵니까?"

"그렇지, 그렇고 말고."

"본실이 외간 사내를 보았다는 누명을 씌웠다 하옵니다."

"저런 주리를 틀 계집을 보았나. 해서, 그 본실이 널 찾아와 하소연을 하였다?"

"예, 본실이 큰딸과 함께 소인을 찾아왔사옵니다."

"너는 본실한테 어찌 처방을 했는데?"

"쇤네가 여러 정황을 묻다 보니 그 사특한 첩실 계집에게, 말씀드리기 황송하오나, 변비가 있는 듯하였사옵니다."

"뒷일을 쉬이 못 보는 계집이었어? 해서 너는?"

"첩실이 뒷일 보는 새에 넋을 혼미케 하는 진언을 본실 딸자식에게 외게 하였나이다."

"그런 진언도 있느냐?"

"집안에 깃들인 귀신들을 날뛰게 하는 주문이 무녀들 새에 있사옵니다."

"그거 참으로 신통하구나. 그래서?"

"계집이 뒷간에 빠져 죽었다 합니다."

"옳거니, 그거 아주 시원타. 아주, 아주 잘 했다. 그래서 화냥 누명을 쓴 본실은 어찌 되었어? 살인 누명은 벗어도 화냥 누명은 못 벗는다 했는데?"

"알고 보니 본실에 누명을 쓰게 한 사내는 뒷간에 빠져 죽은 계집과 사통하던 자로 밝혀졌다 하옵고, 본실은 집으로 돌아가 첩실이 낳은 아들을 키우며 살고 있사옵니다."

"네가 잘 했구나. 아주 잘 되었다. 서방이란 그 변변찮은 위인 꼴을 어찌 다시 보고 살까 싶어 나까지 심란타만, 그는 어쩔 수 없겠지. 또, 또 어떤 이야기가 있느냐?"

"한 가난한 평민의 아낙이 딸 하나를 두고 과수가 되었습니다. 딸

자식 나이가 차 시집을 보내면서 그마나 있던 걸 죄 팔아 혼수로 실어 보내고 아낙은 반가의 침모로 들어갔지요. 굶지나 않으려고 문서 없는 종 노릇을 자청한 것이옵니다."

"저런, 그래서?"

"가진 걸 전부 주어 시집보낸 딸자식이 아이를 낳지 못하여 그 시어미한테 어찌나 매운 시집살이를 하던지, 삼동네에 소문이 짜하게 났다 하옵니다. 시어미의 독한 성정이 워낙 유명했던 것을 그 어미만 몰라 여식을 그리 시집보냈던 것이지요. 하여 그 어미가 쉰네를 찾아와 여식이 언제 아이를 낳아 매운 시집살이를 조금이라도 덜겠느냐고 묻는데, 쉰네가 보아하니 그 딸자식이 그 집서 자식을 낳기는 틀린 듯하더이다."

"왜, 그 아이가 생산을 못하게 생겼더냐?"

"그 아이 서방 되는 위인이 무자식 팔자이더이다."

"그 노릇을 어찌할꼬. 하면 너는 그 어미한테 뭐라 해주었더냐?"

"쉰네가 어찌할 수 있는 일이 아니지 않나이까? 하와 그 어미한테, 나 같으면 딸년을 그리 살게 두지 않겠다고, 나 같으면 딸년을 종살이보다 험한 시집살이에서 빼내 모녀가 함께 종살이를 하겠다고 말했습니다. 다른 서방을 만나게 되면 자식 낳을 일도 생길 거라는 말을 덧붙였지요."

"그건 법도로 불가한 일인데?"

"황공하옵니다, 마마. 신분을 막론하고 여인들한테만 적용되는 법도가 너무 가혹한 경우가 허다하더이다. 법도가 아니라 사람살이만 보는 철없는 쉰네로서는 그리 말할 수밖에 없었나이다. 통촉하시옵소서."

"이래도 내 백성이고 저래도 내 백성이다. 계집들을 가여워하는 네 갸륵함에 내가 법도를 논하겠느냐? 그래서, 그 아낙은 제 딸년을 어찌했다 하더냐?"

"그 어미가 여식에게 밤 도망시킨 연후, 근동 물가에다 신발과 옷 보따리를 벗어 두고 물로 뛰어든 체로 만들었다 하옵니다."

"옳거니. 그런 방법도 있었구나. 그렇지! 계집이 멀쩡하게 살아서야 어찌 새 세상을 찾겠느냐. 그래서?"

"그렇게 자진한 듯 꾸민 뒤 어미가 상전으로 모시던 반가의 안주인한테 사정하여 모녀가 문서 없는 종살이를 자청했다 하더니이다. 세 해 동안 새경 받지 않고 일하겠노라고 거두어 달라고요. 하여 종살이를 하던 중, 딸년이 그 집안 마름의 아들과 눈이 맞았고, 그들의 궁합이 어떠하냐고 물으러 쇤네한테 다시 왔더이다. 그 아들이 마침 홀아비였던지라 인연이 된 것이지요. 궁합이 좋았기로 그리 말해 주었나이다. 둘이 작수성례하여 함께 살면서 금세 태기가 생겼사옵고 오는 늦봄에는 아들을 낳을 터이옵니다. 그 여식은 전실 자식 둘까지 얻어 자식 복이 넘치게 된 것이지요."

"잘 되었다. 네 재주가 참으로 용하구나. 또, 무슨 재미난 이야기가 있느냐?"

"마마, 잠시만 기다려 주시오소서. 동궁께서 이쪽으로 오고 계시옵니다."

"그래? 그렇지. 그러고 보니 내 아직 저녁 문안을 못 받았구나."

반야가 숨을 고르는 새에 내전 문 밖에서 기척이 난다. 동궁 내외분이 저녁 문안 듭시었다는 기별이 들어온다. 반야가 일어나 뒷걸음으로 물러서는 새에 동궁 내외가 들어와 곤전께 저녁 인사를 올린다.

아직 키가 비슷한 어린 내외는 그새에 눈에 띄게 몸피들이 커졌다.

"의젓하신 우리 동궁, 영명하신 우리 빈궁. 저녁 문안이 어찌 이리들 늦으셨는고?"

빈궁이 고개를 숙이는데 동궁의 어린 목소리에 담긴 노기가 내전 안을 삽시에 메운다.

"어마마마, 성군이 되는 길은 무엇이옵니까? 성군이 되라는 말을 수백 수천 번 들으면 성군이 되는 것이옵니까?"

위 칸으로 물러난 반야에게는 동궁 내외의 뒷모습만 보인다. 동궁의 어깨는 분기로 경직됐고 빈궁의 어깨는 수심으로 처졌다.

"허어, 어미한테 잘 자라는 인사하러 와서 거두절미한 말부터 쏟아 내다니. 이리하셔서는 아니 되시지요, 동궁."

"이리하면 성군되기 틀린 일이다, 어마마마께서도 그리 말씀하시려는 것이옵니까?"

"무슨 일이 있었기에 이러시는고?"

"하루 종일 글 읽기에 진력이 나, 소자가 내인들과 잠시 놀았나이다. 하온데 서연관들이 그 꼴을 보지 못하고 소자한테 이리하면 아바마마와 같은 성군이 될 수 없다고 귀에 못을 박았사옵니다."

"그래서?"

"하여 소자가 서연관들한테 아바마마처럼 붕당을 좇아 나라를 영위하면 성군은 저절로 되는 거 아니냐고 물었나이다."

"무어라! 그 무슨 망측하고 방자한 언사요. 세자가 부왕을 책하는 그런 망언을 어찌 할 수가 있답니까. 누가 들을까 무섭소."

"신임의리辛壬義理라는 것이 있다 하였습니다. 아바마마께오서 세제世弟로 계실 때, 아바마마께 선왕마마 대신 대리 청정케 한 노론의 네 대신에게, 아바마마께서 지키시는 의리라고요. 선왕 대에 득세하여 왕권을 위협했던 소론이 그들을 역모죄로 몰아 다스렸는바, 아바마마께오서 등극하시면서 선왕 대의 소론파들을 숙청하고 그들을 다시 충신으로 받드시는 것이라고요. 덕분에 노론들이 다시 득세하고 아바마마께서는 그들을 따르고 계신다고요. 사정이 이리 될 것 같으면 성군은 무엇이옵니까? 그저 권신들을 잘 따르면 임금이 되고 성군이 되는 것 아니오니까?"

곤전의 낯빛이 흙빛으로 질린다. 보료 손잡이에 얹힌 왼손을 쥐었다 폈다 하며 안절부절못하거니와 분노를 다스리느라 천장을 올려다본다. 너르나 너른 방 안에는 서늘한 침묵이 괴어 있었다. 한참 후에야 세자를 바로 보는 곤전의 낯빛이 심상해졌다.

"동궁께서 장성하시면 저절로 아시고 분별하셨을 일. 서연관들이 어리신 동궁께 선대의 일들을 조목조목 가르치지는 않았을 터이요. 동궁한테 그런 옛날이야기를 가만가만 들려준 사람이 누구일꼬? 이 어미는 그게 궁금하구려. 어미가 알아야 그 사람한테 선은 이렇고 후는 이렇다고, 어지신 우리 동궁을 공연히 심란케 하지 말라, 당부할 것 아니요?"

"소자가 잘못 알고 있는 게 있사옵니까?"

"하면요. 사사로이는 동궁의 백부 되시는 선왕께서는 원체 병약하셨어요. 친히 정사를 돌보실 수가 없으시었지요. 후사도 없으시어 선왕마마 요청으로 부왕께서 세제가 되시었던 겁니다. 부왕마마의 대리 청정도, 종사를 염려하신 선왕마마의 지극하신 용단이셨던 게고요. 헌데 그때 소론들이 강건하신 부왕마마를 봐내지 못하여 끌어내려 제하려는 음모를 꾸몄던 게지요. 그야말로 권세를 위해 왕실에 분란을 일으킨 자들이 당시의 소론들이었어요. 그때 부왕마마를 지켜 준 이들이 당시의 네 대신이었던 것이고요. 부왕께서는 등극하신 뒤 인지상정으로 그들에 작은 감사를 표시한 것일 뿐 결코 붕당을 좇는 분이 아니십니다. 또한 붕당, 파당이란 한 쪽으로 심히 기울지만 않는다면 사직 운영을 위해서 필요한 것이고요. 잘 들으세요, 동궁. 부왕께서는 선대, 그 선대의 할바님들에 못지않으시게 여러 파당에 속한 인재들을 고루 등용하시어 종사를 잘 이끌고 계십니다. 백성들을 고루 돌보고 계시고요. 요즘만 하여도 전례에 드문 심리사審理使를 팔도에 파견하여 억울한 백성과 죄수들이 없도록 살피시지 않습니까. 말이란 입장에 따라 아 다르고 어 다른 법, 동궁께서 잘못 생각하시는 것이에요. 동궁을 잘못 생각케 한 사람이 누구입니까? 어미가 그자한테 선은 이렇고 후는 이렇다고 조근조근 일러 주렵니다."

"연전 소자가 근신할 때 소자를 수발하던 나인들이 이야기해 주었나이다."

"옳아, 특히 옛날이야기를 재미나게 잘 하는 사람이 있기 마련이지요. 이야기는 좋은데 사실을 말할 때는 사실을 바로 알고 하는 게 더 좋고. 차후 동궁께서도 그 나인들을 만나거든 오늘 어미한테 들은 대로 일러 주도록 하세요. 어쨌든 알겠습니다. 헌데 동궁!"

"예, 어마마마."

"성군 소리에 귀에 못이 박이셨다니 어미가 지금 그 소리는 아니 하겠습니다. 허나, 동궁이 이 나라를 짊어지고 가야 할 유일한 사람임을 아실 겁니다. 임금은 만백성을 다스리는 분이시거니와 그 모든 백성을 보살피는 사람입니다. 종사를 잇고 백성의 어버이가 되시자면 누구보다 공부가 깊고 높아야 하지요. 동궁께서는 지금 한참 공부하실 나이시고요. 빈궁께서도 마찬가지십니다. 두 분의 교관들이 귀에 못이 박히게 공부 소리를 하는 것도 만승지존이 되실 두 분이기 때문이에요. 힘이 드시더라도 용맹하게 공부하셔야 합니다. 두 분만 보고 사는 이 어미와 자궁전을 위해서도 부지런히 공부해 주세요. 두 분, 아시겠습니까?"

"예, 어마마마."

"고맙습니다. 이제 물러들 가세요. 자궁전으로 가시어 문안하시면서 사이좋게 놀다들 주무시도록 하시고요. 잘 주무셔야 쑥쑥들 크시지요."

동궁 내외가 일어서서 곤전께 절한 뒤 내전을 나서려다 나인 복색의 반야를 발견했다. 동궁이 문득 멈춰서더니 반야 가까이 다가든다. 지금까지 서 있던 반야가 허리 숙여 읍하는데 동궁이 눈을 반야한테 둔 채 곤전께 여쭌다.

"어마마마, 소자가 이 나인을 본 일이 있사옵니까?"

"어미가 가까이 둔 아이니 오다가다 보셨을 터이죠. 왜, 새삼 낯이 익소?"

"소자가 꿈에서 이 나인을 본 듯 낯이 익사옵니다. 이름이 무엇이옵니까?"

"그 아이 이름은 알아 무엇에 쓰시게요. 오며 가며 또 보실 겝니다. 오늘은 그만 물러가시어 쉬세요."

"얘, 네 이름이 무엇이냐?"

급기야 동궁이 반야한테 직접 물었다. 반야가 허리를 더 굽히는데 곤전이 허어, 장탄식 하며 역정을 낸다.

"물러들 가시래도요."

앓는 새에 보았던 동궁은 반야를 기억 못해도 빈궁은 반야를 또렷이 알아보고 반기는 눈길이다. 벌써 슬프시구나, 아기씨는. 반야는 빈궁이 안쓰러워 새삼 인사를 바친다. 빈궁이 고개를 끄덕이고 세자를 따라 나간다. 세자 내외가 나간 문이 닫히자 곤전의 옥안에 독기가 파르라니 피어오른다.

"여봐라 안 상궁, 고 상궁. 동궁이 영춘헌에서 근신하실 때 입직하던 년들을 죄 찾아 잡아 오너라. 젊은 년 늙은 년 가리지 말고 모조리 잡아 오되, 동궁이 모르시게 소리 없이 끌고 와야 할 것이야."

두 상궁이 득달같이 나갔다. 곤전이 한숨을 내쉬고 반야를 바라보며 주 상궁을 불렀다.

"주 상궁, 소소를 요금문 밖까지 배웅하고 제 집까지 무사히 돌아가게 조치하여라. 이봐라, 소소야."

"예, 마마."

"오늘은 내가 너로 하여 재미났다. 오늘 네 보았다시피 성정이 불같은 동궁을 어찌 키워야 할지, 너와 함께 이야기 나누고 싶었고 너로 하여금 우리 빈궁의 동무가 되게 길을 터 줄 요량이었다만, 차후로 미루어야겠다. 내가 다시 주 상궁을 보낼 것이다만 내달, 보름 초경에 다시 들어오너라. 그쯤엔 후원에 매화가 필 터이니 동궁 내외와 함께 꽃구경을 하자꾸나."

"예, 마마."

곤전께 배례하고 대조전을 나서니 아직 눈발이 흩날린다. 낮부터 희끗대던 이른 봄눈이다. 한 겨울눈과 달리 차갑지 않게 내리는 눈발에 궁궐 지붕이 덮이고 뜰이 덮인다. 눈송이 내려앉는 소리가 들릴 만큼 고요하다. 대조전을 둘러싼 행각들의 처마 밑에서 반짝이는 불빛들로 뜰에 쌓이는 눈이 사금파리 가루처럼 반짝인다. 뜰 안 가득 살기도 반짝인다. 오늘 밤 이 뜰 안에서 두 목숨이 죽어 나갈 터이다. 주 상궁이 등불 든 나인 둘과 더불어 반야를 앞뒤에서 감싼 채 몇 겹의 담과 문들을 통과하며 걷는다. 작년 봄 처음 입궐할 때부터 들고 나게 된 요금문에 이르기까지 아무 말도 오가지 않는다.

　요금문을 나서면 금천을 가로놓인 다리가 있다. 다리 건너에서는 혜정원의 수직방 방수인 양희와 오두기가 기다리고 있었다. 동마로는 동소문 현무부로, 미리내는 수락산 도솔사로 수련차 나다녔다. 기회가 됐을 때 집중하여 수련하라, 두 사람에게 명했다. 백일 수련을 마친 뒤 그들은 품계를 높이게 될 터였다. 그들이 수련하러 나가는 동안 혜정원 수직방 무절들을 이끄는 양희와 오두기가 반야를 호위하게 됐다.

　"소소 무녀, 배행들이 있으니 예까지 배웅합니다. 조심해서 가시고 내달에 다시 뵈오리다."

　나인들을 의식한 주 상궁의 인사는 형식적이고 짧다. 반야도 고개 끄덕이는 것으로 대궐을 등진다. 문이 닫히자 캄캄한 추위 속에 여인 셋만 남았다. 대보단 앞 드넓은 공터에서 북풍이 몰아친다. 그 어둔 바람 속에는 이쪽을 보고 있는 사신계 무절들이 있을 터이다. 이경 종이 울린다. 반야는 장옷을 둘러쓰며 가마골을 향해 걸음을 뗀다. 원동과 삼청동의 길고 굴곡진 골목을 한참 걸어 경복궁 뒷담을 지난 주막에 이르러야 말을 탈 수 있다. 앞으로도 특별한 일이 없는 한 입궐하는 길은 가마골을 나와 홍지문을 거치고 계원이 열고 있는 주막에 말을 두고 걸어오는 그 순서를 따르게 될 것이다. 발이 눈에

푹푹 감기고 기운이 한 오라기도 없는 몸이 사정없이 떨린다. 기운
이 없으면 보이는 것도 느끼는 것도 없으면 좋으련만 기운 없을수록
의식은 송곳처럼 돋고 눈은 등불처럼 밝아진다. 몸이 치일 수밖에
없다. 기력이 졸아붙어 눈앞이 아득해진 반야가 스르르 눈밭에 주저
앉는다.

스스로 울리는 방울, 자명령自鳴鈴

환웅제석이 큰 백두 태백산 신단수로 강림하실 제 그 부황이신 환인으로부터 천부인天符印과 천부령天符鈴을 받아 지니셨다. 환웅제석은 천부인과 천부령을 사용하여 태백에서 굽어보이는 천하에 신시神市를 열고 뭇 생명을 일으켰다. 천년이 흐른 뒤 신시에는 곰을 닮은 웅족熊族과 범을 닮은 호족虎族이 그득하게 되었는바 곰 겨레의 족장은 웅백熊伯의 딸 웅녀이고 범 겨레의 족장은 호백虎伯의 딸 호녀였다. 웅녀와 호녀는 자신들을 이어 겨레를 이끌 자식을 낳고 싶어 했다. 그들은 동시에 환웅제석에게 자식을 낳게 해달라 기도했다. 환웅제석이 두 족장에게 응답하시매 태백혈太白穴에서 백일간 기도하라, 하시었다.

빛이 들지 않는 태백혈, 그 무극無極의 어둠 속에서 쑥과 마늘만 먹으며 침묵으로 기도하라. 백일이 지난 너희 몸에서 방울소리가 들리면 나의 자식을 낳게 되리라.

웅녀와 호녀는 빈틈없이 어두운 태백 동굴의 무극 속으로 함께 들어섰다. 동굴 안에는 쑥과 마늘이 준비되어 있었다. 쑥 향과 마늘 내가 짙은지라 웅녀와 호녀는 어둠 속에서도 쑥과 마늘을 쉽게 찾아냈다. 웅녀와 호녀는 쑥과 마늘을 동굴 가운데다 두고 양쪽에 앉아 기도를 시작했다.

기도를 시작하고 사흘이 지나는 동안 웅녀는 동굴 안에 쑥과 마늘과 어둠만 있는 게 아니라 일정하게 울리는 방울소리도 있음을 깨달았다. 방울소리는 나뭇잎을 스치는 바람소리 같거나 잔잔하게 너울거리는 파도소리 같았다. 부슬비 내리는 소리 같기도 하고 모닥불이 타는 소리 같기도 했다. 웅녀는 하루 두 번의 방울소리와 함께 어둠 속에서도 날이 밝고 날이 저무는 것을 느꼈다. 방울소리가 들리면 웅녀는 마늘 반쪽과 쑥잎 석 장을 먹었다. 목이 마르면 쑥잎 한 장을 입에 물고 쓴 맛에 괸 침을 가만히 삼켰다. 점차 몸이 가벼워지고 정신이 맑아졌다. 맑아진 심신에 샘물 고인 듯 노래가 고였다.

신단수에 제석이 내렸네요.
신시가 열렸어요.
곰 겨레가 달궁, 범 겨레가 달궁.
아침나라가 달궁달궁 맺히네요.

호녀는 배가 고플 때마다 쑥과 마늘을 먹었다. 제 쪽의 쑥과 마늘이 줄어드는 것으로 몇 날이 흘렀으리라고 가늠해 보지만 실제 몇 날이 지났는지 알 수 없으므로 답답했다. 어떤 어둠도 눈에 익으면 설핏이라도 보이는 게 있기 마련인데 태백혈을 채운 무극의 어둠은 완벽히 어두웠다. 어둠에 틈이 없었다. 어둠은 무한히 깊고 광활했다. 몇 몇 날이 지났는지 알 수 없는 것이야말로 어둠만큼이나 갑갑했다. 호녀는 자신의 몸에 피어나는 쑥 내와 마늘 내가 역겨웠다. 무엇보다 갈증이 힘들었다. 동굴 더 깊은 곳에서 가끔 물방울 떨어지는 소리가 나는 듯했다. 호녀가 물방울 소리 나는 쪽으로 다가가 더듬어 보면 암벽으로 막혀 있었다. 환청이었다. 환청임을 알면서도 호녀는 물방울 소리가 들릴 때마다 물을 찾아 벽을 더듬고 앉은자리를 후벼보곤 했다. 바닥도 암반인지라 후빌 때마다 손에서 피가 났다. 호녀는 자신의 손에서 흐르는 피를 빨아먹으며 갈증을 삼켰다. 갈증은 해소되지 않고 점점 심해졌다. 잠으로 시간을 때워 보자 하여도 역한 냄새와 배고픔과 갈증 때문에 잘 수도 없었다. 웅녀에게 너는 어떠냐, 물을 수 있다면 덜 답답할 터인데 물을라치면 말이 나오지 않았다. 웅녀는 건너편에 없는 듯이 고요하기만 했다.

호녀는 자신과 달리 어둠의 역겨움을 잘 견디는 웅녀가 미웠다. 같은 땅에서 태어나 섞여 사는 동안 웅녀를 미워한 적 없었다. 저 있는 것 나 있고 나 있는 저 있으므로 탐을 낼 것 또한 없었다. 웅녀뿐만 아니라 누구도 미워해 보지 않았다. 무극의 어둠 속에서는 모두가 미웠다. 배고픔과 갈증과 미움이 합쳐져 옆에 있으나 볼 수 없는 웅녀에 대한 살의로 피어났다. 웅녀의 살을 물어뜯어 잘근잘근 씹고 싶었다. 그리하고 나면 배고픔과 갈증이 일시에 해소될 것 같았다. 그리해서는 환웅제석의 자식을 낳을 수 없으므로 참고 참았다. 자신 몫의 마늘과 쑥이 떨어져 웅녀 몫의 그것들을 당겨다 먹었다. 먹다가 토하고, 먹다가 또 토했다. 웅녀의 것을 없애 버리기 위해 토하고 또 먹다가 다시 토했다. 수없이 토하고 씹고 뱉기를 반복해도 웅녀 몫의 쑥과 마늘이 조금도 줄지 않는 것을 깨달은 순간 호녀의 인

내가 끝났다.

"미친년. 이 암굴 속에서 영원히 살아라!"

그렇게 고함친 호녀는 바람이 느껴지는 태백혈의 입구를 향해 내달렸다. 무한히 넓은 듯했던 어둠을 금세 벗어났다. 밖이다! 의식한 순간 하늘연못에 펼쳐진 북두칠성이 맨 먼저 눈에 들어왔다. 밤이라 하늘에 열린 북두칠성이 하늘연못에도 드리워져 있었던 것이다. 호녀는 하늘과 하늘연못의 북두칠성을 향해 경배하는 것으로 동굴살이를 마감했음을 하늘천왕에게 고했다.

"저, 범 겨레의 족장 호녀, 환웅제석께 고하옵니다. 참을 수 없는 걸 참으매 살의가 생기는 바 참지 않기로 하였나이다. 저 호녀, 동무를 죽이기보다 자식을 포기하겠습니다. 오늘이 몇 날째인지나 가르쳐 주소서!"

호녀가 악귀 같은 비명과 욕설을 내지르며 바람을 따라 뛰쳐나갈 때 웅녀는 쑥잎 뭉치를 베개 삼아 살풋한 잠에 빠져 있었다. 호녀의 욕설이 귓전을 스치고 스러진 뒤 잠에서 깼다. 정확하지는 않지만 오늘로 삼칠일째일 거라고 짐작했다. 백일이 되려면 까마득히 남은 것이었다. 웅녀는 노래를 부르며 호녀가 빠져나간 자리에서의 나날을 시작했다. 더 이상 쑥은 쓰지 않고 마늘은 맵지 않았다. 호녀가 뛰쳐나갔으매 어둠이 평화로웠다. 빈틈없는 어둠이 편해졌고 자유로웠으며 멀리서 들리는 것 같던 방울소리가 점차 가까이 들렸다. 노래를 하면 방울이 장단을 맞춰 주는 것 같았다. 노래와 장단에 맞춰 웅녀는 춤을 추었다.

몇 날이나 지났는지 세어 보기를 포기한 어느 날 웅녀는 문득 방울소리가 자신의 몸안에서 노래처럼, 미풍처럼 울려 이슬처럼 감기는 걸 느꼈다. 동시에 빛이 느껴졌다. 동굴의 어느 틈이 벌어져 들어오는 빛이 아니라 밤이 지나 새벽이 오는 것처럼 무극의 어둠이 차츰 걷혔다. 마침내 백일이 지나 천부령을 갖게 되면서 동굴이 열린 것이었다. 웅녀는 어둠이 걷힌 동굴 입구를 향해 다가갔다. 첩첩 산의 푸른 나무들이 바다처럼 아득히 펼쳐졌다. 신시에 투명하게 고운 아침이 눈부시게 열리고 있었다. 그리고 웅녀는 자신의 몸속에 환웅제석의 씨앗이 들어 있는 걸 깨달았다. 딸아기를 낳고 싶었는데 아들을 낳게 될 것도 느꼈다.

동굴 입구에서 빛에 익숙해지느라, 씨앗을 주신 환웅제석에 감사 경배 올리느라 한참을 엎드려 있던 웅녀는 일어나 신시에 있는 곰 겨레의 도읍을 향해 길을 나섰다. 이레 걸려 곰 겨레의 도읍에 이르는 사이에 웅녀의 배가 점점 불러와 봉산만해졌다. 곰 겨레 도읍에 도착했을 때 웅녀는 곰 겨레 도읍이 변해 있는 걸 깨치곤 소스라쳤다. 곰 겨레 안에 범 겨레가 섞여 있지 않은가. 두 겨레가 서로의 도읍을 오가는 것이야 원래부터 그러했으나 사는 곳은 엄연히 분리되어 있었다. 그런데 겨우 백여 일 만에 두 겨레의 사는 곳들이 마구 섞여 있지 않은가. 놀라운 건 두 겨레의 사람들이 그걸 자연스레 여긴다는 점이었다. 그러한 까닭을 웅녀는 자신의 성으로 들어선 뒤에야 알게 됐다. 웅녀가 백일이라 느낀 시간이 열 달이거나 십 년이거나 백 년이었던 것이다. 어쩌면 천 년인지도 몰랐다.

백 년이 흘렀건 천 년이 흘렀건 웅녀가 정작 기가 막힌 일은 호녀가 찾아왔을 때였다. 범 겨레의 사나운 인상을 벗고 미끈해진 호녀의 배가 웅녀 자신의 배와 똑같이 불러 있지 않은가. 겨우 삼칠일 만에 동굴을 뛰쳐나간 호녀와 백일을 다 채우고 나온 자신이 똑같이 환웅제석의 자식을 담고 있다니! 더구나 딸아기라니! 웅녀는 분노했다. 호녀를 물어뜯고 싶어 덮쳤다. 호녀가 살풋 몸을 피하며 호호 웃더니 입을 열었다.

"웅녀, 화낼 것 없어. 너와 내가 이형동체異形同體이듯 네 아들과 내 딸도 생김새만 다른 한몸이 될 거잖아. 우리 한날한시에 자식을 낳을 테고 함께 키우게 될 거잖아."

웅녀가 물었다.

"나는 백 일인지 백 년인지의 세월을 다 참으며 인내했는데 넌 스무하루 견디고 나갔잖아! 어찌 똑같아?"

호녀가 답했다.

"우린 사람이야. 사람의 맘은 한 가지일 수만은 없어. 인내할 수 없는 것을 인내할 수 있는 것과 인내할 수 없는 것을 인내하지 못하는 것. 그 두 가지는 사람 안에 똑같이 들어 있는, 사람의 성정이야. 선악, 음양, 명암, 완급, 흑백, 개폐, 선후, 좌우 등등. 숱한 이면이 공존하는 거라고. 너의 아들과 내 딸도 그렇게 서로의 이면으로 어울려 자라나게 될 거야. 너와 내가 그러했듯이. 그러니 화내지 마. 우린 곧 아기를 낳아야 하잖아? 환웅제석의 말씀을 너도 들었지? 난 제석님으로부터 천부인을 물려받았어. 넌, 천부령을 갖게 됐잖아? 천부인과 천부령이 같이 있어야 하듯, 너와 내가 함께 있어야 하고, 우리 자식들도 더불어 자라야 해. 너희 곰 겨레와 우리 범 겨레가 어울려 살게 된 것처럼 말야."

『자명령』을 읽던 반야는 흐흐흥, 웃으며 책을 덮는다. 『자명령』을 읽을 때 이 대목에 이르면 호녀의 딸 군아君峨와 웅녀의 아들 단군檀君이 함께 이룩할 조선의 형상이 그려져 재미났다. 사천여 년 전에 군아와 단군이 열었던, 아침 나라 조선. 천부령이 곧 자명령인바 『자명령』은 만파식령의 전거에 해당하는 이야기였다. 저자가 정 처사라고 되어 있으므로 아마 남정일 것이다. 자식을 키워 본 사람인가. 누구나 자장가로 부르는 달궁노래를 이야기책 속에다 과감히 끼워 넣었다. 언제 쓰인 책인지는 몰라도 오래된 책은 아닐 것이다. 지난 섣달 이무영이 온양으로 설 쇠러 가기 전에 들렀을 때, 교서관에서 새로운 금서로 지정된 책이라며 가져왔기 때문이다.

"아씨, 무료할 때 읽으시라고요."

여인한테 나라에서 정한 금서를 선물로 가져다 준 그가 환히 웃었다. 웃는 그를 볼 때마다 반야는 설렜다. 그와 함께 있을 때 자신이 젊은이라는 걸 느꼈다. 그는 작년 삼월 알성문과에서 다시 장원 급제했다. 형조 종칠품 직인 명진明津으로 뽑혔는데 또 사의謝意하고 공부를 계속하고 있었다. 출사를 시작하면 평생 하게 될 것이므로 한두 해 더 여유롭게 공부하고 싶다고 그가 말했다. 그러면서 덧붙였다.

"사실 젊을 때 좀 놀고 싶어서 그래요."

젊을 때 좀 놀고 싶다고 할 때 무영의 눈은 반야를 향해 있었다. 젊을 때 놀려는 것이 아니라 반야와 평생 놀 방법을 찾겠다는 뜻이 그 눈에 담겨 있었다. 둘이 혼인할 방법을 찾고 있다는 뜻이었으므로 반야는 웃었다. 둘의 혼인이라니! 그건 젊은 이무영이나 상상할 수 있는 일이었다. 그 순간의 반야는 다시 천 년쯤 산 노파가 되었다. 천 년 노파처럼 생각지 않을 수도 없었다. 그의 부친과 나의 모친이 정인이고 그 정인들 사이에 심경이 태어나 있으매 두 사람의 아우이지 않은가.

그때는 그랬을망정 지금은 또 젊은 것 같다. 그처럼 나도 젊으니 젊을 때 『자명령』의 저자인 정 처사라는 사람을 수소문해 만나 봐야겠다. 이런 이야기책을 쓸 수 있는 사람과의 대화는 무궁무진 할 테지. 속말을 중얼거린 반야는 방석을 끌어다 반으로 접은 뒤 베개로 삼고 머리를 넣다. 나이는 젊건만 기운은 병든 노파처럼 쇠잔하여 이야기책 한 권도 한꺼번에 못 읽는 처지였다. 하루에도 몇 번씩 스물두 살이다가 천 년쯤 산 노파이다가 반복하는 자신을 느끼며 반야는 졸음에 잠겨든다.

설핏한 낮잠을 자고 일어나니 방 안에 볕이 들어와 있다. 할머니 동매가 신당으로 쓰던 방을 반야는 침소로 썼다. 삼로 무진이 소소원 위아래에다 세 채나 되는 기와집들을 새로 앉혀 놓았으나 위는 빈 채고 아래쪽은 객사로 쓸 뿐 아직 신당을 마련치 않았다. 신당을 마련하려면 산에 올라가 할머니가 묻으신 불상을 찾아내야 하는데 그 기운이 없었다. 무꾸리에 게으름이 난 것도 있으려니와 신당을 마련하여 점사를 보게 되면 금세 수선스러워질 게 뻔했다. 주목을 받을 위험이 있었다. 그래서 부중 사람들에게 가마골 웃실 무녀가 곤전과 거래를 튼 것으로 인식하게 한 뒤 움직일 참이었다. 김학주 때문이기도 하다.

김학주는 지금 종오품의 한성부 판관이었다. 품계는 현령과 같으나 도성에서의 권세는 도고 현령이었을 때보다 열 배쯤 커졌다. 그에 붙어 있던 뜬것들이 요즘 그를 괴롭히고 있을 것이다. 도고에서처럼 무녀들을 불러들여 일시적으로나마 그것들을 달래지도 못할 터이니 놈은 수시로 뜬것들과 사투를 벌이고 있을 터. 일을 제대로 해낼 수 없을 지경에 이르렀을 즈음 놈은 자신에게서 신기가 완전히 빠지고 뜬것들만 남았음을 알게 될 것이다. 그때가 언제쯤일지는 반야도 몰랐다. 그리된 뒤의 놈이 어찌할지도 알 수 없다. 보이지 않으니 모른 체할 수 있고 모른 체할 수 있으니 요즘 반야는 평화로웠다.

볕에 이끌려 툇마루에 나앉으니 처마에서 눈석임물이 뚝뚝 떨어진다. 마당에 쌓였던 눈은 치워져 한쪽에 동산을 이루었다. 새소리가 들리고 대문 밖에서 아이들이 노는 소리도 난다. 가마골에서 올라오는 아이들이다. 집 안으로 들어오지는 못하고 대문 앞 공터에서 노는데 어쩌다 마을 나선 반야와 마주치면 꽹이들처럼 달아나 버렸다. 내가 어찌 보이기에 저리들 달아날꼬. 때로 서운할 지경이지만 그래도 그 아이들이 골목에 뿌리는 훈기가 어른들만 찾아드는 이 집에 생기를 보탰다. 어른들이 아이들을 돌보는 게 아니라 아이들이 어른들을 살리는 것이다.

"아씨, 어찌 찬바람을 쐬고 계십니까?"

대문을 들어서던 삼로 무진이 방문을 열어 놓은 반야를 보고 놀라 수선을 피운다. 삼로 뒤에 현무부령 김상정이 따라 들어왔다. 반야가 가벼이 고개 숙이니 그는 미소를 짓는다. 양희와 오두기가 객사에 있다가 두 사람을 마중했는지 보퉁이를 들고는 안채로 들어간다. 그들의 호위들은 객사에 있을 것이었다.

"어멈은 어디 가고 혼자 계십니까?"

"뒤꼍에 있겠지요. 들어들 오시어요."

반야가 소소원에 거한 뒤 현무부령의 방문은 세 번째다. 삼로 무진은 사흘거리로 병문안을 왔다. 삼로는 올 때마다 기운을 보하는 약이나 음식을 차려 왔다. 삼로와 김상정이 들어와 문을 닫으니 그 새 햇볕에 눈이 익었던가, 방 안이 어슴푸레하다.

"어떻게 두 분이 함께 오셨어요?"

평양에 본원을 둔 현무부령 김상정은 중인으로 평양의주 유상柳商의 장주다. 작년 사월 보름 오령 회합은 이틀이 걸렸다. 반야의 몸이 밤을 새울 수 있는 형편이 아니었으므로 해 질 녘에 멈췄다가 다음 날 아침에 재개했다. 회합이 끝난 뒤 수행원이 가장 단출했던 김상정이 몸이 편찮은 반야를 따라 미타원까지 왔다가 차 한 잔을 마시고 떠났다. 그때 자신을 보는 그의 눈길이 유독 깊었던 걸 반야도 느꼈다. 정염의 눈길이 아님 또한 느꼈기에 그의 호의가 따뜻했다. 가마골로 온 지 열흘 만에 그가 찾아왔을 때나 달포 뒤 또 왔을 때나 차 한 잔씩 마시고 나가는 그는 한결같았다. 그에게 김학주를 당분간 내버려두라 말할 수 있었던 것도 그 여일함에서 비롯된 믿음 때문이었다.

"일이 있어 한양 왔다가 혜정원에 들렀더니, 아씨께서 여적 편찮으시다 하기에 이리 따라왔습니다. 내도록 기운을 못 찾으시면 어찌합니까."

"기운이 밭으니 보이는 것도 적어 심신이 편타 하오면, 두 분 언짢으시리까?"

무슨 말인지 뒤늦게 안 듯 두 사람이 소리 모아 웃는다. 농담인 양한 말이지만 반야로서는 진담이다. 부령으로서의 소임은 실상 간단

했다. 소소원에 있으니 칠성부원들이며 계원들이 소소원으로 찾아들었다. 그들의 설명을 듣고 누구나 생각할 만한 결정만 내리면 나머지는 무진들이 처리했다. 굳이 영기를 곤두세우지 않아도 되는 일들이었다. 무꾸리를 하지 않으니 상대의 기에 치일 일이 없고 기운이 밭으니 눈에 보이는 것이 적어 여유로웠다. 전국 무진들에게 각기의 권역 안에서 신기 높은 무녀를 탐문케 하고 그들 중 계와 연결될 법한 인물을 찾는 일을 시작했던 것도 여유에서 비롯되었다. 다음 대 칠요를 모색해 보며 지낼 수 있었던 지난 몇 달이 반야에겐 난생처음 맞은 호시절 같았다.

"그렇다고 내도록 못 보게 되지는 않을 터이니 그 심려들은 마시어요. 원주께오서 오가시느라 고생이 자심하시니 게으름 길게 피울 염치도 없습니다."

"찰나 간에 근심하였던 것을 눈치채시는 걸 뵈니 안심입니다. 무수히 약을 드시고 침을 놓고 뜸을 떴음에도 효험이 닿지 못하시니 모올의 근심이 여간 아닙니다. 속히 기운을 차리셔야지요. 소임도 소임이려니와 한창때인 아씨가 환히 피어 계시는 걸 보고 싶어 이리 안달하는 것입니다. 하여 모올도 먼 길을 하루가 멀다 하고 오가고 있지 않습니까. 저야 놀러 다니는 게고 그 사람 고생이 많지요."

삼로가 쉽사리 자신의 공을 모올한테 돌린다. 모올은 사흘에 한 번 꼴로 찾아와 약을 챙기고 침을 놓아 주고 갔다. 한 사람이 아프면 식구들이 죄 근심하게 되는 한 집안의 일상과 같았다.

"모올께서 어젯밤에 오셨다가 아침에 가셨습니다. 이번에 먹을 약으로도 제가 기운을 차리지 못하면 의원 노릇을 그만 접겠노라 협박하시더이다. 저를 보제원普濟院의 약방 사거리에 내다 놓겠노라 하셨고요."

반야의 농담에 두 사람이 웃음을 터트렸다. 방 안에 문을 스며들어 온 빛이 그득해진다. 김상정 도방이 윗목의 서안에 놓인『자명령』을 발견하고 입을 연다.

"책을 읽고 계셨나 봅니다, 아씨."

"예. 요즘 자주 읽는 이야기책입니다. 이 책, 읽어 보셨습니까?"

"저희 집 내당에도 있어서, 읽었습니다."

"이 책이 금서라면서요?"

"금서는 곧 권서勸書라지요. 해서 필사본들만 눈에 띄는 것이고요."

흐흥, 웃은 반야는 삼로 무진을 보며 말한다.

"원주님, 이 책의 저자를 찾고 싶습니다. 살아 있을까요?"

"글쎄요, 저는 모르겠고 알영 칠품한테나 물어보면 알까요?"

"알영 칠품이 어디에 사는 계원인데요?"

"용인 땅 한곡에 살고 있지요. 아, 아씨는 모르시겠네요. 그 사람은 사온재 영감의 따님이고『만령전』의 저자 월정입니다. 월정의『만령전』도 금서 아닙니까. 금서를 쓰는 겨레들끼리 통하는 게 있을지도 모르지요."

"월정이 사온재 따님이셨어요?"

이알영. 그리고 보니 이무영과 돌림자다. 작년 여름에 이알영에게 칠품계를 내리면서도 그이가 이무영의 손위 누이일 거라는 생각을 못했다. 용인 칠성부 무진의 상신서를 읽을 당시에 원체 기운 없이 지냈던지라 이알영의 나이를 의식치 못했다. 품계 승급 상신서에는 출신 배경은 기재하지 않고 승급 대상 계원의 공적만 기록하기 때문이었다.

"그 댁 분들의 문재文才는 집안내림인 모양입니다. 아무튼 알영 칠품은 정 처사가 살아 있는 사람인지, 살아 있다면 몇 살이나 됐고, 어디에 사는지 등을 알지도 모르겠습니다."

"알영 칠품이 도성에 올 일이 있으면 저한테 한번 들르라 해주셔요. 꼭이요."

"그리 조치하겠습니다."

"대행수께선 기실, 어젯밤의 대조전 풍경이 궁금하시어 오신 게지요?"

들켰다는 듯 현무부령이 턱 밑의 갓끈을 매만지며 웃는다. 양희와 오두기가 다과상을 들여왔다. 소박을 자청하여 홀몸이 된 서른두 살, 외자관례만 치른 스물네 살의 그들은 끊임없이 수련하는 사람이 만들어 내는 품위와 젊음으로 빛이 났다. 밤이면 집 옆의 숲이나 객사 마당이 은근히 소란했다. 수련에서 돌아온 동마로, 미리내와 양희, 오두기가 어우러져 벌이는 소란이었다. 책을 읽거나 명상에 들어 있거나 누워 졸다가 그들이 낮게 내는 기합 소리나 목검들이 부딪는 짧고 경쾌한 소리가 나면 귀를 기울이곤 하는데, 무예가 업이 아니라 재밌는 놀이 같았다.

찻상에 얹힌 과자며 과일 색깔이 곱다. 연달아 웃기는 해도 반야는 기운이 없다. 몸이 무거우니 마음도 자꾸만 욱어들었다. 홀로 눕고 싶은 걸 참으며 반야는 어젯밤 궁 안에서 있었던 일들을 느릿느릿 간략하게 설명했다. 다 듣고 난 삼로가 고개를 끄덕이며 말했다.

"그 두 궁인은 궐 안에서 사십 년을 살고 있는 퇴역 직전의 상궁들이었다 합니다. 선왕비였던, 어대비의 측근이었던 듯합니다. 어대비가 젊은 나이에 불우하게 명운을 달리하고 나서 내심 금상 내외께 악심을 품고 있다가 어린 동궁께 생각대로 이런저런 말을 했던가 본데, 간밤, 대조전 행각 마당에서 장살됐다 합니다. 둘 다요."

"오래 전에 그 어대비라는 분을 가까이 모시다 효장세자를 해하였다는 죄명으로 장살당한 나인들이 있었지요?"

"아씨께서 그 일을 어찌 아십니까?"

"어제 궁에서 그들의 영을 만났더이다."

반야는 그렇게 얼버무리고 만다. 그때 장살당한 나인 중 한 명인 순정이 이모라는 사실을 두 사람한테 밝힌들 큰일날 일은 없다. 반야의 생부가 열일곱 해 전 무신년의 역적이었다는 사실을 알고 있는 사람들이었다. 칠요를 태어나게 하기 위한 칠성부의 안배가 반야의 전생부터 시작되었다. 세상을 향한 독기와 역심과 복수심을 유을 해라는 그릇 큰 여인에게 담게 하여 정화시킨 독의 결정체가 지금의 반야였다. 반야도 다음 대 칠요를 예비함에 그만큼 숙고해야 했다.

"동궁께서 듭시기 전에는 화기애애하셨다더니 끝이 그리되어, 그걸 미리 보고 나오시어, 아씨께서 또 이리 편찮으신 게지요. 이리되실까 보아 삼동 내내 곤전의 부름을 회피했던 것을요."

"원주께선 도무지 모르시는 게 없으십니다. 아무리 주 상궁이 그 안에 있다 해도 어찌 이리 속히 간밤 궁궐 소식을 아십니까?"

"궐 안에 주 상궁만 있사오리까. 소식 들을 만큼은 우리 사람들이 있지요. 무녀 소소가 간밤 곤전께 얼마나 꾐을 받으시었는지, 궁 밖 여인들과 백성들 삶을 곤전께 어떻게 가르치었는지, 소상히 들었습니다."

"가르치다니요, 누가 들을까 무섭습니다. 어젯밤 장살당한 궁인들이 우리 사람은 아니었지요?"

"그 나이에 그리 어리석은 여인들이 우리 사람이오리까. 맞아 죽은 그네들이 안됐기는 하나 마음 쓰지 마사이다. 헌데 아씨, 간밤 곤전께서 친가가 어디냐 하문하시었을 때 천안 가까운 용말이라 하셨더라면서요? 크게 보면 온양이나 천안이나 충청이긴 합니다만, 은새미 대신 용말이라 하신 까닭이 달리 계셨습니까?"

"그저 은새미 꽃각시 보살과 가마골 소소 무녀를 달리 하고 싶었습니다. 어쩐지 그래야 할 것 같은 막연한 기분에 생각나는 대로 흔한 이름 용말을 댔을 뿐인데, 지금 보니 잘한 듯합니다. 궐내 소식이 이토록 빨리, 소상하게 밖으로 전해진다는 걸 알게 되었으니 말입니다."

"대견하십니다. 저희는 미처 거기까지 생각지는 못했는걸요."

"칭찬받으니 좋습니다. 자꾸자꾸 칭찬해 주시어요."

두 사람이 재미난 듯 웃는데 반야는 어젯밤 자신이 은새미 대신 용말이라는 마을 이름을 왜 거론했는지 새삼 생각한다. 용말은 노루목 포구에서 배를 타면 반나절이면 가는 곳이었다. 샘골과 지형이 닮아 보이던 그곳으로 동마로와 함께 굿 구경을 간 적이 있었다. 그쪽 구룡 포구에서 벌어진 용왕굿의 물주였던 선주가 사는 동네가 용말이었다. 용말에 갔던 게 이즈음 정월 보름이어서 떠오른 이름은 아니었다. 찰나 간에 은새미를 숨기고 싶었던 것인데 그 까닭을 알 수 없었다. 어느새 사신계원으로서의 자세가 몸에 배었는지도 몰랐다.

"아씨가 귀여워 해본 소린데 무얼 그리 골똘해 하십니까. 그나저나 순서가 바뀌었습니다만, 아씨. 대행수께서 아씨께 잠시 드릴 말씀이 계시답니다."

손으로 찻잔을 어루만지며 들여다보던 김상정이 고개를 든다. 눈초리가 반대 방향으로 솟친 눈매 속의 눈동자가 은은히 반짝인다.

"아씨께서 맡겨 오신 자금은 잘 굴리어 가는 중입니다. 제법 큰 몫돈이었던지라 덩치를 많이 키울 수 있을 듯합니다. 삼로님과 상의하여 행사하고 있으니 염려치 않으셔도 됩니다."

반야는 무슨 소린지를 몰라 혜정원주를 쳐다본다. 삼로가 어처구니없다는 듯 김상정을 흘긴다.

"그 말씀 하려던 게 아니지 않습니까, 대행수님. 느닷없는 말씀에 아씨께서 놀라시지 않아요? 원, 신수 멀쩡하신 분이 속은 무르기도 하십니다그려. 자초지종이랄 것 없이 아씨, 아씨 자당께오서 그동안 따님이 무꾸리로 번 자금을 여투어 두셨다가 동위한테 딸려 보내셨답니다. 동위는 그걸 저한테 맡겼고 저는 그 자금을 대행수께 의탁한 것입니다. 대행수께서 그걸 불려 가고 계시매 아씨께서 부자가 되어 가고 계시다는 것이고요."

"그런 일이 있었는데 저는 어째 금시초문이지요?"

"아씨가 아시나 모르시나 결과는 같다, 자당께선 그리 여기신 게지요. 아우님 동위도 그렇고요."

반야가 할 말이 없어 찡그리니 두 사람이 소리 내어 웃는다.

"금붙이 묻어 두어 봐야 싹 날 것도 아니고, 자당께오서 아주 잘하신 일입니다. 계 내 각 선원의 자금들이 그렇게 굴려지는 것이 오랜 관행이기도 합니다. 대행수께서 장차 칠요의 거동이 수월하시게 도와주실 텝니다. 그건 그렇고, 대행수님, 하실 말씀은 달리 계셨지 않습니까?"

현무부령이 큼, 헛기침으로 계면쩍음을 무마하더니 입을 열었다.

"제 조모께서 평양 칠성부 무진이셨습니다. 부모도 계원이시고요. 덕분에 저는 걸음을 떼고 난 뒤부터 무예를 익히게 되었지요. 아시다시피 무예란 몸을 인위적으로 다스려 인위가 자연이 되게 하는 일입니다. 소생이 몸을 다스리며 산 지 사십 년쯤 된 셈이고요. 병이 들거나 귀신에 씐 신체가 아니라 일시적으로 기운이 쇠한 신체라면, 내 몸이든 타인의 몸이든 어느 정도 다스릴 수 있음을 말씀드리는 것입니다. 타인의 몸을 살펴매 음양의 이치가 따라야 효과적인바, 저를 어려워하시지 않는다면, 아씨 기운을 살펴 드리고 싶습니다. 지난번에도 그 말씀을 드리고 싶었으나 차마 입을 떼지 못하고 돌아섰지요. 헌데 아직 편찮으시다는 말씀을 듣고 오늘은 작심하고 원주님을 쫓아왔습니다."

막힌 기를 풀고 허한 기를 채워 주겠다는 뜻이다. 무예를 익힌 지 십 년 남짓한 동마로가 가능한 일이니 현무부령이야 말할 나위가 없을 터이다. 그나 삼로가 조심스러운 것은 남녀가 유별하다는 것보다 그 일이 워낙 내밀하기 때문이다. 한 쪽은 의심 없이 심신을 오롯이 내맡겨야 하고 한 쪽은 자신을 온전히 내어 주어야만 한다. 동마로와는 그럴 수 있었다. 하지만 그때 한 번뿐이었다. 넋을 놓아 버린 상태도 아닌바 동마로에게 자신을 온전히 내맡길 수 없었고 동마로에게도 못할 노릇이었다.

반야는 어찌해야 할지 몰라 삼로를 바라본다. 현무부령의 부인인 영혜당이 오원의 한명인 청원靑苑이다. 기력을 되찾는 일이 아무리 중요하다손 오원의 부군과 내밀하달 수 있는 일을 해도 되는지 알 수 없어 삼로에게 묻는 것이다. 삼로는 반야를 사신계에 들게 한 사람이었다. 한 스승이었고 또 한 분의 어머니 같기도 했다. 삼로가 그리해도 좋을 것이라고 가만히 고개를 끄덕인다.

"아씨, 우리 세상에서는 총경이든 일품이든 계원 어느 한 몸이 특별히 귀하지는 않습니다. 어느 한 사람이 사라진 자리는 언제든, 참 섭섭할 만큼 쉽게 채워지지 않더이까? 그래도 그 스스로는 사신계에 의해 만들어진 몸을 소중히 해야 할 책임이 있습니다. 계원의 의무이니까요. 아씨도 계원이시지요. 그 누구보다 할 일이 많으신 계원이시고요. 더구나 아씨의 일은 금세 다른 사람이 대신할 수 있는 일이 아니니 책임도 그만큼 높고 깊지요. 몸을 보할 방법이 있다면 아씨도 그 길을 따르심이 마땅하실 텝니다. 그리고 제가 함께 있을 겁니다."

그걸 알면서도 몸을 핑계로 오래 게으름을 피웠다. 게으름 피우는 스스로를 언제나 느꼈다. 이제 추슬러야 할 때였다.

"따르겠습니다. 그리고 저를 살펴 주시길 청합니다. 어찌 하올까요?"

삼로가 찻상을 한쪽으로 치우며 물러나 앉는다. 현무부령이 갓과 도포를 벗어 횃대에 걸더니 아랫목에 개켜져 있던 요를 들어다 방 가운데 폈다. 반야를 올라앉게 하고는 마주앉는다.

"등을 곧게 펴시고 가부좌를 하십시오. 아씨께서도 아실 터입니다. 머리끝 백회혈부터 발끝 용천혈까지 크게만 따져도 백사십여 점의 경혈이 있습니다. 소생이 그 경혈들을 다 안다 할 수 없고, 지금 일일이 다 짚을 수도 없습니다. 오늘 한 번으로 기통을 이룰 수도 없을 것이고요. 다만 성심껏 살펴 짚을 것이니 아씨께서는 부끄러워 마시고 소생한테 맡기십시오. 명심하실 건 긴장하지 마시되, 잠이 드셔도 아니 된다는 것입니다. 깨어 소생과 함께 움직이셔야 합니다. 밀리면 밀리시고 당기면 따르십시오. 힘이 드시면 힘들다 하셔도 됩니다. 간지러우면 웃으셔도 되지요. 자연스러워야 한다는 것입니다. 이왕이면 소생을 정인처럼 여기시어 주세요."

가부좌를 틀고 앉았던 반야가 풋 웃음을 터트렸다. 저만치 방문 앞에 반쯤 돌아앉았던 삼로도 하하 웃다가 웃음을 매단 채 말했다.

"대행수님, 본색을 그리 쉽게 드러내시어 아씨께서 겁을 내시면 어찌하시려고요?"

"평양과 한양을 이리 수시로 넘나드는 처지에, 숨긴다고 숨겨지는 본색이리까? 하나 지금은 그저 아씨 웃으시라 한 농일 뿐입니다. 오늘은 어떤 불량한 짓도 아니 할 터이니 아씨께서는 염려 놓으세요. 심호흡을 한 차례 하십시오. 얼굴 왼편 관료혈부터 만지겠습니다."

반야는 웃음을 채 사리지 못하고 크게 심호흡을 하고는 김상정을 마주본다. 높고 큰 기상. 깊고 따스한 천품. 눈앞에 있는 사람은 반야가 원하는 자신의 미래 모습이었다. 이십여 해를 당겨오거나 건너가 미래와 마주앉은 듯했다. 김상정이 찡그리듯 웃으며 속삭인다.

"아씨, 이럴 때는 눈을 감으시는 겁니다."

반야는 눈을 감는다. 그의 심호흡 소리가 나지막이 들린 뒤 그의 오른손이 왼 볼을 받쳐 온다. 그의 오른손 중지가 왼쪽 눈 밑의 관료혈을 가만히 짚는 게 느껴진다. 덥지도 차지도 않은 건조한 온기를 지닌 손가락들이다. 반야는 그에 자연스레 조응하기 위하여 신묘장구대다라니를 속으로 외기 시작한다. 봄 햇살이 몸에 닿아 퍼지는 듯하다. 걸음마도 시작 못한 아이를 등에 업고 햇살 그득한 마당을 거닐며 신묘장구대다라니를 자장가 대신 들려주던 여인들이 있었다. 몇백 번의 그런 광경들이 있었기에 말문이 트일 제 다라니부터 내놓았을까. 어려서는 졸리고 커서는 심신이 맑아지던 다라니를 외는 동안 지난 이십여 해가, 채색된 그림처럼 눈앞에서 펼쳐진다.

할머니와 어머니 등에 번갈아 업혀 은새미로 가던 때는 초봄이었다. 만수사 법당을 놀이터인 양 헤집으며 놀다가 집으로 내려간 게 이듬해 정월 보름 즈음이었다. 그 삼월에 근동 사람들을 청해 성주맞이굿을 겸한 꽃맞이굿을 했다. 그 굿판에서 한 아낙한테 네 지아비가 뒷산에 죽어 있으니 당장 가 보라 한 게 첫 공수였다. 삼월이 다 가기 전에 삼동네에 은샘골 애기 보살이 영험하다 소문이 났었다. 그 봄에 동마로를 찾아냈다. 다람쥐들처럼 함께 나무에 오르고 만수사를 오르내리고 장터를 들락거리며 놀다가 집에 오면 손님들이 기다리곤 했다. 그 숱한 사람들에게 무슨 말들을 했던가.

졸음이 찾아온다. 김상정의 손이 지나다니는 곳마다 봄날 새 움 피듯 잠이 돋아 견디기 어렵다. 잠들지 말라는 말을 새겨들었음에도 반야는 김상정의 손길이 젖가슴 위쪽 화개혈에 이르렀을 때 깜박 잠이 든다.

"이런! 주무시면 아니 된다 하였지 않았습니까."

김상정의 깨우침에 잠시 정신을 차렸으나 그뿐 반야는 자신이 다라니를 언제 그쳤는지도 몰랐다. 방 안에는 삼로뿐이다. 삼로 무진이 오늘은 기통을 시작만 한 셈이고 내일 새벽부터 다시 하자면서 토닥토닥해 주고 있었다. 반야는 아이를 어르는 것 같은 삼로 무진의 손길을 느끼며 잠이 든다.

봄이 왔네

"뒷산으로 모꼬지를 갈 테니 행찬을 준비해 주세요."

느닷없는 주문에 반야가 물린 상을 내가려던 숙수 외순이 눈을 크게 떴다. 마흔여섯 살의 그는 칠성부의 오품이다. 젊은 날 아들을 낳지 못하여 소박맞았다는 그네는 홀아비 백호 부원에게 재가하여 십여 년을 살다가 지아비를 저세상으로 떠나보내고 혜정원 숙수 노릇을 하다가 소소원에 배속되었다. 음식 솜씨가 좋았다. 비린내와 누린내를 견디지 못하는 반야의 짧은 입맛을 잘 받들었다.

"아씨, 바람이 아직 찹니다. 게다가 오늘 일기도 좋잖습니다."

"한두 식경 지나면 따뜻해지지 않겠습니까. 걱정 마시고 외순님은 몇 사람 분 행찬을 준비해 주시고 양희님께 들어오시라 해주세요."

외순이 걱정스런 눈빛으로 상을 들고 서둘러 나갔다. 역시나 주변 사람들에게 걱정을 너무 오래 시켰다. 그만 털고 일어나야 할 때가 되었다. 기운이 날로 새롭기도 했다. 은새미로 언제 가든 우선 이곳에다 신당을 차리고 싶어졌다. 김학주가 한성부 판관 자리에서 스스로 물러났다고 했다. 예상했던 일, 놈이 사직하며 심리사를 자청하였다지만 어떤 일을 맡아도 제게 귀신들이 붙어 있는 한 놈은 그 일을 해낼 수 없을 것이었다. 정신을 쏟아 무언가를 하려고만 들면 귀신들이 준동할 터. 놈은 홀로 차츰 죽어 갈 도리밖에 없는 것이다. 놈을 지레 죽이지 않고 내버려둔 것은 잘한 일이었다.

반야가 칠성방울을 꺼내 가만가만 흔들어 보는데 기척이 나더니 양희보다 먼저 아곱 할아버지가 들어선다. 상노인의 출현에 놀란 반야가 황급히 일어나 예를 차린다. 노인이 맞절하고는 그대로 앉는다. 솜모자와 솜두루마기가 엉성해 보이는 건 노인의 체수가 작은 탓이다.

"어쩐 일로 아침부터 올라오시었어요, 할아버지?"

아곱 할아버지는 반야가 응석을 부릴 수 있는 유일한 사람이다.

"외순이 와서 자네를 좀 말려 달라 하기에 올라오긴 했는데, 뭣이든 못 말릴 건 알지."

반야가 배시시 웃는다. 자신이 태어날 때 이 신당에 불을 땠다는 노인이었다. 어릴 때 반야는 노인을 아고비라 불렀다. 아곱 할아버지를 줄인 말이었다.

"저 이제 괜찮아요. 아니, 아주 좋아요."

김상정 도방이 꼬박 보름을 해 질 녘마다 찾아와 기 소통을 해주었다. 두 사람이 동시에 이제 그만해도 되겠다고 느낀 게 그제였다. 그는 어제 평양으로 돌아갔고 반야는 밖으로 나가고 싶어 맘이 근질거렸다. 두 팔을 활개치고 두 발로 마구 걷고 싶었다. 연풍을 타고 바람처럼 달리고도 싶었다. 새벽에 예불을 하고 나자 하고 싶은 일들이 연신 떠올랐다. 신당을 차려놓고 점사를 재개하기 전에 월정 이알영을 만나 정 처사를 찾아가 보자는 등의 계획이 주르르 세워졌다.

"몸도 몸이려니와 아랫사람들을 그리 놀래는 건 윗사람 도리가 아니야. 채비할 시간을 주어 움직이게 하여야지. 모꼬지는 며칠 뒤쯤에 가는 게 어떠실꼬?"

"멀리 가겠다는 게 아니라 뒷산 나들이입니다."

"산속은 공기가 한결 차겠거니와 산세가 자못 험해. 지금 자네 몸으로는 무리야."

김상정과의 기 소통은 아침 해처럼 고요하고 밝았다. 기력이 찼다.

"제가 제 몸을 모르겠습니까. 심려치 마시어요. 엊그제 궐에 다녀나오면서 신당을 차리고 싶어졌어요. 다음번에 곤전께 가서는 무꾸리 손님을 보내 달라 청할 셈입니다. 그리 못하실 테면 복채라도 주십사 하려고요. 저도 이제 밥값을 해야지요. 그러자면 신당이 있어야 하지 않겠어요? 해서, 이리 뵌 김에 여쭤 볼게요."

"뭘?"

"저 여섯 살에 은새미로 떠날 때 할머님께서 뫼시던 불상을 뒷산 어딘가에다 묻으셨어요. 그 아미타불님을 찾아보려 하는데, 할아버지, 혹시 그 아미타불님이 어디 묻히셨는지 아셔요?"

"모르지, 나는."

"어찌 모르셔요?"

"내가 지고 간 게 아니니 모르는 게 당연하지 않아?"

"그때 여기 아니 계셨어요?"

"그때 나는 도고산 만수사에 가 있었지. 자네 식구가 살게 될 집 마련하느라! 만수사 중들이 아랫말 남정들과 함께 집 짓는 걸 보고 올라왔더니 신당이 휑해졌더구먼."

"아, 그러셨구나. 알겠어요. 그럼 제가 찾아보지요."

"묻혀 계신 부처님은 그저 묻혀 계시라 하고, 아예 새 신당을 마련하는 게 어떻겠나? 그 몸으로 산을 헤매다 혹여 또 기진하면, 그게 부처님 뜻이겠나, 자네 할머님 뜻이겠나."

"조성된 지 몇백 년 되시었을 아미타 상이시잖아요. 여러 차례 묻혔다가 다시 나시곤 했을 상이시고요. 혹여 제가 나중에 또 묻게 될지라도, 지금 다른 상을 생각할 수는 없어요. 어찌 묻혀 계신지는 몰라도 십여 년 빛을 보지 못하셨으니 녹이 피었을지도 모릅니다. 꼭 찾아다 모셔야겠어요."

"불상 계신 곳이 어디쯤인지는 짐작하시는가?"

"산에 올라 봐야 알게 될 거예요. 오늘 안에 찾을 수 있을지도 장담할 수 없고요. 그래도 혹시 찾게 되면 불상을 메고 내려와야 하니 양희님한테 몇 사람을 데려가자 할 참입니다."

"속이야 비셨을 터이나 청동으로 주조되어 꽤 무거우실 게야."

"어린 시절 제게야 어마어마하셨던 불상이시지만, 아마 큰 몸피의 남정네가 좌정한 크기만 하실 거예요."

"그렇지. 알겠네. 한번 가 보세."

"할아버지도 같이 가시게요?"

"내가 자네보다야 잘 걷지 않겠나?"

반야가 어이없어 웃는데 밖에서 양희가 기척했다.

"단단히 차려입으시게. 나도 나가 준비해야겠네. 사시쯤 출발하세나."

노인이 나가시고 양희가 난감한 얼굴로 들어선다. 밖에서 노인이 함께 가시겠다는 소리를 들었던 것이다.

"강원께서 정말 함께 나서실 것 같은데 어쩝니까, 아씨?"

강원講院은 노인께서 기거하고 계시는 아랫집의 이름이라 요즘 주변 사람들이 노인의 호칭으로 삼았다.

"당신께서 가시겠다는데, 업고 다니게 될지라도 모시고 가야지요."

"알겠습니다. 사람을 모으지요."

양희가 사람을 모으기 위해 나가고 반야는 설레는 몸을 다스리며 산을 타기에 적당한 복색을 갖춘다. 백두산과 북수백산, 태백산, 황악산 등 꽤 높은 산들을 다녀보았다. 북악쯤이야 못 오르랴.

결의는 거창했으나 넉 달 가까이 거의 집 안에서 맴돌았던 반야의 걸음은 처음부터 더뎠다. 한두 식경이면 될 관음사 어름에 한 시진여 만에 닿았다. 할머니가 불상을 지운 일꾼들을 데리고 꼭두새벽에 나서시어 한밤중에 돌아왔던 걸 기억해 낸 반야는 관음사 입구에서 삼배 합장을 한 뒤 눈을 감는다. 봉우리들 이름을 채 모르거니와 바위들 이름을 알 까닭이 없으니 길이 열리기를 기원해야 했다.

절 앞의 맨땅에 꿇어앉은 반야는 합장을 한 채 다라니를 외기 시작한다. '천수천안 관자재보살 광대원만 무애대비심 대다라니, 계청. 천의 손, 천의 눈으로 중생을 구제하시는 관자재보살님의 광대하고 원만하고 걸림 없는 대비심의 다라니 법문 열리소서. 관음보살 대비주에 머리 숙여 절합니다. 자비하신 원력 넓고 상호 역시 깊어 거룩하시나이다……' 긴 다라니를 다 읊고 나니 눈앞이 밝았다. 봉우리 이름을 몰라도 길이 보였다. 그냥 오르기만 하면 되는 것이었다. 몸을 일으키는 반야를 오두기가 부축해 주었다. 꿇어앉은 무릎이 저려 반야는 옆에 선 사람들을 향해 웃는다. 아곱 할아버지는 벌써 걸음을 내딛은 참이다.

　이알영은 『자명령』의 저자인 정 처사의 본명이 정의목이며 송도 진봉산에서 살고 있다는 사실을 알고 있었다. 진봉산에서 은거하는 정의목은 누가 불러도 나오지 않는다고 했다. 그를 만나려면 찾아가야 한다고. 그러면서 알영이 고려조 말경에 일연 스님에 의해 쓰인 『삼국유사』 대해 말했다. 정 처사가 지닌 『삼국유사』가 고려조 일연 스님의 제자인 무극 스님에 의해서 필사된, 사백여 년 된 책인바 원본과 진배없다는 것이었다.

　알영에 따르면 원본 『삼국유사』 제일 권 「왕검조선」 편 내용은 현재 알려진 『삼국유사』, 「왕검조선」 편과 완연히 달랐다. 우리가 통상 읽는 『삼국유사』와 달리 원본 책자에는 환웅제석이 백두산 신단수로 내려왔고 환인상제로부터 천부인과 더불어 천부령도 받은 것으로 적혀 있었다. 신라 역사 위주로 되어 있는 현재 책과 달리 원본에는 고구려와 백제 역사가 훨씬 상세하고 여인들 얘기가 아주 많다. 그러니까 원본 책자가 판각을 거치며 수백 년을 내려오는 동안 고구려와 백제에 관한 항목들이 대폭 축소되고 여인들에 관한 항목들이 대거 빠져서 빈약해진 것이었다. 그건 백두산 이북의 대륙에 광활하게 걸쳐 있던 옛조선 역사를 거의 소거하며 단절시켜 버린 것이며 여인들의 삶을 억제해 버린 것과 같았다. 아니 여인들을 억압하기 위해 그리해 온 것이다.

　그리 생각할 수밖에 없는 까닭은 일연 스님의 원본 『삼국유사』의

전거가 되는 아도 스님의 『조선영인록朝鮮鈴印錄』의 「군아기君峩記」에 있다. 『조선영인록』을 남긴 아도 스님은 고구려 소수림태왕 시절의 승려로서 원래 고구려에 이웃했던 동진 사람이었다. 당시 고구려에는 불교가 퍼져 있었으나 아직 공인되지 않았다. 소수림태왕이 나라를 안정시키려는 정치적인 목적으로 초문사와 아불란사라는 두 개의 절을 짓고 이웃해 있던 전진과 동진에 승려를 요청했다. 전진에서는 순도가 들어와 초문사에 주석했고, 동진에서는 아도가 들어와 아불란사에 자리했다. 『조선영인록』 서기에 따르면 아불란사에 자리잡은 아도가 고구려의 불교를 퍼뜨리고자 그 무렵 고구려 백성들의 신앙과 풍속을 먼저 정리했다. 아도가 칠 년여에 걸쳐 모은 기록이 『조선영인록』이었다. 『조선영인록』은 당시대 고구려뿐만 아니라 백제며 삼한 등에 이천 년 넘게 전해져 오던 천신에 대한 내용으로 시작되는데 첫머리에 환인제석의 천부인과 천부령 이야기, 호녀와 웅녀, 단군과 군아가 조선을 연 내용 등이 상세히 나온다. 아도 스님의 책 이름이 『조선영인록』인 까닭은 조선이 천부령과 천부인을 지닌 군아와 단군에 의해 이룩된 나라이고 그 나라가 삼한을 거쳐서 삼국으로 이어지고 있는 것으로 봤기 때문이다.

알영은 정 처사한테 오백 년쯤 된 아도 스님의 『조선영인록』 필사본과 사백 년쯤 전에 무극 스님에 의해 필사된 일연 스님의 원본 『삼국유사』 전 권이 있고, 원본을 그대로 옮긴 필사본도 있다고 설명했다. 자신이 여섯 번이나 정 처사를 찾아갔으나 그 두 책을 보여주기는 해도 팔지는 않는다고 했다.

반야는 정 처사가 그처럼 귀한 책들을 지녔으니 까다로울 만하다 싶었다. 그 귀한 책들을 구경하고 싶고 정 처사를 만나고 싶기도 했다. 기운도 돋았겠다, 송도가 먼 길도 아니고, 나들이를 감행했다. 양희를 비롯한 호위 무절 넷을 따르게 하고 이알영과 함께 소소원을 나섰다. 남장을 하고 동작나루에서 배에 올라 송도 벽란도에 도착하니 난생 처음 봄을 맞이하는 듯 새롭고도 자유로웠다. 송도 제일 규모의 객관인 태평관에서 하룻밤 자고 십여 리 밖에 있다는 진봉산 월대月臺에 닿았다.

월대는 편평한 골짜기 너와집 세 채가 앉았을 뿐이라 마을이라 하기도 어렵다. 맨 뒤쪽에 있는 집이 정 처사댁이라 한다. 정 처사의 집은 거친 통목들을 기둥으로 세우고 얼기설기 서까래를 앉은 지붕에는 너와를 얹었다. 문은 열려 있고 문 위에는 편액 대신 '난입즉사亂入卽死'는 장난스런 문구가 전각塡刻돼 있다. 술병과 안주가 담긴 등짐지게를 진 알영이 문 앞에서 외친다.

"선생님, 은봉 선생님!"

정의목의 호가 은봉인가 보다. 두 아들을 낳고 스물네 살에 이른 알영은 활달했다. 어제 아침 길을 나서면서부터 주변에 다른 사람이 있으면 반야를 시영이라 칭했고 아우로 대했다. 어젯밤 태평관에서는, 정 처사가 소장한 『조선영인록』과 『삼국유사』를 기어이 갖고 싶다는 자신의 욕심도 스스럼없이 표현했다.

"아씨, 제가 정 처사한테 그 두 책의 필사본을 백 냥씩에 내어달라고 했다가 거절당했습니다. 오백 냥에도 팔지는 않을 거라면서, 읽고 싶으면 언제든 와서 읽으라고만 하더이다. 오백 냥씩에도 아니 팔겠다니 천 냥씩쯤 내겠다하면 내놓을지도 모르겠습니다만, 그만한 돈도 없고, 사오백여 년씩 된 책들을 저 혼자 끼고 살겠다는 그의 심보가 고약하여 그리하고 싶지도 않습니다. 허니, 아씨께서 미인계로 그를 넘겨 주십시오.”

그 결연한 표정이 우스워 깔깔대던 반야가 말했다.

“우리 세상의 역사를 기록하는 형님께 그리 필요한 책들이라면, 우리 부에도 그만치 필요한 책이라는 건데, 이천 냥을 제가 드리지요. 미인계보다는 그게 백 배 쉬우니까요.”

“아니오, 아씨. 제가 오백 년, 사백 년 된 걸 그냥 갖겠다는 게 아니고, 필사라도 하게 해달라고 매번 청하는데 거절하고 있지 않습니까? 돈으로 해결할 일이 도저히 아닙니다. 해서 제가 아씨를 모시고 온 겁니다. 아씨한테 홀딱 빠져서 필사본들을 내주는지 보려고요.”

“저는 미인계 쓸 줄 모르는데 어쩝니까?”

“미인계란 쓰겠다고 작정하고 쓰는 게 아니지요. 그리해서는 통하지도 않고요. 제 생각에는 그냥 아씨가 그를 만나시기만 하면 될 거 같습니다.”

“안 통하면요?”

“술이나 마시다 나오는 거지요. 괴팍한 중늙은이 욕이나 막 해주고요.”

욕이나 언어먹고 말지도 모를 정 처사는 집안이 아니라 집 뒤꼍에서 나온다. 봉두남발을 시늉으로만 걷어 올려 엄지머리를 하고 있다. 산판일을 하고 내려온 듯 낯빛이 거칠고 저고리며 바지는 나달거리는데 샛노란 생강꽃가지를 들고 있다. 마치 손님을 위해 꺾어 온 듯이.

“월정, 자네 같더구먼.”

반갑잖다는 듯이 내뱉던 정 처사의 눈이 반야와 이어진다. 반야가 싱긋 웃으며 읍해 보이자 그가 서둘러 읍례한다. 예상보다 훨씬 젊다. 알영이 중늙은이라기에 환갑 가까운 줄로 여겼더니 마흔 살은 못 돼 보인다. 입성만 말끔해도 신수가 훤해질 얼굴이기도 하다. 알영이 말한다.

"은봉 선생님, 잘 계셨어요?"

"나야 늘 그렇지요. 오늘은 동행이 계십니다?"

"제 아우랍니다. 이름이 시영이구요. 바람 좀 쐬 주려고 데리고 왔어요."

"자매간이 그리 닮지 않을 수도 있구먼요. 어쨌든 술 가져 오신 것 같으니 환영합니다. 들어들 오십시오."

정 처사가 손에 든 생강꽃가지를 알영한테 건네곤 그 등에서 등짐 지게를 떼어내 들고 안으로 들어간다. 알영이 씩 웃고는 꽃가지로 안을 가리키며 반야한테 들어가시라 손짓한다. 반야도 웃으며 미인계는 내가 쓸 게 아니네, 생각한다. 정 처사가 덤덤한 양 가장하긴 해도 알영을 몹시 그리워했던 것 같지 않은가. 수줍음과 반가움으로 눈자위가 떨리는 것 같았다. 그 심장은 얼마나 뛰랴. 그가 알영한테 필사본도 못 내준다고 뻗댄 까닭은 그리운 이를 한 번이라도 더 보기 위함인 것이다.

정 처사의 집안에는 부엌이며 헛간 등이 다 판자벽 안에 들어와 있다. 방은 두 칸이고 두 방 사이에 마루가 놓였다. 창들을 군데군데 내놓아 어둡지는 않다. 이제 진시 중경이나 됐을까. 정 처사는 알영이 태평관에서 준비해 온 술과 안주를 마치 자신이 다 마련한 양 마루에다 펼쳐 놓고는 두 사람한테 올라 앉으라 권한다. 먼저 올라간 알영이 스스럼없이 방으로 들어가더니 낡은 담요를 들고 나와 마루에 깔며 말한다.

"선생님 보시다시피 제 아우가 몸이 약해서 찬 데 못 앉는답니다. 심히 앓고 난 뒤끝이기도 하고요."

"그런 아우님을 이 험한 곳까지 모시고 왔소?"

"말씀드렸잖아요. 바람 좀 쐬어 주려고 데려왔다고요. 시영, 이불 위로 올라앉으렴. 홀아비 집 이불이라 그리 깔끔하달 수는 없어도 찬기는 면할 수 있을 거야."

반야가 올라앉으니 술잔들이 채워지고 대화가 시작된다. 신라시대의 혜성가, 고려의 청산별곡이며 서경별곡, 홍길동, 구운몽이며 노자와 장자와 두보와 손자와 서유기와 삼국지연의 등등. 책 읽고 책 쓰는 두 사람의 대화가 무궁무진 펼쳐지는 사이에 알영이 지고 온 술 세 병이 다 빈다. 정 처사가 담가 놓은 술도 들어 왔다.

반야가 처음 접한 세상이다. 술 대신 물을 마시면서 듣고 보는 또 하나의 새로운 세상. 어느 자리에서든 중심이 되고 마는 별님 반야가 주변인이 되어 있는데도 아무렇지도 않은 신기한 세상. 몇 시진이 훌쩍 지나가도 끊일 줄 모르는 정 처사와 이알영의 대화는 노래로 이어진다. 취한 알영이 「창 노래」를 먼저 시작한다.

"창을 내고 싶다. 아아, 창을 내고 싶다. 이 나의 가슴에 큰 창을 내고 싶다."

정 처사가 이어 부른다.

"고무래 장지 가는 살의 창, 들창문 열 창문에 암톨쩌귀 수톨쩌귀."

"문고리에 꿰는 쇠를, 큰 장도리로 뚝딱 박아서."

"이 나의 가슴에 창을 내고 싶다, 큰 창을 내고 싶다."

"가끔 몹시 가슴 답답할 때면."

"내 가슴의 창을 열고 닫아 볼까 하노라."

"열고 닫아 볼까 하노라."

"닫아 볼까 하노라. 열어 볼까 하노라. 열고 닫아 볼까 하노라."

두 사람이 함께 목청껏 내지르는 절창이다. 후렴을 따라 부르다 덩달아 흥이 오른 반야가 「벽 노래」를 시작한다.

"한숨아 가는 한숨아, 네 어느 틈으로 들어오느냐?"

알영이 받는다.

"고무래 장자, 가는 살의 창, 가로닫이 여닫이에 암톨쩌귀 수톨쩌귀."

정 처사가 잇는다.

"문고리에 꿰는 쇠, 뚝딱 잠그고 용 거북 자물쇠로 깊이깊이 채워 놓았는데."

"병풍이라 덜컥 접고 짧은 족자라 댁대굴 만다네."

"어느 틈으로 들어온단 말이냐."

"어언지 네가 온 날 밤이면 잠 못 들어 한다."

후렴은 셋의 합창이다.

"네 온 날 밤이면 내 잠 못 들어 한다. 잠 못 들어 한다. 잠 못 들어 한다."

어깻짓을 해대며 노래 부르고 난 알영이 박수를 마구 쳐댄다. 노랫말의 의미가 어떠하든지 어우러져 노래할 수 있으므로 희열을 느끼는 것이다. 정 처사가 이알영을 사모할 수밖에 없을 성싶다. 젊은데다 어여쁘고 하는 일이 같거니와 서로 관심 둔 분야가 같고 이처럼 대화가 잘 이루어지는 여인을 어찌 사모하지 않을 수 있을 것인가.

노래의 여흥에 이어 두 사람은 자신들의 저작물들에 등장하는 노래들을 거론한다. 이야기 속 노랫말들에 대한 대화가 무극 스님의 『삼국유사』로 낙착된 순간 알영이 혀가 약간 고드러진 투로 따진다.

"그래서요, 은봉! 필사본 『조선영인록』과 『삼국유사』를 저한테 파실 건가요, 마실 건가요?"

말투에 어린 취기는 약간일망정 알영의 취기는 사뭇 깊다. 낯빛이며 말투가 전혀 변하지 않은 정 처사도 취하기는 했을 터. 반야를 돌아보며 묻는다.

"시영 아우님께서는 내가 그 책들을 월정한테 팔아야 한다고 여기시오?"

반야가 흐흐흥, 웃고는 입을 연다.

"백 냥 아니라 오백 냥, 천 냥씩에도 팔지는 못하시겠지요."

"파네, 못 파네 하는 차원이 아니라는 건 아시고?"

"은봉께서 지니신 오백 년, 사백 년 넘은 그 책자들이, 현재 각처의 서고들과 선비들의 서가와 책방들의 진열장 등에 있을 『삼국유사』와 현저히 다르기 때문에 못 내보내는 것이겠지요. 나가서 유포된 순간 원본과 선생님의 목숨이 위태로울 수 있기 때문에요. 또 우리 월정의 목숨도요. 두 분은 이미 금서를 지은 작가이니 더욱 조심해야 하고요."

"바로 그렇소. 해서 필요할 때마다 와서 읽고 가라는 건데, 월정은 저리 막무가내 책들을 내놓으라 떼를 써대니, 천재인가 싶다가 천치인가 싶다가!"

"선생님의 걱정이 지당하시지만, 원본 책들이 아주 사라질 위험과 두 분의 생애가 위태로울 수 있음을 월정이 모르겠습니까? 그럼에도 월정이 원본들을 가지고 싶어 하는 까닭은 선생님께서도 잘 아실 테

고요."

"사라진 옛조선 역사를 복원하고 싶은 게지. 원본을 한 본이라도 더 만들어 지니고 있어야 한다고 여기기 때문이고. 원본들이 언제 어찌될지 모르니까."

"그렇지요."

"해서, 내가 내놔야 한다?"

"파시지는 못해도 벗한테 주실 수는 있지요. 더불어 보관하는 의미로라도요. 주시고 싶지 않습니까?"

"내가요?"

"주시고 싶으나, 주시고 나면 월정을 못 보게 되실까 봐 못 주시는 거 아닙니까?"

"내가?"

"예, 선생님이요."

"그리 보인단 말입니까?"

"예. 월정과 은봉께서는 이미 단순한 벗이 아니시지요. 같은 일을 하시거니와 지향하는 바도 같으시지 않습니까? 월정도 책 얻자는 목적으로만 여기 오시는 게 아니라는 거지요. 월정이 여기 처음 올 때는 그랬을지라도 두 번째부터는 은봉 선생님을 만나러 다닌 성싶으니까요. 하늘 아래 어느 벗, 어느 남녀가 은봉과 월정처럼 통하는 게 많겠습니까?"

"그게 무슨 말인가?"

"아시면서 시치미를 떼십니다! 제 형님도 선생님을 좋아한다는 뜻이 되겠지요. 벗이자 동료이자 남정으로서도요. 두 분이 함께 계시면서 느끼는 환희! 알영 형님, 그렇지 않아요?"

반야가 묻자 취기 깊어진 알영이 고갯짓을 크게 하며 대꾸한다.

"우리 시영은 참 총명해. 맞아. 내가 남의 안해이자 두 자식의 어미로서 맨정신으로는 말 못하지만, 취한 김으로는 말할 수 있지. 난 여기 숨어 있는 봉우리를 참 좋아해. 내가 혼인하기 전에 숨은 봉우리를 만났다면 난 지금 여기서 살고 있을걸. 은봉의 안해로서 말이야."

취중진담이다. 이 말을 하기 위해 취한 건 아닐지나 취중에 진정을 말했다. 정 처사도 그걸 확인하기 위해 무슨 말이냐고 다그쳤을 터이다. 마침내 원하던 말을 들은 정 처사가 한껏 뻗대 본다.

"흥! 누가 받아주기는 하고? 글쟁이 둘이 붙어서 뭘 먹고 살게?"

알영이 흥, 맞받아친다.

"이거 왜 이러십니까? 은봉은 글 써서 돈 못 벌어도 나는 제법 번다고요. 도성 책방 거리에서 세책되는 책들 중에 내 책이 열 권도 넘어요. 내가 당신을 먹여 살리고도 남았어요, 아십니까?"

"고물 책 좀 얻자고 참말 별 소리를 다 하시는군. 알았어요. 드리리다, 드려."

짐짓 하는 수 없다는 것처럼 한숨 쉰 정 처사가 방으로 들어갔다 나온 그의 팔에 책궤가 들렸다. 반야가 술잔이며 술병 등을 치워 놓은 자리에 책궤를 놓은 정 처사가 뚜껑을 연다. 짙은 묵향과 함께 종이에 싸인 책자 뭉치들이 나타난다. 맨 위 뭉치를 들어낸 정 처사가 거죽을 묶은 종이끈을 풀자 새 책 다섯 권이 나온다. 새 필사본인 걸 대번에 알겠다. 그 아래서 한 권으로 새로 묶인『조선영인록』이 나타난다. 은봉 정의목이 월정 이알영을 위해 사백여 년 묵은 원본『삼국유사』와 오백여 년 묵은『조선영인록』을 필사해 놓고 이제나 저제나 임자가 찾아오길 기다리고 있었던 것이다. 반야는 책을 펼쳐보며 집 근처에 있을 양희와 무절들의 목이 빠지겠다는 생각이 나서 미소 짓는다.

파란波瀾

진관산의 진관사 뒤편 숲은 사찰에 속한 땅이거니와 몹시 가팔라 보통 사람들은 범접하기 어려웠다. 거기 사신계 진관 수련장이 있었다. 도성 내 청룡, 백호, 주작, 현무부의 육품 무절 다섯 명이 승품陞品 시험을 치르기 위해 새벽부터 수련장에 모였다. 진시가 되었을 때 육품들과 대련해 줄 칠품 무절 열 명과 그들의 승부를 심사할 세 명의 무진이 모두 도착했다. 응시자들은 스물네 가지 무예 중 응수할 칠품이 지목한 무기로 대련하는데, 열 번 중 일곱 번을 이기거나 비겨야만 승품할 수 있었다. 무술로 품계를 높이는 심사 과정은 아래 품계에서도 동일했다. 세 차례 실패하면 그대로 실격되어 남들의 계속되는 대련을 지켜봐야 했다. 한 차례 대련에 정해진 시간은 없었다. 내가 당하지 못하여 물러나거나 상대 칠품이 졌다고 인정하거나 지켜보던 무진들이 비겼음을 선언할 때까지였다.

동마로를 위시한 다섯 명의 육품 무절들은 칠품이 되기 위해 종일토록 칠품 무절들과 대련했다. 해 질 무렵 다섯 명 중 세 명이 자신이 속한 부의 새로운 칠품 무절이 되었다. 동마로도 마침내 현무부 칠품인 벽품계를 받았다. 하루 내 함께 대련하거나 지켜보던 사람들이 인사를 나누고 헤어져 두어 명씩 짝지어 산을 내려왔다. 같은 날 같은 장소에서 칠품에 이르러 동기가 된 서른 살 안팎의 도찬과 서석은 둘 다 양민으로 무과를 준비 중이라 하였다. 동마로가 칠요의 호위임을 모르는 그들은 직접 모시는 상전이 없었다. 사신계 안이나 밖에서 그들은 동마로에 비할 수 없게 자유로웠다.

세 사람이 진관 계곡을 타고 홍지문 밑까지 내려오니 어둠이 내렸다. 도찬과 서석이 저만치 보이는 작은 주막을 가리키며 허기를 해결하자 했으나 그들과 처지가 다른 동마로는 양해를 구하고 홍지문 안으로 들어선다. 게으른하게 선 홍지문 수졸들은 무시로 드나드는 천민들에게 관심 없었다. 문이 닫힐 삼경 즈음에나 잠깐 경계를 갖추는 척하다 문이 닫히고 난 뒤 들어오고 나가려는 위인들에게 뒷돈 받고 통행시키느라 눈 부라릴 뿐이다. 가마골에 갓 떠오른 삼월 보름달이 글자도 읽을 수 있을 듯 밝다.

은새미를 떠나온 지 다섯 달이 되었다. 그 사이에 동마로는 청룡부령 이완구의 손자인 이협제로 신분이 바뀌었다. 졸지에 팔자에 없던 부친이 나타났다. 만난 적이 있는 이였다. 작년 봄 태조산 원각사에서 오령 회합을 할 때 청룡부령을 호위해 왔던 서라벌 청룡부 선원의 무진 이성강이었다. 청룡부령의 아들 이성강은 마흔여섯 살이라 하고 협제는 그의 셋째 아들이라 했다. 그렇게 해서 동마로는 이협제가 되었고 내년 봄에 왜국에서 살다 돌아온 척 서라벌에 나타나기로 했다.

신분이 어떻게 바뀌었든 아직 실감 못하는 동마로는 요즘 이 시각이면 늘 맘이 바빴다. 김학주가 몸이 아파 한성부 판관 자리를 석 달도 채우지 못하고 물러났다는 소식을 들은 뒤 반야는 새벽 점사를 보기 시작했다. 그 귀신같은 놈이 심리사가 되어 한성을 떠났다고 해도 듣는 둥 마는 둥 했다. 반야는 놈에게서 벗어났거나 놈을 떼어 냈다고 생각한 듯했다. 새벽마다 날이 새기 전에 소소원으로 찾아드는 손님들 거개가 양반들이거나 벼슬아치들이었다. 혜정원주를 비롯한 도성 내 무진들이 은연중 밀어 보내는 손님들의 입을 타고 소문이 번지는 덕분이었다.

은새미로 돌아갈 생각을 아예 접은 듯한 반야는 기력을 회복했다. 화색이 돌아 꽃망울이 터진 듯, 보는 눈이 시릴 만큼 어여뻐졌다. 삼로 무진이 반야에게 점사 볼 때 너울을 쓰게 한 까닭도 그 때문이었다. 다행인데, 동마로는 홀로 손끝이 저렸다. 수련을 마치고 벽품계를 받으면 반야에게 간청을 해서라도 자신이 하려 했던 일을 현무부령이 하였다. 지난 정월 하순에서 이월 초에 걸친 때였다. 그 무렵 동마로가 저녁에 집에 돌아올 시각이면 반야 방에는 현무부령이 들어 계시었다. 문밖에 수행들을 둔 채 방안에서 벌어지는 기 소통의 광경이 눈앞이련 듯 눈이 시려 동마로는 눈을 감곤 했다. 보름 걸렸다. 그 보름이 십 년쯤인 양 동마로한테는 길었지만 지나고 보니 아무것도 아니었던 듯했다.

요즘 귀가할 때면 늘 먼저 둘러보는 객사에는 손님이 들어 있었다. 사온재 영감의 호위이자 의금부 군사인 최갑이 김병호, 백일만과 더불어 식사를 하고 있다. 스물네 살인 오품 백일만은 반가의 사람인데 아직 미혼이고, 스물일곱 살의 김병호는 상민으로 혼인하여 자식이 둘이었다. 백일만은 한 달여 전 포도청에서 시행한 형관시험에 들었으나 아직 보직을 받지 못했고, 김병호는 김상정 상단에 속한 장사꾼으로 밥벌이를 하고 있었다. 한양에는 김상정 상단의 점포가 십수 군데나 있다 했다. 김병호는 소소원 강원에 거처를 정하고 점포를 오갔다. 병호가 소소원에 있는 한 현무부령의 한양 거처도 소소원인 셈이었다.

밥은 위에서 먹기 마련인데 객사에 상이 차려진 건 반야가 아직 식전이라는 뜻이다. 아침과 저녁, 하루 두 끼니 먹는 반야의 식성이 워낙 까다로우니 숙수 외순은 다른 사람의 상을 차릴 때도 조심스러워 했다. 그들의 밥 수발을 들던 외순이 기다렸던 듯 밥과 국을 더 들고 와 상 위에 얹어 준다. 간만에 만난 최갑이 동마로를 반겼다.

"오늘 승품 심사를 받았다면서요? 어찌됐소?"

"간신히 인정받았습니다."

와아, 탄성과 함께 축하의 말이 쏟아졌다. 마주앉은 네 사람 중 동마로의 나이가 그중 적다. 품계는 가장 높아졌다. 그럴 수밖에 없는 게 다른 사람들은 일하는 틈틈이 수련하지만 동마로는 지난 다섯 달가량 오로지 수련만 하였다. 반야가 동마로를 소소원에서 내몰 듯 집중하여 수련하라 명한 덕에 두세 해에 걸칠 수련을 다섯 달 동안에 해치운 셈이었다. 사신경의 호위대장이었던 설희평은 칠품 무절이었다. 그는 사신경이 좌부승지를 제수 받으면서 겸사복의 관헌이되어 호위대장에서 물러났고, 현재 경의 호위대장은 칠품 무절 솔개였다. 솔개가 칠품이 된 건 네 해 전쯤이라고 들었다.

원래 다섯 부령의 호위대장 품계는 모두 칠품이어야 했다. 반야가 육품이었던 동마로를 호위대장으로 지명했던 게 전례에 드문 무리수였다. 반야는 칠요 호위대장으로서 동마로의 체면을 살려 주려 집중 수련하라 명한 것이었다. 어쨌든 반야의 배려에 의한 것이므로 분명히 특혜였다. 축하받기도 쑥스러워 동마로는 최갑에게 이 시간에 어찌 여기 와 있느냐며 화제를 돌렸다.

"곤전께서 환후에 드셨는데 아씨를 모셔오라 했답니다. 주 상궁이 신당에 들어 계시오. 곤전의 환후가 심한 것 같지는 않고 그저 아씨한테 하문할 게 계신 모양입니다."

반야가 궐에 들어갔다 나온 게 지난달 말경이었다. 왕벚꽃과 자목련과 홍매화 등, 대조전 뜰에 이제 막 피려는 꽃망울들을 빈궁과 함께 구경하며 놀다 나왔노라 했다. 곤전께서는 무녀 반야를 불러들이시는 것에 재미 들리신 듯했다. 반야가 미타원으로 돌아가기 어려운 이유가 자꾸 늘었다. 동마로는 그저 고개를 끄덕이며 허기를 채운다.

"동위, 미위가 몇 살쯤 되오?"

제일 먼저 수저를 놓은 백일만이 문득 생각난 듯 낮게 물었다. 병호가 짐작한 바가 있다는 듯 흐흐 웃는다.

"소생이 처음 만났을 때 열일곱 살이라 했으니 지금 열아홉 살일 걸요. 미위를 맘에 두고 계십니까?"

"맘에 듭니다. 헌데 말 한마디 붙여 볼 새가 없어서."

"아씨가 노상 글이나 읽으며 지내시는데 미위한테 말 붙여 볼 새가 없긴 왜 없어. 수줍어 못 붙인 게지?"

김병호가 딴죽을 걸자 백일만이 꿀 먹은 벙어리 시늉을 한다. 병호가 큰 소리로 웃다가 제풀에 놀라는 시늉을 하며 웃음을 삼킨다. 소소원을 의식한 조심스러움이다. 동마로와 최갑도 소리 없이 웃는다.

"미위한테 장가들여 달라고 윗분들께 품신을 해요. 미위가 싫다고

만 않으면 한 달 안에라도 신방 차릴 수 있지 않겠소? 헌데 가만! 머지않아 벼슬살이에 나서야 할 사람인 걸 차치하고라도, 아씨께서 온양으로 가시면 한양과 온양 중 집을 어디다 둬야 하려나?"

"미위가 날 어찌 생각하는지도 모르는데 집 생각할 겨를이 어디 있소?"

김병호의 훈수에 백일만이 볼 부은 소리를 했다. 먼저 연모하고 상대의 반응을 기다리고 절차를 거쳐 혼인하기. 이런 과정들을 거쳐 내외가 되는 것을. 동마로는 새임이 떠올라 새삼 울적해진다. 인편으로 소소원과 미타원을 오고가는 지석에 따르면 새임이 집을 나갔다고 했다. 어찌하여, 왜 나갔는지에 대해서는 말하지 않았으나 눈 내리던 어느 날 홀연히 집을 나갔노라고 했다. 하필이면 눈 내리는 날 집을 나섰다는 게 안쓰러웠다. 비로소 미안했다. 한편으로는 새임이 어디에서 살더라도 미타원보다는 나을 것이므로 홀가분하기도 했다.

"그렇다면 지금이라도 위로 올라가서 미위 맘을 떠봐요. 눈을 맞추라고. 허우대 멀쩡해 가지고 왜 그걸 못하오?"

"허우대만 멀쩡하면 뭘 합니까? 그 사람 앞에 있으면 쥐구멍이 어디 있나 싶게 되는 것을요."

"허어, 그리 아니 보았더니 바보구먼? 동위 보기엔 미리내가 이 사람한테 응할 듯싶소?"

김병호의 물음에 동마로는 글쎄요, 한다. 그간 지켜본 미리내는 속이 깊은 처자였다. 칠요를 모심에 그 정성이 얼마나 극진한지 여러 번 감탄했을 정도다. 상전을 모심과 지아비를 섬김이 같은 일은 아닐 것이나 스스로 마음에 들인다면 다르지도 않을 터이다.

"참 의젓한 사람이구나 싶을 때가 많습니다. 한번 용기 내어 직접 물어보십시오. 대신 정중하게 대하셔야 할걸요?"

"왜요?"

눈치로 보아 미리내는 미타원의 지석과 정분을 나누기 시작한 듯했다. 남녀 간의 내밀한 상사인 데다 짐작일 뿐이므로 말을 낼 수는 없다.

"미워도 오늘 도솔사에서 형품계를 받고 돌아왔을 텐데, 까닥하다간 말 붙이기 전에 얻어맞을 수도 있지 않겠습니까? 그렇다고 연모하는 처자한테 응수할 수도 없을 테고요."

달빛이 대청에 켜진 등불들을 휘감으며 스며든다. 젊은 네 사람이 달빛 속에 유희 나온 듯 소리 모아 웃는다. 모처럼의 여유는 그러나 대문간에서 난 소리에 의해 뚝 끊긴다. 윗집과 강원을 오르내리던 숙수 외순이 대문간에서 "동위, 아씨가 이상하시오!" 외치고는 치맛자락에 불이라도 붙은 듯 되돌아 달려갔다. 가슴이 철렁 내려앉은 동마로가 윗집으로 내닫는다.

문이 환히 열린 신당 안에서 반야가 벌겋게 단 얼굴로 제 가슴팍을 두드려대며 펄쩍펄쩍 날뛰고 있었다. 아아, 아아, 괴성을 지르면서 신단에 부딪치고 점상에 걸리고 벽에 머리를 찧었다. 방 안의 주상궁과 미리내가 처음 당하는 일에 황망하여 어쩔 줄 몰라 반야를 쫓고 있었다. 방으로 뛰어든 동마로가, 눈을 감은 채 소리지르며 제 몸을 마구 두드려대는 반야를 끌어안았다. 불길에 휩싸인 듯 뜨거운 머리와 손이 동마로 가슴팍을 마구 쳐댄다. 동마로가 얻어맞으며 반야를 달랬다.

"정신 차려 보세요, 아씨. 왜 이러시는지 말씀을 하세요. 집에, 어머니한테 무슨 일이 생긴 겁니까? 언니!"

언니라는 동마로의 외침에 반야의 거센 움직임이 뚝 멈춘다. 기진하기도 했거니와 제정신이 든 것이다. 앉혀 주니 앉아서 비로소 눈을 뜨고는 저를 쳐다보는 눈길들을 한 차례 훑는다. 눈에 핏발이 벌겋게 섰다. 금세라도 눈동자에서 핏물이 배어날 것 같다.

"무엇을 보셨습니까?"

"우리 집이 타. 아니, 탈 거야. 아냐 몰라. 지금 은새미로 출발해야겠는데, 내가 함께 가는 것과 그대 혼자 가는 것이 얼마나 차이 나지?"

"한나절 정도입니다."

"그럼 그대가 먼저 가. 꽃님이랑 나무 언니가 심히 앓고 있는 모양인데, 홍역 같아. 그보다 김가 놈이 그쪽에 가 있는 듯해. 바삐 가. 가서 집안에 아직 아무 일이 없다면, 식구들을 우선 급한 대로, 용문골 영감 댁이나 공세포로 피신시키도록 해. 만약 무슨 일이 벌써 났다면 그대로 가만있도록 하고. 내가 궐에 잠깐 들어갔다가 나와도 한나절 이상 늦지는 않을 거야."

꽃님의 홍역쯤이야 어머니가 다스리실 터였다. 나무 언니가 그 나이에 홍역을 앓는다는 게 의외이나 반야가 그리 보았다면 틀림없을 것이었다. 문제는 김학주라는데 새삼 무슨 일이 있을 것 같냐고 물을 겨를이 없거니와 물을 자리도 아니었다. 놈이 심리사로 충주 쪽으로 떠났다고 듣긴 했었다. 반야가 놈이 만단사라고 판명하였으므로 그를 통해 서중회는 물론 만단사령이 누군지를 파악하기 위해 내버려둔 참이었다. 김학주 놈이 제 본향에 가서 제 몸에 붙은 귀신들을 다스릴 속셈이거니, 가벼이 여겼던 게 불찰이었다. 반야가 일어나려는 동마로와 바깥의 사람들한테 들리도록 다시 일렀다.

"도착하여 우선 옥종께 도움부터 청하되, 혹여 무슨 일이 났더라도 절대, 절대 그대 독단으로 움직여서는 안 돼. 내가 갈 때까지 기다려야 함을 명심해. 김병호 육품과 백일만 육품, 동마로와 함께 가세요. 그를 보살펴 주세요."

동마로는 제 방으로 들어와 종일 숲을 헤매느라 너덜대는 옷을 갈아입고 간단한 행장을 꾸리고 강원 마구간에서 화풍을 끌어냈다. 일만과 병호가 각자 말에 올랐다. 달빛이 밝아 밤길 달리기에는 맞춤했다. 든든한 동행들이 있으니 겁날 것도 없었다. 한바탕 뒤집힐 게 분명해진 앞날이 막막할 따름이다. 식구들을 피신시켜야 한다는 건 은새미에서는 물론이고 온양에서도 떠나야 한다는 뜻이었다. 그것도 식구들이 무사했을 경우였다. 식구들이 무사치 못했을 때 벌어질 일들은 상상조차 하기 싫어 동마로는 말을 달리면서도 고개를 저었다.

한양에서 강을 건너고 과천역과 청호역을 지나고 진위역과 성환역과 천안역을 거쳐 은새미까지 닿는 동안, 말이 쉬고 먹는 시간 외에는 내도록 달렸음에도 하루가 다 걸렸다. 어제 저녁에 동작나루에서 배를 타는 데 시간이 좀 걸렸기 때문이다. 보통날이라면 미타원에서는 지석이 강수와 꽃님을 데리고 집 뒤 숲 수련장에 나가 있을 즈음이다. 미타원에 오르기 전에 늘 들르는 샘골 객점 사립에 금줄이 쳐져 있다. 홍역 앓는 아이가 있으니 비켜 가라는 표시인데 동마로의 가슴이 철렁 내려앉는다. 기척을 듣고 나오던 후줄근한 모양새의 야문이 동마로를 보고 울음부터 터트렸다.

열흘 전쯤, 명일이 시작한 홍역이 한본과 심경을 돌아 꽃님과 나무에게까지 이어졌다. 명일은 열꽃이 스러져 가는 즈음이었으나 한본과 심경은 한창 열꽃이 피어 있었고 꽃님과 나무는 사흘 전 발병하여 심각한 지경이었다. 그런데 지난 섣달에 한양으로 떠났던 김학주가 어제 이 무렵에 직접 미타원으로 들이닥쳤다.

새로 부임한 도고 현령의 수하들을 거느리고 나타난 그는 반야가 없는 것을 확인한 뒤 미타원을 도적 떼 소굴이라 선언하고 식구들을 포박해 갔다. 그것으로 모자라 역병의 발원지라며 집을 불태우고 병든 아이들과 나무를 집 앞에 내버렸다. 숲에 나가 있던 강수와 지석은 무사했으나 때마침 아픈 아이들 수발 차 친정에 와 있던 끝애가 함께 끌려갔다. 집 앞 팽나무 밑에 버려졌던 나무는 간밤에, 꽃님은 오늘 새벽에 숨을 놓았다. 세 아이는 지금 꺽진의 객점 방 안에서 열에 떠 있었다.

나무와 꽃님을 뒷산에 묻은 꺽진과 지석은 지금쯤 도고 관아 근방이나 공세포에 있을 거라고 했다. 어제 반야가 미쳐 날뛰던 시각부터 일어난 일이었다. 벌어질 일은 다 벌어졌다. 불안으로 널뛰듯 뛰던 동마로의 가슴이 사늘히 가라앉았다. 눕는다면 잠도 잘 수 있을 듯 차분해지는데 방 안에서 아이들 우는 소리가 났다.

동마로는 야문이 가리킨 금줄 쳐진 방으로 들어선다. 간밤부터 아까까지 한숨도 못 잤다는 열 살짜리 강수가 방구석에 쪼그린 채 잠들었고, 명일은 희끗희끗한 열꽃 흉터를 얼굴에 새긴 채 강수 곁에 잠들어 있다. 심경과 한본은 온몸에 붉은 열꽃을 달고 알몸으로 엉켜 서로를 뜯으며 울다가 동마로가 들어서니 놀라 쳐다본다.

방 안에 하루 사이에 밴 똥오줌 냄새가 그득하다. 천한 자리에서 태어났을망정 진자리에 누워 본 적 없는 두 아이가 하루 새에 갈 데 없는 동냥치 새끼들 꼴이 되어 서로 물고 뜯어대는 참이다. 서로 물고 할퀸 생채기로 작디작은 몸들이 얼룩덜룩하다. 동마로는 들창문을 열어 놓고 두 아이 앞에 앉는다. 한본은 다섯 달 만에 본 아비를 기억지 못한 듯하지만 말문이 트여가는 심경은 낯선 사람이 아님을 아는 것 같다. 말똥말똥 쳐다보다 동마로가 팔을 벌리니 분명치 않은 소리로 아지, 하며 와 안긴다. 안겨서 자그만 손가락으로 동마로의 얼굴을 꼭꼭 누른다. 아는 사람인지 확인하는 것 같다. 덩달아 한본도 아지, 하더니 기우뚱기우뚱 걸어와 안겼다. 자그만 알몸들이 땡볕에 내놓은 쇠붙이들처럼 뜨겁다.

"경이, 본이. 둘이 어째 이리 싸워. 싸우면 열이 더 나요. 아버지가 노래 불러 줄 테니 이제들 자거라. 푹 자고 나면 다 괜찮아져 있을 거야. 한양으로 가서 아무 걱정 없이 살게 될 게다. 아버지가 그리되도록 하마. 알았지?"

알아들은 것처럼 웃는 두 아이를 양 무릎에 안고 자장가를 부르듯 신묘장구대다라니를 읊조리며 동마로는 앞뒤로 몸을 흔든다. 다라니를 읊으며 더워 날뛰는 아이들의 기세를 누그러뜨린다. 탁한 열기와 불안에 휩싸인 아이들 기운을 조심스레 갈아 주는 것이다. 어떤 사람이라도 일생에 한 번은 앓는다는 홍역은 안온한 방 안에서 보름 정도 신열과 싸워야 하는 병이었다. 그렇게만 하면 무리 없이 이길 수 있었다.

동마로와 반야는 여덟 살 무렵 겨울에 함께 홍역을 앓았다. 어머니는 수시로 두 아이를 안고 밖에 고운 눈이 내리고 있노라 속삭이곤 하셨다. 눈처럼 하얗게 쌓인 병이 녹아 물처럼 고이 스러져라, 달

강달강 우리아기. 노래처럼 시처럼 읊조리며 열을 다스려 주셨다. 이번에도 그렇게 내도록 아이들을 끌어안고 있다가 급작스레 끌려 가셨을 것이다. 얼마나 기가 막히실지. 한본조차도 어머니에겐 당신이 몸소 나은 아이와 다름없었다. 어머니를 옥청에서 나오시게야 할 수 있겠지만 나무와 꽃님을 잃었다는 사실을 알게 되셨을 때 어떤 심정이실지 짐작키는 어렵다.

심경이 다라니를 외는 동마로를 빤히 올려다보고 있다. 열꽃이 그득 핀 자그만 얼굴은 온통 붉은데 눈이 새까맣게 반짝인다. '사바하 바나마 하따야 사바하…….' 다라니를 듣고 있던 심경이 손을 들어 동마로의 입술을 만지더니 저도 오물오물 따라 한다. '사바하 자가라 욕다야 사바하.' 한본도 옹알이하듯 따라 부른다. 노래를 따라 부르며 두 아이가 동마로의 얼굴을 콕콕 찔러 본다. 놀이를 하는 것이다. 아이들이 어여뻐 동마로의 몸이 눈물과 웃음기로 채워진다. 어머니가 그 많은 아이들을 어찌 거두시나 싶었더니 어렴풋이 알 것도 같다. 이미 두 자식을 잃은 어머니가 또 다른 자식을 잃지 않게 해드리고 싶지만 한 치 앞을 모른다.

이미 이 모든 광경을 보며 말을 달려오고 있을 반야는 제 교만이 부른 화가 얼마나 크게 번질지를 가늠할 것이다. 처음에 조용히 김학주를 없애겠다는 옥종 무진의 청을 반야가 허락하고, 현무부령이 김학주의 제거를 허락했다면, 그리되었을 일이었고 지금의 이 소동도 일어나지 않았을 것이다. 그때 반야는 김학주를 그냥 두라 했고 현무부령은 우리는 칠요께서 원하실 때 움직일 것이다, 하였다.

이제 와 반야의 잘잘못을 따질 사람은 없었다. 이 일이 어찌 반야 잘못이랴. 그 성정에 놈을 겪는 동안 어떤 독심을 품었을지 아는데 교만이라니. 반야는 잘못 없었다. 동마로는 다라니를 따라 하다 잠이 든 두 아이를 안고 다독여 깊은 잠을 재운다.

"언니."

강수가 깨어나 있었다. 꿈인지 현실인지 분간을 못하는 듯 멀뚱한 얼굴에 현실이 깃든다. 아이의 큰 눈에 눈물이 그득해진다.

"이리 오너라"

동마로가 강수를 향해 팔을 벌렸다. 품으로 들어온 강수가 동마로의 목을 양팔로 끌어안고 엉엉 소리 내어 운다. 동마로가 우는 강수를 안고 다독인다.

"내 품에서는 울어도 된다. 하지만 내가 없을 때면 강수야, 네가 저 아이들을 돌봐야 한다."

"언니 또 어디 가요? 가지 마요. 제발 아무 데도 가지 마. 제발요."

"갔다 금세 돌아올 것이야. 금세 돌아올 것이지만 내가 없는 동안에는 네가 저 아이들의 언니잖아. 네가 아우들을 돌봐야지. 헌데 강수야, 누군가를 돌보려면 힘이 세야 한다. 그때는 울고 싶다고 울면 못써. 울음이 나도 애써 참고 주변을 돌봐야 해. 나중에 너 크면 반야 언니도 네가 돌봐야 할지 모른다. 반야 언니는 나나 너를 살아 있게 한 사람이지만 스스로는 아무것도 못하는 사람이야. 반야 언니는 우리가 돌보고 지키며 섬겨야 하는 사람이다. 그러니 강수야, 이 모두를 돌볼 수 있을 만치 강건하게 자라거라. 알겠어?"

"예."

"이제 다시 자거라. 금세 다 괜찮아질 거니 걱정 말고 편히 자."

"저 자고 일어나면 돌아와 있을 거죠?"

"물론이다. 어서 자."

명일 곁에 강수를 뉘고 다독이니 금세 다시 잠이 든다. 동마로는 잠든 네 아이를 고루 만져 보고 난 뒤 방을 나와 미타원으로 향한다.

신당 옆의 참빗나무와 아래채 뒤꼍의 오동나무조차 반나마 타서 앙상하였다. 불길이 산으로 번지지 않은 게 신기할 지경으로 집은 전소되었다. 천 년을 버티길 바라며 쌓았던 담장만 고스란하다. 재 섞인 바람이 지나간다. 한 생을 다 태우고 지나가는 바람인 듯 서늘하다. 동마로는 하릴없이 여기저기 뒤적여 본다. 야문에 의하면 샘골 사람들이 올라와 그나마 덜 탄 물건들을 죄 헤집어 집어 갔다고 했다. 불탄 자리에 남은 물건들에는 복이 깃든다는 속설 때문이었다. 복 받길 원한 사람들이 많았던가, 타서 무너진 집터에는 과연 부지깽이 하나 남은 게 없다. 어제 초저녁 달빛에 글자도 읽을 수 있겠다고 홀로 보름달을 즐겼던 게 얼마나 호사스러웠는지. 봄 내 깃든 흙에서 불내가 난다. 동마로는 자꾸 눈이 시렸다.

"그 곱던 집이 이리될 수도 있는 모양입니다. 불상까지 다 녹았네."

신당이 무너진 곳에서 오가던 백일만이 볼멘소리를 냈다. 연전에 현무부령을 따라와 집을 보았던 그였다. 그의 말대로 참으로 고왔던 집이었다. 반야가 꽃각시라 불릴 만큼 꽃이 무성했던 집. 깨금 아저씨와 나무 언니는 산에 갔다가 어여쁜 풀꽃이나 꽃나무를 발견하면 곧잘 캐다가 울타리 근방에다 심었다. 꽃을 심어 피울 수 있는 그들은 바보가 아니었다. 이른 봄 참꽃부터 늦가을 치자와 초겨울 국화까지 꽃이 흐드러졌다. 이제 다시 꽃이 눈부시게 피어 있어야 하는데 컴컴한 폐허에는 괴괴한 달빛만 드리웠다. 사람이 세월 흘러 한 생을 마감하듯 집도 제 삶을 다 산 양 다비되어 사라졌다. 오래지 않아 빈터에 쑥들이 먼저 쑥쑥 자라날 것이다. 반야도 보고 있으리라.

늦어도 내일 낮에는 당도할 사람이었다.

지금쯤 공세포 선원에는 청주 청룡부 석환 무진과 천안 칠성부 경엽 무진이며 주작부 원각사 현산 스님 등, 근동 네 무진이 모여 계실 터이다. 사신계 연통도 돌고 있을 것이다. 네 무진이 계원들을 거느리고 나서면 한 시골 관아쯤 쑥밭으로 만들고 옥청에 갇힌 식구들을 구하기는 어렵지 않은 일이다. 그러고 난 다음이 문제였다. 어떤 양상으로든 관아를 습격하는 일은 결국 상감에 대한 도전이 되는 것. 더구나 왕명을 받고 파견된 심리사가 들어앉아 있는 관아였다. 관아와 그를 습격하는 일은 역적질에 다름 아니므로 일이 커질 수밖에 없었다.

그러니 전날의 현무부령이 칠요 반야의 의중을 존중했듯 무진들 또한 각 부령의 명을 기다려야 한다. 부령들의 명을 기다리지 않고 무진들끼리 움직이기로 결정한다 해도 수속은 길어질 수밖에 없다. 그들은 우선 계원들의 움직임의 수위를 정해야 한다. 심리사 자격으로 내려온 김학주가 현령을 사주하여 도적 떼 출현이라는 명분으로 경계령을 내려놓았으니 무진들은 관아가 습격 받았다는 사실이 조정까지 번질 것을 염두에 두고 방법을 숙의할 수밖에 없다. 명이 내리면 죽음도 불사하지만 명 없이는 움직이지 않는 게 사신계의 율법이다. 특히 목숨에 관한 명령은 부령들만이 내릴 수 있다. 그렇게 만들어진 사람들이다. 당연하고도 응당하나 그 모두에 앞서 반야가 먼저 움직일 것이 문제였다.

"우선 관아로 가 보지요."

곁으로 다가온 김병호가 침울한 목소리로 말했다. 동마로는 고개를 끄덕인다. 김학주는 그동안 내도록 반야를 찾았을 터였다. 반야가 곁에 있었다면 한성부 판관직에서 물러나지 않았을 건 물론이고 반야의 눈을 빌어 제 앞날을 키웠을 것이다. 놈이 반야를 통해 얻고자 한 것이 그것이었다. 제가 원한 것을 얻기는커녕 능멸당하고 살았음을 깨달았을 그였다. 정도와 분별이 어디에 있건 그로서는 분노할 일이었다. 놈이 심리사가 되어 이쪽으로 온 까닭은 결국 반야를 불러들이기 위함인 것이다.

어머니와 식구들을 인질로 잡고 반야가 나타나길 기다리는 김학주에게, 반야가 어찌 응대할까. 깊이 생각할 것 없이 동마로는 반야를 너무 많이 알았다. 천상천하天上天下 유아독존唯我獨尊 삼계개고三界皆苦 아당안지我當安之. 그건 부처께서 세상에 나시며 하신 말씀이라 하나 반야의 성정에 꼭 맞았다. 하늘 위 하늘 아래 내 오직 존귀하나니 온통 괴로움에 휩싸인 삼계를 내 마땅히 안온케 하리라. 부처께서 지금 이 상황에 이르면 어찌 대처하셨을지 모르지만 반야가 어찌 나올지는 동마로가 가늠할 수 있었다.

"내가 도착할 때까지 기다려야 함을 명심해."

그리 당부하던 반야는 계를 노출시키거나 계원들을 위험에 빠뜨릴 일은 절대로 하지 않을 터. 자신이 시작한 싸움 스스로 끝맺겠다고, 계집으로서의 자신과 무녀로서의 스스로를 걸고 김학주 앞에 나설 게 뻔했다. 김학주가 도고 관아를 벗어나 홀로 될 때까지, 하여 그가 홀로 죽은 것으로 만들 수 있을 때까지 시간을 벌려 할 터였다. 또다시 제가 뭇기 떨어진 무녀라고 한사코 엎드려 빌며 식구들의 목숨을 구걸할지도 모른다. 저를 인질로 삼고 어머니와 식구들을 내보내 달라 할지도. 이번에야말로 김학주를 죽일 수밖에 없겠지만 그 시간 사이가 문제였다. 동마로는 그동안 반야가 벌이는 모든 일을 다 봐주어 왔고 앞으로도 무엇이든 다 봐낼 수 있지만 그 꼴만은 더이상, 결단코 용납할 수 없었다. 무엇보다 김학주 놈을 용서할 수 없었다.

  김학주 놈이 느닷없이 들이닥쳐 불문곡직 식구들을 끌어내게 하더니 도적 떼 일당이라며 오라를 지웠을 때, 유을해는 올 것이 왔구나 싶었다. 결박된 채 김학주 앞에 엎드렸다. 아이들이 홍역을 앓고 있으니 부디 별님의 어미인 쉰네만 잡아가시고 아이들을 그대로 두어 달라 애걸하였다. 그게 외려 일을 덧들였던가. 놈은 역병이 도는 곳이라며 집에 불을 지르게 하더니 아이들을 그 마당에 내버리고 성한 연놈들만 끌고 가라 명했다. 천지를 밝힐 듯 활활 타는 집과, 병과 놀람으로 울지도 못하는 아이들을 등지고 끌려와 한 차례 심문을 당했다. 무녀 별님이 도적 떼와 작당하여 근동 양민들을 수탈하고 있다는 발고가 들어왔는바 별님의 행방을 대라는 것이었다. 심문은 형식적이었다. 유을해는 별님의 행방을 알지 못하거니와 별님이 그리할 리도 없다 아뢰었다. 신임 현령은 두고 보면 알리라고 유을해와 식구들을 그냥 옥청에 가뒀다. 신임 현령 곁에 있던 김학주 놈은 대여섯 달 전에 미타원에 들렀을 때처럼 빙글거릴 뿐 그의 처결에 간섭치 않았다. 한껏 여유로워진 것이다.
  여섯 간 옥방에 두어 명씩의 사람들이 갇혀 있었는데 여인들이라곤 끝 방의 유을해 식구 넷뿐이다. 깨금 아비는 건너 옥방의 사내들틈에 섞여 들어갔다. 버려진 아이들은 지석과 강수가 발견했을 터였다. 제들에 화가 미칠 것을 저어할 샘골 사람들은 아이들을 못 본 체할 수밖에 없겠지만 샘골 객점 주인 내외는 아이들을 돌봐 줄 것이다. 그도 아니라면 만수사 스님들이라도 아이들을 살펴 줄 것이었다. 또 아이들은 저희들의 신열을 이겨내 줄 것이다. 그리 애써 자위하며 간밤을 새우고 다시 한나절이 지났다.

도적 일당으로 지목된 뒤 끌려와 이웃 옥방에 갇힌 사내들이 하루 새에 열 명도 넘게 늘었다. 끌려온 그들은 자신이 그저 장꾼이라고, 약초꾼이라고, 이 고을의 일가를 찾아왔을 뿐이라고 소리소리 외쳐 대다가 나졸들에게 얻어맞고 옥방 안으로 내던져졌다. 또 밤이 찾아들었다. 끌려와 주먹밥 한 덩이를 얻어먹었을 뿐이다. 수태 중인 끝애가 배가 아프다며 진땀을 뻘뻘 흘리면서 나뒹군 지 몇 시진이나 되었다. 삼덕과 깨금네와 유을해가 아무리 쓰다듬어도 끝애 고통이 그치질 않았다. 워낙 놀란 데다 사십 리 길을 질질 끌려오면서 태중 목숨에게 탈이 붙은 것이다. 아이가 아프다고 옥졸에게 몇 번이나 소리쳐도 그들은 들은 체 만 체하였다. 급기야 끝애는 하혈을 시작했다. 이경이나 되었을까. 옥졸이 유을해가 든 옥방 문을 열었다.

"은새미 무녀, 별님 어멈 나오시게."

차라리 잘 되었다. 피를 질금질금 흘리는 끝애를 돌볼 방법을 이 옥방 안에서 찾을 수 없으니 애걸이라도 해보자면 나가는 게 나을 판이다. 유을해는 삼덕과 깨금네한테 끝애를 맡겨 놓고 옥방을 나선다. 동헌 쪽에서 또 한 남정네가 나졸 둘에게 질질 끌려와 옥청으로 들어갔다. 그도 도적이 된 모양이다. 관아 집채들 새새를 군졸들이 짝을 지어 오갔다. 그들이 지닌 창칼이 여기저기 밝혀진 불빛들에 번득거렸다.

한성부 관헌으로 갔다던 김학주 놈이 심리사라는 벼슬을 달고 돌아올 줄 어찌 알았으랴. 아무리 상상을 하여도 관헌이란 자가 제 사감을 풀기 위해 이와 같은 짓을 벌일 수 있는 세상을 납득하기 어려웠다. 상감은 백성들 양식을 걱정하여 금주령을 내릴 만큼 마음 씀이 크면서도 위세가 단단한 분이라 하지 않던가. 그 어느 임금들 때보다 나라가 튼튼히 굴러가고 굶는 백성이 적어진 까닭도 임금의 힘이 고루 미치기 때문이라고. 그런데 억울한 백성이 있는지 살핀다는 심리사로 김학주 같은 놈을 파견하였다면 상감의 자애며 권세란 것도 얼마나 알량한 것인지.

유을해가 그나마 짐작할 있는 건 김학주 놈의 심사뿐이다. 반야를 찾지 못하여 돌아온 놈은 식구들을 볼모로 하여 그 아이를 불러들이려는 것이다. 식구들이 볼모로 잡힌 것을 알면 반야가 저와 겨루겠다고 이곳으로 걸어 들어올 아이임을 놈은 아는 것이다. 반야가 놈을 읽지 못할 것이 천만다행이었다. 달포 전쯤 반야는 고요히 무사하게 지내고 있으니 심려 마시라는 소식만 전해 왔다. 아직 기력을 되찾지 못했다는 뜻이었다. 반야가 움직이지 않는 한 김학주 놈은 별수 없었다. 놈이 제아무리 반야에 맺힌 것이 있을지라도 어명을 받은 몸, 여기서 마냥 머물 수는 없을 것이다. 새 현령까지 덩달아 미친놈일 수야 있으랴. 체면과 명분을 생각하겠지. 그러하매 눈씻고 찾아도 찾아지지 않을 도적 떼 소동도 없어질 것이었다. 얼마가 될지 모르는 이 악몽의 시간만 무사히 넘기면 또 한 고비가 지나가는 것이다.

애써 스스로를 위안하며 나졸을 따라 이른 곳은 동헌이 아니라 내아다. 다시 심문이나 취조를 당하려면 죄 없이 끌려와 도적 떼가 되어 버린 사내들처럼 동헌 앞마당으로 가야 맞는데 내아로 온 것이다. 내아 대청 아래 김학주의 종자 병술이 서 있다가 유을해를 대청 오른 방으로 들게 했다. 방 안에는 등불 한 점 밝혀져 있을 뿐 아무도 없다. 밖에서 문이 닫혔다. 신임 사또가 건넌방을 쓰고 있을 것이니 이 방은 필경 김학주 놈의 거처일 것이었다. 이 와중에 놈이 자신을 내아로 끌어 온 까닭이야 깊이 궁리할 필요도 없다. 볼모는 잡았겠다, 별님에게 이 정황이 언제 전해질지, 별님이 언제 이 사태를 살피고 찾아올지 제 놈도 어차피 모르므로 느긋하게 분풀이나 하려는 것이다. 새삼 무엇이 겁나랴. 그 옛날 스승 동매는 당신 의지대로 움직일 수 없는 상황에 처할 때면 될 대로 되리라고 읊조리곤 하셨다. 그러면서 불가항력의 현실을 타고 올라 신명을 피웠다.

'될 대로 되리라.'

유을해도 소리 내 읊조리곤 등불 앞에 합장을 하며 무릎을 꿇고 앉는다. 아무것도 할 수 없는 처지에도 「반야심경」은 욀 수 있다. 관자재보살이 지혜의 완성을 실천할 존재의 다섯 가지 구성 요소 오온五蘊에 실체가 없음을 보고 중생들의 모든 괴로움과 재난을 건지셨다. 그리 들어 욀 뿐 관자재보살이 설파하신 삼라만상의 원리를 어찌 알 것인가. 유을해가 세상에 나서 마흔네 해가 되는 동안 한 일이라면 애달픈 자식 둘을 낳은 것뿐이었다. 반야와 심경. 이한신을 만나고 그와 더불어 새 목숨을 잉태하였다는 것을 느꼈을 때 정했던 이름이 반야와 더불어 갈 심경이었다. 하여 반야심경을 외는 일은 유을해한테 한본까지 아울러 아홉에 이른 자식들을 위한 기원이었다. 색불이 공色不異空이든 공불이색空不異色이든, 색즉시공色卽是空이든 공즉시색空卽是色이든 유을해한테는 그저 한가지였다. 아무려면 어떠리. 유을해는 반야심경을 글자 모양까지 떠올리며 나직나직 왼다.

두어 식경이나 지난 뒤 문이 열렸다. 병술이 놈이 관비 안산댁과 함께 상을 차려 들어왔다. 다과상을 빙자한 술상이다. 안산댁이 안쓰러운 눈길을 유을해한테 보내며 물러나자 신관 사또와 김학주가 웃는 얼굴로 들어와 술상 앞에 마주앉았다. 모처럼 만난 동무들이 기방에 든 듯 여유로워 한다. 도적 떼가 있을 리 없음을 아는 신관 놈에게도 이 사태는 그저 한 가지 유희이거나 심리사라는 관직에 바치는 아부에 불과한 것이다. 유유상종이라더니 똑같은 놈들끼리 잘도 만났구나. 유을해는 그나마 신관에게 걸었던 기대를 미련 없이 버린다.

　"아무리 아랫것들 눈치를 본다 하기로 머지않아 영감이 되실 분이 옥청에 들었던 늙은 계집을 데려다 술상머리에 앉히심은 어울리지 않습니다. 지금이라도 저 계집을 퇴하고 어린 기녀를 불러옴이 어떻겠습니까?"

　신관의 말에 김학주가 웃으며 고개를 젓더니 병술로 하여금 술을 치게 했다.

　"내 전날에 저 계집과 안면을 익힌 적이 있습니다. 딸년 잘못 기른 죄로 끌려오기는 했으되 술맛 그르칠 계집은 아닙니다. 게다가 우리가 모처럼 이리 앉은 마당에 계집 밝혀 무엇하겠으며 내, 회춘용 계집이 필요치도 않습니다. 순전히 공과 술 한 잔 벗하기 위함입니다. 괘념치 마세요. 소생이 느닷없이 도적 떼 소식을 끌고 들어와 어제오늘 조 공께서 고생이 많으셨는데 한잔 하시면서 고단함을 삭히세요. 자아, 드시지요."

　그래도 관헌이라고 술을 참기도 하였던가, 놈들이 고팠던 듯한 술을 거침없이 들이켰다. 유을해가 듣자니 두 놈은 젊은 날 내수사와 평시서平市署에 재직하던 중에 낯을 익히고 친분을 텄다. 한 놈은 대궐에 물자를 대는 직책으로, 한 놈은 한성부 시전들을 관할하는 직책으로 젊은 한 시절을 보낸 것이다. 그 이후 외직으로 나선 놈들은 기필코 한성으로 돌아가 호시절을 되찾으려 절치부심하고 있다. 능력 없는 놈들이 그렇기 일반이듯 놈들은 조정에 제가 타고 오를 줄을 잡으며 살았고 먼저 돌아간 놈은 김학주였다. 놈들은 방 한켠에 앉은 유을해를 가구이거나 이불뭉치인 듯 내버려두고 저희들끼리 허심탄회, 혈기 방장하였다. 술 한 병이 동나자 병술이 놈이 새 술을 들여왔다. 새 술병이 들어온 뒤에야 놈들이 유을해를 술상에 당겨 앉히고는 술을 따르게 한다.

"별님 어미, 예 앉은 너도 속이 편치는 않을 터, 네가 이 술을 마시거라. 네 딸년 오면 너야 풀려날 터이니 걱정할 것 없느니라."

자못 호기롭고 자애로운 투로 김학주가 제 술잔을 유을해한테 내밀었다. 유을해가 술을 마시고 술을 채워 놈 앞에 놓으니 신관 놈도 덩달아 제 술을 권하고는 걸걸걸 웃는다. 유을해는 신관 놈의 술도 마시고 술잔을 채워 놈 앞에 놓았다. 신관 놈이 그 술을 들어 마시고는 또 술잔을 내밀며 말했다.

"네 여식이 꽃각시 보살이라는 이름으로 꽤나 알려진 것으로 안다. 너 또한 의원 찾아갈 도리조차 없는 근동 목숨들을 돌보며 산 것을 내가 들어 알고. 네 말년에 운세 불운하여 여식이 도적 떼에 연루되고 말았다만, 전말이 밝혀진 뒤에는 네가 한 일들을 가상히 여겨 내보내 줄 것이다. 네 여식 또한 어쩌다 도적놈들에게 끌려가 한패가 되고 말았을 것이니, 놈들을 잡게 한다면 어린 네 여식 살리기야 무에 어렵겠느냐? 그러니 이제 말해 보아라. 네 여식 별님이가 어찌해야 쉬이 찾아와 엎드리겠느냐?"

미타원에 찾아온 아낙들이 유을해 앞에서 사연을 풀어놓을 때면 종종 콧구멍이 둘이어서 숨 쉬며 산다고 자신들의 기막힌 처지를 형용하곤 하였다. 딱 그 지경이다. 콧구멍이 둘이라 숨을 쉬겠다.

　"아이가 어디 있는지 모르와 연통할 방법 또한 모르겠나이다."

　"허면?"

　"아이가 기력이 약해 떠났는바, 혹여 그간 기력을 보충하여 신기가 높아졌다면 제 어미 처한 상황을 어렴풋이나마 느끼고 돌아올 것으로 생각하옵니다. 어미가 처한 정황을 느끼지 못한다 하여도 제 집과 식구들이 예 있으므로 때가 되면 돌아올 것이옵니다."

　"그 때는 모른다?"

　"용서하옵소서, 나리. 하옵고 부디 선처하시어 옥청에 있는 쇤네의 다른 딸아이 목숨을 살펴 주시옵소서. 천한 것이 천하게 굴러다니다 수태를 하였사온데 어젯밤 일에 놀라 하혈을 하고 있나이다. 태중의 것이야 놓친다 하여도 저대로 두면 두 목숨이 함께 스러질 것이니 나리, 부디 한 목숨을 살펴 주소서."

　"그래? 그렇다면 살펴야지. 천하다 하여도 내 백성이고 주상 전하의 백성이매 우선 살려 놓고 봐야지."

　신관 놈이 그나마 체면치레를 하느라 병술이 놈에게 나가서 의원을 불러 옥청의 계집아이를 살펴보게 하라 이르고는 술을 들이켰다. 유을해는 우선 한 걱정을 덜어 낸 마음으로 놈들의 잔에 술을 따랐다. 한없이 퍼마시고들 잠들어라. 새는 날에는 부디 깨어나지 말거라. 진언을 외듯 두 놈을 깊이 저주하며 유을해는 연신 술을 쳤다. 될 대로 될 것이었다. 나무관세음보살.

내일 칠요가 공세포에 당도하시면 그 의중을 묻고 면밀한 계획을 세워 김학주를 제하고 미타원 식구들을 구해 한양으로 보낸다.

예상했듯 무진들은 신중하였다. 동마로가 간곡히 설명한 반야 성정의 무모함이 무시된 것도 아니었다. 칠요께서 정작 김학주 앞에 나서겠다고 하실 시엔 그리할 수 없도록 구금한 상태로 계원들이 움직일 것이다, 하였다. 동마로는 그 지당한 무진들 결정에 승복하였다. 복면들이 나눠졌고 무기들 또한 점검되었다. 동마로도 장검과 단검을 갈아 갈무리했다.

공세포에 모인 수십 명의 계원들은 자정을 지나고도 사경 중간 참이 돼서야 얼추 잠들었다. 동마로도 깜박 잠들었다가 소스라쳐 일어났다. 기껏해야 한 식경쯤 눈을 붙인 듯하다. 달빛이 희미하게 스며든 방 안에 십수 명의 계원들이 아무렇게나 잠들어 있다. 양쪽의 김병호와 백일만은 동마로가 혼자 움직일세라 내도록 감시하다가 이제 곯아떨어진 듯하다. 이틀 만에야 드는 잠이었던 것이다. 미타원에서 도고 관아로 갔을 때 두 사람은 당장 관아로 진입하겠다는 동마로의 뜻에 동조했다. 들어가면 살아 나온다는 보장이 없는 사지에 기꺼이 함께 가겠다는 것이었다. 그래서 오히려 두 사람을 끌고 들어가지 못하고 공세포로 오고 말았다.

동마로는 자신이 누웠던 자리에 장검을 놓아두고 행전 안에 든 단검과 소매 속의 복면을 확인한 뒤 방 안을 둘러본다. 스승들을 만나고 동무들을 만나고 후배들을 만나면서 자신을 키웠던 곳. 어쩌면 다시는 올 수 없는 방일지도 몰랐다. 방을 나온 동마로는 마당에서 번을 서고 있는 계원들에게 소피를 핑계 대고 뒤란으로 향한다. 뒤란은 산으로 이어져 있었다. 달의 기울음으로 보아 새벽 인시에 접어든 즈음이다.

도고 관아 어름에 도착한 동마로는 숲으로 스며들어 관아 입구며 광장이 훤히 내려다보이는 곳에 이르렀다. 작년 삼짇날 오후 반야가 관아에서 나오기를 기다리던 나무 밑이다. 간밤 이경 즈음, 관아 안팎에 서른 남짓한 나졸들이 포진했으며 고을 외곽에 나가 있던 나졸들이 이따금 돌아오는 걸 살피고 공세포로 갔다. 도적 떼가 출현했다는 명목으로 경계령을 발동해 놓은 상태라 관아 안팎 경계가 짐짓 삼엄하다.

계원들도 도적 떼로 가장하여 관아로 올 것이었다. 아문 광장에 포졸 넷이 횃불 하나를 든 채 진을 치고 있는 게 보인다. 둘이 창을 세웠고 둘이 검을 찼다. 동헌과 내아, 좌수며 별감의 집무실인 향청과 육방이 일하는 작청, 군관들의 거소인 장청, 형방청과 관노청과 형옥 등을 한눈에 어림할 수 있는 건 작년 봄 김학주를 죽이기 위한 계획을 세웠기 때문이다. 그 계획이 보류된 뒤에도 동마로는 홀로 세 차례나 관아 담장을 넘어갔다 나왔다. 형옥은 형방청과 관노청 사이 뒤편 산자락에 면한 담장 밑이었고 그쪽 담장은 절벽에 버금가는 산비탈에 잇대어져 있었다.

동마로는 복면을 하고 옥청 가까운 산비탈 쪽을 통해 담장 안으로 숨어들었다. 홀로 파옥할 재주는 없으므로 옥청을 내버려둔 채 형방청 담벼락 안쪽에 붙어 사위를 살핀다. 느린 저울추처럼 오가는 나졸이 형방청 앞에만 넷이다. 담장 그늘을 통해 군관들의 입직처인 장청을 지나고 향청과 작청에 이르렀다. 담장의 키를 넘는 소사나무 그늘 밑에서 잠시 숨을 고른다. 건너편이 내아다. 작청과 내아 사이에도 네 명의 나졸들이 얼찐거렸다. 한눈에도 별 의욕 없이 수직을

서는 자들이다. 기껏해야 무녀 집의 식구들을 끌어다 가두고 도적 떼를 빙자한 것임을 그들이라고 모를 리 없다. 그나마도 떠나간 전임 현령이 심리사라는 생경한 벼슬을 달고 나타나 관아를 좌지우지하며 계집들과 병든 아이들뿐인 무녀 집을 습격하여 도적 떼 죄명을 씌운 것 아닌가.

동마로는 내아 뒤란에 이른다. 내아 뒤란에도 두 명의 나졸이 양쪽에 갈라선 채로 하품을 하고 있다. 건물 양쪽에 서 있는 그들을 건너지 않고는 내아로 들어가기 어렵다. 몸을 쓰지 않기가 어렵지 쓰기로 작정하면 시골 관아 나졸쯤이야 제압치 못하랴. 동마로는 가까운 자에게 달려들어 혈을 짚음과 동시에 칼을 뺏고 그늘로 끌어들인다. 저쪽에 있던 나졸이 이쪽에서 삽시에 가만히 일어난 일의 낌새를 느끼고 확인하느라 창을 꼬나들고 다가왔다. 그늘 속에 깃들어 있던 동마로는 그도 혼절시켰다.

내아 앞마당에는 최소한 네 명의 포졸이 있을 터였다. 동마로는 내아 대청의 뒷문을 슬며시 당겨 본다. 고리가 걸려 있지 않다. 소리가 덜 나도록 왼쪽 문을 붙든 채 오른쪽 문을 여는데 터더덕 소리가 났다. 개의치 않고 대청 안으로 들어선 동마로는 문을 얼추 아물려 놓고 뒤주 옆에 몸을 붙인다. 대청 앞쪽 마당 가운데에 큰 화롯불이 타고 있고 그 주변에 군졸이 서서 하품을 한다. 어느 방으로 진입할지를 속히 결정해야 했다. 보통 대청 왼쪽 방에 주인이 거하므로 현임 사또가 그 방에 들어 있어야 마땅하다. 그렇다면 김학주는 오른쪽 방에 있을 터. 동마로는 오른쪽 방문을 열고 스며들어 문을 닫는다.

바깥의 불빛 덕에 희미하게나마 방에 누운 자들의 윤곽이 보인다. 희미하다고 김학주를 모르랴. 소리 내지 않고 다가들어 본 사내는 틀림없는 김학주다. 혼자가 아니었으나 다행히 그에게서 심한 술 냄새가 났다. 그리고, 잠들지 못했는지 낯선 기척에 발딱 몸을 일으키는 여인은 유을해, 어머니다. 뜻밖의 지경에 놀랐으나 동마로는 복면을 끌어내리며 쉬잇, 소리 내지 말라고 시늉한다.

동마로를 알아본 유을해는 벼락 맞은 듯 소스라친다. 맙소사. 저놈이 어쩌자고! 어떻게? 바들바들 떨면서도 유을해는 급한 김에 동마로를 향해 속히 나가라고 손짓했다. 동마로가 고개를 저으며 유을해에게 어서 돌아앉으라고 신호한다. 무엇 때문인지도 모른 채 유을해가 몸을 돌리는 순간 동마로는 취해 잠든 김학주의 몸을 타고 앉아 버릇거리기 시작한 목을 와락 돌려 버린다. 두두둑, 소리와 함께 뒤늦게 사태를 알아챈 유을해가 이불에다 얼굴을 묻고는 비명을 삼킨다. 아들이, 내 아들 동마로가 눈 깜짝할 사이에 사람 목숨을 맨손으로 끊어 놓았다. 나무관세음보살, 관세음보살, 관세음보살.

유을해는 오직 비명을 지르지 않기 위해 이불을 먹어 치울 듯 입을 막으며 몸을 떤다. 입을 막으니 울음이 폭포처럼 쏟아져서 숨통까지 막아야 했다. 와중에도 마당에 나졸들이 있고 골방에 놈의 시종 병술이 잠들어 있다는 사실이 떠올랐다. 숨만 잘못 쉬어도 온 관아에 난리가 날 터. 그 이후는 차마 상상도 못할 지경이다. 간질 들린 듯 떨고 있는 유을해를 동마로가 이불째 일으켜 안고 귀에 대고 속삭인다.

"날이 새면 반야가 와요. 곧장 이리 찾아올 거예요. 무슨 뜻인지 아시죠? 반야가 오기 전에 어머니가 여기서 나가셔야 해요. 부디 진정하시고 어머니, 기운을 내 주세요."

반야라는 말에 유을해는 퍼뜩 정신을 차린다. 동마로가 놈을 죽인 까닭도 깨닫는다. 눈물도 사치인 순간이다. 얼음물 뒤집어쓴 듯 울음을 뚝 추스른 유을해는 동마로의 귀에 대고 쉰 목소리로 속삭인다.

"내가 마당으로 나가마. 소피를 보러 갈 터이니 너는 그 틈에 네 왔던 곳으로 빠져나가거라. 엄마 걱정 말고 멀리 나가."

"우선 옥청으로 가 계세요. 가다 혹 소란이 들리면 그늘에 엎드려 꼼짝 마시고요. 무슨 일이 생겨도 여기서 나갈 수 있을 테니 절 믿으세요. 꼭이요."

무슨 소린지 모른 채 고개를 끄덕인 유을해는 떨리는 손으로 동마로의 볼을 한 차례 쓰다듬은 뒤 옷깃을 여미며 문을 열고 나갔다. 그 사이에 동마로는 어슷하게 돌아간 김학주 놈의 목을 반듯하게 돌려 잠든 듯 베개에 반듯이 놓고 이불을 정리한다.

"보살 어멈, 어디 가오?"

"소피 보고, 옥청으로 가려오. 우리 애 아픈 게 어떤지 걱정되어 못 자겠소."

마당에서 어머니와 군졸들 사이에 몇 마디 오고 가는 것을 들으며 동마로가 방 밖으로 나서려는 찰나. 벽이라 여겼던 서쪽 벽이 불쑥 열리며 거구의 사내가 눈을 비비며 나온다. 반가의 큰 방들에는 시종들이 시립하는 골방이 달려 있음을 잊었다.

"예, 나리."

반 잠결에도 그리 읊조리던 놈이 제 상전보다 먼저 문 앞에 서 있는 동마로를 발견하고는 어어, 영문 모를 소리를 낸다. 가능하다면 김학주 한 놈만 제하고 끝내려 했으나 피차 불운하게도 놈이 선잠을 깨고 일어났다. 덩치가 컸으나 미처 잠이 덜 깬 놈은 아직 사태 파악을 못하여 제게 다가드는 동마로를 멀뚱히 쳐다보고만 있다. 제 앞에서 허리를 수그렸다 일어선 동마로의 손에 칼이 들렸음을 보고서야 놀라, 보시오! 하며 소리를 지른다. 그 소리까지 막지는 못했다. 그의 목에 칼을 꽂아 돌리는 순간 마당에 이는 소란이 느껴진다. 동마로가 놈을 거꾸러뜨리고 일어설 때 투다닥, 나졸들이 대청에 올라 사또를 불러대며 문을 발칵 열었다. 동마로는 뒷문을 박차고 밖으로 나섰다. 내아 뒤란에서 작청 뒤란으로 스며드는데 삐익 삑 호각 소리가 났다. 호각 소리에 이어 징이 울렸다. 챙챙챙, 다급한 경보에 사방의 문들이 벌컥벌컥 열렸다.

　동마로는 곁에 있는 나무를 타고 담장 위로 오른다. 옥청으로 가기 틀렸으므로 내아 쪽으로 돌아가 지붕 위로 뛰어오른다. 한 차례 기와 튀는 소리가 났으나 기왓장이 지붕 아래로 떨어지진 않았다. 관아 뜰 곳곳에 횃불들이 들불 번지듯 켜졌다. 관속이란 관속이 모두 다 입직하고 있었던지 당장 눈에 보이는 자들만도 서른 명이 넘는다. 그들이 심리사를 해한 살인자를 찾으라느니, 도적놈들이 침입했다느니 왕왕거렸다. 동마로는 지붕 위 이쪽저쪽을 기어다니며 어머니를 찾았다. 그새에 옥청까지 가셨을 리 없는데 보이지 않는다. 어차피 어머니며 식구들을 구할 수 있으리라 여기고 진입한 게 아니다. 목적은 단 하나 김학주를 죽이는 것뿐이었다. 그다음 일에 대해서는 단호히 눈을 감았다. 백 번을 다시 태어난다고 해도 갚지 못할 죄를 짓는 것이었다.

　지난날 김학주 놈을 제거할 방법을 찾느라 몇 차례나 오르내렸던 지붕들이지만 내아 지붕에서 다른 지붕으로 건너뛸 수는 없다. 동마로는 조금 전에 깨뜨린 기왓장 부근의 기와들을 차곡차곡 벗겨 지붕 마루터기 쪽에 쌓는다. 공세포에서 계원들이 올 것이다. 선원을 나오며 번을 서던 계원들에게 소피보러 간다고 부러 알렸던 건 그들이 알아채 주기를 바랐기 때문이다. 소피보러 간 사람이 시간 지나도 돌아오지 않는 것을 깨달았을 때 선원에도 호각이 울렸을 것이다. 동마로가 관아로 홀로 진입했다는 것을 깨닫는 순간, 그들은 당장 움직일 수밖에 없었다. 와서 식구들을 구하든 제하든 계원의 흔적을 없애야 하는 것이다. 필요하다면 이 관아를, 김학주 놈이 미타원을 태웠듯 태우고 사라질 그들은, 어떻든 오고 있을 것이다.

동마로는 기왓장을 서른 장쯤 쌓아 놓고 엎드린다. 뜰에서는, 도적놈들이 아직 관아 안에 있을 것이라며 샅샅이 뒤지고 다닌다. 필경 어머니가 잡혔을 것이다. 어머니가 옥청에 이르기 전에 소동이 나 버렸으니 지금은 놈의 방에 있었던 어머니가 패거리를 끌어들인 도적의 일당이자 살인자와 한패였다. 패거리가 어디 있냐고 문책을 당할 것이다. 한두 식경쯤, 길어도 한 시진만 버티면 계원들이 닥칠 것이다. 그러면 어머니와 식구들을 구할 수 있다. 명을 어긴 징계야 나중에 감당할 일이다. 그사이 자신이 몸을 드러내는 게 나은지 숨어 있는 게 나은지, 궁리하며 사위를 살피던 동마로는 앞이 캄캄해 눈을 부릅뜬다. 어머니가 내아 안쪽에서 마당으로 끌려 나오고 있지 않은가.

유을해는 호각 소리가 난 순간 내아 부엌으로 들어가 몸을 웅크렸다. 얼마나 떨며 이를 악물었던지 입 안에 피가 고였다. 부엌방 계집들이 바깥의 소란에 놀라 나오다 비명을 지르는 바람에 유을해가 오래 떨지 않아도 되었다. 어차피 빠져나갈 수 없는 처지였다. 경황이 없어 저절로 몸을 숨겼던 것이지 숨는다고 달라질 것도 없었지 않은

가. 잡히고 나니 외려 편해졌다. 자신이 여기 있는 한 동마로가 달아날 놈이 아닌 것만이 걱정이다.

내아 마당이 대낮처럼 밝다. 오라를 지울 것도 없는지 유을해는 내아 마당 가운데 그냥 내버려졌다. 손에 칼 든 나졸 둘이 유을해 양쪽에서 마루의 신관 놈을 향해 고개를 숙이고 있었다. 주변에 관속이란 관속은 죄 모인 듯하다.

"설마 했더니 네년이 참말로 도적당의 패거리였구나. 네년 곁에서 심리사를 해하고 도망친 놈이 누구냐? 네년 아들놈이냐?"

"모르는 사람이었습니다. 하옵고 쇤네의 부실한 아들은 어제 타버린 쇤네 집 마당에 홍역에 들린 채 버려졌사와 생사를 알 길이 없습니다."

"그리 말해야겠지. 네년을 상대로 길게 실랑이 해봐야 뻔할 일. 여봐라, 옥청에 있는 이년 식솔들을 전부 끄집어 오너라. 그리고 형방, 살인귀 놈이 필경 이쪽을 보고 있을 것이다. 당장 나오지 않으면 이년의 목을 치리라고 큰 소리로 외대라."

나졸 네 놈이 옥청 쪽으로 달려갔다. 형방이 마당 가운데로 나와서 동헌 지붕 쪽을 향해 외쳤다.

"지붕에 엎드려 있을 게 틀림없는 도적놈 듣거라. 열을 셀 동안 나오지 않으면 이년의 목을 벨 것이고 옥청에 있는 이년의 식솔들도 전부 쳐 죽일 것이다. 하나, 두울."

포장 놈이 셋을 왼 순간 무엇인가가 날아와 마당 가운데 선 화로에 퍽 떨어진다. 삼발이에 올려져 불꽃을 피워 올리고 있던 큰 화로가 퍼덕 넘어졌다. 불티가 지붕 높이까지 튀어 올랐다. 주변에 있던 군졸들이 일제히 비명을 지르며 몸을 사리다가 기왓장이 날아온 지붕을 올려다본다. 유을해의 가슴이 불꽃처럼 튀어 오르다 무너진다. 동마로가 결국 달아나지 못한 것이다. 저 살자고 들어왔을 놈이 아님을 알면서도 달아나 주길 간절히 바랐건만 소망이 물거품이 되었다. 기왓장이 또 하나 날아와 반대쪽에 서 있던 화로를 넘어뜨렸다. 동시에 동마로가 외치는 소리가 난다.

"내려갈 것이니 기다리시오."

동마로가 불빛이 뻗친 지붕 한가운데에 나타난다. 아래로부터 빛을 받은 아들은 흡사 부처인 양 아름다워 유을해의 가슴이 죄어든다. 모든 일이 창졸간에 일어나 유을해는 어찌할 바를 몰랐다. 생각나는 것이라고는 저리 아름다운 내 아들이 내려와 죽을 것이고 반야가 찾아와 죽을 거라는 사실뿐이다. 죽음보다 참혹한 굴욕을 겪으리라는 것이다. 그전에 두 자식의 어미인 자신이 없어져야 했다. 어미만 없어지면 두 자식이 죽음도, 죽음보다 더한 굴욕도 겪지 않아도 될 것이다.

화로가 넘어지는 바람이 도열이 흩어져 유을해 곁으로 바짝 다가온 나졸 한 놈이 지붕을 쳐다보느라 넋이 빠져 있다. 유을해는 놈이 든 칼집에 손을 뻗어 칼을 뺐다. 제 손에서 칼이 빠져나간 것을 알아챈 나졸 놈이 놀라 몸을 한 걸음이나 물린다. 한 자 가웃이나 됨 직한 칼이다. 도적놈을 잡는다고 갈아 두었던가. 서슬이 퍼렇다. 칼 손잡이를 잡고 칼날을 자신 쪽으로 향했으나 유을해는 칼을 어찌 써야 하는지 몰랐다. 칼끝이 닿은 곳이 목 아래 쇄골 사이다.

"어머니, 안 돼요! 그러지 마요. 엄마!"

동마로의 비명이 들린 순간 유을해는 칼끝을 목에 박으며 앞으로 넘어진다. 이마가 땅에 부딪친 순간 칼날이 깊이, 깊이 박혔음을 느낀다. 한 생애를 관통하며 칼날이 박혔으나 금세 숨이 끊기는 것이 아님도 느낀다. 동마로가 엄마! 울부짖으며 마당으로, 제 사지로 뛰어내린 걸 캄캄한 고통 속에서도 알 수 있지 않은가. 달아나지, 달아날 일이지. 목에 박힌 칼날이 심장을 도리는 듯하여도 유을해는 움직일 수가 없다.

　공세포 선원 작은방에 누운 심경과 한본은 아직 홍역 중이었다. 명일은 거의 나았고 강수는 충격으로 반혼이 나갔으나마 몸은 성했다. 꽃님과 나무는 이미 타서 사라진 미타원 뒷산에 묻혔다고 했다. 친정에 와 있다가 난리를 만난 끝애는 옥청에서 피를 쏟으며 숨을 거뒀다고 했다. 사산도 못했으니 태아를 제 몸에 담고 스러진 것이다. 깨금 내외와 삼덕은 그런대로 무사하였다.
　어머니와 동마로와 끝애는 선원 대중방에 마련된 상청 안쪽에 각자 관 하나씩을 차지하고 누워 있었다. 입관을 했으되 아직 못질을 하지 않아 반야는 세 사람을 볼 수 있었다. 어머니의 목에 난 칼자국은 새끼손가락 길이만하다. 동마로 목에 난 칼자국도 그만하다. 목에는 칼자국이 선연한데 얼굴은 깨끗이 닦아 낸 덕에 낯빛이 파리할 뿐 작은 생채기 하나가 없다. 끝애는 유산의 통증으로 제 머리를 옥방 바닥에다 쳐댄 흔적을 얼굴 가득 그려 놓고 있었다. 급하게 마련한 수의들은 그저 색이 흴 뿐 평상복과 비슷하다. 엉성하여 옷 태가 나지 않는 게 속이 상한 반야는 어머니의 옷고름을 다시 매고 동마로와 끝애의 옷깃을 바로잡는다. 오는 동안 이미 다 보았으므로 새삼 눈물은 나지 않는다. 후회도 마르고 닳도록 해버려 더는 후회할 것도 없다.

동마로가 홀로 도고 관아로 간 것을 일각이나 지나 눈치챈 계원들이 급히 행렬을 꾸려 따라갔을 때 동마로와 유을해는 벌써 이 세상 사람이 아니었다. 유을해를 인질로 잡은 관헌들에게 동마로가 항복하기 위해 지붕에서 내려오려는 찰라 유을해가 곁에 있던 군졸의 칼을 빼어 자진을 해버렸다. 그걸 본 동마로는 미쳐 날뛰며 열여섯 명의 군졸을 살해하고 이십여 명에게 상해를 입힌 뒤 제 목에 스스로 칼을 꽂아 버렸다. 그쯤에 관아에 당도한 계원들은 신임 현령 조백기를 살해하고 살아 있는 나졸들을 전부 제압하여 옥청에다 죄수들 대신 가두었다. 곡창의 양곡들을 전부 끌어내 관아 앞 골목에 흩어 놓고 날이 새면 백성들이 가져가게 하였다. 도적 떼 흉내를 내야 했기 때문에 불가피하게 이루어진 일이었다. 현직 현령과 심리사를 살해했고 관아를 습격하였고 삼십여 명의 군졸들을 살상했다. 조정에서 토벌대를 내려 보낼 만한 대사건이었다. 계원들은 당장 종적이 없어져야 했다. 무진들과 호위들을 뺀 계원들은 벌써 제자리로 돌아갔거나 흩어졌다.

반야는 김병호와 오두기에게 강수와 한본을 붙여 한양으로 먼저 떠나게 하였다. 백일만과 미리내한테 명일과 심경을 안겨 보냈다. 지석에게 깨금 내외와 삼덕을 데리고 가마골로 향하라 하였다. 어머니와 동마로와 끝애를 다비할 여유가 없었다. 바다가 건너다보이는 공세포 선원 마당가에 세 주검이 함께 들어갈 묘혈이 넓고 깊게 파였다. 양지바른 곳이었다. 붉은 묘혈 속으로 세 구의 관이 나란히 내려앉고 흙이 덮였다. 봉분을 쌓지 않은 채 흙을 다지고 나니 세 사람 누운 자리가 평평했다. 그 위로 뗏장이 덮였다. 사나흘이면 흙빛이 바랠 것이고 열흘이면 새 떼 잎이 돋기 시작할 터이다.

반야는 세 사람 위에 홀로 앉아 눈을 감고 반야심경을 왼다. 다시 신묘장구대다라니를 왼 것은 세 사람과 나무와 꽃님의 영을 보기 위해서다. 어머니와 동마로의 영은 이생의 마지막 모습이 아니라 두세 해 전쯤 아직 별 근심 없던 날의 봄날 아침처럼 밝은 빛이다. 끝애는 뭐가 뭔지 모르겠다는 듯, 울어야 하는지 웃어야 하는지 몰라 어중 뜬 채였으나 어머니 곁에 있다. 나무와 꽃님은 아직 천지 분간이 안 되는 아이들이라 몸과 영이 분리된 것에도 의미 둘 줄 몰라 그저 맑다.

식구들의 영은 모두 영롱한데 철판처럼 요지부동이던 반야의 가슴이 불에 달군 듯 뜨거워진다. 동시에 눈을 인두로 지진 듯한 극심한 통증이 인다. 반야는 다라니를 마치지 못하고 아악, 비명을 지르며 넘어진다. 전신에, 머리카락 낱낱이며 버선 속의 발톱들에까지 불이 붙는 듯하다. 아아악, 반야가 머리카락을 쥐어뜯으며 나뒹굴자 양희가 반야를 끌어안고 함께 구른다. 옥종이며 경엽 등의 무진들이 그 정경을 지켜보지 못하고 돌아서자 주변에 둘러서 있던 계원들이 모두 몸을 돌려세웠다. 삼월 열이레 오후 볕이 돌아선 사람들의 그림자를 만들어 반야와 양희 쪽으로 드리웠다.

소소원昭疏院 사람들

　'꿈같은 허망을 영원히 끊으니 사대, 오음, 육입, 십팔계가 없으며 그 몸이 있지도 없지도 아니하고, 인도 연도 아니고 나와 남도 아니며, 모나고 둥글고 짧고 길지도 않으며, 나고 빠지고 죽지도 아니하고, 앉고 다니고 서는 것도 아니고, 움직이고 한가한 것도 아니며, 편안하고 위태롭지 아니하고, 옳고 그르고 잃지도 아니하며, 저것도 이것도 아니며, 가고 오는 것도 아니며, 푸르고 누르고 빨갛고 희지도 않으며 푸른빛도 보랏빛도 또 아니라네.'

　『무량의경無量義經』의 「덕행편」을 나직나직 읽어 주는 소예 목소리는 부드럽고도 깊다. 제 소맷부리에 독침이 든 피리를 넣고 사는 소예의 독술의 경지가 어느 정도인지 반야는 알지 못한다. 그 독이 세상을 향한 것인 동시에 제 자신을 겨냥한 것임을 알 뿐이다. 그러면서도 읽은 문구를 해석하거나 그 뜻에 대한 이야기를 주고받을 때면 제 마음에 어떤 적의도 없는 듯 소예는 무심하다. 책 읽을 때뿐만 아니라 보통 때도 곁에 제가 있음을 때로 잊을 만치 마음이 고요하다.

"어머니!"

들어오라는 허락이 나기 전에 문부터 열고 들어오는 사람은 언제나 저 홀로 바쁜 본이 녀석뿐이다. 찬바람이 왈칵 밀려드는데 숨이 차 뛰어 들어온 녀석은 문 닫기를 잊어버리고 반야의 손부터 잡는다. 바깥에서 놀다 들어온 손이 얼음장처럼 차 반야가 진저리를 친다.

"어허 한본, 바람이 찬데 문부터 닫아야지."

소예가 나무라자 본이 녀석은 "예, 스승님." 하면서도 반야의 손을 잡고 들까분다.

"눈 와요, 어머니. 갑자기 함박눈이 펑펑 쏟아져요. 구경하세요."

바깥에 나서 눈을 만져 보라는 소리를 녀석은 구경하라 말한다. 녀석은 도대체 걷는 법이라곤 없이 뛰어다녔다. 덕분에 집 안에서만 살아야 하는 반야의 일상에도 수시로 명랑한 바람이 불었다. 제가 겪은 홍역을 기억치 못하는 아이는 가마골에 마련한 삼덕 무녀네와 그 곁의 깨금네와 소소원을 강아지처럼 오르내리며 컸다. 거기 제가 할머니 할아버지라 부르는 깨금 내외가 있기 때문이다. 가마골에 오자마자 옹기 가마들을 발견한 깨금 아비가 예전 흙 만지던 습성이 살아나는지 옹기장이 집을 맴돌아 아예 가마를 차려 주었다. 깨금 아비가 옹기 파는 일은 못해도 옹기 굽는 일은 너끈히 해내었다. 남한산성 근방 이내골에서 옹기 굽던 백호부 계원 내외를 불러 올려 깨금 내외와 합가를 시켜 놓았다.

"혜원, 아이 핑계로 오늘은 그만해야겠소. 꼭두새벽부터 고생했으니 그대 처소로 올라가 쉬도록 하세요. 저녁참에는 혜정원에 갑시다."

혜원은 소예의 호다. 천안 칠성부에서 소소원으로 온 소예는 반야의 수위守衛이자 글 선생이 되었다. 소예는 스물네 해 전 무신년 역란에 연루되어 제 아비가 참살된 뒤 어미 품에 안겨 개성부 관비가 되었다고 했다. 공교롭게도 반야의 생부가 주모했던 무신년의 그 난이었다. 그의 두 돌 무렵에 어미가 아이를 업고 탈출하다 개성부 내에 있던 주작부 무진에게 구출되었다. 당시 무진이었던 구영출은 모녀를 빼돌려 멀리 천안 칠성부의 경엽 무진에게 피신시켰고 소예는 천안에서 글공부에 특출한 재능을 보이며 자라났다. 학인이 되어 천안 칠성부원들을 가르치던 소예가 반야를 처음 만난 것은 태조산에서 벌어진 오령 회합 때였고 소소원으로 온 건 칠 년 전 도고 관아 사건 뒤였다. 소소원으로 온 소예는 반야의 눈이 되었다. 점사를 볼 때도 소예가 배석했다.

"저는 처소에 가 있겠습니다. 먼저 나가시어 눈 구경을 하사이다, 아씨."

솜이 물을 흡수하듯 반야가 벌이는 모든 일에 그저 예, 하는 소예였다. 미리내며 오두기처럼 계원들과 혼인하여 새 자리를 찾아간 반야의 지난 호위들과 달리 소예는 사내에 대한 그리움이 없었다. 반야를 보살필 때 이외 시간과 아이들에게 글을 가르칠 때 외의 소예는 책이 그득한 제 거소에서 책에 둘러싸여 살았다. 혜원慧園이라 부르는 뒷집이 통째로 소예의 거소였다.

"어머니, 좋지요?"

얼굴이며 손바닥에 닿는 눈송이가 과연 함박눈이다. 살갗에 사느러이 스며드는 부드러움. 바람도 없이 꽃잎 지듯 내리는 서설이다. 사뭇 자랑스러워하는 한본의 응석에 반야가 녀석 쪽을 향해 웃는다.

장님으로 살게 된 지 일곱 해째. 타고난 소경인 듯 익숙해졌지만 본이 녀석이, 또 아이들이 어떤 모습으로 자라는지 볼 수 없는 게 아쉬웠다.

"음, 좋다. 이른 첫눈인데 기세가 세구나. 너희들 신날 텐데, 어찌 경이 씨가 아니 보이누?"

"몰라요. 아까 강원 큰방에서 아곱 할배하고 같이 놀다가 갑자기 벌컥 화를 내면서 저를 막 패더니 휙 가 버렸어요."

아곱 할배는 반야가 아주 어릴 때도 이미 등이 굽었던 노인이었다. 그 굽은 등에 업혀 반야는 잠을 자고 노래를 듣곤 했다. 이십오륙 년 전 그때와 비슷한 노인은 요즘 심경과 한본의 동무이자 장난감처럼 천진하게 살고 있었다.

"경이가 어찌 화를 냈을까? 할아버지가 맴매하셨을 것도 아니고?"

"몰라요. 지금은 저희 방에서 저는 들어오지도 못하게 하고 외순할머니, 두레 아주머니하고만 속닥속닥 하고 있어요. 뭐 배가 아프다나 머리가 아프다나요."

숙수 외순과 침모 두레가 본이를 제외한 채 계집아이하고만 소곤거리고 있다면 심경의 몸에 변화가 있다는 뜻이다. 아직 아홉 살이니 달거리가 찾아오기는 멀지만 그래도 아이 몸이 크느라 통증을 겪기 시작할 나이다.

"방산께선 돌아오셨더냐?"

후계 흑원黑苑이기도 한 양희의 호가 방산芳山이다.

"스승님 오시자마자 제가, 경이가 수련 빼먹고 꾀병 부린다 말씀드렸더니 그쪽으로 가셨지요."

"네가 고자질을 한 게로구나."

찔리는 게 있는지 잠시 묵묵하던 아이가 물어온다.

"어머니, 고자질하는 거하고 사실을 말씀드리는 거하고 어떻게 달라요?"

여덟 살짜리가 할 질문으로는 좀 무겁다. 답하기에 난감하지 않는가. 녀석은 제가 반야의 친생자인 줄 안다. 역시 반야의 친생녀인 줄 아는 심경과 친 오누이 간으로 만드느라 한본의 생일을 원래 제 생일에서 여섯 달 뒤로 만들었다. 정월 열여드레 생인 녀석은 제가 칠월 열여드레에 난 것으로 알고 자란다.

"고자질이란, 네가 누군가한테 말하고 나서 네 스스로 거리끼는 게 있는 말일 터이다. 네가 경이에 대해 스승께 아뢰고 나니 거리끼더냐, 시원하더냐?"

대답이 들리지 않는다. 반야는 속으로 웃고 말한다.

"가서 방산께 엄마가 뵙잔다고, 신당으로 오시라 하여라. 너는 경이 건드리지 말고. 까딱하다간 경칠라."

"경이가 경을 치죠?"

운을 맞춘 아이 농담에 반야는 소리 내어 웃는다. 이렇게 웃게 될 수도 있었다. 그게 좋아 또 웃는다. 얼굴에 닿은 눈송이가 녹아 눈물인 듯 흘러내린다. 오직 한 가지 감정, 분노에 치받혀 어머니와 동마로와 끝애를 묻은 그 자리에서 정신을 잃었다. 깨어나니 앞이 보이지 않았다.

식구들을 잃고 육안을 잃은 반야는 두어 해 가량 병든 암캐처럼 아이들을 붙안고 살을 부비며 살았다. 세상 사람을 다 쳐죽이고 싶고 세상을 모조리 갈아엎고 싶었다. 그리할 수 없으니 그 모든 일을 자초한 스스로를 잡을 도리밖에는 없었다. 졸지에 천지가 뒤바뀌어 어머니를 찾아대는 아이들을 끌어안지 못했다면 눈먼 몸으로 미쳐 날뛰다 죽었을 것이다. 그리고 훨씬 많은 사람들을 죽였을 것이다.

눈이 먼 처음 두세 해 동안에 칠성부 무진들에게 제하라 허락한 인종이 스무 명도 넘었다. 사내건 계집이건 가리지 않았다. 간교한 놈은 간교하게, 잔인한 놈은 잔인하게, 사특한 놈은 사특한 방법으로 죽이라 하였다. 칠성부에서 취품해 온 목숨들만도 아니었다. 이따금 찾아든 귀신들이 제 억울한 사연을 털어놓으며 하소연을 해 올 제 그들 사연에 끼어 있는 악독한 자들도 가려내 처단시켰다. 목숨을 제함에 숙려하지 못하고 자신의 한마디 말이 어떤 결과를 낳는지 분별치 않았다. 대여섯 살이 된 심경과 한본이 칼을 장난감 삼아 놀기 시작하는 걸 깨닫고야 덜컥 그 분노에 제동이 걸렸다. 이대로 가다간 아이들을 살인귀로 기르고야 말겠구나, 비로소 정신을 차린 셈이었다.

"그런데 어머니, 경이가 어찌 그러지요?"

"내가 알아보고 나중에 알려 줄 테니 너는 강원에 내려가 강수언니한테 엄마가 한 두 식경 뒤에 보잔다고 전해라."

"큰언니만요?"

강수와 더불어 칠요 호위들인 화산, 해돌, 천우가 강원에 같이 있다는 뜻이다. 그들은 반야를 호위하고 나설 때 외에는 강원에서 무예를 연구하며 그에 관한 책자를 만들어 내는 일을 주도하는 중이었다. 큰 제목은 『이십사반무예二十四班武藝』이고 책자마다 무예 종류에 따른 소제목들이 붙는다 했다. 호위들이나 외부에서 불려온 무사들이 시연하는 무예 동작들을 화공이 그려내고 필사사들이 필사해 냈다. 스물네 가지 무예에 각기 숱한 기술들이 있고 동작들은 무한하여 일이 끝도 없다고 했다. 지금까지 사신계 내에서 전해 오던 여러 가지 무예 책자들을 모아 새롭게 기술하는, 사신계의 일대 사업이 진행되는 참이었다. 그러느라 칠요 호위대가 각부의 정예무사인 칠품무절들로 꾸려져 있었다.

"다른 언니들한테는 엄마가 저녁에 나들이한다더라고 일러두어라."

"이렇게 눈이 오시는데요?"

한본은 반야가 계원이라는 것을 알고 제 주변의 사람들이 모두 다 계원이라는 것은 알아도 소소원이 칠성부 본원이며 제 어미가 칠요인 것은 몰랐다. 그저 점쟁이로 일하는 일품 계원으로만 안다. 심경과 명일도 같았다.

"눈이 와도 할 일은 해야 하지 않아?"

"네에."

볼 부은 대답을 한 녀석이 반야 손을 이끌고 마루로 데려다 준다. 집안에서는 혼자서도 얼마든지 움직일 수 있는데 녀석은 의당 그래야 하는 줄로 안다. 녀석은 반야가 제 어미인 것이 자연스럽듯 앞을 못 보는 것 또한 당연하게 여겼다. 반야가 방으로 들어서자 녀석이 쌩하니 대문간으로 나가다가 아차 하고 안채로 돌아가는 기색이 느껴진다. 제 스승 방산을 데려오라는 어미 말을 뒤늦게 생각해 낸 것이다.

아이 덕에 또 웃다 허공을 더듬으며 앉으려니 반야의 웃음이 스러진다. 바깥바람을 쐬거나 무꾸리 손님이 아닌 일상의 사람들을 만난 직후 방에 이렇게 홀로 있을 적에 할일을 못 찾을 때가 있었다. 잠깐

씩 허전한 이런 때 소경이라는 것을 의식하는 것이다. 사람들과 함께 있을 때는 자신이 소경임을 종종 잊는 반야였다. 움직임과 공간이 한정되다 보니 영을 보는 눈은 점점 커지는 듯했다. 그래서인지 자신의 영을 반야한테 읽혀 앞날을 알고자 찾아오는 손님들은 반야가 소경이라는 걸 알고 와서도 의심하기 일쑤였다.

"아씨, 방산입니다."

칠요 호위무진인 방산이 기척을 하고 들어오더니 다가와 손을 잡았다. 장님이 된 뒤 방으로 들어오는 사람의 손을 잡았다가 놓는 게 버릇이 되었다. 손을 못 잡는 상대는 돌려 앉혀 등에다 손을 대보았다. 새벽 불공 직후부터 날이 새기 전까지만 맞는 손님들을 대할 때였다. 살아 있는 몸과 영은 하나라서 몸을 읽으면 영이 더 확연해졌다. 반야가 손을 놓으니 방산이 한 자쯤 물러나 앉는다.

"심경이 왜 그런답니까?"

"아침에 수련장서 본이 녀석하고 몸을 부딪쳤는데 꽤 아팠던가 봅니다. 가슴이 아프다고 짐짓 엄살을 부리니 어멈들이 젖멍울이 돋으려나 보다고, 서답 마련해 놔야겠다고 수선을 떠는 바람에 심통 부리며 부끄러워하고 있습니다."

스물두 살 때의 반야가 육안을 잃으면서 더불어 잃은 것이 달거리의 생혈이었다. 일곱 해 만에 듣는 셈인 서답이라는 단어가 반갑고도 아늑하여 반야는 싱긋 웃는다.

"많이 키웠지요?"

"많이 키웠지요. 아이들이라 하루하루가 다르지 않습니까. 날마다 대견하고요."

방산이 혜정원에서 소소원으로 옮겨 와 안팎의 살림을 도맡게 된 것은 눈먼 반야 때문이고 아이들 때문이었다. 아이들은 방산과 혜원이 전부 키웠다. 칠성부, 사신계가 키웠다.

"아이들 키우시느라 방산께서 고생 많으십니다."

"계가 키우는 것이지 제가 키우겠습니까. 헌데요, 아씨. 짐작하시었을 터이나, 경이는 무사로 적합지 않습니다. 지금 부리는 엄살도 무술 수련에 게으름이 나 버린 탓입니다. 아이 앞날을 달리 열어 줘야 할 듯합니다."

작년에 입계하여 제 나름 수련하던 심경이 무술에 흥미를 잃은 걸 지난여름에 깨달았다. 그러면서도 내버려둔 건 아이가 아직 어리거니와 제 스스로 하고 싶은 바를 찾지 못했기 때문이다. 심경은 온갖 분야의 선생들을 접하는 아이였다. 무녀와 의원은 물론이고 침선장, 숙수, 머리 어멈, 학인, 필사사, 그림쟁이, 벼슬아치, 춤추는 기녀, 노래하는 기녀, 비구니 등. 남녀를 불문하고 스승이 될 만한 사람들을 숱하게 만나는 중이었다. 제게 맞는 재주를 찾게 할 셈으로 그들 앞에 아이를 내놓곤 하는데 아이가 흥미를 갖는 분야는 아직 찾지 못했다. 열일곱 살 강수는 무사로 컸고 열세 살 명일은 역관이 되기 위해 계원인 사역원司譯院 주부主簿의 양자로 들어갔다. 지난해 초겨울이었다. 천방지축인 한본은 무술을 놀이처럼 즐기지만 무사로서보다 글공부에 더 자질이 있다는 게 혜원과 방산의 분석이었다. 심경만 갈 길을 못 찾고 있는 것이다.

"방산 보시기에 그 아이 길이 어느 쪽인 듯합니까?"

"아씨를 칠성부 일품의 무녀로만 알고 있는 경이는 이 소소원을 통해서만 보는 세상을 몹시 갑갑해하고 있습니다. 원체 호기심이 많은 데다 한창 생각이 많아질 나이라 보고 싶은 세상도 많은 것이지요."

"그러니 어찌했으면 좋겠냐고 여쭙지 않습니까."

"경이는 지금도 사내 옷을 즐겨 입지만, 아예 사내아이인 양 시전으로 내보내 보면 어떻겠습니까? 평양 상단 점포로요. 낯익은 사람들이 없는 점포로 내보내 세상맛을 보여 주면 제가 하고 싶은 일이 무엇인지 찾을 수도 있지 않겠나이까. 제가 속한 점포가 계의 세상임을 모르니 제가 계원임을 들키지 않으려 기를 쓰면서, 게다가 계집임을 숨기려 애쓰면서 쓴맛, 된맛을 보게 되겠지요."

"그나마 그림에 소질이 보인다고 하지 않았습니까?"

"잘하고 즐기는 게 그림이긴 해도 요즘은 수시로 붓을 내던지니 문제지요. 그 일에도 싫증이 난 겁니다. 그러니 우선 점포로 내보내 보자는 것이지요."

"응석만 부리며 자라는 어린 몸이 사내들 세상, 계 밖 세상에서 너끈히 견딜 만할까요? 더구나 그 성정으로요."

"일단 잔심부름이나 하게 하지요. 곧 열 살이 되지 않습니까. 견디어 낼 것입니다. 정히 못 견디겠다 하면 다시 거둬들이면 되지요."

계집아이를 거친 사내들 세상으로 내보내는 게 과연 옳은가. 반야는 지난여름부터 겨울에 이르는 동안 숱하게 생각했던 걸 또 생각한다. 친동생이면서 자식으로 삼은 아이인 데다 계집아이라 걱정이 서너 곱절이었다. 첫 발걸음이 평생을 결정하기 쉽지 않은가. 이제 상단으로 들어간다면 아이는 드센 장사치들 세상에서 평생을 살기 십상이었다. 더구나 제 스스로 자신이 설 때까지는 사내 노릇을 해야 할 테니 이중, 삼중으로 힘겨울 게 뻔했다.

"아씨께서 저어하시는 까닭, 짐작합니다. 그 아이를 함께 키워 온 저도 걱정 없지 않으니 말입니다. 하지만 우리 걱정은 심경이 그 무엇을 한다고 해도 생길 수밖에 없는 것이지 않습니까? 아이를 믿고 내놓아 보도록 하지요.”

방산 말대로 심경이 무엇을 하고 싶어 하여도 걱정이 지금보다 못하지 않을 터였다. 아이가 저도 모르게 겪은 풍파가 너무 컸기에 한사코 감싸고 살았으나 이제 아이가 커가는 걸 인정해야 할 때였다.

“알겠습니다. 다시 한 번 아이 의중을 확인하신 뒤 내년 봄쯤부터나 내보낼 곳을 알아보십시오. 그쯤에 아예, 저 가야 할 곳으로 가게 하시던가요. 본이도 그렇고요.”

“한번 떼어내면 다시 데리고 살기 어렵겠지요. 모친의 품에서 아주 떼어내기에는 둘 다 아직 어렵습니다. 한두 해 더 키우시면서, 아씨께서도 자식 키우는 맛을 조금 더 보시고, 아이들도 어머니 품을 더 맛보게 한 뒤에 내어보내시지요.”

부모 품, 어미 품의 다사로움이 평생의 자양분이라는 뜻이다.

“딴은 그렇네요. 아이들 문제는 좀 더 생각해 보기로 하고요. 혜정원은 정리가 되어 간다 하더이까?”

바깥에 기척이 일더니 강수가 문을 열고 들어왔다. 반야가 손을 뻗으니 다가와 손을 잡힌다. 큼지막하고 따스한 손이 반야가 더듬는 동안 점잖게 기다려 준다.

“부르신다 하기에 올라왔습니다.”

“두 식경 뒤에 오라 했는데 어느새 두 식경이 지났더냐?”

“엄마가 오래, 그뿐이던걸요.”

짐짓 볼 부은 듯한 강수 말에 반야와 방산이 소리 내 웃는다. 본이 녀석 한 짓이 눈에 선한 것이다. 강수가 저보다 아홉 살이나 많은 형일뿐더러 칠품이니 갓 입계한 저로서는 하늘같은 선생임에도 녀석한테 위계라곤 없었다.

"어쨌든 잘 왔다. 네 스승님께 삼내미 다녀오신 이야기를 들으려던 참이다."

혜정원은 삼 년 전부터 규모를 줄이기 시작하였다. 무악재 아래에 있던 절터를 사들인 뒤 객점 무악원을 열어 칠성부 무악재 선원을 열고, 혜정원 일꾼으로 이십여 년을 살았던 개동녀를 무진으로 세웠다. 개동녀 무진이 오분지일에 이르는 식구들을 달고 나가고, 오분지일의 식구는 순님 무진이 광진 나루로 달고 나가 강안江岸 객점을 열었다. 그곳이 칠성부 광진 선원이었다. 혜정원의 규모를 줄여가는 와중에 삼로 무진은 부속 건물들 사이에 담을 쳐서 집을 나누는 중이었다. 쪼개 팔 셈으로 그리하고 있지만 혜정원이 객점으로 워낙 오래된 곳인 데다 삼내미 오십여 가호가 온통 계원들 집이라 함부로 팔 수도 없었다. 결국 계원 중에서 임자를 물색하게 될 것 같았다.

칠요 호위무진을 맡고 있는 방산은 아직 모르는 일이나 혜정원이 정리되면 방산 무진이 새로운 혜정원을 맡으면서 현재의 혜정원주 삼로는 열외 무진으로 나앉을 계획이었다. 삼로 무진은 여생을 경상도와 전라도가 맞물리는 지점인 지리산 아래 화개에서 보내겠다고 했다. 그쪽에 칠성부 선원이 아직 없는바 자신이 그곳으로 가서 주막 하나 열어 선원의 기틀을 다지겠다는 것이었다. 그 전초로서 예전 반야의 호위들이었던 미리내, 지석 내외가 공세포에서 화개로 옮겨갔다.

지금까지 칠성부 선원의 형태는 대개 객점이거나 절집이거나 미타원 같은 무녀의 집이기 마련이었다. 소박맞은 계집들, 뭇기 들려 쫓겨난 계집들, 자신의 삶에서 도망치고 싶은 계집들, 가난으로 버려진 계집들. 그런 계집들이 칠성부 선원에 숨어 머물며 기운 차려 공부하고 제 밥벌이를 도모해 왔다. 그들 중 입계한 이는 스스로의 자질을 닦으며 품계와 자존을 높여 타인을 돌볼 힘을 축적했다. 그 능력이 도드라지면 무진이 되어 선원을 맡게 되고 자식을 낳듯 계원을 생산해 낸다. 그런 일들을 숨지 않은 채 버젓이 해낼 수 있는 공간이 조선 천지 어디에도 없었다. 여인들이 무시로 드나들어도 이목을 끌지 않을 곳, 머무는 동안 부원들이 하고 싶은 분야의 공부를 맘껏 할 수 있을 곳. 근래 반야와 삼로 무진은 그 버젓한 공간을 만들고 싶어 욕심 부리는 중이었다.

"값이 만만치 않으니 임자가 쉬이 나서지 않는 듯합니다. 원주께서는 단 한 채라도 헐값에 내놓긴 싫으신 거고요. 제값 받고 팔지 못할 바엔 아니 파는 것도 한 방법이 아닌가, 팔지 않고 계속 쓸 수 있는 방법을 모색해 봄 직도 하지 않은가, 생각이 많으신 듯하더이다."

"어찌하더라도 우선은 문을 걸어야 할 것 같으니 저녁참에는 제가 삼내미로 나가 원주님을 뵈어야겠습니다."

"눈이 많이 올 듯한데, 당장 의논을 하셔야 할 무슨 전조가 보이십니까? 혹시 또 돌림병이라도 돌 조짐이 있는지요?"

작년 겨울에 이어 지난여름에 휘몰아친 역질로 팔도에서 일백여만 명이 죽어나갔을 것이라 했다. 조정에서 대강 헤아린 숫자가 그러할 제 집계되지 않은 죽음은 얼마가 더 있을지 몰랐다. 사신계에 돌림병 경보를 내렸음에도 두 차례의 돌림병에서만 계원 삼백 여명을 잃었다. 돌림병 여파가 얼마나 지속될지 미지수였다.

"돌림병이 돌 것 같지는 않습니다."

"허면요?"

"오래전, 제가 입계할 무렵 혜정원에 들렀을 때 삼로와 방산께 말씀드린 적이 있지요. 혜정원에 도적 떼가 들 거라고요. 미구에 그들이 닥칠 듯합니다. 이달은 아닌 듯하고 내달쯤. 그러니 혜정원은 물론이고 시전 거리에 있는 우리 계원들 점포는 이달 말경부터 가벼이 해두는 게 좋을 것입니다. 혜정원은 한동안 아예 비워 두는 게 상책이고요. 대사헌 대감 댁을 비롯하여 사대문 안팎에 있는 계원들에게도 경계령을 내리라 연통하세요. 그리고 강수는 그 즈음하여 경이, 본이를 데리고 집 비울 준비를 하거라. 얼마간 쏘다니다 오든지. 평양 가는 길의 겨울 강이 좋다 하더구나. 오는 봄에는 나도 그 강을 지나 볼 참이니 네가 가서 미리 보고 와."

소경이 되어 들어앉은 이후 반야는 도성 밖 나들이를 한 번도 못해 보았다. 소경이라서가 아니라 자신을 벌하느라 스스로를 가둬 왔다. 이제 풀어 줄 때가 되었고 그걸 핑계로 삼신산三神山을 차례로 찾아볼 참이다. 금강산, 지리산, 한라산 중 맨 먼저 갈 곳은 그중 가까운 금강산이다.

"어머니 나들이야 봄 일이시잖아요. 오늘은 겨우 동짓달 초사흘이고요. 당장, 혜정원에 쳐들어갈 도적 떼가 이 소소원에도 쳐들어올 거라시면서, 호위인 저더러 집을 비우라 하심이 타당하다 보십니까, 스승님?"

상전이자 스승이기도 한 방산한테 따지는 강수 놈도 때때로 작은 아이들처럼 위계를 잊곤 하였다. 제 눈앞에서 집이 불타고, 어머니와 식구들이 끌려가고 나무와 꽃님이 죽는 걸 지켜본 놈이었다. 당시 놈은 갓 열한 살이었다. 그때의 충격을 필사적인 무술 수련으로 이겨 내는 성싶었다. 그럼에도 반야가 싸안아 키운 티가 남아 있었다.

"어른 말씀이 타당하든 부당하든 우선 예, 하는 게 네 도리다."

방산의 나무람에 놈이 "예." 하고 고개를 푹 숙이는데 수긍임과 동시에 놈이다. 반야는 하릴없이 웃고는 손을 더듬거려 강수의 뒤통수를 찾아냈다. 땋아 걷어 올려놓은 머리채가 두툼하다.

"이 소소원에는 도적 떼가 아니라 그 즈음하여 손님이 들 성싶어 이르는 말이다. 네가 보지 않는 게 그 손님이나 너희들을 위해 좋을 것 같아서. 나를 위해서도 물론이고. 그러니 너는 염려 말고 아이들 데리고 여행 떠날 준비나 하려무나. 아이들한테 세상 구경을 시켜주어. 이제금 김 대방 댁에 한번 가 볼 때가 되긴 했지. 네 친가로 되어 있으니 가서 낯을 익히는 것도 좋을 것이야."

뭇기를 타고 나지 않은 아이들을 내도록 무녀의 자식들로 살게 하고 싶지 않았다. 자식들에게 더 나은 삶을 살게 해주고 싶었고, 타인을 돌볼 수 있는 힘을 지닌 사람들로 자라게 하고 싶었다. 강수와 심경은 평양 유상柳商의 김상정 대방의 자식들로 만들어 놓았다. 한본은 이한신 대감의 늦둥이 아들로 들여놓았고 명일은 사역원 양윤호 역관의 아들로 만들었다. 이미 양 역관 집에 들어가 살고 있는 명일과 맏이인 강수는 그런 사실을 알아도 작은 아이들은 아직 몰랐다.

"아씨, 좀 나무라셔야지요. 늘 그리 부드럽기만 하시니 큰놈이건 작은놈들이건 분별이 없지 않습니까."

반야는 아이들 앞에서 속수무책이었다. 강수가 웃는 것을 보지는 못해도 웃음 속에 배어드는 눈물은 느낀다. 작년까지 일 년의 반을 강화도 수국사에 가 머물며 수련한 강수였다. 그믐날에 갔다가 보름날에 돌아오기를 반복했다. 어엿하게 장성하고서도 부러 어리광을 부리기도 하는 것을 왜 모르랴. 강수한테 반야는 죽게 된 저를 품에 안고 미타원으로 뛰던 동마로였다. 죽게 된 아이를 살려 내어 자식으로 품은 어머니였다. 저를 안고 자던 나무이고 노상 같이 놀며 크던 꽃님이며 큰언니이던 반야 자체였다. 제 눈앞에서 타서 무너지던 미타원이었다. 전부였다가 사라진 그 모두를 제 몸에 담아 크는 동안 강수는 반야를 지켜 왔다.

"강수, 스승님 말씀 잘 들었느냐?"

"예에."

"아, 한 가지. 본이가 종알대는 걸 듣자면 삼덕네에 사는 보리아기가 너를 몹시 따르는 것 같던데, 너도 그러하냐?"

"그 무슨? 그런 일없습니다."

한창 나이의 사내가 또래 처자와 정분이 날 수도 있겠기에 물어본 것인데 정색을 한다.

"본이가 괜한 소리를 떠벌리는 것이야?"

"저는 녀석이 그런 소리를 떠벌리는 줄도 몰랐는걸요."

"잠시 네 얼굴을 보련다."

"제 얼굴은 또 왜요?"

강수가 어린 사람으로 돌아간 듯 볼통대자 방산이 어허! 나무란다. 강수는 하는 수없이 반야에게 다가들어 얼굴을 대준다. 반야는 양손 손가락들 끝으로 강수의 이마부터 더듬는다. 눈썹과 눈꺼풀과 속눈썹을 더듬고 관자놀이를 어루만지고 볼을 쓰다듬고 콧등과 인중과 입술과 턱과 턱밑, 목울대며 목까지 세심하게 만지고 나서 손을 뗀다. 한껏 간지러움을 참았던 강수는 부르르 진저리를 친다.

"알았다. 나가 보아. 내, 네 스승님과 잠시 더 해야 할 이야기가 있으니 강원에 가서 스승님을 기다려라. 본이 녀석이 이곳에 얼씬대지 않게 하고."

강수가 무거운 마음으로 몸을 일으켜 나갔다. 자신이 가벼워져야만 강수 또한 가벼워질 터이다. 그렇게 되기 위해 무던히 애쓰며 준비하는 중이다. 요즘 반야가 어두운 눈으로 밤마다 손이 부르트도록 부적 그리는 연습을 하는 까닭도 가벼워지기 위해서였다.

"아씨, 어찌하여 강수 얼굴을 그리 샅샅이 보신 겝니까?"

"강수가 어떻게 자랐는지 문득 궁금했습니다. 방산 보시기에 강수의 생김새가 어떻습니까?"

"방금 그리 세세히 보시고서 또 물으십니까. 아이가 선남이라는 말씀을 듣고 싶으십니까? 요즘 아씨께서 삼내미나 다른 선원에 가실 때마다 그곳에 거하는 젊은 처자들이 강수 때문에 몸살을 한답니다. 사내놈에게 어울리는 말은 아니라 입 밖에 내지 못합니다만 놈은 신령들이 공들여 빚은 듯 아름답습니다."

반야가 소리 내어 웃다가 표정을 추스른다.

"계집이건 사내건 심히 도드라지는 용모가 본인에게 좋을 것이 없음에도 어미 맘이라 이리 속없이 웃기부터 했습니다. 요즘 보리는 어찌 지내는지요?"

"보리한테 이름 내리신 뒤 처음으로 그 아이에 대해 말씀하십니다. 연유가 있습니까?"

보리는 작년 가을에 소소원 오르는 길목에 버려져 있었다. 열댓 살은 됐을 법한 처자가 버려져 있어 삼덕네로 옮겼는데 천치 같다는 말을 듣고 반야는 부러 삼덕네로 내려가 살폈다. 처자는 병에 걸린 게 아니었다. 타고 난 천치도 아니었다. 그저 텅 비어 있었다. 누군지 모를 손길에 의해 빈 그릇 같은 존재가 되어 버린 처자에게서는 아무것도 읽을 수 없었다. 영에 장막이나 결계가 쳐진 게 아니라 아예 비어 버린 처자에게 반야는 보리라는 이름을 내리고 삼덕에게 데리고 살게 했다.

"순하고 무던하게 지내고 있지요. 무엇이든 부지런히 배우려는 성싶고요."

"헌데 보리가 강수를 따릅니까? 얼굴 마주할 시간도 많지 않을 텐데요?"

강수가 소소원에 아주 머물게 된 게 금년 초부터이고 작년까지는 한 달의 절반 이상을 강화도를 오가며 살았다. 더구나 작년의 절반은 연경에 다녀오느라 아예 집을 비웠다.

"강수가 삼덕이나 깨금 내외한테 정이 깊어 이따금 들리지 않습니까. 깨금네가 차려주는 밥을 좋아하는 것 같고요. 보리한테 맘을 쓰시는 이유가 있습니까?"

"보리는 타고난 바보가 아님을 방산께서도 눈치채셨지요?"

"워낙 험한 일을 겪어 그리된 게 아닌가 여겼습니다. 무업을 가르치는 삼덕이나 살림을 가르치려는 깨금네나 벌써 손을 들어 버릴 만큼 천치 같기는 하나 본색은 달리 있을 것 같다 여겼고요. 스스로는 기억치 못하나 무예를 익힌 품새가 몸에 깊이 배어 있습니다. 글자도 깨친 듯하고요."

"그 아이 용모가 어떠합니까?"

"한참 피어나는 젊은 처자답게 곱지요. 유난한 정도는 아니고요."

"이제 그 아이 본색과 정체를 찾을 방법을 궁리해 봐야겠습니다."

"그 아이 본색이 따로 있으리라 여기십니까?"

사람이 그렇게 비어 버리긴 쉽지 않다. 방산이 알아볼 만큼의 무예를 몸에 익힌 보리를 그렇게 비워서 가마골에다 버린 자가 있을 터였다. 그가 누구일 것이며 무엇 때문에 그리했을 것인가. 사라진 보리의 기억 속에 무엇이 있을지, 때가 되면 살펴보려니 했던 게 보리를 처음 봤을 때였다. 잠들어 있음에도 아이가 텅 비어 있던 탓에 의심스러웠다. 의심스럽되 말을 낼 계제는 아닌지라 입을 다물었다. 대신 보리가 웃실로 올라오는 일이 없게 했다. 소소원에 배속된 계원들이 아이들을 제외하곤 아랫말에 드나들지 않듯 가마골에 거하는 계원들은 소소원에 못 올라오게 되어 있으므로 보리도 이쪽에 와본 적 없을 것이다.

"어떤 용도로든 만들어진 아이입니다. 조만간 제가 그 아이를 살펴보고 나서 다시 의논키로 하고요. 지금 방산께 따로 드릴 말씀은, 며칠 안에 찾아올 것 같은 손님에 대해서입니다."

"말씀하십시오."

"예전 미타원 시절, 제가 김학주의 기세를 흩트리느라 취한 선비가 있었습니다. 그 선비가 한성에 와 있는 걸 느끼고, 저를 찾아오리라는 예감이 생긴 건 두어 달쯤 됩니다. 기운이 가까워진 걸 보니 며칠 안이 될 듯싶고요. 아마도 벼슬을 하고 있을 그가 오매 아이들이 조심스러운 까닭은, 그자가 미타원 시절의 강수를 알기 때문이고, 그자가 취해 현재 함께 살고 있을 여인이 본이 생모이기 때문입니다. 그자가 아이들을 눈치챈다면 아이들한테 이로울 것 같지 않습니다. 해서 드리는 말씀인데 그자가 오기 전에 경이와 본이를 강수한테 붙여서 평양으로 보내십시오. 강수는 돌아오게 하더라도 작은 아이들은 오는 삼월에나 데려오도록 하지요. 그사이 명일이 놈 또한 저를 보러 오는 일이 없게 하시고요."

"아이들한테야 수련을 핑계 대어 보낸다 하더라도 아이들을 그리 오래 떼어 두고 아씨께서 허전하여 견디시겠습니까?"

"아직 막연한 느낌이라 무슨 일이 벌어질지 모르겠어요. 허나 혹시라도 아이들이 또 험한 일을 겪게 될까 봐 궁리한 것입니다. 몇 달 못 보는 게 대수겠습니까. 아이들이 떠나 있게 할 방법을 찾아보십시오."

"그리하겠나이다. 하온데, 이제 와 그 사람이 아씨를 찾는 이유가 무엇이리까? 아씨이심을 모르고 다른 벼슬아치들처럼 그저 점사를 보러 오는 것이리까?"

"나를 알고 오든 모르고 오든 결과는 같겠지요. 이유는 그때 알 수 있을 것이고요. 어쨌든 그다지 좋은 기운이 아니라서 조심하려는 것입니다."

"그렇다면 아예 만나지 않으심이 낫지 않겠습니까?"

"제가 점사를 아주 접거나 도성을 당장 떠날 게 아닌 바에 한두 번 피한다고 될 일이 아니지 않습니까. 더구나 그깟 위인 무서워 달아나고 싶지도 않고요."

"하기는 그렇군요. 그럼 대처하기로 하지요. 하옵고 여쭙지 않아야 할 말씀이나 궁금하여 여쭙습니다. 아씨 손에 지금 다 지우지 못한 먹물과 붉은 물감 자국이 있습니다. 밤마다 혜원을 앉히고 연습하시는 부적이 무엇을 위한 마련이신지요?"

"이달 말경에 입궐하여 빈궁전을 찾아뵈려 합니다. 부적은 빈궁마마를 위한 것입니다."

"지금까지 빈궁께서 몸소 아씨를 부르신 적은 없지 않습니까?"

"워낙 음전한 성정이신지라 몸소 날 찾지 못하시니 대조전께 청해 빈궁을 뵐 수 있도록 하여야지요. 원손께서 한창 재롱부리실 때임에도 나날이 울적하신 게 걱정도 되려니와 따로 드릴 말씀도 있고요. 그 자리에서 빈궁께 선물을 드리려 합니다. 이만큼만 말씀드림을 용서하십시오."

"별말씀을요. 말씀하여 주시니 고맙습니다. 이만 나가 아까 말씀하신 일들을 의논하겠습니다. 혜원을 불러 드리리까?"

"아니오. 잠시 쉬렵니다."

반야가 보지 못해도 방산은 절을 하고 물러난다. 아직도 눈이 오는가. 방산이 나가고 닫힌 문을 건너다본다. 소경임을 잊고 건너다보는 현실의 눈에는 흰 어둠만 보인다. 잠깐씩 막막해지는 이런 순간이면 반야는 문득 손을 뻗어 보곤 한다. 손에 잡히는 것은 흰 어둠뿐이다. 어둠이 고인 손을 들어 스스로의 볼을 쓰다듬어 본다. 머리도 만져 본다. 쪽진 머리는 두레가 빗겨 준 그대로 흐트러짐 없다. 오늘 옷은 붉은 치마에 푸른 저고리라 들었다. 덧입은 누비 쾌자는 흰색이라 했던가. 두레는 반야한테 옷을 갈아입힐 때마다 일일이 옷의 색깔이며 무늬를 설명해 주었다. 외순은 상에 올린 반찬을 그렇게 설명하며 수저 위에 얹어 준다. 혼자 할 수 있는 일이라곤 사람의 영을 읽는 것뿐이었다. 살아 움직이는 귀신이라면 자신의 모습과 같을 터였다. 목내이木乃伊가 되어 가고 있는 것이다. 삼물을 들이부은 회곽묘의 관 속에 드러누워 차츰 말라 간다는 주검.

폭설

첫눈이 폭설로 이어졌다. 반야가 소소원으로 돌아가지 않고 혜정원에서 묵겠다고 한 것은 호위들을 위한 배려였다. 혜정원에서의 반야는 따로 호위할 필요가 없었다. 혜정원을 둘러싼 동리 삼내미가 통째로 칠성부 땅이었다. 조선 땅에서 가장 안전한 곳으로 들어간 반야는 내일 새벽 점사도 보지 않으리라 하였다. 강수를 비롯한 천우, 해돌, 화산에게는 하룻밤의 넉넉한 여유가 생겼다. 방산의 허락이 떨어지기까지 했으므로 내일 반야가 혜정원을 나설 때까지는 뭘 하든 자유였다. 해돌은 혜정원 수직방 무절인 복분과 다정한 사이였다. 천우는 모올 무진의 따님으로 반야를 보살피고 있는 의녀 연덕과 정분이 나 있었다. 해돌과 천우는 여인들의 일이 끝나기를 기다리며 혜정원 마당의 눈이나 쓸어 내겠다고 했다.

그들을 혜정원에 둔 채 화산과 강수는 가마골을 향해 폭설 속으로 나섰다. 반야를 모시지 않으면 맨몸이 되는 젊은 그들에게 폭설은 아무것도 아닌지라 일각여 만에 가마골에 이른다. 혼자 일없이 가마골을 지나칠 때면 깨금 내외에게 들르는 게 강수의 습관이었다. 깨금네 앞에서 화산이 물었다.

"오늘도 들를 텐가?"

"잠깐 들렀다 올라가겠습니다."

"눈이 더 쌓이면 거동이 힘들 테니 아예 자고 올라오던지."

"상황 봐서요."

화산이 어둠 속에서 징검다리를 쉽게 건너 사라진다. 스물여섯 살인 화산은 혜원을 연모한다. 누군가를 연모하면 그 앞에서 바보가 되는 것 같았다. 화산은 혜원 앞에서 말 한마디도 못하는 천치가 되기 일쑤였다. 벌써 여러 해째 마음에 혜원을 품은 채 끙끙대며 살았다. 웃실로 올라가 봐야 혼자서는 혜원 앞에 나타날 핑계도 만들지 못할 터이다. 책을 읽거나 눈 쌓인 강원 마당에서 홀로 봉춤이나 출 것이다.

강수에게 혜원은 하늘같고 바다 같은 스승이다. 화산에게는 혜원이 선진도 아닌 여인으로 보이는 게 강수는 신기했다. 안타까운 건 혜원에게 화산이 사내로 비치지 않는 것 같은 점이다. 강수가 느끼기에 혜원에게는 남녀가 똑같이 사람으로만 보이는 것 같았다. 혜원은 화를 내지 않고 소리 내어 웃지도 않았다. 글을 가르칠 때도 목소리 높이는 법이 없다. 그의 목소리를 들으려면 이쪽이 한껏 고요해져야 했다. 하여 그에게서 배우는 자는, 하다못해 본이까지도 스스로 집중했다. 한본이 일곱 살에 『천자문』을 뗄 수 있었던 것도, 놈이 글공부에 자질이 있다는 게 발견된 것도 혜원 덕이었다.

"아씨는 어쩌고 이 밤에 여길 왔누? 저녁은?"

깨금네는 강수를 볼 때면 언제나 반야와 밥을 먼저 물었다. 반야가 나들이 나서자마자 소소원에서 뛰어내려 와 놀고 있었을 본이가 "큰언니!" 외치며 눈을 털고 있는 강수를 향해 냅다 몸을 날린다. 녀석이 마당으로 날아가 떨어지기 전에 강수가 텁석 받아 안고 방으로 들어섰다.

"아씨는 문 안에 들어가 계시고, 밥은 거기서 먹고 왔어요. 할아버지는요?"

미타원에서는 아주머니 아저씨라 불렀던 깨끔 내외를 할머니 할아버지라 칭하게 된 건 소소원으로 온 뒤부터다. 언니였던 반야를 어머니로 부르게 됨으로써 저절로 변한 호칭이다.

"저녁 먹고 가마에 들어가 있다. 내벽 손질 중이다."

"눈이 이렇게 쏟아지는데 당장 가마 손봐서 뭐하시려고요?"

"곧 불을 지필 것이라 손보고 있는 것이지. 벽돌 가마가 몹시 편키는 해도 아직 손에 익지를 않는 모양이더라. 산마가 다 쪄졌을 테니 내 좀 가지고 들어오마."

작년 강수가 연경 가던 길에 청나라의 가마를 눈여겨보았던 까닭은 깨금네와 얌전네가 함께 경영하는 옹기가마 때문이었다. 조선의 가마들이 일자로 길게 누운 큰 아궁이 같은 데에 비해 청국의 가마는 벽돌로 쌓고 회로 봉한 움집 모양이었다. 움집 모양의 벽돌 가마 속에서 구워진다는 기와며 옹기며 사기그릇들의 질이 조선의 가마와 어떻게 다른지는 강수가 알 수 없었다. 다만 청국의 가마는 불땀이 금세 들어 조선의 가마에 비하면 땔감이 적게 든다 했다. 강수는 청국의 가마를 그림으로 자세하게 그리고 쌓는 방법들을 적어 와서 얌전아비한테 건네주었다. 얌전아비가 그림과 설명을 듣고 기왕의 옹기가마에다 벽돌을 구웠고 그 벽돌로 움집 모양의 옹기가마를 만들었다. 신식 옹기가마의 효과가 월등하다는 사실이 밝혀졌다. 불땀이 여일하여 터지는 옹기가 적었고 무엇보다 땔감이 적게 든다고 했다.

깨금네가 나가자 한본이 제 두 팔로 강수 목을 푹 감고 속삭인다.

"큰언니, 엄마는 삼내미 가셨지?"

"어머니가 어디 가 계시는지에 대해서는 알아도 모르는 거라 했을 터인데?"

"그래서 할머니 모르시라고 이렇게 속삭이잖아."

"경이는?"

"삼덕 아주머니네 있어. 경이는 보리아기하고 노는 게 재밌나 봐."

"둘 다 혜원께 허락 받고 왔지?"

"당연하지. 자고 와도 된다고 하셨는걸. 큰언니도 오늘 여기서 잘 거야?"

"나는 올라가야지. 가서 경이 데리고 오너라. 너희들한테 할 말이 있다."

"삼덕 아주머니가 아니 계시니 보리아기도 따라올 텐데?"

"삼덕 아주머니가 어딜 가셨는데?"

"돈 벌러 가셨지. 삼덕 아주머니는 굿을 끝내주게 잘한대. 우리 엄마는 점쳐서 돈 버시고 삼덕 아주머니는 굿해서 돈 버시잖아. 근데 큰언니, 우리 엄마보다 삼덕 아주머니가 돈을 훨씬 잘 버시지? 우리 엄마는 굿을 못 하시잖아!"

제 어머니가 돈을 적게 버는 게 걱정인 녀석은 저 자는 사이에만 벌어지는 반야의 점사를 알지 못했다. 소소 무녀라 불리는 반야의 손님 한 사람이 삼덕의 서너 달치 벌이와 맞먹는 것임을 알 턱이 없다.

"보리언니는 놔두고 경이만 데려 와."

"보리언니가 큰언니를 사모하기 때문에 큰언니가 왔다 하면 따라 온다 할 텐데?"

강수는 짐짓 엄한 얼굴로 입을 연다.

"본아! 내설시비자來說是非者가 편시시비인便是是非人이라 하는 말 알지?"

"와서 시비를 말하는 놈이 곧 시비를 거는 놈이라고. 그게 왜?"

"네 놈이 쓸데없는 말을 자꾸 하고 다니지 않아? 어머나 스승님 들께 왜 그런 말씀을 드려 걱정을 하시게 하느냐 말이야. 앞으로는 그러지 마. 알겠어?"

"큰언니는 보리언니를 연모하지 않아? 보리언니는 어여쁜데?"

"또!"

본이 입술을 삐죽 내밀고는 강수 무릎에서 내려가 밖으로 나간다. 깨금네가 김이 피어나는 산마 접시와 동치미 사발을 소반에 올려 들어온다. 깨금네가 아이들을 몇 달 못 보게 되리라는 사실을 알고 있어야 하므로 그 말을 해주러 들른 참이기도 했다.

강수는 모레 아침 세 아이들을 데리고 평양으로 떠나기로 되었다. 강수와 명일은 오가는 길을 합쳐 보름이면 돌아오지만 두 아이들은 최소한 석 달은 평양에서 머물게 될 터이다. 두 아이가 어머니 품을 벗어나 본 적이 없는지라 강수는 그 말을 어찌 꺼내야 할지 조심스러웠다.

깨금네가 산마 껍질을 벗겨 건네며 말했다.

"경이 따라서 보리아기도 올 것이다."

그동안 무심코 보았던 보리가 느닷없이, 왜 자꾸 거론되는지 몰랐다. 그동안 강수는 보리를 눈여겨본 적이 없었다. 보리가 어여쁘다지만 유난히 어여쁠 것 없는, 백치 같았다. 어여쁜 얼굴과 백치 같은 속의 부조화 때문에 외려 어여쁘다는 말을 듣는 것 같기도 했다. 강수는 그나마도 그러려니 했을 뿐이다. 보리가 이따금 멍한 얼굴로 자신을 쳐다볼 때면 부끄러움보다 싫증이 들어 얼른 그 앞에서 떠나버리곤 했다. 강수가 보리에게 느끼는 감정은 그 정도였다.

보리뿐만 아니라 처자들을 바라볼 때의 느낌이 대체로 그랬다. 화산, 해돌, 천우 등이 이따금 어떤 낭자는 어떻게 아름답고 어떤 처자는 어떻게 어여쁘다는 둥의 이야기 나누는 걸 듣노라면 그들이 기이했다. 그들이 말하는 여인들이 어째 어여쁘고 아름답다는 것인지 이해하기 어려웠다. 반야를 여인으로 치면 강수에게 아름다운 여인은 반야뿐이었다. 반야가 언니이자 어머니이며 상전이므로 여인으로 느끼지 않을 뿐 강수에게 아름다움의 기준은 반야였다. 반야만큼 어여뻐야 어여쁜 것이고 반야만큼 총명하며 큰 힘을 가져야만 또한 아름답다 말 할 수 있지 않은가 싶었다.

방 밖에서 떠들썩한 소리가 나더니 문이 벌컥 열린다. 깨금네가 중얼거렸다.

"거 봐라. 같이 왔잖냐."

한본이 들어오고 심경과 보리가 들어왔다. 맨 나중에 들어왔음에도 보리는 제 손으로 문 닫을 줄도 몰라 경이 문을 당겨 닫는다. 문을 닫은 경이 팔을 벌리며 강수 품으로 뛰어든다. 덩달아 본이도 달려든다. 경과 본은 아기 때부터의 버릇들이 고스란히 남아 선배 계원으로서가 아니라 언니로 마주하면 노상 엉겨붙었다. 아홉 살, 여덟 살이나 되었음에도 서로 강수의 무릎에 올라앉으려 다투기 일쑤였다. 작년까지 수국사를 오가느라 한 달에 반을 떠나 있는 탓에 돌아올 때마다 아이들이 열렬히 반기는 버릇이 든 것이었다.

강수한테 안겨 어리광부리는 심경과 한본을 물끄러미 건너보던 보리가 불쑥 불렀다.

"큰언니!"

보리는 삶은 마를 먹지는 않고 손에 든 채이다. 강수 대신 경이 대답한다.

"왜, 보리언니?"

"나도 네들처럼 큰언니한테 안기고 싶다. 나도 큰언니 좋아. 몹시 그리워."

두 아이조차 놀라 움찔하더니 낄낄대며 강수 품에서 벗어나갔다. 깨금네가 소리 내어 웃고 강수도 하는 수 없이 웃는다. 방바닥으로 내려앉은 경이 말했다.

"보리언니, 암만 바보라도 연모하는 남정 앞에서 그리 말하면 아니 되는 것을 모르오?"

"허면 어찌해?"

"그건 나도 모르지만 나중에 혹시 알게 되면 말해 주겠소. 그런데, 보리언니. 큰언니를 연모하는 건 괜찮은데, 큰언니하고 혼인하려는 생각 같은 건 아예 말구려."

"왜?"

"큰언니는 나하고 혼인할 거거든. 큰언니는 원래부터 내꺼야."

곁에 있던 본도 종알거린다.

"맞아. 나도 큰언니하고 혼인할 테야. 큰언니는 옛날, 옛날부터 내꺼야."

아이들이 또 낄낄거리며 웃는데 보리아기는 아이들의 농담을 알
아채지 못하고 어리둥절해 한다. 누구도 어찌할 수 있는 일이 아니
므로 강수는 보리의 말도 아이들의 말도 듣지 못한 척한다. 아이들
에게 모레 아침에 길 떠날 것이란 말은 아무래도 내일 따로 불러 일
러야 할 것 같다.

"나는 눈이 더 쌓이기 전에 집으로 올라가야겠다. 너희들은 예서
실컷 놀다 자고 내일 아침 진시 전까지 올라오너라. 눈이 집을 덮을
만큼 쌓여도 진시 시작 전까지 올라와야 해."

시각을 명시하니 언니가 아니라 선생으로 한 말인 걸 알아들은 아
이들이 무르춤해진다. 강수는 말리는 깨금네를 물리치고 눈이 하염
없이 쌓이는 밤길을 나선다.

깨금네 집 앞은 개울이다. 소소원은 개울 건너 산 속에 있었다. 꽁
꽁 언 개울에는 징검다리가 놓여 있는데 눈이 천지 분간이 안 되게
쌓이는 참이라 개울도 징검다리도 분간하기 어렵다. 아직 개천이 꽁
꽁 언 건 아니므로 발을 잘못 디디거나 미끄러지면 발을 적실 수밖
에 없다. 깨금네 앞길에서 개울을 따라 한 마장 정도를 더 걸으면 개
울이 땅 밑으로 흐르는 지천 길이 있긴 했다. 올라가느라 한 마장,
거슬러 내려오느라 한 마장을 걸을지가 관건이다. 강수는 지천 길을
포기하고 깨금네 앞의 징검다리로 올라섰다. 세 번째까지는 디뎠는
데 네 번째 징검돌은 찾기 어렵다. 아예 뛰어 버릴 참으로 솟구치려
는데 부르는 소리가 들린다.

"큰언니!"

보리 목소리다. 뒤따라 나온 그가 깨금네 삽짝 앞에서 검은 눈사
람처럼 떨고 있었다. 듣지 못한 체하려던 강수는 보리가 다가오는

바람에 징검돌 위에 멈춰 섰다. 보리가 성큼성큼 세 개의 징검돌을 건너와 강수가 선 징검돌에 이른다. 몸이 다 큰 두 사람이 서기엔 좁은 돌인지라 강수는 엉겁결에 보리를 붙안을 수밖에 없게 되었다. 보리의 입성은 고작해야 얇은 솜 두고 누빈 치마저고리일 뿐이다. 목수건도 두르지 않은 보리가 사정없이 떨어댔다.

"안에 가만있지 않고, 이게 무슨 짓이오."

"경이가, 큰언니가 좋으면 큰언니를 따라 나가라 했소. 집에 데려다 달라 하라고."

삼덕네가 백 걸음도 안 걸리는 거리이나 홀로 제 집을 찾아갈 수 있을지 의심스러운 사람이기는 하다. 강수는 보리 손을 잡고 되돌아서 삼덕네 집 앞까지 이끌어 주었다. 주인이 일하러 나가고 없는 삼덕네는 캄캄하다. 강수는 하는 수 없이 보리를 건너채의 제 처소 앞에 데려다 놓고 먼저 방으로 들어섰다. 그래도 군불을 때기는 했는지 자그만 방안에 화기가 그득하고 방바닥은 뜨끈하다. 방을 나온 강수는 아궁이에서 불꽃을 찾아 처마 등불을 밝힌 뒤 보리에게 방으로 들어가라 한다.

"혼자는 무서워 못 들어가오."

"우선 들어가 있어요. 그러면 내 경이를 데려다주겠소."

강수가 돌아서는데 보리가 소매를 붙든다. 그 손을 떨쳐 내려고 하는 찰라 보리가 왈칵 다가든다. 강수 스스로 끌어당긴 듯도 하다. 반야와 심경을 무수히 업거나 안아 봤으되 계집은 처음이다. 강수의 눈앞이 캄캄해진다. 어느 결에 보리를 안아들었는지, 언제 방 안으로 들어왔는지 가늠할 정신없이 강수는 보리를 안고 방에 들어와 있었다. 정신이 든 것은 알몸이 된 보리의 속살에 제 속살을 꽂아 넣으며 몸을 세웠을 때다.

"미, 미안하오."

보리가 대답 대신 악, 비명 지르며 상체를 세우더니 강수의 목을
끌어안았다.

"아, 아프오?"

"아프오. 아아, 안아."

보리에게 첫 일인 듯했다. 보리가 고통과 환희 사이에서 비명인지
열락의 소리인지 모를 소리를 쏟아냈다. 강수를 마구 할퀴며 신음
했다. 강수에게도 첫 교접이었다. 온몸이 터지는 것 같은데도 사출
할 수가 없다. 열화 같은 쾌락은 몸안에서 지독한 고통으로 들들 끓
는다. 강수는 보리를 거칠게 밀어 눕히며 제 몸을 뽑아낸다. 동시에
보리의 두 다리를 걸어 올리곤 그 사이에 제 몸을 다시 박아 넣는다.
보리가 보이지 않았다. 오직 자신이 닿고자 하는 곳만 보였다. 보리
몸의 중심. 그곳에 꽂히는 자신의 중심. 두 중심에 닿았다 싶은 순간
강수의 몸이 폭발했다.

바람이 분다

　칠 년이란 세월, 하루하루가 길고 지루하기 일쑤였는데 돌아보면 일장춘몽이었던 듯 짧다. 김근휘가 한양으로 와서 군자감 직장直長이라는 종칠품 벼슬이나마 하고 있는 것은 어쨌든 그 세월 덕이었다. 가마골 소경 무녀에 대한 소문은 진작부터 들었다. 소소원이라는 당호를 가진 집에 살아 소소라고도 불린다는 그의 예시가 정확하고 학식이 높아 벼슬아치들이 새벽이면 줄을 선다고 했다. 소소가 새벽에만 점사를 보기 때문이라던가.

　소경들이 점쟁이 노릇 하는 것이야 자고이래 의당 그러하였으므로 관심 두지 않았다. 게다가 근휘는 무녀라는 소리만 들어도 체머리가 흔들리는 것 같았다. 그런데 석 달 전쯤에 눈먼 무녀 소소의 복채 높기가 조선 팔도 무격 중 으뜸일 것이라는 말을 듣고는 새삼 소스라쳤다. 혹 미타원과 함께 종적 없어진 별님이 아닐까 싶었던 것이다.

　미타원이 잿더미가 되고 그 식구들이 몰살되었다는 소문은 도고 관아에서 벌어진, 조정이 뒤집힐 만한 참변으로 하여 오히려 묻혔다. 도적 떼의 습격을 받아 현직 수령과 조정에서 파견된 심리사가 살해당했으니 그 원인은 문제가 아니었다. 한낱 무녀 식구들의 몰살쯤은 거론될 필요도 없었을 것이다. 도고 관아 사태를 수습하기 위한 새로운 심리사가 파견되었고 도적 떼를 잡기 위한 토벌대가 뒤따랐으나 도적 떼의 흔적은 찾지 못하였다던가. 죄를 묻고 씌울 죄인을 찾지 못하매 오래 끌수록 조정과 성상의 위신만 떨어질 게 뻔한 사건은 서둘러 봉합되면서 새 현령이 부임이 하는 것으로 끝났다. 나랏일을 하다 죽은 자들은 대개 추훈되기 일반이나 당시 심리사 김학주와 현령 조백기는 죽은 뒤 조정에서는 물론이고 자신들의 생전 지인들로부터도 철저히 외면당했다. 따지고 들수록 사태의 원인이 변변찮았을 뿐만 아니라 성상에 치욕을 안기고 살해된 그들을 추모하는 일 자체가 치욕이었던 탓이다.

근휘는 내도록 미타원과 그 식구들을 잊지 못하였다. 도고 관아에서 그 난리가 날 때 별님과 동마로는 미타원에 없었다. 그럼에도 동마로는 그 관아에서 김학주를 죽이고 난 뒤 제 모친과 더불어 죽었다고 소문이 났다. 거기서 빠진 미타원 식구는 새임뿐이었다. 미타원이 식구들과 더불어 스러질 무렵 문암골에 있던 새임은 수태한 지넉 달째였다. 그리고 또 한 사람, 별님이 빠져 있었다. 동마로가 도고로 돌아와 관아에서 난장을 칠 때 곁에 없었고, 이후에도 종적 없는 별님은 어쩌면 그 난리 중에 죽었는지도 모른다. 근휘 자신만 그걸 듣지 못했는지도. 그리 여기면서 세월을 지내 왔다.

당금에 이르러 소경 무녀가 별님일지도 모른다 여기는 건 실상 어불성설이다. 별님은 존재 자체가 눈에 띄는 사람이었다. 살아 있었다면 그리 묘연해질 수가 없었다. 그러면서도 정작 가마골 무녀가 별님일 수도 있으리란 두려움에 찾아볼 엄두를 못 냈다. 그 두려움을 무릅쓰고 파루 종이 울리기도 전에 애오개 집을 나섰다. 상관으로 모시는 군수감 검정檢正의 은근한 압박이 요즘 들어 사뭇 노골적이었다. 아마도 그는 소경 무녀를 찾아가 본 적이 있는 듯했다. 거듭 찾아보기 두려워 만만한 아랫사람을 볶는 것이었다.

김승욱이 가마골 소경 무녀를 경계하는 까닭은 그네가 상감의 묵인 아래 곤전과 빈궁전을 무시로 드나드는 무녀인 탓이다. 상감께서 체면이 계시어 곤전과 모궁에서 싸고도는 무녀를 못 본 듯하시고, 동궁은 물정 몰라 내버려두는 사이 가마골 무녀는 어엿이 궐을 출입했다. 도성 내 순라군들은 말을 탄 소경 무녀 일행에게는 조용히 길을 열어 준다고 하였다. 특히 가마골에서 궁궐 사이에 있는 창의문과 홍지문 수직군들은 문이 닫힌 뒤에도 소소가 통행할 수 있게 한다고 했다. 누구라도 건드리기는커녕 함부로 대하지도 못한다는 소경 무녀에 대한 궁금증이 육조 거리에 포진한 벼슬아치들 사이에 은밀하고도 집요하게 퍼져 있었다. 소경 무녀가 안팎 지존들에 영향 미칠 수 있는 존재임에 정작 소소가 어느 쪽 사람인지를 파악할 수 없는 게 문제였다. 아니 어느 쪽에서도 모르는 새 소경 무녀가 곤전과 빈궁전의 측근이 된 것이 더 큰 문제였다. 그래서 노론의 손발 노릇을 하는 김승욱은 제 수족이라 믿는 근휘로 하여금 소경 무녀 살피기를 바라는 것이었다.

김근휘는 여섯 해 전인 병인년 윤삼월의 중시문과에 급제했다. 당시 급제자가 일곱 명이었다. 스물여덟 살이었으니 늦은 나이는 아니었다. 창창한 벼슬길이 열리려니 기대했는데 겨우 종구품의 호조 말

단직인 회사會士 자리가 주어졌다. 호조 아문의 여러 관청들을 살피는 자리라고 할 수 있지만 실권은 거의 없는 일이었다. 아무도 돌아보지 않아 승급이 무망한 자리로 전임자는 그 자리에서 칠팔 년을 일하다 병들어 죽었다고 했다. 죽을 때 그의 나이가 쉰세 살이었다던가. 이태 만에 김근휘를 끌어올려 준 사람이 그 무렵 호조참판에서 호조판서가 되었던 서중회였다. 아니 부친이셨다. 부친께서 호판 서중회에게 거액의 뇌물을 바치며 손을 썼던 것이다. 서중회는 탐욕스런 자였지만 받은 만큼은 하는 자였다. 대번에 호조에 속한 군자감의 직장으로 만들어주었다. 그리고 만단사萬旦嗣로 이끌어주었다.

'인자유기원人自有其願 수활여기상須活如其相 유권획기생有權獲其生.'

'모든 사람은 스스로 간절히 원하는 바 그 모습으로 살아야 하며 그런 삶을 얻을 권리가 있다'는 만단사 강령을 만났을 때 김근휘는 전율했다.

'그대 원하는가, 거기 그대가 있으니, 그곳으로 가라.'

그 행동 강령 앞에서는 희열을 느꼈다. 간절히 원하매 가질 수 있는 길이 만단사에 있었던 것이다. 호조판서나 정승들보다 더 큰 힘을 지닌 조직이 만단사였다. 조정의 종이품 벼슬이 만단사에서는 한 부의 수장도 못되었다. 김근휘를 대번에 두 품계나 끌어올릴 수 있는 힘이 서중회에게서 나온 것이 아니라 만단사에서 나왔던 것이다.

김근휘는 서중회를 통해 만단사 용부로 입사入嗣하여 만단사의 오룡사자五龍嗣者가 되었다. 그뿐이었다. 김근휘를 군자감 직장으로 옮겨놓은 지 일 년이 못되어 서중회가 죽어 버렸다. 퇴궐해 집에 들어서다 쓰러진 그는 그 길로 혼수에 빠져 사흘 만에 세상을 떠났다. 김근휘는 다시 끈 떨어진 연 신세가 되었고 김승욱 같은 자에게 매어 무녀 따위나 살펴야 하는 삶을 살고 있었다. 만단사에서의 품계는 아직 사룡사자였다. 이제 스스로 공을 세워 조정에서의 품계를 높여야 만단사에서의 품계도 높일 수 있었다. 삼룡사자가 되어야 용부령이라도 만날 길이 생긴다고 했다. 김근휘는 현재 용부령이 누군지 몰랐다. 만단사령이 누군지는 당연히 몰랐다. 현재 용부령과 오룡사자인 김근휘를 잇고 있는 끈은 이룡사자 중 한 사람인 김승욱이었다. 안팎으로 갈 길이 막막했다.

동짓달 열하루 새벽은 달빛은 고사하고 별빛 한 점 찾기 어려울 만치 흐리고 어둡다. 바람은 살을 에었다. 그래도 갓 문이 열린 홍지문 바깥의 가마골은 사뭇 부산하다. 개천을 따라 길게 늘어선 마을 곳곳에 등불이 밝혀졌고 군데군데서 모닥불이 타올랐다. 또 곳곳의 거대한 가마들에 불이 지펴진 참이다. 네모난 무쇠 가마에 봉분보다 높은 닥나무 가지가 쌓여 삶긴다. 생나무들이 삶기면서 풍기는 냄새는 들척지근하게 골짜기 사이를 밀려다닌다. 동짓달부터 정월 즈음, 도성 근방 산과 밭에서 베인 닥나무 가지들이 우마차에 실려 뭉게뭉게 가마골로 밀려드는 시기였다. 종이를 만들어 내는 것이다. 정월이 지나면 겨우내 띄운 메주들이 개천에서 씻겨 장독으로 들어갈 터이다. 그쯤에는 소금 마차들이 들어올지도 모른다. 언젠가부터 옹기장이들이 들어와 옹기도 생산한다고 했으니 흙도 실려 들어오려는가.

이 개천가에 공장들이 모여 종이를 만들고 장을 익히고 옹기를 빚어 도성 안의 많은 사람들이 먹고 쓰며 사는 것은 알지만 이 마을 사람들이 어떻게 일하고 어떤 모습으로 사는지 근휘는 실상을 모른다.

그저 천민들이 모여 산다는 걸 알 뿐이다. 훤한 낮이었다면 이 천민촌으로 들어오지 않고 개천 건너편 관음사 길을 통해 소소원으로 향했을 것이다. 듣기로는 반족班族들이 오르내리는 건너편 길이 관음사 못 미처 계곡을 만나는데 그 계곡을 건너 두 마장이면 소소원에 닿는다 하였다. 몇 년 사이 그 계곡과 소소원 사이에 말이 다닐 수 있는 오솔길이 생겼다고. 첫 행보이매, 어두울 때는 관음사 쪽의 길 찾기가 어려우리란 말에 천민촌을 지나는 것뿐이다.

가마골의 아래 골과 가운데 골과 웃골을 지나 숲으로 난 길목에 등불 한 점이 걸렸다. 오각 등피에 쓰인 소소원이란 글자가 이름처럼 밝다. 점사를 보는 날이면 내거는 등이라는 말을 들었다. 숲으로 들어서서 인가 없는 숲길을 잠시 거치고 두 채의 기와집을 지나 초가가 보이면 그 집이 소소원이라던가. 소소원 위아래 있다는 집들은 누군지 알려지지 않은 고관들이 명당자리라서 터를 잡아 놓은 것이라는 둥, 중궁께서 소소원 무녀한테 내리신 집이라는 둥의 소문이 있었다. 진위를 알 수는 없지만 소소원 아래 집들은 캄캄한 어둠에 잠겼다. 마침내 문간에 등불 한 점 내건 소경 무녀의 집 앞에 닿는다.

종자 수복이 문설주에 매달린 자그만 동종을 흔든다. 쟁강쟁강, 종소리가 나는 사이 근휘는 열린 대문 안으로 들어서 본다. 온양 은새미의 미타원에 비할 수 없게 좁은 터에 앉은 집이지만 양쪽에 방한 칸씩을 단 문간채며 마당 건너 자그만 아래채며 문간에서 멀지 않은 신당채 등이 오종종하나마 틀이 잡혔다. 대문간에서 마주 보이는 아래채에서 마흔 살이나 됐음직한 여인이 나와 마당을 건너오더니 허리를 숙였다.

"어서 오십시오. 지금 소소원주한테 앞선 손님이 들어 계시니 예서 한 식경 정도 기다려 주시겠습니까?"

세상 모든 무격들이 무꾸리 손님을 이리 대하는지는 알 수 없으나 지금 당한 이 과정은 영락없이 전날 미타원의 행태다. 지체 고하를 불문하고 기다렸다가 점쟁이를 만나야 하는 지경. 여인이 가리킨 문간채 오른쪽 방은 두 사람이 누울 수 없을 만치 좁다. 깨끗하고 안온하긴 하다. 수복이 방바닥에 깔린 방석 밑을 짚어 보더니 뜨끈뜨끈하다며 근휘에게 앉기를 청했다. 이미 손님이 들어 있거니와 처마마다 등불을 달고 있으니 집안 식구도 적지 않다는 뜻이련만 기침 소리 한 점 들리지 않는다. 동짓달 새벽바람이 문풍지를 놀리고 있을 뿐이다. 면벽하듯 앉아 문만 바라보다 슬며시 졸음이 찾아들 무렵 나지막한 인기척들이 났다. 문간에서 손님을 배웅하는 기색이다. 근휘를 맞아들이던 여인이 방 앞에 와 기척했다.

방구석마다 네모난 등이 환하게 섰다. 칠지도七枝刀 형상의 촛대에 얹힌 촛불도 다섯 점이나 된다. 불빛 환한 방안에 새로 지핀 듯한 향내가 감돈다. 어찌하여도 소경 무녀가 별님이 아니기를 바랐던 근휘의 소망은 신당으로 들어서 향내를 느낀 순간 산산이 깨졌다. 가지색 저고리에 진달래색 치마를 입고 회색 누비 쾌자를 덧입고, 매화잠을 꽂은 채 선연한 가르마를 드러내고 눈 밑까지 반투명 너울을 쓰고 앉아 있는 여인. 젊음의 윤기와 도도함이 스러진, 밀랍처럼 흰 얼굴과 가냘픈 몸피. 호젓함이랄까 서러움 같기도 한 습기를 별빛 같은 눈동자에 가득 담은 채 앉은 여인. 너울로 눈 아래를 가렸어도 근휘가 못 알아볼 수 없는 별님이다. 별님은 신단을 등지고 경상 앞에 앉아 먼 산 보기를 하고 있다. 뜨고 있어도 보지 못하는 눈이라더니 별님의 눈이 홀로 맑을 뿐 저와 더불어 한 시절 그 난장을 치고 저 때문에 긴 세월을 돌아 제 앞에 선 사내를 전혀 알아보지 못한 채 오롯하다.

"혜원!"

별님이 낮게 읊조린 소리가 제 곁에 있던 계집의 이름이었던가. 혜원이 일어나 근휘한테 허리 숙여 인사하고는 말했다.

"손님, 송구하오나 점상에 등을 바투 대고 앉아 주시겠나이까?"

근휘는 사뭇 떨리는 심사를 주체하려 애쓰면서 별님 맞은편에 등을 보이고 앉는다. 순간 점상을 건너온 별님의 두 손바닥이 근휘 등에 닿는다. 예전에도 별님의 예시가 얼마나 뛰어난지 숱하게 소문 들었고 스스로 겪기도 하였지만 그런 일들은 그저 뜬구름 같았을 뿐 지금 등에 손을 댄 별님이 근휘를 알아보는 것과는 차원이 달랐다. 별님이 김근휘를 잊지 않았다면 알아볼 터이다. 근휘의 가슴이 두근거리는데 별님의 손이 아무 내색 없이 떨어져 나간다.

"손님, 이제 이쪽으로 옮겨 주시겠습니까?"

스물대여섯 살이나 되었을까. 혜원의 움직임이나 말투가 워낙 고요한 데다 기품이 사뭇 깊어 어리둥절하다. 아랫사람의 품위가 윗사람의 품위를 높인다는 게 정설이라면 별님은 소경이 되고서도 사람을 기가 막히게 골라 쓰고 있는 셈이다. 근휘가 점상에서 서너 걸음 됨직한 위치에 앉으니 혜원이 별님 곁에 바싹 다가앉아 이쪽을 건너다본다. 별님이 의미 없어 보이는 미소를 짓더니 입을 연다.

"나리, 복채는 은전 닷 냥이옵고 먼저 받나이다."

소경 무녀든 소소원주든 간에 그의 복채는 보통 점쟁이들보다 스무 배 이상 높다고 들었다. 새벽에만 점사를 보면서도 제가 육조거리에 출사하는 벼슬아치이기도 하는 양 초사흘과 보름날과 스무사흘 날은 아예 문을 닫아걸고 손님을 물리친다고도 했다. 그 옛날 강당사 칠성각에 마주앉았을 때도 제가 받는 복채가 조선 팔도에서 최고일 것이라 하였던 별님이었다.

근휘는 소경 무녀가 정말 별님이라면 정해진 복채보다 더 내야 할 것 같아 은자 열 냥을 준비했다. 주머니를 꺼내어 말없이 내밀자 혜원이 주머니 속을 확인하더니 주머니를 점상 위에 놓고 별님의 손을 가만히 쓰다듬고 물러난다.

"곱절의 은자를 내리셨으니 그에 해당하는 말씀을 소인이 나리께 드릴 수 있게 되기를 바랍니다. 이제 나리의 사주를 말씀해 주소서."

저를 처음 만났을 무렵 강당사에서 사주를 밝혔다. 눈을 잃어 총기조차 잃었다면 모를까 설마 제가 그걸 잊었을까. 근휘는 새삼스레 자신의 사주를 밝히면서도 별님이 자신의 목소리를 기억할까 봐 무섭고 기억치 못할까 봐 두렵다. 자신의 심사를 종잡지 못한 채 근휘는 눈이 마주쳐지지 않는 별님을 바라본다. 맞닿은 듯하면서도 닿지 못하는 눈길이 소슬하다.

"경자생이신 나리, 소인한테 묻고자 하시는 바를 하문하시면 정성을 다해 말씀드리겠나이다."

"내가 질문치 않은 채 소소원주한테 보이는 대로 말씀해 주시겠소?"

"어리시거나 젊으셨던 무렵 심히 편찮으셨던 적이 계시나 병을 이겨 내시고 공부하시어 스물 예닐곱쯤에 급제하셨을 것 같고, 시방은 관직에 계십니다. 어떤 관헌도 자신의 위치에 만족치 못하는 게 당연하므로 나리께서도 그러하시겠지요. 양친께오서 상존하시고 아드님 한 분 두셨습니다. 다른 사항은 질문해 주시어야 답해 드릴 수 있을 것입니다. 이왕이면 소인을 시험하시느라 시간 허비치 마시고 곧 대로 물어 주십시오."

"이름을 말해야 하오?"

"나리의 함자며 직함은 소인이 몰라도 되나이다."

별님이 허공을 향해 미소 짓는다. 한때는 근휘에게 눈을 맞추고 깔깔깔 웃던 웃음에 소리가 사라지고 그림이 된 듯하다. 근휘의 가슴이 습벅습벅 아린다. 지병이 도진 듯 별님을 만지고 싶어 손끝도 저린다. 혹여 다시 만나면 이리될 줄 알았다. 별님이 새임의 일을 모른다 하여도, 새임이 김근휘의 유일한 아들 국빈을 낳아 문암 사람에게 주고 이 도성에서 김근휘와 더불어 살고 있음을 몰라도, 지금에 이르러 김근휘를 받아 주지는 않을 터였다. 보통 계집의 현실 법도야 한때나마 한 사내와 살을 섞으면 그 사내의 계집이 되는 것이지만 별님은 그 옛날에도 근휘의 계집이었던 적이 없었다. 지나고 난 뒤에야 자신이 별님에게 한 시절의 소용품 같은 존재였음을 깨닫고 분노했었다. 그 분노가 공부를 하게 하였다. 제가 살아 있다면 언젠가 만나리라. 그때 김학주보다 못한 사내가 되어 있지는 않으리라. 그랬다, 그때는.

"내 젊은 날 몹시 연모하였던 여인이 있소. 최근에 그 여인을 다시 보게 되었지요. 그 여인이 그때와 다름없는 모습으로 살고 있는 걸 보니 그를 다시 내 사람으로 만들고 싶소. 가능하겠소?"

"그 정도는 점쟁이한테 묻지 않으셔도 될 사항이십니다만, 제게 하문하셨으니 말씀드립니다. 불가능하시겠습니다. 나리의 젊은 날에 연모하셨던 그 여인은 당시에도 나리의 사람이 아니었겠지요. 그때 나리 사람으로 만들지 못하신 여인이 지금 나리 사람이 될 턱이 없겠거니와 나리 스스로 그럴 형편도 아니실 겝니다."

별님답다. 김근휘를 알아본 것이다. 근휘의 가슴이 뛴다.

"남녀 간이 못된다면 동무처럼이라도 지내고 싶소. 서로 살펴 주면서 말이오. 그도 가능치 않겠소?"

"그 또한 불가능하심을 아시니 소인한테 물으시는 것이겠지요. 가당치 않은 일이거니와 조금 전 나리의 등과 나리의 사주를 통해 소인이 읽은 바로는, 그 여인을 가까이 하려 드실 게 아니라 멀리 달아나셔야 할 듯합니다."

"까닭이 무엇이오?"

"여인한테 나리가, 나리한테 여인이 해가 될 법한 연이시기 때문입니다. 여인을 되찾으려 마십시오. 모든 화禍의 근원은 욕심이지 않습니까. 화도, 그에서 파생된 고통도 욕심에서 비롯되는 것이고요. 여인을 욕심내지 마시고 피하십시오."

"너무 단정적이구려."

"소인이 점사를 보매, 소인을 찾아오신 손님 자신의 영을 읽어 드리는 것입니다. 손님이 무의식 속에 간직하고 계시는, 그러함에도 스스로 깨닫지 못하거나 결정치 못하는 일들을 대신 말씀드리는 것이지요. 그게 소인의 소임이고요. 좀 전에도 말씀드렸습니다. 소인을 떠보려 마시고 나리께 정작 필요한 것을 질문하십시오."

몰라보았는가. 쌀쌀맞기가 얼음장이다. 한 시절 더없이 깊은 정을 나누었던 정인을 알아보았다면 계집 된 몸으로 이렇게 차게 굴 수는 없지 않는가. 몰라보았다면 그 또한 다행이긴 하다.

"알겠소. 내가 지금 자리 군자감에 머문 지 세 해가 되어 가오. 내년에 혹시 승차하거나 옮길 수가 있는지 알고 싶소."

"솔직히 물으셨으니 솔직히 말씀 올립니다. 머지않아 움직일 수가 보이기는 하나 나리께서 원치 않는, 바람직하지 못한 방향이기 쉽습니다. 까닭이 금년 안에 나타날 사람에 연루되어 모종의 사건에 휘말리게 되실 수 있기 때문입니다."

"동짓달도 벌써 중순인데 금년 안에 내게 나타날 사람은 누구이며 생길 일이라면 무엇이겠소?"

"오래전 인연 맺으신 사람 중 하나가 나리께 해가 되는 인물이 되어 나리 앞에 나타날 것입니다. 그자를 피하시면 지금 자리를 벗게 되는 일이 없으실 터입니다."

"내가 오래전부터 지금까지 해가 되는 인연을 숱하게 맺었을 것이오. 작금에도 그리하지 않다고 자신할 수 없지요. 헌데 그 해로운 인연을 어떻게 알아보며 어찌 피해야 한단 말이오."

"나리께서 무의식 속에서도 모르시면 저도 모릅니다. 나리께서 그 인연을 만나야만 아는 것이지요. 악연인지 호연인지 알아보기 쉽기로는 반가움과 꺼림칙함의 다름일 것입니다. 특히 과거의 사람을 만나 유난히 꺼림칙하면 그를 피하심이 상책입니다."

"허면 그가 달포 남짓 남은 금년 안에 나타날 것이다, 그 말씀이오?"

"그렇습니다. 연내 누군가 찾아오거나, 우연히 만나게 되신 인물 중, 잊고 사셨던 사람이 나타나면 그를 한사코 피하소서."

"옛 정인도 피하라, 옛 지기도 피하라. 반갑지 않아도 별수 없이 맞게 되고, 찾지 않아야 할 과거의 사람을 애써 찾기도 하는 게 사람살이인데 이미 만난 사람을 어찌 피해야 하는지, 소소원주, 아시면 말씀해 보시오."

"선택의 문제이겠지요. 가지 않아야 할 길을 가게 되고, 만나지 않아야 할 사람을 찾게 되는 데에 작용하는 건, 결국 욕망이며 의지 아니겠습니까? 사람살이는 그에 따른 결과의 연속이고요. 이미 만난 사람을 피하는 방법은 다시 그를 만나지 않게 상황을 만들고, 아예 그를 잊는 것이겠지요. 그로 하여 화가 나거나 그로 하여 마음이 아프거나, 여하간에, 그와 연결하여 어떤 일도 하지 않는 것입니다. 불가근불가원不可近不可遠할 일이 아니라 아예 싹을 자르십시오. 소인의 예시를 듣고자 오시었고 만만찮은 복채를 내시었으니 소인이 드린 말씀을 유념하시리라 믿습니다. 지금까지 말씀드린 게 제가 손님들께 받는 닷 냥분의 이야기입니다. 나리께오서 닷 냥이나 더 내주신 그 마음을 감사히 받겠사옵고, 그 마음에 대한 보답으로 더 하문하실 사항이 있으시면 말씀드리겠나이다."

셈속이 하도 또렷하니 오히려 셈 같지 않다. 팔도에서 가장 높은 복채를 받아 내는 무녀치고는 신당도 소박하기만 하다. 파르스름한 청동 불상 한 기가 신단에 모셔졌고 그 앞에 촛불 두 자루를 피웠다. 신단 안쪽 벽에는 산천도山川圖 한 장이 옆으로 넓게 걸렸을 뿐이다. 길게 세우면 팔도 지도 같아 보일 그림은 붓으로 그린 게 아니라 수를 놓은 것이다. 글씨며 색다른 기호 없이 검푸른 산과 흰 강만 표시하고 있어 그저 산 그림이다. 넓은 방 안에 있는 것이라곤 그뿐 손님용 방석 두 장과 주인들이 앉은 방석이 오방색으로 화사한 게 다이다. 나머지 벽은 온통 희다. 하기야 현실의 눈이 없으니 화려한들 무엇하랴.

"내가 지난날 두어 차례의 죽을 고비를 넘겨 지금에 이르렀어요. 내가 몇 살까지 살 듯하오?"

별님이 눈가에 주름을 만들며 소리 없이 웃는다. 사시가 된 것도 아닌데 아무리 보이지 않는 눈이라고 눈길이 닿아도 마주쳐지지 않는 건 기이하고 서글프다.

"왜 웃습니까?"

"송구합니다, 나리. 이따금 그리 하문하시는 손님들이 떠올라 웃었습니다. 얼마나 살지, 언제 죽을지 아는 게 과연 좋은 일일까. 그때마다 도리어 소인이 궁금합니다. 여하튼 나리, 소인은 수명에 관한 점사는 보지 않나이다. 보지 않으니 보이지도 않지요. 달리 하문하실 게 없으신 듯합니다."

물어볼 말이 없으면 나가라는 것이다. 왜 물어볼 말이 없으랴. 제가 아는 김근휘이기 때문에 하지 못할 말들, 제가 아는 체 나서지 않기에 묻지 못할 말들이 태산처럼 쌓여 있었다. 그것들을 고스란히 싸안고 이대로 나갈 수는 없었다. 별님에 대한 안타까움이 심하거니와 김승욱이 원하는 바, 별님이 어느 쪽 사람들과 줄을 대고 있는지 알아낸 것도 전혀 없지 않은가.

기실 별님은 어느 쪽 사람일 수 없었다. 근휘가 아는 별님은 언제나 저 홀로도 충분한 사람이었다. 아무 쪽 사람이 아닐 게 분명한 별님에게 근휘가 오히려 해줄 수 있는 일은 얼마나 많은 눈들이 저를 보고 있는지를 알려 주는 것이었다. 하지만 그 또한 모를 별님이 아니므로 근휘가 할 일은 없다.

"이 소소원에 관헌들이 많이 찾아온다는 게 사실이오?"

가능하다면 별님을 김승욱과 연결시키는 게 최상이다. 김승욱은 종사품의 검정일 뿐이지만 한성판윤 김광욱의 아우다. 한성판윤은 정승에 버금가며 노론을 이끄는 실세 중 한 명이다. 노론들에 힘입어 등극하신 대전께서는 노론을 견제하며 네 당파를 조정하면서 왕권을 강화했다. 소전小殿에 대리기무代理機務를 명하고도 권신들을 견제하려는 대전의 의지는 변함이 없었다. 노소론의 중도파들을 드러내 놓고 신임했다.

게다가 소전은 도대체가 어디로 튈지 모르는 인물이었다. 보이기로는 대전께 반하는 일만 한다지만 환곡제의 폐단을 없애자는 것이며 대동미와 군포들의 징수에 따른 부패 척결을 들고 나서매 대전의 속뜻에 부합하였다. 그건 대지주들로 이루어진 집권 노론에 대한 위협이었다. 연만하신 대전은 권신들의 눈치라도 보시지만 막무가내인 소전의 행태는 작금 노론들에게 전혀 바람직하지 않았다. 대전과 소전의 불화가 깊다 하여도 부자지간이고 더구나 왕세손王世孫이 난마당이다. 대전의 춘추는 높고 소전은 갓 어린 티를 벗고 이제 젊어져 간다. 장차 대세는 소전 쪽으로 기울 수밖에 없다.

그런 판에 곤전과 빈궁에 길을 터놓은 별님을 당겨 노론 사람으로 만들 수만 있다면 근휘의 앞날은 과거 인물이 아니라 살인에 휘말려도 탄탄대로이기 쉽다. 무엇보다 별님을 내 사람으로 만들 수 있다면 김승욱에게 매어 살지 않아도 만단사 용부의 중심으로 들어설 방법을 찾아낼 수 있을 터다. 너무 거대하여 오히려 실체가 드러나지 않는 만단사. 김근휘는 그 실체의 일부는커녕 꼬리 하나도 못 잡았다.

"소인한테 그걸 꼭 확인하시는 분들이 관헌이실 터, 하루 한두 분은 관직에 계시는 분을 뵙는 게 사실입니다. 그분들도 다 제 집에 어떤 관헌들이 드나드는지 알고 싶어들 하시더이다. 나리께서도 그렇습니까?"

"나라고 다르겠소. 누가 드나듭니까?"

근휘가 정작 묻고 싶은 것은 따로 있었다. 그 옛날 별님이 온율 서원 일로 인연 맺은 대사헌 이한신과 지금까지 연결되어 있는지. 물론 그럴 가능성은 희박하다. 대사헌 대감이, 누이가 여러 사내들에 능욕당하고 스러진 게 무슨 자랑이리라고 당시의 무녀를 여태 돌아볼 것인가. 더구나 도고 관아 참변에 연루되어 사라진 계집을. 별님이 제 머무는 곳마다에서 기어이 도드라져 제 아는 인종들을 곤혹에 빠뜨리는 계집임을 대사헌인들 몰라봤을 리 없었다. 그래도 무녀라고 찾아왔다가 별님을 알아보았다면, 하여 전날의 인연을 되살렸다면 별님은 대사헌 쪽 사람이라 봐야 할 것이다.

작금 상감의 총애를 받는 중도파들의 기수가 대사헌 이한신이다. 그는 비리나 부패에 관련된 벼슬아치들을 파당에 관계없이 거침없이 탄핵했다. 대전의 의중이 대사헌을 통해 실현되었다. 그의 아들 이무영은 정오품의 형조정랑이다. 그 옛날 온율 서원에서부터 근휘에게 열패감을 안겼던 이무영은 여전히 앞서 나가면서 때때로 자괴감을 안겨 주었다. 그는 세 차례나 대과에 급제했고 그때마다 장원이었다. 그의 장인은 좌의정 오종헌 대감이다. 이무영과 향리가 가까운 데다 잠시나마 동학했던 게 근휘한테는 언제나 악재인 것만 같았다. 그러니 그들 부자가 별님과 연결되어 있을지가 궁금한 것은 사감에 가까웠다.

"소인은 제 앞에 계신 나리가 누군지도 모르지 않습니까? 다른 분들이 제 앞에 계시어도 모르기 일반이고요. 제가 보는 것은 이름 모를 한 사람의 현재와 가까운 앞날입니다. 그가 어떤 직책에서 무슨 일을 하는지는 저한테 의미가 없지요. 그러하매 소인한테 물으신들 무슨 소득이 있겠습니까."

"알아도 말씀하지 않을 터이고?"

"물론 그렇지요. 그건 점쟁이인 소인의 도리이자 자구책이기도 합니다. 소인이 혹시라도 이쪽에서 들어 알게 된 사실 한 가지를 저쪽에 말씀드린다면 소인 목숨이 몇십 개인들 남아나리까. 다행히 지금까지 그런 우를 범치 않았습니다. 앞으로도 그리되도록 애쓰고 있고요. 하니 나리께서 행여, 앞으로 소인을 또 찾아오실 양이면 스스로에 관한 사항만 질문하시는 게 나리께 득이 되실 것입니다."

"뜬구름 잡는 식의 질문 하나 하리다. 가령 내가 보지는 못했으나 실체를 알고 싶은 어떤 사람을 만나고 싶다 할 때 그에게 닿을 수 있는 길이 무엇이겠소?"

별님이 질문의 뜻을 생각하는 듯 김근휘를 바라본다. 여전히 눈길이 어긋났다. 목소리와 눈빛을 통해 상대의 심사를 짐작할 수 있는 법인데 별님의 목소리는 잔잔하기만 하고 눈길은 도무지 마주쳐지지 않는다.

"말씀의 뜻을 알기 어렵습니다만, 조금 전 나리의 등을 통해 읽은 바, 나리의 심중에는 많은 사람이 들어 있는 듯합니다. 물론 보통 사람의 심중에도 다른 사람들이 들어 있기 마련입니다만 나리께서는 그보다 더 많은 사람, 모르는 사람들까지 담고 사시는 성싶고요. 가시고 싶은 곳, 닿고 싶은 세상이 높고도 머신 게지요?"

만단사에 입사할 때 어떠한 경우에도 만단사에 대해 침묵하고, 어떠한 경우에도 만단사령의 명을 따르겠노라 맹세했다. 만단사에 대해 침묵하는 것이야 쉬웠다. 그에 대해 이야기 나눌 사람이 없으므로 가만있기만 하면 됐다. 만단사령의 명을 따른다는 조항은 실천하기조차 요원했다. 저 위 구름 속에 있어 실체도 알지 못하는 그의 명을 어찌 따라 본단 말인가. 가고 싶은 곳, 닿고 싶은 곳이 그만큼 먼 것이었다.

"꼭두새벽에 이 깊은 숲속까지 찾아오는 사람이라면 대개 그렇지 않소?"

"물론 그렇습니다만 대체로 직설로 물어 오시지 나리처럼 뜬구름 잡는 질문으로 시간을 낭비하시지 않습니다. 그러니 제가 여쭙지요. 군자감에 계시다고 하셨는데, 나리의 전도에 영향을 미칠 만한 다른 데, 가령 어떤 시사時社 같은 것에 속해 계십니까? 꽤 큰 조직이라서 인연 맺은 사람이 많고요?"

"그, 그런 셈이오. 과연 용하시구려."

"나리께서 하문하신 것과 같은 질문을 하는 손님, 이따금 뵙니다. 위로 오르고 싶은 가없는 욕심에 시달리시는 분들이시지요. 너무 큰 욕심이라 무녀 앞에서조차 실체를 내뱉지 못하면서 무녀가 길을 찾아 주기를 원하시는 분들이고요. 그런 질문 앞에서 소인의 대답은 늘 비슷합니다."

"뭐라 하시오?"

"그저 얻어지는 것은 없다는 것입니다. 하다못해 점쟁이한테 한마디 말이라도 더 들으려면 질문을 정확하게 하셔야 한다고요. 마찬가지로 나리의 방금 질문에 소인이 드릴 말씀도 없다는 뜻입니다. 더 하문하실 게 없으시면 이만 접지요."

"허면, 소소원주 본인에 대한 손님의 궁금증을 풀어 주기도 합니까?"

"소인에 대해 궁금해하시는 분들도 흔하지요. 멀쩡한 눈으로 부러 소경 노릇을 하는 게 아닌가 의심하는 분들도 계시고요. 눈먼 사람이 태연히 앉아 아는 소리 하는 게 신기하신지 궁금해하시는 것도 많습니다. 소경이 등 뒤에 산천도는 왜 붙여 놨느냐. 태생지가 어디냐. 몇 살에 신내림을 받아 무녀가 되었느냐. 눈이 왜 멀었느냐. 눈먼 사람이 공부는 어찌하였기에 방자하게 아는 척을 하고 나서느냐. 그 많은 복채를 받아 챙겨 뭘 하느냐. 심지어는 심안을 잃고 육안을 얻을 수 있다면 어찌하겠느냐고 묻는 짓궂은 분도 종종 계십니다."

"어찌 대답하십니까?"

"그저 웃습니다."

"왜 대답지 않으시는 겝니까?"

"소인 내놓을 게 없사와 답할 말도 없기 때문입니다. 오늘 나리께는 제법 많이 말씀드린 셈입니다. 복채를 두둑이 내신 덕이시지요. 더 하문하실 게 없으시면 이만 이 자리를 접으심이 어떠하십니까. 멀리서 동이 터오고 있으니 등청도 하셔야지요. 다른 손님이 드셔 계신 듯도 하고요."

"정녕 나를 끝내 모른 체하며 내보낼 참이오? 그대 별님이 나 김근휘를?"

불쑥 쏟아진 말이다. 스스로 본색을 드러낸 근휘는 당황하여 떨리기까지 하건만 별님은 못 들은 듯 태연하다. 미소도 시종일관이다. 그 미소를 견딜 수 없어 근휘가 터진 것이었다.

"가마골 무녀에 대해 듣는 순간 별님 그대임을 직감하고 애써 찾아온 것이오. 헌데 끝내 나를 모른다 하오. 우리가 더불어 나눈 세월을 그리 매몰차게 내버릴 수 있는 일이오?"

하여도 별님은 입가에 미소를 지은 채 말이 없다. 허공에 뜬 눈에 얼핏 스치는 날카로움이 있긴 하였으나 묵묵하다. 침묵을 견디기 힘든 근휘가 다시 말을 하려는 찰나 반야가 제지하듯 점상 한쪽에 놓인 정주를 한 차례 흔들고 턱, 엎었다.

"점사가 길어졌습니다, 나리. 소인이 드린 말씀을 유념하시고 조심히 가옵소서. 혜원, 손님을 배웅해 드리세요."

혜원이 어느 결에 다가와 뻗대고 앉은 근휘 곁에 다가들어 나가라는 듯 두 손을 펼쳐 보인다. 그 손이 근휘를 부끄럽게 하는데 부끄러운 와중에도 물러나지 않고 버티면 무슨 일이 일어날까, 궁금하다. 무슨 일이 일어날지 보고 싶은 것이다. 별님이 어떠한 모습으로 사는지 일면이라도 보고 싶고 그건 또한 세검정 소소원 무녀에 대한 정보가 되기도 하리라.

"나리, 점사가 끝났나이다."

혜원의 나직한 채근에도 근휘는 그냥 앉아 있어 본다. 버티다 보니 서럽기도 한 것 같다. 세상에 나서 서른세 해를 살아오는 동안 별님에게 가졌던 그 맘은 그 한 번이었다. 그로 하여 죽고 싶었고 그로 하여 살고 싶었다. 지금 별님에게 갖는 이맘이 그때의 그 맘인지 아닌지 알 수 없는 게 서럽고도 허망하였다. 별님은 어디를 보는지 알 수 없는 곳을 보는 채 그냥 앉아만 있다.

"밖에들 계셔요? 손님을 배웅해 드리세요."

혜원의 말소리가 나자마자 밖에서 문이 열리더니 찬바람이 들이친다. 근휘가 고개를 돌리는데 어느새 방 안에 젊은 사내놈 둘이 들어와 있었다. 놈들이 근휘의 양편에서 겨드랑이에 팔을 넣더니 단짝 일으켜 세우곤 끌고 나선다. 문 앞에서 대기하던 계집이 신발을 준비했다가 신게 한다. 끌려 나오는 와중에 근휘는 문간채 방에 다른 손님이 들어 있음을 보았다. 짐짓 소란을 피우고 싶어도 체면을 생각하는 한 그럴 수 없게 되었다. 놈들이 근휘를 문간까지 끌고 나온 뒤에야 양팔을 놓고는 동시에 허리를 깊이 숙였다.

"아직 날이 어두우니 살펴 가시옵소서, 나리."

그리 중얼댄 놈들이 문간 양쪽에 버티고 선다. 워낙 창졸간에 일어난 일이라 근휘가 어리떨떨해 있는데 먼저 쫓겨 나와 있던 수복이 걱정스레 다가왔다. 어처구니없는 박대에 웃음이 나는 한편 근휘는 어쩐지 안심이 되었다.

아침 꽃 같은

이무영은 벼슬살이를 시작한 뒤부터 한 철에 한 번쯤 시집간 누이 보러오듯 소소원을 찾아왔다. 현무부 칠품 계원으로서야 반야를 찾을 일이 없는 무영인지라 그는 늘 점사 보러 오는 젊은 벼슬아치 시늉을 했다. 다른 벼슬아치들과 다른 점이라면 그는 새벽에 오지 않고 저녁에 들른다는 것이었다.

해가 저물고도 한참이 지난 뒤 무영이 들어왔다. 그의 들어섬에 반야의 마음에 강물이 흐르고 그 물결 위로 복사꽃 분홍 잎들이 동동 떠가는 듯이 된다. 그를 사모한다거나 그를 기다리는 건 아니었다. 아닌 것 같았다. 그저 언젠가부터 무영이 가마골을 향해 발길을 놓으면 그를 느끼고 설레는 자신이 살아 있음을 실감할 뿐이다.

신당으로 들어온 무영은 시키지 않아도 서안 앞에 앉아 반야한테 등을 내놓는다. 시자도 없이 홀로 찾아와 여느 손님들처럼 등을 대는 것이다. 반야가 등에서 손을 떼자 무영이 물러나지 않고 돌아앉는다. 찾아올 때마다 그리하는 사람이다.

"석 달 만에 뵙습니다, 나리."

"제 올 걸 아침부터 알고 기다리셨지요?"

짐짓 투정하는 듯한 그의 말투에 반야가 빙긋이 웃는다. 그가 올 걸 어제부터 느꼈다. 오늘 밤에 부적을 그리느라 방을 난장판으로 만들지 않고, 잠자리 들어야 할 시각에 두레로 하여금 단장을 시켜 달라 한 건 그 때문이다. 손님을 맞을 때마다 쓰는 각양각색의 너울도 그 앞에서는 쓸 필요가 없다. 때로 한 번씩, 심안과 육안을 맞바꿀 수 있느냐는 손님들의 질문이 떠오르는데 오늘 밤 단장할 때도 그랬다. 단장한 모습이 그에게 어찌 보일지 확인하고 싶으니 그 질문이 생각났다. 보아도 못 보는 것과 보이지 않아도 볼 수 있는 경우 어찌하고 싶은가. 의문의 대답은 늘 같았다. 육안을 얻고 영기를 잃어야 한다면 현실의 눈을 얻고 싶지 않았다. 그러면서도 무영의 얼굴을 보고 싶기는 했다.

"대로변에 자리를 까셔야 할 것 같네요. 예, 나리. 기다렸습니다."

반야가 농담을 하고는 웃는다. 웃는 자신이 얼마나 아름다운지 제가 알랴. 무영은 웃는 반야 때문에 마음이 들뜨고 가슴이 아린다. 도령 복색을 하고 성균관에 들렀던 시영을 보고 가슴이 얼마나 뛰었던지. 관내 곳곳을 안내해 주고 이따금 누구냐 물어 오는 유생들에게 아우라고 소개하면서 얼마나 재미났던지. 그때 밥 한 끼를 나누고 헤어졌던 시영이 무녀임을 진장방 집에서 알게 되었을 때는 사뭇 놀랐지만 덕분에 혼인하지 않을 것을 알고는 천행으로 여겼다. 시영이며 반야인 그가 그 직후 입계하였고 입계와 동시에 칠성부령이 되었음을 알게 된 뒤에는 그와 혼인할 방법이 무엇인가 홀로 궁리했다. 백 가지로 궁리해도 사대부로 계원의 의무에 임해야 할 자신이 무녀로 칠성부령 노릇을 해야 할 반야와 혼인할 방법이 보이지 않았다.

포기하지 않았다. 둘이 뜻만 맞으면 방법이 없으리. 부친은 겉으로나마 반야의 신분을 바꾸어 주실 수 있는 분이셨다. 족보 하나쯤 얼마든지, 필요하다면 반야한테 양반 부모도 만들어 주실 터였다. 부친이 계원이며 경卿이신 이유가 그 때문 아닌가. 반야가 혼인하여 남의 사람이 될 것이 아니므로 무영은 대과에 세 번 급제한 뒤 출사하고 장가도 들겠다는 방어막을 쳤다. 와중에 치명적인 장애가 바깥이 아닌 안에 가로놓였음을 알게 되었다. 반야의 모친이 부친의 정인이라 하지 않은가. 은새미와 도고 관아에서 일어난 참극 뒤였다. 늘 늠름하시던 아버지가 한동안 몸을 가누지 못할 정도로 앓으시다 까닭을 털어놓으셨던 것이다.

"내 무심하여 내 사람을 지키지 못했다. 반야, 그 가여운 아이를 어찌 볼거나."

세상 무서울 것이 없었던 무영이었으나 부친 정인의 딸과 자신이 부부 연을 맺겠다고 나설 수는 없었다. 혼인의 꿈을 접었다. 참극을 겪고 소경이 되어 버린 반야한테 마음까지 접지는 못했다. 금세 무너질 것 같으면서도 꿋꿋하고, 몹시 여리면서도 당당하기 그지없는 사람. 다정과 안쓰러움이 같은지 다른지 구분하지 못한 채 무영은 이따금 반야를 찾아와 얼굴이나마 보는 것을 낙으로 삼아왔다.

"나리, 시끄러운 일이 있을 것이라 연통 드렸는데 받으셨습니까?"

"받았습니다. 도적 떼가 도성에 출몰할 것이라 하셨다고요? 제 소임이 그들과 무관하지 않을 터라 도적 떼가 출몰하면 제가 바빠질 것이야 당연한 일입니다. 헌데, 진장방 집에 경계를 늘리라 하신 까닭을 알고자 합니다. 놈들이 아버님을 겨냥하여 움직일 것이라 보십니까? 그들이 아버님을 왜요?"

"나리, 잠시만요! 혜원, 나리께서 갈증이 심하신 듯하니 우선 따듯한 물 한 사발 들여오세요. 연후에 대추차를 끓여 들여 달라 하시고요."

그의 갈증을 느낀 탓이려니와 혜원한테 자리를 비워 달라는 뜻이다. 그걸 알아들은 혜원이 제 뒤켠에 놓였던 화로 위 주전자에서 물을 따라 놓고 서안 위에 놓인 책을 챙겨 가만히 방을 나갔다. 무영이 웃고는 물 몇 모금을 느리게 마시고 잔을 내려놓는다.

"매양 느끼는 것이나 제 갈증까지 알아보시는 것이 새삼 경이롭습니다."

"앉아 하는 일이 사람 살피는 것뿐인데 무얼 새삼 감탄하십니까. 사온재에 도적 떼가 든다 하였을 때 원인은 제게 있다는 말씀부터 드려야겠네요. 우선 나리께 여쭤 볼 사항이 있습니다. 군자감에 있는 김근휘라는 자를 혹 아십니까?"

"특별한 친분은 없으나 머잖은 향촌 출신이라 알지요. 온율 서원에서 잠시 동학도 했던걸요. 김근휘는 군자감 직장으로 입직 중인데 군자감 검정이 극렬 노론인 한성 판윤 김광욱의 아우입니다. 김근휘는 김승욱의 수족이랄 수 있습니다. 그자가 왜요? 미타원 시절에 그자를 만난 적이 있습니까?"

"과거, 세상 무서운 줄 몰랐던 제가 잘못 덧들인 인연들이 있었습니다. 입계하기 전이었지요. 김근휘가 저의 교만과 우매함으로 맺은 인연 중 하나입니다. 또, 제가 입계 직전 사온재에 머문 일이 있지요. 그때 제가 미타원에서부터 달고 간 사람이 있습니다. 임인이란 자입니다. 그를 입계시키려 하였으나 실패하였지요. 당시 한 달 정도 사온재 행랑에서 머물렀던 그 사람이 아마도 당시를 기억해 내고 댁에 들를 듯합니다. 하여 경계해 달라 한 것입니다. 김근휘는 나리께서 이미 살피고 계셨다니 새삼 덧붙일 것 없겠고요."

반야가 술술 꺼낸 말의 이면을 알아들은 무영이 경직된다. 반야가 접한 사내들 때문이 아니다. 아무 힘없는 백성으로 한 고을 수령의 표적이 되어 시달림을 받았고 그로 인해 결국 참화를 당한 제게 그깟 사내들이 백 명인들 흠일 까닭이 무엇이랴. 더구나 지금은 수천 계원 가운데 가장 귀한 자리에 있는 존재였다. 수천의 꿈이 모여 저를 추앙하고 보호했다. 헌데 과거의 사내들을 가감 없이 제 흠이라 들이대며 새삼 거리를 두려워하지 않은가. 자책이다. 어머니를 비롯하여 다섯 식구를 잃고 눈을 잃고 절규하던 시절의 그늘이 다시 드리워진 것이다. 그 시절을 지켜보며 무영도 더불어 아팠다. 무영은 반야가 드리운 그늘의 이면을 자신이 알아챘음을 내색치 않는다.

"임인이란 자가 도적 떼 일당이 되었다 그 말씀이십니까?"

"그가 도적이 되었는지는 확실하지 않습니다만 도적 떼와 더불어 느껴지니 조심해야겠지요. 저로 인하여 도드라질 일이라 부끄럽고 죄송하여, 연통하면서 저간의 사연까지 알릴 수는 없었습니다. 도적들이 사온재에 들게 되면 대감이나 나리께서 구설을 타실 수도 있을 텝니다. 그러니 내일부터 대놓고 경계를 강화하시어 도적들이 침범할 뜻을 아주 꺾어 버리십시오. 낯선 사람, 예전에 잠시 지나친 인연을 빙자하여 만나자는 사람. 그런 이들을 집에 들이지 마시고 뵙고 싶다는 거래가 들어와도 만나지 마십시오. 나리의 형조 일이야 보통대로만 하면 되실 것이고요."

"알겠습니다. 통문 듣고 아버님 호위들이 움직이는 걸 보았습니다만, 예상했던 것보다 더 심각한 듯하니 집안사람들한테 경계를 더 하라 하겠습니다. 그건 그리하면 될 일이고 사사로이 한 가지 여쭙 겠습니다."

"말씀하십시오."

"반야께서 그 옛날 시영이었을 때 저를 몇 번 만나셨는지, 기억하 십니까?"

떼쓰는 아이 같은 물음에 반야가 웃는다. 아직 수염도 채 돋지 않 았던 십 년 전의 도령이 지금은 어떤 모습일지. 그의 얼굴을 볼 수 있다면 재미날 것이다.

"기억합니다."

"허면, 제 얼굴을 기억하십니까?"

올 때마다 갈증이 깊던 사람이었다. 계원으로, 현실 속 젊은 사대 부로, 큰 고난 겪지 않고 성장하여 현재에 이른 무영의 갈증은 그가 지닌 유일한 허점이기도 하였다. 그의 처가인 충정재가 삼대 전 임 금인 현종대왕의 공주 댁이었다. 그의 부인 보연당은 명윤 공주의 손녀였다. 공주의 손녀가 곧 공주마마는 아닐지라도 왕가 후손으로 서 공주대접 받으며 자랐고 전도양양한 수재로 이름난 이무영에게 시집 와 살고 있었다. 그 내외한테는 네 살난 딸 영로와 돌 지난 아 들 긍로가 있다.

당금에 무영이 반야를 소망함은 그 자신에게 이롭지 못할 뿐더러 서로에게 치명적인 화를 부를 수도 있었다. 대놓고 궁중을 드나드는 무녀 소소를 지켜보는 눈이 그만큼 많았다. 두 사람은 사신계 한가 운데에 들어 있는 사람들이므로 두 사람한테 미치는 화는 계에도 미 치는 것이었다. 두 사람은 부모들의 인연을 차치하고라도 서로 모르는 체해야 맞았다. 이제껏 그렇게 잘 해왔는데 지금 무영이 그 선을 가벼이 넘어서는 참이다. 덩달아 반야도 넘고 싶은 게 문제였다.

"나리의 용태는 기억하지 못합니다. 나리의 등을 얼굴이신 듯 알 뿐이죠."

반야의 태연한 부정에 무영은 기가 막혀 웃다가 두 사람 가운데 놓인 서안을 들어 한쪽으로 치운다. 점사 보러 오는 자들이 이따금 무례를 범하다 반야의 호위들에게 들려 나간다는 것을 모르지 않는다. 강수를 위시하여 각 부 부령들이 뽑아 올린 그들은 사신계 최정예 무절들이다. 날마다 무예를 연마하는 것은 물론이고 사신계 무예의 모든 것을 연구하며 기술하고 있는 인재들. 반야의 글 선생인 혜원은 말할 것도 없었다. 그들을 지휘하는 방산은 마흔 살이 가까운 칠요의 호위무진이다. 반야가 비끗만 하여도 무영은 흔적조차 없이 사라질 수 있다. 하지만 무영은 자신이 무슨 짓을 하여도 반야한테 쫓겨나지 않을 것임을 모르지 않는다.

"뭐, 뭘 하시는 거예요?"

서안을 치우고 제 앞에 바투 다가앉는 무영을 느낀 반야의 눈이 당황하여 깜박인다. 무영은 반야의 깜박이는 눈에 손을 뻗어 가만히 쓴다. 반야의 눈을 감긴 무영이 반야의 왼손을 잡아 자신의 얼굴에, 오른손을 제 가슴팍에다 대준다.

"자요, 만져 보세요. 총기 높기로 세상에 당할 자가 없을 당신이 제 얼굴 기억치 못한다 함이 허언임을 알지만, 제 얼굴 본 지 오래되었으니 만져 보시라는 겁니다. 더불어 제 마음도 만져 보시고요."

그의 가슴에서 손바닥으로 전해지는 기운이 따사롭다. 반야가 왼손으로 가만히 쓸어 보는 그의 볼은 부드럽고 콧대는 높다. 눈을 감앉는가, 눈꺼풀이 덮인 눈동자의 굴곡이 분명하고 눈썹이 성하다. 이마는 단단하다. 다시 인중과 콧등을 만지며 내려오니 아물린 입술은 따뜻하고 턱은 까칠하다.

턱 밑의 갓끈 매듭을 만지작이는 반야의 손을 무영이 잡아채고는 삽시에 다가들어 안으며 입술을 댄다. 충돌하듯 부딪었음에도 반야의 입술에 닿은 그는 조심스럽다. 그 조심스러움이 불현듯 눈물겨워 반야는 그의 입술을 맞아들인다. 상상하거나 꿈꾸거나 한 적이 없는 그와의 부딪침이다. 그럴 수밖에 없는 게 두 사람 사이에는 양쪽의 혈육인 심경이 존재했다. 심경이 당신 딸임을 대감이 모르고 심경이 제 누이임을 무영이 모르지만 반야는 알지 않는가. 홀로 어둠 속에서 귀신처럼, 목내이처럼 말라 간다 할지라도 반야는 무영을 꿈꿀 처지가 아니었다. 이따금 그의 등이나 쓸어 보며 나이 들어가려니 여겼고 다른 욕심을 부려 본 적도 없었다. 그렇게 여겼건만 아니었던가.

반야가 응대하니 무영은 거칠 것 없이 입술을 파고들면서 반야를 끌어안는다. 처음 만났을 때부터 간절히 안고 싶었다. 안기는커녕 만져볼 수도 없이 몇 세월이 흐르는 동안 그 맘이 어디로도 못 간 채 고스란히 무영에게 있었다. 그 반야를 몇 세월을 지나고 나서야 품는 것이다. 품에 안긴 반야는 순하게 응해 온다. 반야가 자신과 같은 마음임을 모르지 않았던 무영이었다. 두 사람이 얽히지 않아야 함을 알았기에 지금까지 온 터였다. 이제 금제를 넘어 버렸다. 막힌 둑이 뚫리듯 거침없는 무영의 입술을 반야가 가만히 밀어내면서 중얼거렸다.

"혜원이 금세 대추차를 들여올 것입니다. 잠시 물러나시어요."

"아니오, 혜원 그 사람, 당신이 목청껏 부르기 전에는 이곳으로 돌아오지 않을 겁니다. 그리 불민한 사람이 아니지 않습니까. 당신이 지금 결정하실 건 지금의 나를 어찌해야 할지입니다. 내 어찌하리까?"

"제게 밉보이시면 어찌되는지는 아십니까?"

"뼈도 못 추리게 될 것을 잘 알지요. 하여 여쭙는 거 아닙니까. 이대로 달아나야 살지, 그저 저 하고 싶은 대로 해야 살지 몰라서요."

그의 농담에 반야는 오래 잊고 살았던 욕정이 치올라 진저리를 친다. 그를 물리치기엔 늦었거니와 어둠 속에서 그를 동경해 온 날들 가운데 겪었던 고독이 너무 깊었다. 방 안에서만 사는 동안 나날이 스스로 귀신같아짐을 느꼈다. 아니, 갈 데 없는 귀신이었다. 그의 품에 안긴 지금 그를 물리칠 일말의 의지도 없었다. 더구나 지금은 그를 통해서라도 생기를 얻어야 할 때였다. 무수한 파지를 내고서도 단 한 장의 부적이 그려지지 않았다. 까닭이 스스로에 귀기만 서렸을 뿐 생기가 없기 때문이었다. 이 생생한, 설렘과 기쁨과 저림으로 심신이 살아 있어야 하는 것이다. 그리 살고 싶었다.

"예가 신당임을 아십니까?"

"압니다."

"두렵지 않으십니까?"

"당신이 두려움 없으신데, 제가 두려워해야 합니까?"

반야는 대답 대신 더듬더듬 그의 목에 팔을 두르고 그의 입술을 찾아 입맞춤을 한다. 나중 일은 나중으로 미루어도 될 터이다. 혈연으로 따져야 하는 관계나 삶의 의미보다 당장은 그리운 사람, 살아 있는 몸과의 소통이 간절했다. 내가 살아 있는 사람이라는 것을 자각하고 싶은 욕망이 절실했다. 하여 지금은 다른 누구도 아닌 무영이 필요했다. 첫눈 같고 아침 꽃 같은 사람.

지난 한가위 뒤 궐에 들어와 곤전을 뵈었지만 빈궁을 뵌 것은 그 몇 달여 전 오월, 원손 아기씨가 세손으로 책봉된 후였다. 빈궁마마 앞이라는 상궁의 말에 반야는 선 자리에서 절을 하고 일어난다. 서너 걸음 남짓한 곳에서 세손 아기씨의 기척이 들린다. 돌이 석 달쯤 지난 아기씨는 방 안을 아장아장 걸어 다니며 노시는 중이다. 나인들은 아기씨가 자신에게 닿으면 자지러지며 웃음을 삼킨다.

"소소, 이리 따로 찾아와 주니 고맙네. 편히 앉으시게."

빈궁이 반야한테 말을 걸 수 있게 된 것은 내외분이 십오 세가 된 지지난해 정월, 관례와 합례合禮를 치르신 뒤였다. 그나마 늘 어마님들이신 곤전이나 자궁전이 계신 자리여서 수인사 정도였다.

"황공하오나 빈궁마마, 쇤네 손을 잠시 잡아 주시겠나이까?"

"참, 어마마마를 뵈올 때도 그리하였지."

나인들이 부축해 빈궁께 다가가게 할 줄 알았더니 빈궁이 몸소 움직여 반야의 손을 끈다. 지난날 반야가 소경이 되었음을 확인하던 자리에서 안타까움에 울먹였던 빈궁이었다. 안온한 손길이 고즈넉이 반야를 이끌어 자리에 앉혀 준 뒤 물러난다.

"황감하옵니다, 마마. 이 은혜 쇤네 마음 깊이 새기겠나이다."

"이만 일에 은혜라니. 편히 앉으시게."

"편하옵니다. 세손 아기씨께오서 여적 아니 주무시옵니까?"

"밤늦어서야 주무시는 게 버릇 되시어 이경이 되도록 저리 팔팔하시다네."

저리 팔팔하신 아기씨가 오는 봄이면 새처럼 훨훨, 저세상으로 날아 가시리란 말씀은 드릴 수 없다. 잡아 드릴 수만 있다면 방책을 강구해 볼 수도 있을 것이나 아기들의 무구한 영은 잡히지 않는다. 무구함에는 의지가 깃들지 않아 귀신이 들 수 없으니 잡히지도 않는 것이다.

"마마, 말씀 낮추소서."

"어마님들께오서 그리 아끼시며 동무처럼 지내는 사람한테 내 어찌 함부로 하대를 하겠는가. 더구나 그대가 우리 소전마마 구하시던 광경을 똑똑히 지켜본 나 아닌가. 그 덕에 내가 세손을 생산하는 광영을 맞은 것을. 내 아직 그대를 맘놓고 불러들일 힘이 없으나 그대에 대한 고마움은 한시도 잊지 않네."

동궁이 소전이라 불리는 건, 지지난해 대전께서 동궁한테 느닷없는 대리기무를 명하신 때문이었다. 까닭이 그 전해에 대전께서 유독 귀애하시던 화평 옹주를 잃으시고 참척의 참담함에 성의聖意가 흐려지신 탓이라 하였다. 당시 슬픔에 연만하신 용체가 심히 편찮기도 하였으나 기실은, 세자 탓이었다. 당시 아직 어린 세자가 부왕의 정사 경영에 대한 분별없는 험담을 조신들 앞에서조차 대놓고 하는 바람에 그렇다면 어디 네가 해보거라, 밀쳐 버린 것이었다. 부자간의 기세 싸움이 본격적으로 시작되었던 것이다. 그런데 대리기무를 하게 된 소전이 허구한 날 대전께 꾸지람을 듣고 산다는 소문이 궐 밖에까지 파다했다. 일을 시켜 놓고 사사건건 트집을 잡으니 부자간의 반목도 문제려니와 혈기 방장한 아드님이 갈피를 못 잡고 거칠어지실 게 불문가지였다.

"황공하옵니다, 마마. 부디 쇤네를 편히 보시어 주옵소서."

"내 그대가 편하고 든든하네. 그 옛날 내 사가에서 도령 복색을 하고 찾아든 그대를 본 뒤 궁에서 그대를 다시 만났을 때 얼마나 반가 웠는지. 하필이면 그때 자리가 저하 병석이라서 그대와 말 한마디 나눌 틈 없이 헤어졌지 않은가? 둘이 이리 마주앉기까지 참으로 오래 걸렸네. 하여도 그대가 이리 찾아와 주니 그대와 내 인연이 고맙기 한량없네."

"송구하옵니다, 마마. 쇤네가 오늘 밤 마마 알현을 청한 까닭이 따로 있나이다. 내밀한 말씀을 아뢰고자 하오니 쇤네를 어여삐 여기시어, 잠시 곁을 물려 주시겠나이까?"

"장지문 열면 옆방인 것을 그야 무에 어렵겠나. 이보오, 윤 상궁! 세손 모시고 나인들과 함께 잠시 물러나오. 가능하다면 아기씨를 재워 보시고요."

"소인 상궁 윤가, 삼가 아뢰나이다. 외인이 들어 궁주宮主를 알현함에 내인들을 모두 물리치심은 궁중 법도에 심히 어긋나거니와 소인들한테 불가하옵니다. 부디 소인만이라도 곁에 있게 하시오소서."

모습을 볼 수는 없으나 주인을 섬기는 지성스러움이 느껴지는 사람이다. 곁에 있어도 말을 물어내어 궐 밖에 들리게 할 그런 위인은 아니다. 최소한 오늘 밤 빈궁과 나누었던 말은 내일 궐 밖에서 듣고 싶지 않은 반야였다.

"빈궁마마, 윤 상궁을 곁에 두셔도 무방하실 듯하니이다."

반야의 말에 윤 상궁을 제외한 나인들이 세손 아기씨를 안고 옆방으로 물러났다. 옆방에서 아기씨를 어르는 나인들 웃음소리가 울리지만 방들이 워낙 넓어 엔간한 큰 소리가 아니고는 이쪽 말이 저쪽에 들리지 않을 것이다. 궐은 복마전이었다. 어떤 전각에 누구 사람이 들어와 있는지 알 수 없었다. 윤 상궁이 건너편에 앉으신 빈궁 뒤쪽으로 건너가 시립하는 기색이 느껴져 반야는 싱긋 웃는다.

"소소, 왜 웃는가?"

"빈궁마마를 섬기는 윤 상궁의 지극함이 좋아 웃음이 나옵니다. 쉰네는 지극함에 감동받고, 감동받으면 울거나 웃거나 심히 단순하나이다. 혜량하시오소서."

"좋은 일이네. 이제 나를 따로 찾은 까닭을 말씀해 보시게."

"근래 소전께오서 이 경춘전으로 자주 납시지 않으시지요?"

대답이 없다. 꽃봉오리보다 어여쁘실 열일곱 살 안해를, 그것도 돌 지난 자식을 둔 빈궁을 두고도 궐내 계집들 치마 속을 내키는 대로 드나들며 방탕하는 소전은 가여운 사내였다. 조신들이 대전과 소전으로 나뉘어 줄지어 섰음을 알면서도, 대세가 대전 쪽에 있음에 분노하면서 스스로를 다스리지 못하여 갈지자를 걷고 있는 분. 부왕의 다정을 받지 못하매 누구의 충언도 먹히지 않게 된 소전은 정해진 명운을 착실히 따라가고 있었다.

대사헌 대감은 소전이 사신계의 원리에 맞는 인물이라는 지난날 반야의 예시에 따라 소전을 보호하려 애썼다. 손바닥으로 해를 가리는 것 같다 하였다. 부왕이나 득세한 권신들이 소전의 적이 아니라 소전 스스로가 자신의 적이라고. 자그만 빌미들조차 태산이 되어 자신 앞을 막는 걸 알면서도 스스로를 끌고 진창으로 들어가는 것이다. 소전이 대전되시기 글렀다 보았던 오래전의 예시는 차츰 현실이 되어 가는 중이었다. 오늘 밤 반야가 빈궁을 찾아뵌 까닭은 언젠가 또다시 참척을 겪으실지도 모를 대전과 곤전을 위해서가 아니고, 참척의 당사자가 될 수도 있을 소전을 위해서도 아니다. 빈궁만을 위한 것이다. 한편으로 반야 자신을 위한 것이기도 했다.

"소소, 궁 안 여인이 수태하면 원래 그 전주殿主를 모시기 어렵네. 나라고 예외겠는가. 더구나 소전께서는 많은 여인들을 품어 왕실을 번창케 할 책임도 계시네."

"마마, 쇤네는 천하의 불쌍놈들이라 불리는 팔천의 종자인지라 고귀하신 왕실 법도나 왕자의 행보를 모르나이다. 그 행보에 담긴 의미는 더욱이나 모르옵고요. 소전께오서 다른 전각으로 납실 때마다 빈궁마마께서 서둘러 시들어 가실 것만은 알지요. 하여 쇤네가 오늘 밤 아뢰는 말씀은 오로지 마마를 위한 것이옵니다. 오늘 밤이나 내일 밤, 그도 아니면 모레까지 필히 소전마마를 당기시어, 안으소서. 다시 수태를 하시게 될 터입니다. 하오면 빈궁마마께선 어마님을 지극히 섬기실 효자님을 얻으실 것입니다."

"말씀은 고맙네만 소소, 궁 안 여인이 전주를 청하기 어렵다 하지 않는가. 사가에서도 그러하거니와 궁 안에서는 더욱 불가하이. 전주께서 거둥하시면 그 뜻을 따를 뿐이지. 헌데 내 어찌 삿되이 소전마마를 청할 것이며 아들 낳을 욕심을 더 부리리."

"마마, 쇤네는 무녀이옵니다. 눈도 멀었지요. 하온데도 더디고 무딘 걸음으로 애써 마마를 찾아뵈었나이다. 쇤네가 마마께 복채를 받고 싶어 왔사오리까? 쇤네, 마마께오서 어린 아기씨로 사저에 계실 때 이미 빈궁전에 드실 걸 알아보았음을 마마께서도 짐작하실 텝니다. 하와 쇤네는 외람되이 마마께 정을 느끼옵니다. 마마께오서 소전마마와 더불어 다정히, 아기씨들을 꾸준히 생산하시면서 사시길 바라지요. 그런 충정에, 이달 안에 필연코 수태하시길 바라는 것이

고요."

"내 그대한테 따뜻한 말 한마디 변변히 건넨 적이 없는 터, 나를 생각해 주는 그 충정이 감격스럽고 고맙네. 헌데 소소, 스스로 납시지 않는 지아비를 청할 재주가 나한테는 없네. 부끄럽기도 하려니와 부끄러움을 무릅쓰고 그리하고 싶지도 않아. 훗날 소전께서 대위를 받으시면 내 대전의 신하가 될 것이나 사사로이는 한날한시, 더불어 가례 치르고 관례 또한 함께 올린 지아비며 지어미 아닌가. 관례 올린 지 겨우 두 해 남짓 지났을 뿐인 지아비가 지어미인 나를 어느새 잊으시고 저리 겉도시는데 내가 애걸하여 모시겠는가. 애걸한단들 들어주실 분도 아니고. 내 이미 세손을 생산하여 종사에 큰 죄는 짓지 않게 되었으니, 소전께서 다른 여인들에게서 왕실 자손을 얼마나 보시든 맘 쓰고 싶지 않네. 그것이 또한 궁궐 여인의 법도이기도 하지. 투기하지 말라는 말은 세상 모든 여인들에게도 해당하는 것이겠으나 궐내에서는 훨씬 엄격하다네."

투기할 수 없고 지아비에 대항할 수도 없으니 차라리 눈을 감아버리리라는 것이다. 순하던 성정이 대궐 안에서 여덟 해를, 분별없이 나대는 소전과 더불어 사는 동안 사뭇 야물어졌다. 빈궁 스스로를 위하여 다행한 일이나 그 또한 별수 없이 지아비에 묶인 아낙이고, 지아비에 의해 결정되는 게 아낙들 삶이었다. 더구나 궁 안 여인임에랴. 빈궁한테 당신 지아비의 운세가 기구하다는 걸, 빈궁 스스로의 운세도 못지않게 기구하여 미구에 어린 아드님을 잃게 되실 명운임을 말씀드릴 수 없는 게 안타깝다. 그 말을 하지 못한 채, 빈궁 자신을 살리고 나라 또한 강성하게 할 왕재를 이달 안에 새로 수태해야 한다는 걸 어찌 납득시킬까.

"마마, 송구하오나 잠시 무례를 올리겠나이다. 거기 계신 윤 상궁님. 소인과 빈궁마마의 대화를 새겨듣고 계시지요?"

느닷없는 반야의 물음에 빈궁의 그림자인 양 고요하던 윤 상궁이 놀란 목소리로 "예." 한다.

"윤 상궁께서 빈궁마마 사람이시라 믿고 여쭙니다. 마마를 가장 가까이 모시니 빈궁께오서 회임이 가능하신 날짜가 언제이신지 알고 계실 겝니다. 매달 이즈음이 맞지요?"

회임이 달거리와 달거리의 한 중간 이삼일 새에만 이루어진다는 사실을 아는 사람은 드물다. 윤 상궁 같은 이들이 그 드문 사람들이다.

"저만 아는 그 날짜를 어찌 아는지 모르나 소소 무녀, 과연 그러하십니다. 들으며 사뭇 놀랐더이다."

"소인의 말이 그저 눈먼 무녀의 허황함이 아님을 증명키 위해 제게 보이는 것을 말씀드린 것입니다. 빈궁마마, 들으셨나이까?"

"들었네. 듣고 보니 이 비슷한 즈음인 것도 알겠고. 어쨌든, 내 소소의 충정을 알고 혜안도 익히 아는 마당에 새삼 그대를 의심하여 한 말이겠는가. 나야 자식을 더 낳을 수 있다면 그보다 좋은 일이 또 있겠어? 아들도 딸도 많이, 열이라도 낳고 싶네. 허니, 어찌하면 좋단 말인가. 말씀해 보시게."

반야는 앉은걸음으로 빈궁을 향해 더 다가앉아 두 손을 모아 뻗는다. 빈궁의 두 손이 반야의 손을 잡았다. 반야는 그 손을 마주 잡은 채 '나무 사만다 못다남 남' 정법계진언을 왼 뒤 물러났다.

"내외간이시온데, 소전마마께 이 빈궁에 한번 들러 주십사고 청할 핑계야 없겠사옵니까?"

"그야 그렇지."

"하오나 마마, 유다른 핑계 만들지 마시고 부끄러움이나 미움 같은 거 삭이시고, 종사니 왕실이니 대전이니 소전이니 생각지 마시고 그저 지어미로서, 서신 한 장 쓰시어 지아비께 올리심이 어떻겠나이까."

"서신을? 이 궐 안에서?"

"예. 두 분, 어린 날 만나시어 함께 자란 동무이시지 않습니까. 서로 연민하는 젊은 정인이시거니와 평생 함께 가실 내외간이시니 생각해 보면 얼마나 다정스럽사옵니까. 그 맘으로 가령, 당신이 얼마나 힘들어하는지 내 안다, 힘들어하는 당신을 보며 나도 때로 눈물겹다, 세상 사람이 다 당신을 힘들게 하여도 나는 당신 편이다, 나는 당신이 그립다, 보고프고, 안고 싶다, 라는 맘을 적어 전하시는 겝니다. 운을 맞춘 고운 시여도 좋겠지요. 역지사지易地思之하여 마마께오서 소전이시라면 그 서신 보시고 아니 찾으시겠나이까?"

"맙소사! 여보, 소소."

아연한 듯한 말투에 웃음기가 배었다. 윤 상궁의 웃음도 느껴진다. 방 안에 화기가 돌았다.

"그런 다음에는 어찌하리?"

"서신을 한 번만 쓰시지 마시고 며칠에 한 번씩이라도 일정하게 쓰시는 겁니다. 간밤에 세손아기씨가 잘 주무셨다거나, 아기씨가 무얼 드셨다거나, 눈이 내린다거나 등등. 특별하고 무거운 내용이 아니라 사소한 일상을 가벼이 쓰시는 거지요. 그리하시다 간혹 그리움을 표현하시고, 간혹 부군을 걱정하시고, 간혹, 오늘 밤은 경춘전으로 오시라고 은연중에 유혹하시는 겁니다. 가령 사흘에 한 번씩 서신이 건너가면 소전께도 받는 습관이 생기실 겁니다. 편지가 올 때가 됐는데! 그러시겠지요. 경춘전으로 향하실 마음도 더 자주 생기실 거고요."

"그래서, 소전께서 오시면 어쩌라고?"

"소전께오서 듭시면 음, 가벼이 술상 차려 내시고 마마께서도 더불어 젓수시면 좋겠지요."

"오래전 성상께오서 금주령을 내려놓으신 마당에 이제금 빈궁인 내가 술상을 차리는 것으로도 모자라 평생 아니 마셔 본 술을 마셔?"

"오래전 상감께오서 백성의 양식이 술로 없어짐을 방지하시기 위하여 금주령을 내리셨다 하오나, 마실 사람은 다 마시는 걸로 아옵니다. 소전께서도 젓수시지 않사옵니까? 소인은 술맛을 잘 모르옵니다마는 유사 이래 술이 그토록 왕성히 사람들을 홀리는 까닭은 술에 담긴 정취가 그만하다는 것 아니겠습니까? 거기에도 또 하나의 세상이 있다는 뜻일 테고요. 마마이신들 한잔 못 드실 까닭이 무엇입니까? 술맛 한번 보시오소서. 소전께서 재미나 하실지도 모르지요. 늘 현숙하신 빈궁마마만 보시다가, 웃전들 몰래 술 권하고 술 청하는 안해를 보시면 즐거우시지 않겠습니까? 더불어 속을 터놓을 수 있는 내 편이구나, 새삼 느끼실지도 모르고요."

"그런 다음에는?"

"그런 연후에야 설마, 소전께서 다른 전각에 가서 주무시겠다고 떨치고 일어나시리까? 예에 곱디고운 분이 계시는데요?"

빈궁이 오호호, 맑은 웃음소리를 낸다. 듣고 보니 어려운 일도 아니었던 것을 맘이 상한 채 고집 부렸음을 깨달은 것이다. 반야는 품속에 지녀 온 작고 얇은 봉투를 꺼내 들고 윤 상궁을 불렀다. 그네가 다가와 봉투가 들린 반야의 손을 잡았다.

"윤 상궁마마님. 이 봉투에, 소인이 여러 달 정성을 다해 기도하며 공들여 그린 부적이 들었습니다. 이 봉투를 빈궁마마 금침에 넣어 드리십시오. 그 자리에 소전께서 드실 수 있게 하시고요. 이 부적은 석 달 동안 유효하니 오늘부터 백일 뒤에 부적을 태우신 뒤 그 재를 맑은 물에 풀어 빈궁께서 드시게 하십시오."

생애 첫 부적이었다. 셀 수도 없을 파지를 만들며 단 한 장을 그렸다. 반야는 윤 상궁 손에 봉투를 건네준 뒤 빈궁께 이만 물러나게 해 달라 청한다.

"그리하시게. 내 오늘 그대가 한 말들 고맙게 잘 알아들었네. 그리되도록 내 애쓰리. 머잖아 내 다시 그대를 부르겠네. 오늘은 조심히 돌아가도록 하게."

오는 봄 한양을 떠나기 전에 한 번은 더 뵙게 될까. 삼신산三神山 구경을 빙자하여 도성을 떠나면 길목의 사신계 선원들에 들러 볼 참이므로 오래 걸릴 터이다. 얼마나 걸릴지 알 수 없는 그 여행에 대해 기대가 큰 까닭은 어린 무녀들을 만나게 될 것이기 때문이다. 그 옛날 흔훤 칠요가 반야를 예비했듯 반야도 미래의 칠요가 될 법한 아이를 찾는 중이었다. 찾지 못한다면 만들어야 했다. 삼신산들이 자꾸 보이고 느껴졌다. 천몇백 년 칠성부 역사를 품은 산들. 삼신산은 물론 백두산 너머까지 가 보고 싶었다. 신비의 지팡이와 북이 있었다는 고구려의 요동과 낙랑, 팔주령과 칠지도가 전해졌다는 백제의 대방까지.

"강령하시오소서, 마마."

일어나 절한 뒤 반야는 머리에 올려놨던 너울을 내려쓰고 나인들에게 양팔을 잡혀 경춘전을 나선다. 동짓달 끝 무렵의 밤바람이 날카롭게 몰아친다. 십 년 가까운 반야의 궐 출입은 여전히 곤전인 대조전과 빈궁인 경춘전 사람들만 아는 것으로 되어 있었다. 다른 전각의 사람들은 알아도 모르는 것이었다. 하여 소경 무녀 반야는 가만히 입궐했다가 소리 없이 퇴궐해야 했다.

요금문 밖 다리 건너에 강수와 혜원이 기다렸다가 경춘전 나인들로부터 반야를 인계받는다. 입궐 때 요금문 앞까지 말을 타고 다니라는 곤전의 허락이 계셨지만 오늘은 워낙 은밀하게 입궐했던 터라 연풍을 삼내미에 두고 걸어왔다. 동마로의 말 화풍을 타는 강수는 제 열다섯 살 무렵부터 한 식경 정도는 반야를 업고 너끈히 걸었다. 삼내미까지는 한 식경이 걸리지 않았다. 반야는 혜원의 부축을 받아 강수 등에 업힌다. 강수가 반야를 업고 가벼이 일어섰다. 일어선 강수 귀에 대고 반야가 나지막이 읊조렸다.

"경춘전에서 나올 때부터 따르는 자가 있는 듯하다. 더 따라올 것 같으니 가마골 쪽으로 가자."

강수가 고개를 끄덕이며 걸음을 옮긴다. 반야 말을 함께 들은 혜원이 두세 걸음 뒤로 처졌다. 멀리서 이쪽을 살피며 뒤따를 세 호위 천우와 해돌, 화산에게 미행이 있음을 신호하는 것이다. 뒤따를 자가 누구든 그는 오늘 밤 세 사람에게 역으로 미행을 당해 본색을 드러내게 될 것이다. 사방에 눈이 있었다. 그 옛날 오직 하나의 적으로 여겼던 김학주 놈이 실상 세상 모든 적당들의 응집체 같은 존재였음을 놈이 스러지고 나서 깨달았다. 놈 자체는 아무것도 아니었으되 놈은 없어지지 않았다. 놈과 같은 놈들이 천지 팔방에 널려 있었다. 만단사의 주목을 받은 지도 두 해는 된 성싶다. 의도한 바였다. 대놓고 궐을 출입한 까닭도 그들이 다가오길 바라서였다. 김근휘가 만단사자인 걸 스스로 찾아와 실토한 셈이었다. 그 위에 군자감 검정 김승욱이 있고 그 위에 한성판윤인 김광욱이 있었다.

몇 년 전 제거한 서중회는 만단사 용부령이 아니라 일룡사자였다. 지금 그 자리는 한성판윤 김광욱이 잇고 있었다. 김근휘로 인하여 파악한 만단사 용부의 일부 계보가 그러했다. 만단사령이 누군지는 아직 파악하지 못했다. 그렇게 단편적으로 파악해 나가고 있는 만단사가 아직은 소소원을 사신계 칠성부 선원이 아니라 소경 무녀의 점집으로만 아는 성싶지만 또 모른다. 어쨌든 그들의 눈길을 놓치지는 않게 되었다. 놓치지 않는 한 무력하게 당하는 일은 없을 터이다. 보이지 않는 눈으로 보기 위해 애를 쓰느라 때때로 고단하고 서럽기는 하였다. 다 놔 버리고 싶을 때도 없지 않았다. 서둘지 않아도 언젠가 그날이 오리란 걸 알기에 아껴 가며 사는 것이었다.

"아이들이 그립구나."

한숨처럼 속삭인 반야는 강수 목에 팔을 두르고 등에 머리를 놓는다. 강수는 대답이 없다. 저도 평양에다 떼어 놓고 온 아우들이 그리울 터이다. 새처럼 다람쥐처럼 윗집과 아랫집, 이 방 저 방을 오가던 아이들이 사라진 소소원은 너무 적막해 귀가 먹먹할 때가 있었다. 열댓 명 식구 중에 겨우 둘, 심경과 한본이 빠져나갔을 뿐인데 아무도 살지 않는 집 같았다. 강수는 궁궐 담과 민촌 사이의 길을 성큼성큼 걷는다. 강수 등에 업히면 언제나 동마로가 떠올랐다. 제 평생 한결같이 자신을 내어줬던 동마로였다. 반야는 끝내 그를 용서하지 않은 채 그 앞에서 갖은 교만을 떨며 지내다가 결국 그를 사지로 밀어 넣었다.

함께 사는 동안 반야에 매어 있던 동마로는 혼령이 된 뒤에도 반야로부터 떠나가지 못했다. 없는 듯 곁에 머물렀다. 곁에 머물고는 있으나 만질 수는 없는 혼령. 하여 때때로 잊어버리기도 하는 동마로가 이따금 그리웠다. 그 존재를 떠나보내기 위해 오래도록 때를 기다리며 준비했다. 빈궁한테 부적을 건넨 것으로 비로소 그를 떠나보냈다. 동마로는 이제 전생을 잊고 빈궁의 품에서 세손으로 태어날 것이다. 가장 천했던 목숨이 만승지존의 목숨으로 세상에 나게 되는 것이다. 내년 가을에 새로 태어날 세손이 사신계 강령을 기억하지는 못하겠지만 백성의 목숨 귀한 줄 아는 임금으로 자라기는 할 것이다. '무릇 하늘 아래 모든 사람은 유동등자유이이기지로 향생저권리라.' 강수 등판에서 속삭이며 빙긋 웃은 반야는 깜박 잠이 든다.

오래 전의 함정

명화당明火黨이 새 나라를 꿈꾸는 집단이라 여기고 들었다가 오만 잡놈들이 모인 도적 패거리임을 알게 되었어도 임인은 떠나지 못했다. 두령 남우걸 때문이었다. 그는 쉰다섯 살로 반가 출신이라 하였다. 오십여 년 전, 신사년辛巳年에 무고옥巫蠱獄이라는 거창한 옥사가 벌어졌는데, 당시의 임금이던 숙종이 권신들의 세력을 다스리기 위하여 왕후들을 바꿔대면서 시작된 옥사라는 것이었다. 그 와중에 노론 일당이 도리깨춤을 추다 밀려났다. 이십여 년 뒤 현 임금이 즉위하면서 판세는 다시 노론에게로 돌아갔으나 남우걸은 그 바람에 영 떨거지가 되어 버린 집안 출신이라 하였다. 그 말의 진위를 알 수는 없었지만 임인이 자신과 일견 닮은 남우걸의 내력에 이끌린 건 사실이었다. 임인의 아버지는 현 임금 즉위 후 일어난 무신란戊申亂의 주모자였다. 이제 그 이름조차도 가물가물한 이인좌.

두령 남우걸이 역적 집안 출신은 아니므로 임인은 그에게 자신의 내력을 밝히지는 못했다. 그래도 이십여 년 전에 일어난 무신년 역란에 대해 물을 수는 있었다. 그때 아버지와 더불어 역란을 일으킨 일당은 새 임금에 불만을 가져 다른 임금을 획책하였다고 했다. 다른 임금이라야 전대 어느 임금의 또 다른 아들일 뿐인데 임금을 갈아 무얼 하겠다고 아버지가 집안 절단낼 일을 벌였는지는 가늠키 어려웠다. 분명한 것은 그로 인해 멸문지화를 당한 집안의 유일한 생존자가 자신이라는 것이었다. 누이와 형수가 어딘가에서 노비로 살고 있을지도 모르지만 찾을 길이 없었다. 찾고 싶지도 않았다. 찾아 혹여 만난들 무얼 할 것인가. 임금은 임금을 낳고 천한 것들은 천한 것들을 낳는 세상. 사대부의 아들로 태어나 역적의 자식으로 전락한 뒤 도둑이 된 임인 자신은 결국 세상에 발붙이고 살 수 없는 존재였다. 알고 있던 걸 확인하는 건 새로운 절망이었다. 나날이 새로 돋는 고통이었다. 세상에서 못 살 바엔 세상 밖에 새로운 세상을 만들 수도 있으리라. 임금의 피도 붉고 팔천 종자들의 피도 붉지 않나. 임인은 명화당을 떠나지 않기로 하였다.

도적패라 해도 날 때부터 도적은 아니었다. 먹고살기 힘들어 도적질을 하거나 살인을 하거나 부역을 감당하지 못하거나 세금을 못 내거나 장리 빚에 몰리거나 계집을 탐했거나 간에, 알고 보면 전부 자신처럼 세상 밖으로 밀려난 자들이었다. 도망자가 되어 떠돌다 명화당이 된 오합지졸들일망정 조직을 정비하여 힘을 키우면 나름 쓸모 있는 당이 될 수도 있을 터. 두령 남우걸의 그 생각에 임인도 공감하였다. 오래전에 출몰하였다가 없어졌다는 명화당이라는 이름을 쓰는 게 꺼림칙하기는 하였으나 그 또한 조직 운영에 있어서는 도움이 되리라는 것에 동조했다.

천자문 겨우 깨친 글일지라도 온통 까막눈들 가운데서 임인은 배운 사람으로 소문났다. 입당한 지 일 년 만에 두령의 참모가 되었고 당원들한테 글자를 가르치게 되었다. 글자를 읽지 못함은 눈뜬장님과 한가지라는 걸 글을 읽을 수 있게 된 뒤 실감하였기에 당원들이 정음이라도 읽을 수 있도록 애썼다. 예닐곱 살짜리들도 배우기 쉬운 정음이었다. 오죽 쉬우면 어리고 어리석은 백성들도 배워 익히라는 훈민정음訓民正音이겠는가. 그럼에도 도적놈들은 애써 배우려 하지 않았다. 애초에 싹수없는 종자들이 태반이었다. 어쨌든 칠 년여를 그렇게 지내는 동안 임인은 명화당의 책사이자 부두령이 되었다. 처음부터 그다지 신뢰하지 못했던 두령에 대한 믿음은 세월이 지나면서 거의 없어졌다. 두령의 속내 저 깊은 곳에 용틀임하고 있기를 바랐던 새로운 세상에 대한 꿈은 부질없는 것이었다. 그는 옥사에 연루된 사대부 집안의 아들이 아니라 그런 집안의 종놈이었을지도 몰랐다. 나이 많아 아는 이야기가 많을 뿐 생각에 조리가 없었고 일관성도 없었다.

만단사萬旦嗣라는 정체불명의 조직에 대한 이야기만 해도 그랬다. 남우걸 제가 한 시절 몸담은 바 있다는 만단사는 기세가 어마어마한 패거리라고 했다. 규율이 아주 엄격하거니와 밤의 미풍처럼 은밀하여 아무도 그 실체를 알지 못한다고 떠벌렸다. 그가 거기서 커나지 못한 까닭은 수련 중에 몸이 아파 내쳐졌기 때문이라는 것이었다. 실컷 떠벌리고 나서 이런 말 하다가는 쥐도 새도 모르게 죽을 수 있노라며 웃을 때 임인은 만단사 아니라도 두령의 목을 따 버리고 싶었다. 두령이 말한 만단사가 실재하든 실재치 아니하든 그는 거기서도 떨려난 자였다. 혹은 도망쳤을 자였다. 떨거지답게 현재의 그는 내키는 대로 당을 지휘했다. 화가 나면 졸개를 두들겨 패거나 죽였고 쓸 돈이 없으면 아무 때나 도적질을 나섰다. 남우걸은 그저 도둑놈들의 두목일 뿐이었다.

그래도 임인은 두령을 부추기며 조정했다. 도적질을 하면서도 의적 흉내라도 내기 위해 애썼다. 규율과 기강을 세우고 행동 지침을 마련했다. 살인을 피하려 하였고 가난한 양민을 침해하지 말라 패거리를 가르쳤다. 산채를 노출시키지 않도록 근동에서는 도적질을 못하도록 막았다. 당원은 이따금 늘었고 산채 살림은 고만고만했으나 조직의 틀거지는 그런대로 갖춰졌다. 가평 현등산의 본채며 가평에서 한성 사이의 몇 군데 산채들이 제법 튼실해졌다. 그 덕에 자신이 생겼던가. 석 달 전쯤, 두령이 뜻밖의 계획을 내놓았다. 도성으로 출정하자는 것이었다. 사대문 안 혜정교 어름에 벼슬아치들이 많이 찾는 혜정원이라는 객점이 있어 그곳을 치면 명화당의 위세가 단숨에 세상에 알려질 것이므로 첫 번째 표적을 혜정원으로 하자. 혜정원 일꾼의 태반이 계집들이라니 침범키 쉬우리라.

혜정원을 시작으로 도성을 노략하며 명화당이 지금까지 쌓은 걸 확인하는 동시에 세를 키우자는 것이었다. 이번 출정을 명화당의 새로운 시발점으로 삼겠다던가. 임인은 그래서 내심 두령이 도성 내의 어느 권력자와 연줄이 닿은 것인가 살폈다. 누군가의 대리전이다? 혹시 만단사라는 것과 정말 연결되어 있지는 않은가? 그렇길 바랐는지 아닌지 자신의 심사를 알 길은 없었다. 헌데 백방으로 타진해 보아도 두령이 한성 내의 권력자나 만단사와 이어진 기미는 찾을 수 없었다. 두령이 혜정원의 주인과 아는가, 싶었던 기대조차 부질없었다.

두령은 그저 늙은 여인이 주인이라는 객점의 소문을 듣고 있다가 쉬워 보여 정한 것이다. 이십여 년 도적질에 뚜렷한 전과 하나쯤 새기고 싶은 것뿐이었다. 그의 단순함에 소두령들이 찬성한 것도 두령과 비슷한 이유였다. 산채는 좁고 자그만 도적질들은 지루했다. 도적질이라고 해봐야 도적놈들 뱃구레 채우기에 급급했다. 그런 참에 떨치고 나가 한바탕 큰 도적질을 해보자니 모처럼 도적놈들의 기세가 펄펄 살아났다. 임인도 동조했다.

임인은 이번 출정에서 돌아온 뒤 남우걸을 제거하고 두령이 되어 당을 일신할 작정이었다. 도적놈들을 도적놈들이 아니게 하리라. 도적질을 하지 않고도 살아갈 수 있는 방법을 찾아볼 것이었다. 그 방법을 아직은 알 수 없지만 작정하고 나서면 찾아지지 않으랴. 그리하여 도성을 향하는 목적과 계획이 세워졌다. 명화당의 세를 보여주고 조직 운영에 필요한 자금을 확보한다. 명화당을 세상에 알려 당원을 늘린다. 열흘 동안만 세상에 나섰다가 세상 밖으로 잠적한다. 이후엔 다시 고요히 당원을 늘리고 조직을 키우는 일에 매진한다. 관군에 쫓기게는 되겠지만 도망질에는 이골 난 자들이었다. 늘 하던 도적질을 한 뒤 도망치면 그뿐, 보여 주고 도망치는 게 무에 어려우랴.

붉은 머리띠를 두르고 붉은 쾌자를 걸치게 한 것은 당원들 스스로 오합지졸이 아님을 자각하며 움직이라는 의미였다. 도적질일망정 어엿한 꼴을 갖추고 싶었던 건 임인의 허위의식의 발로였다. 임금과 벼슬아치들과 그들에 순종하는 백성들만 사는 나라가 아니라 이 땅에는 이런 종자들도 있다는 것을 알려 본때를 보이고 싶었다. 너희들이 버린 목숨들이 어딘가에서 이렇게 살고 있다는 것을 과시하고 싶은 것이다. 자신의 그 속내를 임인은 두령에게도 털어놓지 않았다. 두령 남우걸은 그런 하찮은 대외적인 목적조차 이미 잊은 사람이었다.

　나흘 뒤인 섣달 초닷새 날에 도성에 입성키로 하였다. 내일 아침부터 열 명의 소두목들이 자신들의 패거리를 이끌고 출발할 것이었다. 절반의 패거리는 이미 나가 중간 거점지에서 출동 준비를 하고 있었다. 두령의 처소에서 출정 기념으로 술 몇 잔을 마신 뒤 임인은 어느새 취한 두령을 두고 일어섰다. 두령의 계집 처네가 은근짜를 풍기며 벌써 자러 가느냐고 코맹맹이 소리를 냈다. 설 쇠면 서른 살이 될 계집은 두령이 술에 취해 곯아떨어지기만 하면 산채 안에 버글버글한 사내들 중 한 놈을 물색하느라 여념이 없었다. 두령은 짐짓 그런 처네를 모른 체하며 몸 보시를 시켰다. 소두령들도 마찬가지였다. 두령들에 속한 계집들과 산채 내의 도적놈들은 두령들 눈에 띄지만 않게 움직이면 되었다. 계집들은 도적놈들이 밖에서 탈취해 온 재물을 해우채로 받고 놈들은 몸을 풀었다. 임인은 처네를 못 본 듯 두령에게 편히 주무시라는 인사를 바치고 나와 자신의 초막으로 향한다.

　소두령마다 초가 한 채씩을 가지고 자신의 계집과 수하들과 더불어 기거하는데 집들이 띄엄띄엄 있어서 산채는 화전민촌 같았다. 동짓달 그믐, 방 네 간에 부엌이 달린 허술한 임인의 초가 마당엔 얼음장 같은 바람이 몰려다닌다. 주변 나무를 울리고 가는 바람 소리는 짐승들의 울부짖음인 듯 사납다. 두 방에 불이 켜져 있다. 한 방은 부두령인 자신의 방이고 다른 한 방엔 자신이 이끄는 패거리가 죄다 모여 술판을 벌이고 있었다. 두 시진 전 산채에 있던 자들이 모두 모여 세 순배씩의 출정 기념주를 마시고 나서 발동이 걸린 것이었다. 산채에 거하는 자들은 도적질보다 술도가를 열어 장사를 한다면 낫겠다 싶을 만큼 술을 빚어댔다. 방방이 묻힌 술이 채 익기 전에 퍼마시기 바빴다. 깊은 산속이니 수시로 끼고돌 계집이 있길 하나, 식구들이 있길 하나, 그들을 막을 도리도 없었다. 막으면 이탈할 자들이 태반이었다. 그들을 이해하면서도 임인은 때때로 내가 무얼 하고 있는가 싶어 한숨이 나왔다. 세월이 지날수록 물건 못 될 인종들인 것 같았다. 자신이라고 다를 것 없었다.

나에게 무슨 가망이 있는가. 이번 출정이 성공하여 산채의 규모가 커진들 무엇하며 두령이 되면 무엇하랴. 그 옛날 도성 가까운 청계산 속 국태사에서 반년 남짓 엎드려 공부하고 수련하던 시절도 견디지 못했던 자신이었다. 천자문을 읽고 쓸 수 있게 되기까지 새벽마다 권술로 몸을 단련했다. 선생은 처음부터 끝까지 큰스님의 상좌승이었다. 나이가 임인과 비슷했던 그였다. 젊은 중이 어찌하여 주먹질에 이리 능한가 싶을 만큼 주먹이 세면서 몸이 날렵했던 선생이었다. 임인이 천자문을 남김없이 익히고 났더니 선생이 묵언 수련에 들어가라 하였다. 백일 동안 묵언하며 경문을 읽으라는 것이었다.

백일은커녕 한 달을 견디지 못하고 사고를 쳤다. 앞선 반년여 동안이라고 그리 많은 말을 하고 살았던 것도 아니건만 정작 말을 하지 않아야 한다고 하니 숨통이 턱턱 막혔다. 대체 무엇 때문에 이 갑갑함을 참아야 한다는 말인가. 밤마다 경내를 미친 듯 돌다가 기도하러 들른 계집을 마주쳤는데 계집이 홀리는 듯했다. 사위가 잠든 절집의 삼경에 계집 홀로 계곡에서 몸을 씻는 게 유혹이 아니면 무엇이랴. 강당사에서 벌이던 행태가 삽시에 되살아났다. 계집을 범하였고 계집이 토설했는지도 확인하지 않은 채 국태사를 떠나고 말았다. 그리고 돌고 돌아 여기였다. 그 하룻밤, 환장할 것 같던 순간을 참아 냈다면 나는 지금쯤 어디에 있었을까. 이따금 그 생각이 날 때면 임인은 금세 도리질을 했다. 그 밤이 아니었더라면 그다음 날, 혹은 열흘 뒤에라도 사고를 치고 말았을 자신을 알기 때문이었다.

"두목님, 추운 데서 뭐하십니까?"

채수와 석이가 소피를 보러 나오다가 마당가에 선 임인을 향해 말을 걸었다. 목소리에서 술이 흘러나올 듯 취했다.

"소피 봤다. 너희들은 술동이가 바닥나야 그만들 둘 터이지?"

"그렇지요. 두목님, 더 안 하십니까?"

"마실 만큼 마셨다. 들어가 자련다."

부두령이자 소두목이면서 계집을 꿰차고 살지 않는 사람은 임인뿐이다. 그 탓에 임인 수하의 놈들은 다른 두령의 계집들한테 아첨을 떨거나 밖으로 돌아야 했다. 오늘 밤 눈이나 내리지 말아야 할 텐데, 싶어 임인은 하늘을 올려다본다. 흐릿하나마 별들이 떠 있다. 별님이라니! 어쩌자고 계집 이름을 그리 지으셨을까. 별을 볼 때마다 하릴없이 그 옛날 미타원 별님의 모친을 원망하곤 한다. 내 어머니가 살아 계시었다면 저분과 같지 않았을까. 미타원에서 별님의 모친을 보며 여러 번 생각했다. 반푼이 나무부터 동마로와 끝애와 강수, 꽃님이까지 줄줄이 자식으로 삼았다던 그 어른은 그러나 임인을 자식으로 들이지 않았다. 국태사에서 도망쳐 미타원으로 갔을 때도 임인을 거절했다. 여긴 자네 같은 멀쩡한 젊은 사내가 살 곳이 못 돼. 자네 살던 데로 가게나.

"부두령님, 한잔만 더 하시고 주무시지요. 그러면 오늘 밤이 후딱 가지 않겠습니까?"

나란히 서서 소피를 보고 방으로 들어가려던 두 놈이 한마디씩 건

네 왔다. 임인은 대꾸 없이 자신의 방으로 들어선다. 그래도 두령 방이라고 불을 얼마나 때놨는지 자그만 방이 찜통 속처럼 덥다. 미타원 그 어른한테 거절당했을 때 서러웠던 것 같지만 섭섭한 것은 없었다. 다시 갔을 때 미타원이 참혹하게 무너진 것을 보고 얼마나 가슴이 미어졌던지. 동마로가 관아에서 죽었고 온 식구들이 타 죽었다고 소문이 나 있었다. 별님에 대해서는 아무도 몰랐다. 아마 미타원과 더불어 타 죽었거나 관아에서 죽었을 것이라는 아귀 맞지 않은 소리들뿐이었다. 그 식구들이 어찌 되었는지 몰라도 별님이 죽지는 않았을 것 같았다. 십 년이 되어도 이리 생생한 사람이 저 세상으로 갔을 리 없었다. 어디 있는지 모를 뿐인 것이다. 별님의 행방을 알려 줄, 딱 한 사람을 알았다. 문암골 살던 김 선비였다. 이번 출정 길에 그를 찾아볼 참이었다.

노곤하여 금세 잠이 들려는 참에 덜컥 소리와 함께 찬바람이 와락 밀려든다. 처네년이다. 처네는 들어오자마자 등잔대로 다가들더니 훅, 불을 꺼 버린다. 눈앞이 깜깜해졌다. 입성을 하게 되면 아예 궁궐을 치자는 둥, 포도청부터 엎어야 한다는 둥. 술에 취한 옆방 놈들 목소리가 산채를 울릴 만큼 방자하다. 처네가 임인의 이불 속으로 쏙 들어온다. 제가 이불 속으로 들어온 이상 임인이 밀어내지 못할 것을 아는 계집이었다. 임인이 짐짓 잠든 체하려니 계집의 손이 거침없이 그의 아랫도리로 파고들더니 신腎을 붙들었다. 계집 손에 잡힌 신이 금세 솟치고 일어섰다.

"아니 자는구먼, 왜 주무시는 체하실까, 부두령님? 내가 싫소? 아직도 두령님이 무서워요? 두령을 그리 같잖게 보시면서?"

계집의 입을 막는 길은 한 가지뿐이다. 임인은 어둠 속에서 계집을 타고 앉아 옷을 벗기거나 벗는 전희를 생략하고 재빨리 계집 속으로 파고들었다. 속살을 파고들고 보면 별님이나 처녀나 한가지였다. 별님이 별난 게 무엇인가. 천것인 주제에 타고난 재주가 있어 떠받들려 살았다지만 그 재주로 이놈 저놈 제 맘대로 품었던, 어느 사내도 용납지 못할 계집이었다. 한주먹감도 못 되기는 처녀년이나 제년이나.

임인은 처네 몸을 들쑤시며 십 년 전의 별님을 능욕한다. 처네뿐만 아니라 자신이 품어 온 계집들이 다 한가지였다. 때로 까맣게 잊기도 하는 별님이 계집만 품으면 살아나 증오를 일깨웠다. 증오만큼의 그리움을 돋웠다. 한없이 다독여 주고 싶었던, 평생 품고 살고 싶었던 그 지극한 맘을 상기하면 임인 심장에 불이 붙는 것 같았다. 황홀하고도 아팠다. 환장할 노릇이었다. 계집년들은 별님을 향한 임인의 증오와 그리움에 짓눌리면서도 숨이 막히는 듯 교성을 질러댔다. 처네가 이따금 해우채도 없는 임인의 품으로 기어드는 까닭도 그 때문이었다. 계집을 계집으로만 보고 짓이길 때, 이게 짐승과 한가지구나 싶을 때 절벽으로 뛰어내리는 듯한 절망이 임인에게 무지개처럼 피어났다.

이태 연하여 겪은 돌림병으로 아직 팔도가 뒤숭숭한 판이었다. 식구들이 몰살을 당한 경우가 많아 폐가가 넘치고 외진 곳에 있는 폐가에는 시신이 남아 있는 경우도 있는 모양이었다. 돌림병이 여름이고 겨울이고 가리지 않는 탓에 이번 겨울을 무사히 날 수 있을까 사뭇 조심하는 판국에 도적 떼가 출몰했다. 사람이 번다한 거리와 근방 민가들을 습격하고 신출귀몰 달아나는 도적들로 인해 섣달 맞은 도성이 꽁꽁 얼어붙었다.

이십여 년 전에도 같은 이름의 패거리들이 준동한 적이 있다는 사실이 상기되었다. 칠 년 전 도고 관아를 습격하고 사라진 도적 떼가 되살아난 게 아닌가도 하였다. 그들의 본거지가 어딘지를 놓고 광화문 육조 거리 곳곳에서 갑론을박이 벌어졌다. 창검에 조총까지 들고 나타나 닥치는 대로 재물을 약탈하면서 살육도 서슴지 않는 도적놈들을 쫓고 경계하느라 포도청이며 모든 관서들이 떠들썩했다. 붉은 띠에 명화明火라는 흰 글씨를 써 머리에 두르고 흰 옷에 붉은 쾌자를 날리면서 동에 번쩍 서에 번쩍 날뛰는 그놈들이, 사라질 때는 머리띠며 옷을 벗어 버리고 행방을 감춘다고 했다. 도적 떼답지 않게 워낙 눈에 띄니 잡으려 할 때는 외려 갈팡질팡한다던가. 때문에 군자감 관헌들도 제때 퇴청할 여유가 없었다. 도성 안을 한바탕 휘저은 적당들이 한성 밖으로 물러난 것 같다는 관망이 시작된 것은 사나흘 전부터였다. 순라군이 골목골목 순검을 돌아 수상타 싶은 사내들을 모조리 잡아들이기 시작하고 조정에서 토벌대를 만들었다는 소식이 들리고 난 뒤였다.

보름 가까이 정신없이 지내고 나니 훌쩍 세밑이 다가와 있었다. 열흘 뒤면 설날이었다. 도적 떼가 준동하지 않았더라면 도성 밖에 향촌을 지닌 사람들은 정초 며칠간 각자의 본가에 다녀올 수도 있었을 것이다. 오는 설은 모른다. 이대로 도적들이 말끔히 토벌되어 잠잠해질지, 심란한 시절을 한동안 더 보내야 할지. 앞날은 모르나 모처럼 해 질 녘에 퇴청하게 된 군자감 관헌들은 품계 순서로 청사를 나갔다. 수령인 도제조 대감이야 낮에 한 차례 들렀다 사라졌고 정正

이며 부정副正, 두 명의 검정劍正까지 다 나간 뒤 근휘도 퇴청을 준비했다. 오늘 밤 번차례는 최 봉사奉事였다. 청사 마당에는 주부主簿 기동순의 종자와 근휘의 종 수복이 제 주인들의 말고삐를 잡고 대령했다. 청사 큰문 밖에서 근휘가 기동순에게 내일 보자 인사하고 자신의 말로 향하는 찰나, "서방님!" 하며 근휘에게 다가드는 놈이 있었다. 큰 키는 아니나 강단진 몸피에 솜 둔 쾌자를 덧입고 벙거지를 쓴 놈이다.

"소인 옛날 강당사에 있었던 임인입니다. 기억하시겠습니까?"

놈이 심상하게 허리 숙여 인사하는데 아아! 근휘는 장탄식을 내뱉는다. 임인의 느닷없는 등장 때문이 아니라 지난달 별님의 예시가 맞아떨어진 사실에 기가 차는 것이다. 해가 바뀌기 전에 나타나리라 했던 자가 이놈이라면 이건 흡사 제들 둘이 모의한 것 같지 않은가. 주부 기동순이 저만치서 말에 오르며 "김 직장 나 먼저 가오." 한다. 이쪽을 살피는 기색이 역력하다. 하필이면 명화적들이 날뛰는 때에 놈이 나타났다. 별님이 말한 대로 꺼림칙하기가 예삿일이 아니나 기동순 앞에서 놈을 모른다 하기는 더 꺼림칙하다. 종육품 주부 기동순은 소론 사람이다. 근휘는 기동순에게 먼저 가라 심상하게 고개 숙여 인사한 뒤 수복에게 임인을 데리고 따르라 하고는 말에 올랐다.

여느 날 광화문 앞거리에서 집이 있는 애오개까지는 금방이었다. 오늘은 순라군들에게 두 차례나 신분을 밝혀야 할 만큼 길이 멀다. 순라군들은 군자감 직장 곁에 있는 두 놈을 당연히 종자로 알아 스스럼없이 지나치지만 근휘는 심사가 복잡하다. 문안에서 살지 못하고 문밖에서 살고 있는 현실에는 화가 났다. 근휘가 급제하기 전 부친께서 아들과 아들의 첩실인 새임에게 마련해 준 집이었다. 문안에서 나대지 말고 문밖에서 얌전히 공부하라는 뜻이었다. 그 덕인지는 모르지만 급제하고 벼슬을 살게 되었으나 아버님은 집을 문안으로 옮겨 주시지 않았다. 문암골 집의 형편이 대단히 넉넉한 것도 아니었다. 몇 해 전 근휘를 군자감의 직장으로 끌어올리기 위해 부친께서 팔아치운 논이 스무 마지기나 되었다. 결국 집을 옮기려면 자력으로 해결해야 하는데 종칠품 직장의 녹봉으로 문안에다 번듯한 집을 마련하기는 어림도 없었다. 김근휘는 직권을 이용해 치부할 재주도 없었다.

"오늘은 퇴청이 이르십니다?"

새임이 반색하며 나오다 근휘 뒤의 낯선 인물을 뜨악하게 살핀다. 그래서 근휘는 새임과 임인이 만난 적이 없다는 사실을 기억해 냈다. 다행이면서 다행이라 여기는 스스로에 근휘는 화가 났다.

"누구랍니까?"

행색으로 신분이며 사람을 판단하기는 새임이나 자신이나 매한가지이면서도 조심성 없는 그 말투에 새삼 정이 떨어진다. 본색이 어디 가랴. 근휘는 새임의 말투를 곱게 새기지 못할 때마다 스스로의 흠을 보게 되므로 부아가 치밀었다.

"나중 알려 줄 터이니 자넨 들어가 저녁 준비나 하게."

그나마 다행인 것은 때로 근휘가 턱없이 쌀쌀맞게 굴어도 새임이 토라져 미련하게 굴지는 않는다는 점이다. 새임은 근휘를 더할 수 없는 지아비로 알고 받들었다. 미타원에 두고 나온 자식에 대해 애끓어 한 적 없고, 문암에 떼어 주고 온 아이에 연연하지도 않았다. 부실로 사는 처지에 대해 불만 없이 그저 제가 누릴 수 있는 것을 누리면서 살았다. 미타원이 불길에 스러지고 제 자식이 그 불길 속에

스러진 걸 알면 어떨지는 가늠키 어려웠다. 그걸 새임이 끝내 몰랐으면 싶은 까닭은 더불어 살아야 할 사람이기 때문이다. 그걸 알고 미쳐 날뛰어도 못 견딜 노릇이고 그걸 알고 태연해도 정 떨어질 일이라 모르고 살기를 바라는 것이다. 어쨌든 사람으로 못 할 짓을 하며 사람살이 밑바닥에서 함께 살아난 새임은 근휘를 살렸고 아들을 낳아 집안을 세웠다.

사랑에 좌정했을 때에야 근휘는 윗목에 앉은 임인을 찬찬히 건너다본다. 북실북실한 수염에 거칠한 얼굴이 영락없이 먼 길 나선 자의 행색이다.

"네 어디서 오는 길이고 내가 예 있음은 어찌 알았느냐?"

"쇤네 대천 바다 쪽 포구에서 물질하며 살았사옵고 간간이 강당사에 들러 스님들을 뵙곤 하였나이다. 지난가을 다시 강당사에 갔다가 문암에서 올라온 사람을 우연히 만나 나리 소식을 들었지요. 이번에 한성에 심부름을 왔다가 나리께오서 군자감에 계신다 하더란 게 생각나서 들러 보았나이다."

물질하는 놈의 낯빛이나 손이 아닌데 놈은 빤한 거짓말을 태연히 뇌까린다.

"심부름이라 하면 주인을 모시는 몸이라는 뜻일 터, 네 주인도 아닌 나를 새삼 찾은 연유가 따로 있을 법하구나?"

놈이 또렷한 눈으로 마주보아 온다. 그 옛날 강당사 불목하니로 있을 때도 만만찮았던 놈이었다. 종놈보다 나을 것 없는 천한 놈이 세상 무서운 게 없는 되바라진 눈으로 근휘를 바라보곤 하였다. 지금도 놈의 눈빛은 날카로우면서도 여유롭다. 지체 고하를 막론하고 가진 것 없어 지킬 것도 없는, 막다른 곳에 이른 자들이 무서운 법인데 놈은 언제나 그랬다.

"별님아씨 행방을 아시는지, 나리께 여쭙고자 왔나이다."

한곳에 응집됐던 인연이 흩어졌다가 다시 모이는 연유가 하늘의 마련인지 개인들의 욕망의 집적인지, 별님이나 알까. 근휘는 놈이 대놓고 별님의 행방을 묻는 바람에 다시금 별님을 떠올린다. 김근휘를 알아보고도 여지없이 들어내 버리던, 무서울 게 없는 그 계집. 제 깟 놈이 들먹일 수 있는 사람이 아니매 스스럼없이 별님을 묻는 임인 때문에 별님에게 쏟지 못했던 분노가 끓는다.

"별님아씨라니, 지난날 미타원의 그 별님을 이름이냐?"

"나리와 쇤네가 함께 아는 별님이 따로 있사오리까."

도적 떼가 사대문 안을 범하는 세상이니 천것들이 세상 무서운 줄 모르고 날뛸 법도 하다. 조정의 대처는 언제나 늦기만 하여 세상의 위계가 이렇듯 한 번씩 뒤집히는 것이다. 근본도 없는 떨거지 종자까지 이렇듯 나대니 말세가 따로 없다.

"나와 네가 함께 아는 별님의 행방을 내게 와 찾는 까닭이 무엇이냐. 오래전부터 종적 없는 계집을 네가 왜 찾아?"

"그 옛날 미타원과 별님의 식구들을 지켜보신 나리이신지라, 혹여 별님의 행방을 아실까 하여 여쭙는 것이옵고, 당금에 이르러 쇤네가 별님을 찾는 까닭은 별님이 여전히 소인의 계집이기 때문이옵니다. 그 시절 서방님께선 별님을 이따금 품거나 범하시는 노리개로 여기셨사오나 쇤네한테는 어린 날부터 연모하였던 정인이며 안해로 여겼던 사람이었습니다."

근휘는 고함을 치지 않기 위해 허어, 장탄식을 한다. 당시 김학주 놈에게 불려 다니며 유린당한 별님을 알면서도, 별님이 불가항력이었던 걸 알면서도 홀로 미쳐 날뛰었던 그였다. 그만큼 별님에 대한 마음이 깊었다. 불상놈까지 별님을 제 계집이라고 선언하고 나서는 것에 근휘는 분노할 여유조차 없다.

"그 옛날 내, 별님이란 계집을 취한 적이 있다만, 한때 일이었고 그 이후 그 계집이 죽은 것으로 알고 있을 뿐이다. 헌데 네놈이 감히 별님이 네 계집이었다고 주장하는구나. 당시의 별님이 나를 비롯한 온갖 놈의 품을 오갔다 치고, 이제 와 네가 그 계집을 찾는 까닭이 무어냐. 뭐하려고? 설마 데리고 살기라도 하려느냐?"

"소인이 데리고 살련다고 하여 따라 살아 줄 사람이 아님을 나리도 아시지 않습니까? 십 년 아니라 백 년이 지난들 달라질 사람도 아니지요. 소인은 다만 그 사람을 만나 그 사람이 저를 취하고 버린 까닭을 알고자 합니다. 더 이전에 그 사람과 제가 얽힌 까닭을 그 사람이 알리라 짐작했기 때문에 그걸 묻고자 함이고요. 나리께서는 그런 궁금증을 가져 본 적 없으십니까? 이 질긴 인연이 어디에서 시작되어 끝나는 것인지. 결국 욕망에서 시작되어 허망으로 끝나는 것이오리까?"

인연이 어디서 시작되어 어디서 끝나든 무슨 상관이랴. 뜬구름만큼이나 허망한 의문인 동시에 천한 놈이 내뱉을 말도 아니었다. 놈이 끝끝내 저와 동격으로 물고 들어가는 것에 근휘는 터지려는 분노를 애써 누른다. 화를 낼수록 놈과 더불어 천격이 되어 갈 터, 참는 게 능수였다.

"내 아는 바 없으니 물러가거라. 오늘 내, 네놈을 만나지 않은 것으로 칠 것이다."

별님은, 꺼림칙한 인연이매 만나지 않은 것으로 여기라 했다. 미워하지도 말고 잊어버리라 했다. 헌데 놈은 질기다. 어려워하기는커녕 무서워하지도 않는다.

"나리가 별님의 아우, 동마로의 내자를 취하여 첩실로 삼으신 걸 들었습니다. 샘골 사람들, 문암 사람들이 다 알더이다. 조금 전 문간에서 뵌 아씨가 지난날 어린 아들을 미타원에 두고 나리를 따르신, 하여 미타원이 사라질 때 두고 나온 아들을 잃으신 그이시겠지요. 문암 본댁 영규令閨께서 키우시는 여섯 살 난 국빈 도련님은 그 작은 아씨가 생산하신 아드님이실 테고요. 문암의 댁 구경당 대문 밖에 나와 노시는 국빈 도련님을 뵈었지요. 참말 귀여우시더군요. 그러하매 설마 나리께서 별님의 행방을 모르시리까. 알려 주소서."

"네놈이 시방 내 처자까지 걸고 나를 겁박하는 것이더냐?"

"언감생심 그렇겠습니까. 부디 별님의 행방을 일러 주십시오."

"아는 바 없느니. 좋이 물러가거라. 오늘은 그냥 보낸다만 다시는 내 근방에 얼찐거리지 마라. 신상에 이롭지 못하리라."

"가진 것 없고 지킬 것 없는 소인이 새삼 신상을 걱정하겠습니까. 오늘날 도성을 뒤흔드는 명화적 패거리를 집안에 이리 버젓이 들여 놓으신 나리 신상을 걱정하셔야지요."

꺼림칙한 놈을 조심하라 하였던 별님이 이놈의 출현을 예시했음을 청사 앞에서 이미 알아보았던 것을. 그 자리에서 기동순에게 대놓고 놈을 도적놈이라 외댔어야 했던 것을. 놈을 순라군들한테 넘겼어야 했던 것이다. 그리 못할 꺼림칙함 때문에 놈을 집으로 끌고 와 발목을 잡혔다.

"네놈이 되지 못한 소리로 나를 능멸한다만 지난날 네놈이 아픈 나를 업고 구했던 전사를 보아 용서하리라. 허고, 백날 물어도 나는 아는 바 없으니 네놈이 그리 궁금하다면 내일 새벽에라도 가마골의 소경 무녀를 찾아가 보아라. 가마골 웃실에 소소원이라는 집이 있고 거기 소경 무녀가 있는 바, 도성 안 벼슬아치들 사이에 꽤나 유명하다 들었다. 들은 바로 계집이 천하 없는 일이 있어도 날 새기 전에만 손님을 맞는다 하니 복채 두둑이 준비하여 찾아가 보아라. 노상 너울을 쓰고 산다고 하니, 네가 알아볼 수 있을지나 의심스럽구나."

조용히 듣고 있다 불현듯 하하, 웃기 시작한 임인 놈이 배꼽 달아날까 제 배를 움켜쥐고 큰 소리로 웃어댄다. 조롱이다. 근휘가 부끄러움과 분노로 진저리를 치는 새에 놈이 일시에 웃음을 싹 걷었다.

"그 옛날에도 서방님이 사내로서 비겁자임을 알아보았사옵니다. 오죽하면 자신의 계집 별님이 현령한테 불려 다니며 능욕당한 사실을 알고도, 현령 대신 계집을 탓하였으리까. 그 분풀이를 현령이 아닌 별님의 식구한테 하였음도 소인 짐작하였지요."

"뭣이 어째? 네 이놈. 경을 쳐야 그 입 다물겠느냐."

"어찌되었건, 서방님께서는 별님 덕에 목숨 건지시고, 자식을 얻으시고 벼슬도 하시게 되었으니 별님의 덕을 크게 보셨는데, 아직도 그 분이 풀리지 않아 이 하찮은 놈한테 별님의 행방을 토설하십니다 그려. 쫓기는 쇤네가 별님을 찾아갈 수 있을지는 의문입니다만 여하튼 은혜로 알겠습니다. 시방 이 댁 주변에 소인의 일당인 도적놈들이 포진해 있을 터이나 나리 댁을 범치는 않겠습니다. 침범해 보아야 나올 것도 없을 댁임을 벌써 알아보았을 도적놈들은, 소인이 거두어 물러갑지요. 아, 더 쉬운 출세를 도모하시려거든 당장 아랫것들에 호령하시어 소인한테 오라를 지우십시오. 쇤네 순순히 오라를 받아 의금부나 포도청으로 끌려가겠습니다. 심문을 받고 고신을 당하면 소인이 어찌하여 이 댁에서 잡혔는지 전사들을 불게는 되겠지요. 칠 년 전 도고 관아 도적 떼와 그에 연루된 은새미 무녀 식구와 군자감 직장 나리를 연결시켜 털어놓게 될 것입니다. 하오나 포도청이나 의금부에서 설마, 이 비루한 도적놈의 말을 믿기야 하겠습니까. 안녕하오소서."

제 할 말을 다 지껄인 놈이 굽다시 일어나 나가는 꼴을 어쩌지 못하는 까닭은 애오개의 이 집에서 근휘가 거느린 종복들이 아무 쓸데가 없는 놈들이기 때문이다. 어제가 오늘인 듯 평범하게 하급 관헌 노릇을 하는지라 줄줄이 종놈 거느릴 까닭이 없고 그럴 형편도 못 되었다. 수복 내외와 하잘 것 없는 어린 머슴 놈 하나와 계집 종 하나가 다였던 것이다. 놈이 나간 뒤 사랑으로 들어와 안채에 저녁이 차려졌다고 아뢰는 수복을 향해 근휘는 서안 위에 놓였던 필통을 집어던진다. 이마에 필통을 맞고 나동그라졌던 수복이 소스라쳐 몸을 일으키며 제 머리를 만졌다.

"지금 김 검정 댁으로 갈 것이니 채비를 차려라."

힘만 있었다면 임인 놈을 벌써 찢어 죽였을 것이다. 별님도 마찬가지다. 그런 하찮은 계집을 위해 품었던 마음이 화덕을 뒤집어쓴 듯 부끄럽다. 당장 가마골로 쳐들어가 별님을 갈가리 찢어 놓고 싶다. 임인과 별님을 죽이지 못할 바엔 자신이라도 죽이고 싶을 만큼 분노가 뜨겁다.

한양을 너무 가벼이 보았다. 성곽으로 둘러싸인 한양 곳곳에 성문이 있고 성문이 닫히면 쫓기는 자들은 독 안에 든 쥐가 되었다. 그걸 모르지 않으면서도 유념치 못했다. 패거리들의 무도한 본색이 도성의 휘황함에 그리 쉽게 드러나 흔들릴 줄도 몰랐다. 두령을 위시한 참모들의 실책이었다. 강한 자들에게는 범접 못하고 자구책 없는 곳만 노략하고 약탈하는 꼴이 갈 데 없는 도적놈들이었다. 승리감에 도취해 물러날 때를 찾지 못하고 시일을 끈 것 또한 하찮은 놈들이기 때문이었다. 수십 인명이 살상되니 성곽 밖을 오위군이 둘러싸고 성안에서는 순라군이 동시에 움직이고 삼영군들로 토벌대가 만들어지면서 열흘도 채 견디지 못하고 당이 와해되고 말았다.

사로잡힌 놈들이 명화당의 본거지며 집합지를 불어대어 이미 절반이 넘는 일당이 잡힌 자리에서 죽거나 잡힌 뒤 참수되었다. 두령을 위시하여 잡히지 않은 자들의 초상이 줄줄이 나붙어 수배되었다. 부두령이자 명화당의 책사 노릇을 해온 임인의 초상도 도성 안팎 곳곳에 내걸려 있었다. 옷이며 머리띠 따위는 진작 태워 없애거나 벗어 묻었다. 남은 자들은 지극히 보통인 평민들 차림새로 도성을 빠져나가거나 빠져나가기 위해 은신 중이었다. 두령 남우걸은 사태가 불리해진 순간 벌써 달아났을 것이다. 임인도 벌써 빠져나가 강당사 법당쯤에 엎드려 있거나 태백산 연못 속에라도 들어가 있어야 하는데, 여태 도성을 떠나지 못했다. 한 번은 별님을 보고야 말리라는 고집을 버릴 수 없어 몇 날을 벼른 끝에 소소원을 찾아들었다.

섣달 스무이레 새벽이다. 사흘만 지나면 임신년 새해이고 임인은 서른한 살이 될 것이다. 새해를 기껍게 맞아 본 기억이 없음에도 새해를 의식하는 까닭은 그날이 너무 멀리 있는 것 같은 막막함 때문이다. 막다른 길에서 별님에게 이르게 된 소회인지도 모른다. 도성에 들어와 닷새째 되는 밤 열두 명의 수하를 이끌고 삼청골 입구 진장방에 잠입할 때만 해도 나름 호기로웠다. 아직 순라군도 도포군도 제대로 움직이지 않을 때였다. 부하들에게 쾌자를 걸치지 못하게 하고 고요하게 움직여 진장방의 그 집, 사온재 근방에 이르러 포진했다. 사온재를 침범하여 할 일이란 결국 재물을 약탈하는 것이었겠지만 임인에게는 스스로도 규명치 못할 속내가 따로 있었다. 반듯하게 사는 양반들에 대한 시샘이라고나 할까. 특히 그 옛날의 젊은 도령 이무영이 도적 떼에 어찌 대응할지 보고픈 심사 같은 것이었다.

그날 밤 이경 즈음인데 대문이 열려 있었고 집 안에 불이 밝았다. 웬일인가 했더니 사온재 나리, 아니 나중에야 알게 된 대사헌 대감이 늦게 퇴청하는 참이었다. 대감 곁에는 이무영이 매끈한 관복 차림으로 함께 있었다. 관복 차림의 부자가 사인교가 아닌 말에서 내려 집 안으로 들어가자 그 주위를 감싼 여섯 명의 호위들이 들어가 문을 닫았다. 사대부 집 외관으로야 외려 작다 할 수 있는 그 집이 난공불락의 요새임을 알아챈 그 순간 자신이 얼마나 무지하고 무모한지 임인은 깨달았다. 호위들의 몸가짐이 예사롭지 않았거니와 고관대작이 거하는 마을이라 순라군들이 이미 패를 지어 순찰을 돌고 있음을 그제야 알게 되었던 것이다.

그전에, 혜정원을 습격했을 때 벌써 일이 잘못되었음을 깨닫기는 했다. 도성 안에서 가장 거대한 객점이라 하루에도 은전 수백 냥씩을 벌어들인다던, 뒤주 가득 돈이 들었다던 혜정원이 사람들로 넘치기는커녕 텅 비어 있었다. 분명히 한 달 전까지 불빛 은성했다던 그곳이 캄캄했다. 폐문을 해놓지도 않아 그저 열고 들어간 그곳은 돈 궤는커녕 빗자루 하나 보이지 않을 만큼 휑했다. 혜정원은 그렇게 텅 비었는데 육조거리 앞인 삼내미에는 관군이 떼를 지어 몰려다녔다. 맥없이 물러나와 서부지역의 애먼 민가들만 노략할 때 마음에서 사라지지 않던 자괴감의 근원은 자신이 이 정도뿐이라는 것이었다. 여기가 끝이구나.

임인은 내심 떨리는 심사를 짓누르며 소소원주의 신당 안으로 들어선다. 이따금 한번씩 떠올리며 고요히 늙어 갈 수 있는 처지였다면 이렇게 확인하러 오지 않았을 것이다. 임금이 토벌을 명한 도적 떼의 일원인바, 얼마나 오래 버틸 수 있으리. 오래 못 가리란 예감이 기어이 별님을 찾게 만들었다. 문간방에서 앞서 든 손님이 나가기를 기다리는 동안 설마 소경 무녀가 진짜 별님이랴, 하면서 별님이 아니기를 바랐다. 그런데 별님이다. 넓은 방 네 귀에 등불을 세우고 제 양쪽에도 등불을 세우고 신단에도 촛불을 켜놓은 채, 홀로 봄 맞은 듯 연둣빛 저고리에 녹색 치마를 받쳐 입고서도 소슬한 얼굴로 먼 산 보기를 하고 있는 여인. 눈 밑까지 연두 빛깔의 얇은 너울을 드리우고 있지만 틀림없는 별님이다. 김근휘의 말을 들으며 설마 했는데 소경이 된 게 사실이었다.

"혜원, 손님 앉으시라 하세요."

멀거니 서 있는 임인을 느꼈던가, 별님이 나지막이 명한다. 저 사람 예전 목소리가 어땠던가. 임인은 기억할 수 없다. 숱한 날들의 밤별을 보면 저절로 떠올라 그토록 생생하던 별님이 정작 앞에 있으니 하늘의 별처럼 아득해져 아무 것도 떠오르지 않는다.

"손님, 점상 앞으로 다가드시어 등을 대어 주시겠습니까."

별님 곁에 있던 혜원이 멀거니 서 있는 임인을 향해 나지막이 청했다. 임인이 사발 모양의 종 한 개가 엎어져 있을 뿐인 점상에 등을 대고 앉으니 별님의 두 손이 등에 와 머물렀다. 두꺼운 옷 위로 손의 온기가 느껴질 리 없었다. 두어 숨 참쯤 머물렀던 별님의 손이 떠나고 나니 혜원이 임인을 점상에서 서너 걸음쯤 거리를 두고 앉혔다. 연후 혜원이 자신의 등 뒤쪽에 앉았으므로 임인은 별님과 독대한 것처럼 느껴진다.

"손님, 복채는 은자 닷 냥이옵니다."

임인은 그 옛날 사온재 별당에서 별님에게서 받았던 주머니를 꺼내 통째로 내민다. 그때 주머니에는 은자 스무 냥이 들어 있었다. 홀로 밥만 먹고 산다면 몇 년은 거뜬히 지낼 만한 거금이었다. 뒤에 있던 혜원이 어느 결에 다가와 주머니를 들고 점상 옆으로 가더니 주머니 속을 확인하고는 눈이 동그래져 임인을 건너다보았다. 그럴 법했다. 도적질 칠 년여 동안 그 주머니로 들어간 금붙이들은 다시 꺼내지 않았다. 별님이 죽었다고 믿은 적이 없었거니와 언젠가 만나면 건네리라 사뭇 정한 마음으로 모았던 것이었다. 혜원이 주머니를 별님의 손에 들려주며 귀엣말을 하는데 다 들린다.

"아씨, 오백 냥어치가 훨씬 넘을 법한 금붙이입니다. 어찌하오리까?"

혜원의 속삭임에 별님이 빙긋 웃더니 주머니를 점상에 내려놓고 말했다.

"까닭이 있으시겠지요. 우선 두세요."

혜원이 제자리로 돌아가 앉으니 별님이 등불에 흔들리는 눈동자를 임인 쪽으로 향한다. 마주보고 있음에도 눈길이 닿지 않음에 임인의 마음이 쓸쓸하다. 소경이 된 별님을 시험하며 자신을 알아봐주길 기다리고 싶지 않고 쫓기는 처지에 그럴 여유도 없다.

"저는 임인이라 합니다. 지난날 은새미 미타원에서 별님 아씨를 모신 적이 있습니다. 기억하시겠습니까?"

"전날의 저를 아는 사람이라 짐작하였더니 임인 처사 그대이셨군요. 예상보다 오래 걸려 오셨습니다."

"미타원이 사라지기 전에 간 적이 있습니다. 그때 아씨는 태백산에 기도하러 가셨다고 어머님께서 말씀하셨지요. 태백산으로 가 보았습니다. 검룡소라던가요. 금대봉 기슭의 옹달샘들이 모여 솟아난다는 그 작은 연못은 적막하더이다. 아씨가 다녀가셨는지 아예 들른 적이 없으신지, 연못을 보고는 알 수 없었지요. 이태 뒤 은샘에 다시 갔을 때는 미타원 흔적을 찾기 어려워졌더이다. 아씨의 행방을 아는 사람은커녕 아씨 이름을 거론하는 것조차 저어하는 판국이 되어 있었습니다. 하여 이리 오래 걸린 것입니다."

미타원에 대해 말하는데도 그곳이 어딘가 하는 듯 별님의 표정이 잔잔하다. 멀쩡한 눈을 잃고 소경이 된 것은 필경 그때 잃은 식구들과 관계가 있을 텐데 남 일인 듯 내색이 없다.

"그러셨군요. 그전에 과천 국태사에서 나가셨다는 소식은 나중에 들었지요."

"그때 국태사에서 견디지 못한 건 제 못난 습성과 성정 탓이었습니다. 할 말 없습니다. 이제금 제가 별님 아씨를 찾아온 까닭은 그때 제가 국태사에서 견디며 글공부를 하였다면 저한테 마련된 길이 어떤 것이었는지를 묻고 싶어서입니다. 공부하다 보면 보일 거라 하셨던 그 길 말입니다."

"지금 그게 왜 궁금하신지 모르겠습니다. 점쟁이인 제가 제 앞날도 모른 처지에서 나불된 소리였으나 당시에는 아마도, 임인 처사의 공부가 어느 정도 익으면, 우리가 묵었던 댁의 영감마님을 졸라서라

도 세상의 버젓한 자리에 처사를 세우려 하였을 것입니다. 그때 그
리 말씀드린 것으로 아는데요."

"저는 그리 듣지 않았습니다. 아무 희망 없이 버려진 것으로 알았
습니다. 그 절에서 굳이 버텨 낼 까닭이 없었지요."

"누구나 가지 못한 길에 대한 회한이 있을 텝니다. 헌데 살길 마련
해 주지 않았다고 따지러 오신 것입니까?"

임인이 묻고 싶은 것은 별님과 자신이 어떻게 만나게 되었는가 하
는 것이었다. 태생의 대부분을 잊었지만 자신의 원래 이름 이장경과
자신을 강당사에 데려다 놓은 늙은 무녀 동매는 잊지 않았다. 그 무
녀에 이어 어린 무녀 별님이 강당사에 나타나지 않았던가. 거기에
무슨 까닭이 있을 것이란 의문을 가진 채 별님을 연모하였고 미타원
이 스러진 뒤에야 별님의 조모가 동매라는 이름으로 불린 적도 있음
을 샘골 노인들에게 들었다. 머릿속이 마구 뒤엉키는 것 같은 의혹
을 풀지 못한 채 지금에 이르렀다.

"아니, 첨에 아씨가 저를 품으신 이유를 알고 싶습니다. 김 선비를
안고 곧바로, 또 사또를 안으면서 줄곧 저를 품으신 이유 말입니다."

결국 인연의 시작에 대해 묻지 못하고 만다. 별님이 알든 모르든
무슨 상관이겠는가. 안다고 해도 대답해 줄 사람도 아니었다.

"세상 무서운 것도, 사내들 무서운 것도 몰라 그랬지요. 소경이 되
고 나서야 그걸 알게 되었고 나날이 느낍니다. 신분의 귀천을 막론
하고 이 세상 사내들이 계집들에게 얼마나 사납고 무서운 족속인지
를 말입니다. 처사가 지금 십 년이나 지난 인연을 쫓아와 내 앞에서
이리 당당히 전사를 따질 수 있는 것도 나를, 좌지우지할 수 있는 처
사의 계집이라 여긴 때문이 아닙니까?"

물음에 대한 답이든 묻지 못한 것에 대한 답이든 임인이 바란 내용은 아니다. 아니, 자신이 뭘 원하는지도 모른다. 전날의 도도했던 여인을 확인하며 마음을 달래러 온 게 아니고 분풀이를 하러 온 것도 아니다. 여태 저를 애모한다 강변하며 대접받으러 온 것도 아니고 인연의 시작과 끝을 묻고자 온 것도 아니다. 그 모든 것이 어우러진 무엇이라고 할 밖에 자신이 새삼 별님을 찾아온 명확한 까닭을 임인도 알지 못했다.

임인의 그 혼돈을 깨우치려는 듯 별님이 느닷없이 상 위에 엎어진 종을 들어 마구 흔든다. 조용하던 새벽 신당 안에 울린 자그만 종소리가 벽력 같다 싶은 순간 뚝 멈춘다. 천지가 고요하다. 별님이 맞출 수 없는 눈길로 임인을 노려본다. 임인은 변명처럼 입을 열었다.

"한 번도 별님 아씨를 제 여인이라 여긴 적 없다면 허언일 것이나 오늘 제가 여기 와 있는 까닭은 저도 잘 모릅니다. 아는 것이라곤 제 일생이 분하여 누군가한테 책임을 씌우고 싶은데 대상이 당신, 별님 아씨 말고는 생각나는 사람이 없었다는 것입니다."

"그래서, 사람들을 거느리고 쳐들어오신 겝니까? 왜요, 책임지고 함께 죽어 달라 하기라도 할 참입니까?"

"사람들을 거느리다니요?"

"처사 뒤에 붙어 온 사람들이 일당인지 그대를 잡으려는 관군인지 나는 모르겠으나 처사는 알 테지요. 내가 처사한테 젊은 한 시절 몸을 내맡기며 되려 미안해하고 고마워했을망정 그대에게 잘못한 일이 없소. 이제 와 다른 사내들과 더불어 품었다고, 맘 주지 않았다고, 끝내 책임져 주지 않았다고 나를 끌고 들어가려는 것이오?"

임인이 도적 잔당이 되어 버린 패거리 넷을 대문 건너 숲에 숨겨

두고 들어온 게 사실이었다. 채수와 석이와 다른 두 놈이었다. 간밤 성문이 닫히기 전 가마골로 들어오는 수레꾼들 틈에 끼어들어 와 닥나무 삶는 가마 곁에서 시간을 보내다 산으로 올라선 뒤 관음사 쪽 길을 타고 내려왔다. 자신을 믿고 따르는 자들이라 별님을 보고 난 뒤 그들을 데리고 도성을 떠날 계획이었다. 별님은 방안 깊은 곳에 앉아서 그들까지 보는 것이다.

"내, 쫓기는 몸인 것은 사실이나 당신을 끌고 어디로 가려한 것은 아닙니다. 그리 생각 마세요."

"처사가 나를 어찌 생각하였든 처사가 내 집에 나타난 순간 나를 엮어 진창으로 들어선 것입니다. 그 또한 내가 마련했던 일일 테니 이제 와 그대를 탓할 생각은 없습니다. 처사도 나를 탓하지 마세요. 그대 스스로를 책할 필요도 없습니다. 오래전 한때 맺었던 인연을 푸는 셈으로 일러 드립니다. 이만 물러가세요. 속히 도망쳐야 할 겝니다."

"어차피 평생 도망쳐 왔고 앞으로도 그리해야 할 몸입니다. 그리 쫓아내지 않으셔도 갈 테니 염려 마십시오."

별님이 낯을 왈칵 찌푸리며 바깥에 주의를 기울이는 시늉을 했다. 그러고 보니 무슨 기척인가 났다. 등 뒤에 있던 혜원이 어느 결에 일어나 방문을 열었다. 찬바람이 와락 밀려들었다. 동시에 처마에서 뻗어 나간 불빛에 납작하게 엎어져 있는 네 놈과 네 놈을 둘러선 젊은 사내 넷이 보였다. 젊은 사내들이 채수 놈을 비롯한 임인의 수하 넷을 제압하여 엎어 놓은 것이었다. 스무 살 안팎으로 뵈는 사내들이 도적 패거리와는 다른 절도와 기량을 갖추었음을 한눈에 알 수 있었다. 맨 왼쪽의 사내가 말했다.

"숲에 있던 이들이 우리 집을 범하려 하여 잡았습니다."

수하들은 섣달 새벽 추위에 떤 데다 한적해 보이는 곳의 밝은 불을 보고 침범하고 싶었던 모양이다. 임인은 할 말이 없어 얼굴을 훑어 내린다. 별님이 말했다.

"임인, 이 새벽, 이 숲 속에 든 모든 목숨들이 위태롭습니다. 나는 물론이고 그대도요. 저들을 데리고 당장 떠나세요. 관음사 쪽으로 올라 향로봉을 넘으세요. 어쨌든 살고 싶으면 아랫동네가 아니라 뒷산으로 올라가야 함을 명심하시고요. 뒷산입니다."

별님의 말이 떨어지자 마당에 선 젊은 놈들이 임인의 수하들을 일으켜 세웠다. 다치지는 않았는지 일으켜진 놈들이 객쩍음과 두려움이 범벅된 얼굴로 두리번대며 옷을 털었다. 무기들은 빼앗겼는지 모두 맨손이다. 임인도 맨손이었다. 별님을 보기 위해 신당에 들면서 차마 무기를 지닐 수가 없어 놈들한테 맡겼던 탓이다. 기다리고 마주한 시간을 아울러 고작해야 한 식경이나 될까. 십 년을 별러 이만큼이었다.

임인은 일어나 선 채로 별님에게 허리를 숙여 보이고는 마주쳐지지 않는 눈을 한번 건너다 본 뒤 방을 나선다. 오지 않음만 못했으나 별님이 도적놈이 된 자신에게 피하라 일러 준 것으로 충분했다. 한데에 버려진 평생의 설움이 다 가셨다고는 할 수 없을지라도 이만하면 된 듯하다. 별님이 스스로를 보호할 만한 사람들을 데리고 사는 것을 확인하였으니 더 좋았다.

소소원을 나와 아랫마을 쪽이 아닌 뒷산으로 접어든다. 그런데 뒤따라오던 네 놈 중 두 놈이 느닷없이 소소원 쪽으로 내달았다. 순식간에 벌어진 일이다. 쫓기는 주제에도 어둠 깊은 산을 타기 싫어 간밤을 보낸 만만한 아랫마을 쪽으로 내닫는다. 아랫마을 밖에는 홍지문이 있었다. 열려 있을 시각이긴 하나 수직 군졸들이 드나드는 사람을 일일이 검문했다. 어디서든 잡힐 것은 불문가지, 잡히면 소소원을 들먹일 놈들이었다. 그야말로 별님을 곤경에 빠뜨리게 생겼다.

임인은 채수와 석이에게 놈들을 쫓자며 뒤따라 뛰었다. 놈들을 잡아 돌려세워야 했다. 등불 한 점 걸린 소소원 앞을 거쳐 소소원 아래 캄캄한 몇 집을 지났다. 아랫마을에 이르기 전 숲길에서 임인은 걸음을 멈췄다. 천지가 어두워야 할 새벽인데 저만치서 불빛들이 번득거린다. 횃불을 든 관군들이었다. 이십여 명 쯤 될까. 앞서 내달아가던 두 놈이 그들에게 달려가 안긴 꼴로 붙잡혀 있었다.

아아, 이래서 뒷산으로 들어가라 했던 것을. 임인은 채수와 석이를 데리고 길 안쪽 관목 밑에 납작 엎드린다. 흩어진 행렬 속에서 웅얼대는 소리만 들릴 뿐 관군이나 도적놈들이 무슨 말을 주고받는지는 명확지 않았다. 어른거리는 횃불 속에서 잡힌 수하들이 오라 지워져 나무에 묶이고 있었다. 그 와중에 임인은 김 선비, 근휘를 보았다. 포도청이나 의금부와 관련 없는 그가 꼭두새벽에 이미 출동해 있던 관군에 속해 있는 이유를 뒤늦게 깨닫는다. 임인이 엿새 전 호기롭게 찾아가 욕보임으로써 그와 관군들을 별님에게 끌어들인 것이었다.

김근휘가 두 명의 군관과 스물네 명의 포졸 행렬에 끼게 된 것은 물론 한성판윤을 장형으로 둔 검정 김승욱의 힘이었다. 소소원을 감시하면 명화적의 우두머리를 잡을 수 있을 거라 김승욱을 설득하였고 그는 도적놈보다 소소원주를 옭아맬 수 있으리라는 셈속에 발 벗고 나섰다. 소소원 무녀가 드디어 빈궁을 독대하기 시작했음이 알려졌다. 소경 무녀가 빈궁을 독대하고 나간 뒤 궐내 전각들을 미친 듯 떠돌던 동궁이 밤마다 빈궁에 든다는 소문이 짜했다. 근휘는 정교한 거짓말을 만들어 낼 필요도 없이 김승욱을 거쳐 그의 형인 한성판윤까지 끌어낼 수 있었다. 동궁 내외를 붙여 놓은 소소원 무녀인바 동궁의 사람이며 동궁을 싸고도는 대사헌 측의 사람임이 판명되었다. 김승욱을 앞세운 세력은 무녀 소소를 명화적 일당으로 몰아 동궁을 견제하는 동시에 대사헌 이한신을 옭아맬 구실을 찾고 그리 못할 시면 소소를 없애는 게 낫다 결정하였다. 어째도 별님의 목숨은 스러지게 된 것이다.

그렇게 의도한 사람은 물론 근휘였다. 임인 놈과 별님이 도적 떼가 되어 사라지면 김근휘의 치부가 드러날 위험이 사라질 터. 아무리 천것이라도 남의 계집을 취한 것은, 단 하나인 아들이 그렇게 태어난 것은, 근휘를 위해서나 아들을 위해서나 전혀 떳떳지 못했다. 품계가 낮은 지금은 눈에 띄지 않지만 훗날 큰 자리에 서게 되면 백주 대로에 발가벗듯 도드라질 수 있었다. 파당 간 경쟁이 심한 만큼 명분을 따질 수 없을 만한 큰 흠을 가진 사람은 자파에서 먼저 내치기 마련이었다.

더구나 도고 관아 사건은 아직 미제로 남아 핑계만 있으면 잘못 건드린 먼지처럼 화제로 되살아났다. 도고 관아를 파고들면 미타원이 나올 수밖에 없고 인근에 베풀며 살았던 미타원을 기억하는 사람은 그 근방에 널려 있었다. 무엇보다 근휘는 임인과 별님을 용서할 수 없었다. 그들이 세상에 살아 있는 것 자체가 근휘에겐 치욕이었다. 그렇게 시작된 일이었다. 한성부 순라군들이 넷씩 짝지어 소소원을 감시하고 세검정자에서 순라군 열두 명씩이 번갈아 진을 쳤다. 근휘도 새벽마다 닥나무 삶는 냄새를 맡으며 가마골로 왔고 찬바람 씽씽 부는 세검정자에서 달달 떨며 번을 섰다.

엿새째인 오늘 드디어 소소원을 감시하던 놈들이 뛰어내려 와 임인 놈이 걸려들었다고 했다. 관음사 쪽에서 내려온 놈들 중 한 놈이 단신으로 소소원으로 들어가고 나머지 서너 놈이 그 근방 숲에 은신하더라는 것. 소소원에 사는 연놈들은 물론이거니와 도적놈들을 한꺼번에 꿰어 묶을 기회였다. 그걸 놓칠세라 말까지 버려두고 살금살금 올라오던 길인데 도적놈 둘이 제 발로 뛰어내려 와 잡혀 주지 않는가. 제들 두령인 임인이 잔당 두 놈과 함께 아직 소소원에 있다고 술술 불어댄 건 물론이고 두령이 소소원 무녀와 잘 아는 사이라고 덧붙이기까지 했다. 나무에 묶어 심문한 놈들에게서 소소원 상황을 알게 된 박 군관, 최 군관이 자못 호기롭게 포졸 한 놈을 홍지문으로 보내 원군을 청하라 하고는 나머지 수하들한테 명했다.

"조용히 올라가 무녀 집으로 들어간다. 대항하는 놈들은 가차 없이 죽여라."

군관으로서는 나이가 많은 편인 박 군관은 좌포청 대장의 신임을 제대로 받지 못했다. 도성을 뒤흔든 도적들의 잔당을 잡는다면 그는 수훈을 세우는 것이었다. 최 군관도 마찬가지여서 둘이 자진하여 새벽마다 번갈아 나와 진을 쳤다. 번 교대를 하러 나온 참에 도적들의 출현 소식을 들은 최 군관이 한껏 들떠 앞장섰다. 이번 일로 공을 세우면 둘 다 부장이 될 수 있을 것이다. 두 군관을 조정하는 좌포장은 한성판윤과 호형호제하는 사람이었다. 이 새벽의 전공이 어디로 가든지 당분간 조정은 노론의 목소리가 커질 것이었다. 더불어 김근휘의 위치도 달라질 터였다. 군자감 내에서든 호조 전체에서든. 만단사자로서도 마찬가지였다. 용부령을 만날 기회가 주어질 것이고 만단사의 실체를 확인하게 될 것이다. 근휘로서는 일석삼조였다.

나무에 묶어 놓은 도적놈들을 우선 두고 소소원을 향해 행진했다. 몇 발짝이나 움직였을까. 어디선가 계절에 어울리지 않은 멧비둘기 소리 같은 게 짧게 들렸다. 부부 부. 섣달 새벽에 우는 멧비둘기도 있는가? 고개를 갸웃하는데 이상한 일이 눈앞에 벌어졌다. 위에 있는 도적놈들은 고작해야 서너 놈이라 했는데 붉은 쾌자가 예닐곱, 아니 열은 될 만큼 나타나 있지 않은가. 붉은 머리띠에 붉은 쾌자를 떨쳐입고 횃불을 든 채 나부대는 놈들은 흰 가면까지 쓰고 있어 영락없는 도깨비들이다.

"명화 도적놈들이다! 놈들을 잡아라."

박 군관이 소리쳤다.

"바싹 쫓아라. 한 놈도 놓치면 안 된다."

최 군관이 외쳤다. 창칼을 든 포졸들이 마구 흔들리는 불빛 속에서 어둠보다 검붉은 그림자들과 싸웠다. 챙강챙강, 칼 부딪는 소리가 어지러운데 맨손인 근휘에게 다가드는 칼은 없다. 놈들이 포졸들 사이에 뛰어들더니 포졸들을 밀쳐 내면서 나무에 묶인 두 도적놈들의 오라를 풀어 주려다가 포졸들이 달려들자 주춤한다. 박 군관이 무관답게 수하들에게 소리를 질러 지휘하며 놈들에 대적했다. 놈들이 포졸들에 당하기 역부족이었던지 슬슬 물러나 숲으로 스며들었다.

"원군이 올 것이니 놈들의 자취를 놓치지 마라."

놈들을 쫓으라는 두 군관의 호령은 기세등등한데 근휘는 어쩐지

이게 아니지 싶다. 최 군관이 근휘에게 말했다.

"김 직장은 여기 계시다 원군이 오면 데리고 뒤따라오시오."

"따라갈 일이 아닌 듯싶소만?"

"눈앞에서 달아나는 놈들을 놓아 보내란 말이오? 그 뒷감당은 누가, 어찌 한답니까? 김 직장이 하실 테요?"

근휘한테 소리친 최 군관이 제 수하들을 끌고 숲 속으로 들어갔다. 박 군관도 따라갔다. 그대로 올라가면 바로 위에 있는 소소원이 아니라 북악으로 들어가 정릉 방향으로 나아가게 될 것이다. 말릴 틈도 없다. 희끗희끗한 횃불 몇 점이 아른대다 멀어졌다. 그러고 보니 횃불 한 점이 꺼지지 않은 채 싸움 한판을 벌인 셈이다. 산불 날까 조심한 것도 아니고, 횃불 한 점도 꺼지지 않게 벌일 수 있는 싸움판이라는 게 가능한가. 나무에 묶인 두 놈과 벌벌 떨며 횃불을 들고 있는 수복과 자신. 섣달 숲길에 남은 사람은 넷뿐이다. 찌르르 등골을 훑는 전율에 진저리를 친 근휘는 묶인 놈들에 다가들었다. 놈들이 고개 떨어뜨린 채 꼼짝도 않는 게 수상하다. 아니나 다를까, 놈들은 외상 한 점 없이 절명해 있다.

"나리, 죽었잖습니까? 이 놈들이 언제 죽었지요?"

횃불을 비춰 놈들을 살피던 수복이 떨리는 목소리로 외친다. 도적놈들이 포졸들을 유인해 갔다. 함정이다. 그러니까 놈들은 명화적이 아니라 도적을 가장한 무엇들이다. 조선 천지에 그리 움직일 수 있는 자들이란 누구일까. 근휘가 창졸간에 벌어진 일을 이해하려 애쓰는 참에 곁에 있던 수복이 앗! 짧은 비명을 지르더니 제 목을 만진다. 동시에 횃불을 놓치면서 쓰러진다. 근휘가 놀라 놈을 부축하려는데 한 그림자가 불쑥 나타났다. 검은 복면을 썼다. 이건 계집인데? 싶은 순간 근휘의 목울대가 따끔하다. 모기에 물린 듯해 자신도 모르게 목을 훑는데 손바닥에 바늘 같은 것이 느껴진다. 무의식중에 그걸 뽑아 던진 근휘는 소리를 지른다.

"도적놈이다!"

외치는데 눈앞이 아득해지면서 다리가 저절로 꺾였다. 계집임이 분명한 형체가 유연하게 허리 숙여 수복이 떨어뜨린 횃불을 주워 들더니 신호하듯 흔들어댄다. 주변에서 움직이는 검은 복면의 무리가 조금 전 포졸들을 유인해 간 도적놈들만큼 되었다. 원군을 청하라 홍지문으로 보낸 포졸놈이 옆에 짐짝처럼 부려지는 게 보인다. 세검정자에서 여기 이르기까지 한 식경도 걸리지 않았다. 섣달 숲길, 나무뿌리 돌아 오른 흙바닥에 쓰러지면서도 근휘는 눈앞에서 벌어지는 일들과 자신에게 일어난 일을 이해하지 못했다. 다만 몹시, 몹시 춥다.

아무것도 이해하지 못한 김근휘가 쓰러질 때 그 모든 광경을 지켜보던 임인 또한 불쑥 나타난 그림자를 느끼며 까닭 모른 채 넘어졌다. 옆에 숨죽인 채 엎드려 있던 채수와 석이가 놀라 일어나다 소리 없이 다가든 그림자에 맥없이 제압되는 모습이 보였다. 검은 형체들은 검은 옷에 검은 복면을 하고 소리도 내지 않은 채 귀신들처럼 움직였다. 검은 형체들이 둘씩 짝지어 채수와 석이를 들고 갔다. 임인의 몸도 번쩍 들려 옮겨졌다. 이미 주검이 되었거나 산송장인 네 구의 몸이 나란히 놓인 숲길이었다. 별님이 뒷산을 넘어 도망치라 하였는데 경황없이 이쪽으로 내려왔다. 수하들을 쫓을 때 다른 생각은 할 수 없었다. 그저 그리되었다. 뒷산을 넘어갔더라면 몇 날은 더 살았을지도 모른다. 임인이 아는 것은 그뿐이다. 명화당 복색으로 나타나 포졸들을 유인하며 사라진 일단의 무리가 누구인지 몰랐고 지금 나타나 일사불란하게 움직이는 검은 복면들이 누구인지도 알 수 없다. 어렴풋이 이들이 별님을 보호하고 있으며 별님이 이들을 움직이고 있으리란 짐작은 되었다.

임인은 어릿어릿해지는 의식 속에서도 몹시 추웠다. 자신이 덜덜 떨고 있다고 느낀다. 그러면서도 눈을 부릅떠 상황을 파악해 보려 기를 쓴다. 그건 역부족이었으나 별님에게 묻지 못했던 인연의 끝, 삶의 끝이 여기임을 알 것 같다. 눈이 감겼고 의식이 흐려지는데 말소리가 들린다.

"주검들을 업고 속히 내려가 가마에 쌓아라. 즉시 불을 지펴야 할 것이다. 가마를 지킬 사람들은 각자 위치에서, 나머지 사람들은 다시 올라와 이곳의 흔적을 확인하여 지운 뒤 다음 명을 받으라."

그 계집이구나, 꼭두새벽 소소원에서 손님을 맞던. 그리하여 별님에게 인도하던 중늙은 계집. 근휘는 자신의 무덤을 지시하는 계집의 정체를 무덤 입구에서 알아보았다. 스스로가 아직 살아 있음을 증명할 힘은 없다. 자신이 어느 놈의 등짝에 짐짝처럼 업히고 움직이기 시작한다. 계집이 가마라고 하였다. 가마에 쌓아라. 불을 지펴라. 그러니까 자신이 지금 미처 죽지 못한 채 향하는 곳은 가마골의 가마인 것이다. 아, 옹기가마!

사람이 살았든지 죽었든지 관계치 않고 불가마에 넣어 흔적을 없앨 수 있는 자들이 세상에 있었다. 그 정점에 있는 사람이 별님이다. 김근휘가 피했어야 할 과거의 인물은 임인이 아니라 별님이었던 것이다. 캄캄해지는 근휘의 의식 속으로 불쑥 동마로라는 놈의 얼굴이 떠오른다. 도고 관아를 쑥대밭으로 만들고 나서 제 목에 스스로 칼을 꽂고 죽었다던 놈. 그때 놈이 지키려 했던 것은 별님이었다. 오늘 김근휘 생애의 마지막을 불러온 자들도 별님을 지키려는 자들이다. 그렇다면 별님 뒤에 무엇이 있다는 뜻인데, 그게 무엇일까. 김근휘가 자신의 몸이 어딘가에 털썩 부려진 것을 느끼며 마지막으로 떠올린 의문이 그것이다. 더 이상 춥지 않다. 고통은 없다.

정월 만월

"아씨는?"

강수를 보자마자 깨금네가 물었다. 반야에게는 삼내미가 쉼터였다. 대보름날인 오늘은 비연재에서 삼내미 사람들에게 신년 운수를 보아 주며 한가로이 보내고 있다. 덕분에 강수를 비롯한 네 호위들에게 내일 아침까지의 여유가 생겼다. 강수를 제외한 세 사람은 삼내미에 남았다. 각기의 수련동기들과 만나 보름밤을 즐길 셈이라 했다. 말은 그랬어도 그들의 정인들인 소예며 복분이며 연덕이 모두 삼내미에 있으므로 그곳을 벗어나지는 못할 터이다.

"문 안에 계세요. 오늘은 게서 주무시기로 했고요."

대답하던 강수는 깨금네 방 안에 앉아 있는 보리 때문에 당황한다. 천지에 눈이 쌓이던 지난 동짓달 초사흘 밤, 강수가 삼덕네서 소소원으로 올라간 것은 새벽녘이었다. 그 밤 내내 보리의 몸을 헤집었던 것이다. 정신 차리고 나니 부끄러웠다. 스스로 저지른 일임에도 보리를 탓했고 자신을 부끄러운 사내로 만든 그를 보고 싶지 않았다. 보리를 외면하느라 깨금네 출입을 줄였다. 그럼에도 말미가 생기니 견디지 못하고 다시 오고 말았다. 등잔불 밑에서 버선을 깁고 있는 보리는 내외하느라 강수를 내다보지 않는다.

"저녁은 어쨌어?"

"보름이라고 이것저것 주기에 실컷 먹고 나왔습니다. 할머니는 저녁 자셨어요?"

"우리도 좀 전에 먹고 치운 참이다. 구곡 쌈밥 두어 덩이 남았는데, 먹으련?"

"배부르다니까요. 그런데 왜 둘이만 계세요?"

"삼덕은 달 따라 관음사에 올라갔고, 얌전네 내외는 큰아들네 다니러 갔지. 또 손주가 태어나는가 보드라."

"할아버지는요?"

"동네 남정네들하고 어울려서 가마에 회칠하고 있다. 일은 핑계고 그 안이 따뜻하니 숨어서 술들 마시고 있겠지. 술이 그렇게들 좋은지."

불을 지피고 나서 가마를 수선하는 일은 예사지만 이번에는 술이 필요할지도 모른다. 관군들이 침입했던 그 새벽에 가마골과 소소원 주변에는 도성 안팎에 거하던 사신계 오품급 무절 마흔 명이 모여 있었다. 그 열흘 전에 내려진 사신총령 때문이었다. 소소원이 도적 떼에 연루되어 관군에 토벌 당할 것으로 판단한 방산 무진은 무절들에게 관군과 명화적 잔당을 모조리 제하여 흔적을 없애라 명했다. 소소원 아래쪽에 있던 자들은 그 자리에서 살해했다. 조용히 끝내기 위해 생살에 스치기만 하여도 맥이 잦아드는 칠성부 전래의 극독이 사용되었다. 북악으로 유인되어 들어간 순라군들은 북악 숲에서 죽어 가마골로 옮겨졌다. 그들의 주검을 담고 봉인된 옹기가마에 엿새 동안 불이 지펴졌다. 불 때기를 멈추고 가마가 식기를 기다렸다. 닷새 전에 가마를 열었다. 벽돌 가마 안에 절반쯤 들어 있던 옹기들은 전부 모양이 비틀리거나 깨져 나왔다. 그뿐 다른 흔적은 일체 남지 않았다.

"안 들어오고 그냥 올라가려고?"

"그냥 들러 봤어요."

소소원 강원으로 올라가 말들을 살피고 아곱 할배 대신 군불이나 지피려니 하며 왔다. 강원에는 대중방인 큰 방과 여섯 칸의 방이 있었다. 아곱 할배한테 나이를 물으면 당신께서도 알지 못한다고 중얼거리며 합죽이처럼 웃었다. 환관 출신인 그는 청룡부에 속한 계원으로 그 옛날 무녀 동매와 동무지간으로 지냈다고도 했다. 이가 다 빠졌고 허리는 고무래처럼 굽어졌으나 날마다 마당을 쓸고 방방의 아궁이를 살폈다. 할배는 강원에 자신만 남는 날은 대중 방에만 불을 때고 잤다. 예정 없이 찾아들지도 모를 식구와 객들을 위한 배려였다. 그렇지만 아곱 할배는 말은 다루지 못했다.

"바쁘지 않으면 잠깐 들어와서 보리하고 좀 놀아 주고 있거라. 나도 동리 아낙들하고 의논할 것도 있고 해서 나가 보려는 참인데 보리가 따라가지 않겠다고 해서 이러고 있다. 다 큰 애를 억지로 끌고 갈 수도 없고 혼자 놔두고 갈 수도 없고."

"다 큰 사람인데, 혼자 놔두고 가시지 않고요."

"거죽은 다 컸는데 속은 아기 같으니 혼자 못 두지 않냐."

깨금네가 벽에 걸린 두루마기를 내려 서둘러 걸치고 나와 사립문 밖으로 총총 사라진다. 강수는 어리둥절해져 방안으로 들어선다. 작고 어두운 방안에 어울리지 않는 책 『군아전君娥傳』이 반짇고리 곁에 놓였다. 월정의 이야기책인 『군아전』은 금서이다. 금서가 이 방에 아무렇지 않게 있는 까닭은 월정이 이무영의 누이인 이알영이고, 이 집이 사신계의 영토인 덕이다. 군아가 누구인지, 월정이 누구인지, 여기가 어딘지 모르는 보리아기는 한글로 쓰인 『군아전』을 그저 재미있는 이야기책으로만 읽고 있는 것이다. 그나마 오늘 밤은 책을 읽는 대신 바느질을 하기로 한 모양이다.

혜정원에서 나와 곧장 소소원으로 올라가지 않고 깨금네로 들어온 온 것은 분명히 강수 스스로의 결정이었다. 그럼에도 우연인 양 공교로운 상황이 벌어졌다. 만 사람이 들뜨는 대보름 밤이라 해도, 천치 같은 보리를 강수에게 맡기기 위해 다 같이 짜기라도 한 것 같지 않은가.

"사람 보고 인사할 줄도 모르오?"

바느질이라고 하면서도 헛손질만 하고 있던 보리가 고개를 든다.

"경이하고 본이는 언제 와요?"

인사 나누자는데 아이들에 대해 묻는다. 삼월 초에 반야는 소소원을 떠난다. 아이들도 이곳으로 돌아올 이유가 없어졌다. 다 커서 이곳을 그리워하며 잠시 들러 볼 수는 있겠지만 몇 년 안에 올 일은 없을 터이다.

"오래 걸릴 것 같소. 그러니 아이들은 기다리지 말고 동네 사람들하고 동무하면서 지내요. 동네에 처자들 많던데 그들하고 어울려서 일도 배우고 놀기도 하고."

"바보라고 놀리기만 하는데요, 뭐. 막 건드리고."

"그러지 말라고 소리지르면 되지요."

"무서워."

"무섭긴, 잡아먹나? 그나저나 누구 버선인데 그리 크게 짓는 거요?"

버선이 크기도 하려니와 바늘땀이 엉성해서 괜한 시비를 붙여 본다. 깨금네는 버선감 버리는 셈쳤거나 나중에 새로 지을 요량으로 맡겨 논 것 같다. 경이나 본이 말에 따르면 보리는 글자를 잘 안다고 했다. 한글이건 한자건 술술 읽는다는 것이었다. 삼덕이 읽는 무가집을 읽고 나서 통으로 외기도 하는 모양이었다. 부엌일은 엉성한 것 같았다. 바느질도 마찬가지. 여기 와서 지낸 일 년 반 동안 보리는 바느질과 부엌일을 배우고도 몸에 익히지를 못하고 있었다. 가마골로 들어오기 전에 부엌일이고 바느질이고 전혀 해보지 않고 자랐다고 봐야 했다.

"할머니가 큰언니 버선이라 했소."

"큰언니라면, 나 말이오? 내 버선이라고?"

"응."

"하이고 어느 세월에! 그 버선 신으려다가는 흰 수염 나겠소. 암만 봐도 바느질은 그대하고 어울리지 않은 것 같으니 그거 내버려두고, 나하고 마당에 나가서 놉시다. 달빛이 좋잖소."

강수는 보리 손에서 바느질거리를 뺏고 일으켜 세워 두루마기를 입힌다. 방안에 둘이 있다가는 다시 일을 치고 말 것 같아 방지하려는 것이다. 방한용 아얌을 씌우고 목도리를 둘러주고 수갑도 끼게 한 뒤 마당으로 끌어낸다. 초저녁이지만 보름달이 이미 동실하게 떠서 마당이 밝았다. 깨금네와 얌전네 사이에 옹기막과 가마가 있었다. 옹기막은 중간 중간 기둥들이 있고 넓었다. 여름이면 시원해 심경과 한본의 놀이터가 되었다. 겨울이면 한데나 다름없었다. 대신 옹기막 한켠에 방이 들여져 아랫방 노릇을 했다. 강수는 아랫방 나무청에서 쌍검雙劍 길이만한 나뭇가지 두개를 찾아내 대강 다듬은 뒤 보리의 양 손에 쥐어준다.

"그걸로 나를 때려 봐요."

"예에?"

"보리아기, 그대 몸속에 문자 말고 또 뭐가 들어있는지 한번 알아보려는 게요. 자, 걱정 말고 나를 쳐 봐요. 나는 몸이 날래서 절대 그대한테 맞지 않고 잘 피할 수 있소. 재미있을 거요. 자! 어서요."

강수가 막대기 든 보리의 팔을 치올려주며 자신의 몸을 바싹 들이 댄다. 보리가 두 팔을 냅다 내리쳤다. 강수가 뒤로 슬쩍 물러나며 피하자 보리가 하하 웃는다. 놀이로 여기는 것이다. 호리한 몸피의 보리는 여인으로서는 키가 큰 편이고 몸의 균형도 잘 잡혀 있다. 생각만 아이 같을 뿐인 보리가 막대기를 뻗으며 달려든다. 강수가 옆으로 비켜서며 피하자 또 웃는다. 보리가 내리치고 찔러 치고 올려칠 때마다 강수는 몸을 좌우로 틀거나 한 걸음 물러서며 피한다. 피하되 막대가 닿을 만한 일정한 간격을 유지하며 약을 올린다.

"키가 짧으신가, 팔이 짧으신가, 몸이 굼뜨네. 그러니 동네 아이들한테도 놀림을 받는 게지."

연신 놀림 받으며 스물댓 번쯤 헛손질을 하고 난 보리가 숨을 몰아쉬며 두 손을 내려뜨렸다.

"막대를 하나도 아니고 두 개나 쥐어줬는데 나를 한 대도 못 치오? 그래가지고야 어찌 더불어 놀겠소? 재미없나 본데, 나는 내 집으로 갈 테니 그대는 이제 그만 들어가 자려오? 이야기책이나 읽던지."

"아니."

보리가 몸을 꼿꼿이 세우더니 오른손의 막대를 어깨 위로 들어 올리고 왼손의 막대를 허리 높이에서 앞으로 겨눈다. 쌍검무술에서, 적을 맞이하고 칼을 뽑은 견적출검세見敵出劍勢다. 강수가 빈손인 채로, 칼을 잡고 적과 마주한 지검대적세持劍對敵勢를 취했다. 그 순간 보리가 날 듯이 다가와 오른손을 내리치는 동시에 왼손을 찌르고 들어왔다. 비진격적세飛進擊敵勢다. 강수가 몸을 물려 피하자 날쌔게 들어오며 왼편을 치고 한 걸음 더 다가와 오른편을 친다. 향전격적세向前擊敵勢와 휘검향적세揮劍向敵勢가 뒤섞인 품새다.

강수는 보리의 막대기를 피하는 동시에 오른편, 왼편을 노리고 들어가는 자세를 취하면서 보리의 몸짓을 관찰했다. 그러는 동안 보리는 향우방적세向右邦敵勢, 향좌방적세向左防敵勢로 움직이면서 진전살적세進前殺敵勢로 밀고 들어왔다. 몸을 돌리며 화초를 오방으로 펼치는 오화전신세五花纏身勢를 펼쳤다. 사나운 새가 날개를 거두는 지조염익세鷙鳥斂翼勢를 사용했고, 검을 감추면서 빛을 거두는 장검수광세藏劍收光勢를 구사했다. 미처 펼칠 새 없는 다른 초식들까지 아울러보지 않아도 보리는 쌍검무술을 숙련한 무사였다. 그걸 자신이 까맣게 잊었을 뿐이다.

무술 복색으로는 몹시 불편한 옷을 입은 채 오십여 합을 겨루어 낸 보리의 움직임이 눈에 띄게 느려진다. 진땀을 흘리고 있는 듯하다. 그만 멈추게 해야 할 것 같다. 강수는 치고 들어가는 양 하면서 보리의 양 막대에 몸을 내놓는다. 빈틈이 느껴지자 보리의 왼쪽 막대가 강수의 가슴을 사선으로 베고 오른쪽 막대가 복부를 찌르고 들어왔다. 복부로 들어온 막대가 두꺼운 솜옷에 막혀 툭 부러지면서 강수는 충격을 받고 뒤로 주저앉는다. 진검이었다면 심장과 배가 갈릴 뻔했다. 아윽. 부러 크게 낸 엄살 소리에 보리가 엄마야, 하며 달려든다. 배를 움키고 있는데 배를 보지 않고 강수 얼굴을 들여다본다.

"아, 아파?"

다시 아이가 되어 묻는 보리에게서 단내가 난다. 강수의 심장이 걷잡을 수 없이 뛴다.

"무지하게 아파. 하지만 죽진 않을 거야. 피도 안 났잖아."

"어찌 피하지 않았어?"

"내가 안 피한 게 아니라 그대가 막대를 잘 쓴 거지. 이제 보니 완전히 쌈꾼이네. 막대만 가지면 세상 무서울 거 없을 거 같은데? 동네 조무래기들 무서워할 거 전혀 없을 거 같다고. 알겠어?"

"응."

"듣다 보니 말말이 반말이네."

"큰언니도 반말이잖아."

강수는 클클 웃고는 일어나 엉덩이를 털었다. 보리도 일어나며 부르르 진저리를 친다. 땀이 식고 있는 것이다.

"고뿔 들겠소. 어서 방으로 들어가요."

"나 혼자?"

"그럼요."

"나 혼자 있는 거 무서워."

"방에 바느질 대자 있지요? 그거 옆에 놓고 버선을 깁든가, 자든가 해요. 할머니 오시기 전에 혹시라도 누가 와서 못되게 굴면 그걸로 마구 때려 주고."

방문을 열어 주는데도 마구 도리질을 한다. 쌍검무술을 펼치는 동안 무의식으로 되찾았던 본색이 사라지고 보리아기로 되돌아온 것이다. 어느 면을 제 본색이라 여겨야 할지 알 수 없다. 강수는 보리의 본색을 알아내야 하는 소임을 맡기라도 한 양 보리를 방으로 밀어 넣고 따라 들어선다. 방에 들어온 보리가 수갑과 아얌을 벗더니 거추장스러웠던 솜두루마기를 벗어제친다. 비단옷이나 털옷은 아니어도 삼덕이 보리에게 해 입히는 옷들은 늘 공들여 지어진 것이다. 수갑이나 아얌도 솜을 두고 누벼 지었거니와 신발도 짚신이 아닌 결은신을 신긴다. 양녀 삼았으므로 따뜻하고 곱게 입히는 것이라 여겼는데 오늘 밤은 여상치 않게 보인다. 보리가 들어온 즈음에 소소원으로부터 곱게 키우라는 말씀이 내려진 게 틀림없었다. 보리는 어떤 예시가 담긴 존재인 것이다. 그리고 이 밤에, 우연이라 여기기에는 심히 공교롭게 둘만 남겨졌다. 그래서 어쩌라는 말씀이신지. 강수는 한숨을 쉬고는 방바닥에 주저앉는다.

올해 몇 살이냐는 이한신의 질문에 반야가 살풋 미소 짓는다. 몰라서 묻는 게 아님을 아는 것이다. 갑진년 칠석날에 태어난 반야는 금년에 스물아홉 살이 되었다. 이한신이 누이 영신의 혼백을 찾기 위해 미타원을 처음 찾아갔을 때 반야는 열아홉 살이었다. 반야가 함채정, 그 사람의 딸이라서 이한신에게도 내도록 딸 같았다. 그 가녀린 어깨가 짊어진 짐이 노상 무거워 보여 늘 애잔하고 안쓰러웠다. 한창 나이인데 젊은 여인다운 생기가 없는 눈앞의 반야는 안쓰러움을 넘어 가엽다. 이한신이 아들인 무영과 정인의 딸인 반야가 다정하게 지내는 사이임을 모르는 체하는 것도 그것밖에는 해줄 게 없기 때문이다. 채정이 살아 있다면 모를까 그 사람은 세상에 없지 않은가.

"저야말로 대감마님의 정확한 연치를 모르옵니다. 마님, 올해 연치가 어찌되시어요?"

이한신은 반야의 반문에 껄껄껄 웃는다. 한집에서 몇 달을 산 적이 있거니와 내내 일 년에 몇 번씩은 보며 살아왔는데 이제야 서로의 나이를 묻는 게 우습지 않은가.

"나는 네 어머니와 임오년 동갑이다. 나는 정월 생이고 네 어머니는 유월생이시지."

반야가 칠요에 오른 뒤 사석에서도 공대를 하던 이한신이 처음으로 말을 놓았다. 둘 사이에 함채정을 거론 한 것도 처음이다.

"네가 삼월이면 도성을 떠난다 들었다. 언제 다시 볼지 장담할 수 없는 터. 한번은 그 사람의 딸인 너를 내 딸인 양 대하고 싶었느니라. 부디 강건히 살거라. 내가 저세상에 가서 네 어머니한테 면목이 없지 않도록."

"예, 대감마님."

"이 자리에서나마 아비로 불러주면 좋겠구나."

활짝 웃는 모습이 애잔한 대로 귀엽고 어여쁘다.

"예, 아버님. 내일 향리에 다니러 가신다는 말씀을 듣고, 부탁드릴 일이 있어 이 밤에 뵙기를 청했나이다."

"말해 보아."

"오는 봄부터 저의 막내둥이인 한본을 아버님 댁에서 거둬 주십사 하고요. 제가 직접 용문골에 계신 마님, 어머님을 찾아 뵙고 간청을 드려야 옳사오나 제 거동이 불편하고 수선스러운지라 이리 청하옵니다."

"그 아이가 올해 몇 살이지? 다른 아이는?"

"한본은 아홉 살이고 심경은 열 살이 되었습니다. 두 아이가 다 작년 이맘때에 입계했습니다."

"한본을 내가 맡기로 한 것이야 오래 전에 약속된 것이고 우리한테는 늦둥이가 생기는 셈이니 좋은 일이다만, 아이가 아직 어린데 그 녀석을 떼어 내면 네가 서운하지 않겠느냐? 그 녀석도 어미 품을 떠나기에는 아직 좀 이른 성싶고."

"얼마가 될지 모르는 동안 제가 떠돌며 살아야 하는데, 데리고 다니기에는 아이들에게 이로울 것 같지 않습니다. 제 호위들의 일도 커질 것이고요. 해서, 어차피 떼어 내 키우기로 한 녀석들을 이참에 저희들 갈 길로 보내는 게 낫지 않을까 싶어 방산, 혜원 등과 의논했습니다. 삼월에 제가 평양으로 가서 아이들과 석 달 쯤 지낸 뒤 심경은 유릉원에 남기고 한본은 용문골로 보내렵니다. 하오니 이번에 아버님께서 가시어 용문골 어머님께 저의 처지를 말씀해 주시고 아이를 받아 주십사 청해 주시어요."

"그건 그리하겠다만, 너는 두 아이를 다 떼어 내고 참말 괜찮겠느냐?"

"익숙해지겠지요. 아이들한테 더없이 좋은 자리로 보내는 일인데, 익숙해져야 하고요."

"그러면, 그리하도록 하자. 너는 삼월 언제 떠난다고?"

"초하룻날 도성을 떠나 우선 유릉원으로 갈까 합니다. 아이들을 떼어 내기 전에 데리고 다니며 유람 좀 하려고요. 한본은 유월 말경에나 용문골에 닿게 하겠습니다."

유릉원柳綾苑은 평양의주 유상柳商의 본산이자 사신계 현무부령 김상정의 본원이다. 칠성부 평양선원이기도 하다. 강수와 심경이 유릉원의 자식들로 입적되어 있었다. 강수는 다 커서 반야의 호위에 임하고 있지만 갓 열 살인 심경은 이제 반야 품을 떠나 유릉원에서 커야 하는 것이다.

"무슨 일이든 서두르지 말고 찬찬히, 아이들 달래고 네 자신도 달래가며 하거라. 네 몸이 네 것만이 아님을 잊지 말고. 알겠느냐?"

"예, 아버님."

"오래지 않아 다시 보자꾸나."

인사를 남긴 이한신이 방을 나선다. 반야가 혜정원에 들를 때면 묵는 비연재秘研齋다. 칠요가 앉은 자리가 곧 칠요의 본원이매 아무 곳이라도 편한 곳에서 살아도 좋을 것을 반야는 굳이 팔도를 떠돌겠다고 고집한다. 전국 사신계 선원을 둘러보면서 세상 구경을 하겠다는 것이었다. 눈이 보이지 않으므로 풍경을 보겠다는 것이 아니라 사람을 만나고 다니겠다는 의미일 터. 칠요의 결정이므로 사신경인 이한신이 말릴 수 있는 일이 아니었다. 이무영의 아비로서도 말릴 수 없었다. 안쓰럽기는 무영도 마찬가지다. 아들의 첫정이 반야임을 놈이 장가들기 직전에야 눈치챘다. 채정이 세상을 뜬 뒤였으나 반야가 그의 딸인바 이한신은 아들의 맘을 모른 척할 수밖에 없었다. 그때는 두 아이가 혈육이나 진배없다고 여긴 탓이었다. 장가들어 제 처한테 맘 붙이며 그럭저럭 살게 되겠거니 했고, 겉으로는 그런 것 같기도 했다.

하지만 무영이 반야를 향한 다정을 접지 못한 걸 어찌 모르랴. 몇몇 해를 서로 바라보기만 하는 것 같더니 결국 얽힌 듯했다. 야번을 빙자한 무영의 외박이 잦아졌던 것이다. 이한신으로서는 모르는 체할 도리밖에 없었다. 그나마 삼월이면 반야가 떠나므로 무영이 그 허전함을 어찌 달래며 살지 걱정이다. 오늘 밤 반야에게 아비로 부르라 한 것은 이무영의 아비로서 한 일이기도 했다. 무영의 처가 알면 뒤로 넘어가고도 남을 일이나 무영의 아비는 반야를 맘속으로나마 며느리로 삼은 것이었다.

　사온재를 배웅하고 난 혜원은 반야의 방 앞에서 기척을 내며 들어선다. 써늘한 공기가 함께 들어서다 잦아든다. 반야는 자신 앞에 놓인 서안을 가만가만 더듬고 있다. 서안 위는 비었다. 붓통과 벼루와 연적, 펼쳐진 종이 등은 반야가 몸을 돌려 앉아야 만질 수 있는 위치에 배치되어 있었다. 잠깐 지켜보노라니 반야는 손가락으로 서안에다 그림을 그리고 있다. 동그라미인 걸 보니 달 같다.

　"뭘 그리십니까?"

　"달이 떴소?"

　"예, 아씨. 만월이 동실하게 떴습니다. 밤 날이 너무 맑아 달빛이 얼음장 같나이다. 하온데, 어찌 자꾸 달빛을 궁금해하시는지, 어찌 예서 주무시지 않고 이 밤으로 가마골로 넘어 가시겠다는지, 아직 제게 일러 주시지 않으셨습니다."

　반야가 빙긋 웃으며 반문했다.

　"대감을 뵈려 여태 여기 있었던 것으로는 납득이 안 되는 게요?"

　"다른 연유도 있을 듯하여 여쭙는 것입니다. 혹여 강수 때문이옵니까?"

보리 때문이냐 물을 걸 강수로 둘러 물었다. 점쟁이 곁에서 칠팔 년을 살다 보니 스스로 점쟁이가 다 되었다 싶어 혜원이 미소 짓는 다. 보리는 대놓고 강수를 좋아하는 것 같았다. 강수는 보리의 몸을 취한 게 분명했다. 모르는 게 없는 반야이므로 강수가 보리를 취한 걸 당연히 알 터였다. 혜원도 거기까지는 짐작했다.

"외람되이 여쭙니다, 아씨. 강수와 보리가 부부 연이 있사옵니 까?"

"두 아이를 함께 짚어 보지 않아서 그건 모르겠소. 그리고 오늘 밤 에 만나 봐야 할 사람은, 그대가 짐작하신 대로 보리입니다. 우리가 떠나기 전에 보리를 제 곳으로 돌려보내려 합니다."

"보리의 제 곳이 어디인지 아시는지요?"

"보리가 알려 주겠지요. 인경이 얼마나 남았습니까?"

"두어 식경 남았을 것입니다."

"하면 서서히 넘어 갑시다. 자시 초입에 들어설 수 있도록."

혜원은 읍하고 일어나 문 앞에 서 있는 능연을 들여보내고 건넌방 에 있는 방산 무진 앞에 앉는다. 함께 있던 복분과 연덕과 남희가 물 러앉는다. 아씨가 가마골로 넘어가시겠다는 말씀을 전하자 방산이 고개를 끄덕인다.

"무슨 말씀인지, 방산께선 들으신 게 있습니까?"

"보리를 돌려보내시려 하신단 말씀?"

"예."

"몇 달 전에, 그 아이에 대해 알아볼 때가 되었노라 말씀하신 적이 있네. 그 말씀이 아이를 제가 온 곳으로 돌려보낸다는 뜻이었던가 보지."

"허면 보리에게 사람을 붙여야 하지 않겠습니까?"

"그리해야겠지."

방산의 시선이 세 처자들에게 닿는다. 남희는 삼로가 거하는 혜정원 함월당의 시중꾼이고 연덕은 의녀로 양평 흔훤사 모올 무진의 딸이다. 복분은 혜정원 수직방의 무사이다. 복분이 보리의 뒤를 밟을 사람으로 지명될 것 같다고 생각한 순간 방산이 복분을 부른다. 복분이 무릎걸음으로 다가앉는다.

"너는 오늘 밤 만나게 될 보리라는 아이 뒤를 밟을 채비를 하거라. 얼마간 그림자놀이를 해야 할 것이매 네 홀로는 어려울 터, 네 정인인 해돌과 함께 움직이도록 해라."

"예?"

"왜, 네가 해돌과 정분난 걸 내 모를 줄 알았니?"

연덕과 남희가 키득키득 웃는다.

"연덕, 네가 천우와 좋아지내는 것도 안다."

방산의 말에 연덕의 웃음이 쏙 들어간다. 방산이 홀로 웃고는 혜원을 향해 말했다.

"어쨌든 나갈 채비하세. 나는 가마 준비할 테니 혜원은 연덕을 데리고 가서 아씨 따습게 차려 드리게."

반야가 행장을 차리는 동안 가마가 비연재 마당으로 들어왔다. 혜정원의 가마꾼들이 가마를 메고 비연재를 나서고 혜정원 수직방 무사들이 가마 주변을 멀찌감치 에워싸며 걷는다. 방산과 혜원은 시비 복색으로 가마 곁에서 걷는다.

"어떤 행차요?"

홍지문 앞에 서자, 화롯불을 켜 놓고 수직을 서고 있던 군사 넷이

가마를 막아섰다. 멀리 종루에서 인경 종이 울린다. 지난 섣달 북악에서 일어난 포도청 나군들의 증발 사건으로 도성 안팎이 아직 수선스러웠다. 성문마다 드나드는 사람들을 일일이 검문했다. 공식적으로는 군자감 직장과 그의 종자, 좌포청 군관 두 명과 나군 스물네 명 등 이십팔 명이 사라졌다. 비공식적으로는 명화적 다섯 명이 더 있었다. 포도청이며 오위도총부에서는 공식적으로 사라진 스물여덟 명을 찾는 것인데, 주검을 찾을 수 없으니 산 사람들을 뒤적여댔다. 반야가 성문을 드나들 때 대개 말을 타거니와 수행하는 사람들이 화산 등의 네 호위들이었다. 그들을 앞뒤로 세운 방산과 혜원은 장옷으로 얼굴을 가리고 있기 마련이라 수직군들은 혜원이나 방산의 얼굴을 몰랐다. 가마 안에서 반야가 방산을 불렀다.

"방산!"

방산이 가마 창을 열자 반야가 가락지 한 쌍을 빼 내민다. 방산이 가락지들을 받들어다 군사들 앞에 내밀었다. 횃불과 화롯불 속에서 가락지에 새겨진 봉황 무늬가 빛났다. 네 명 중 한 명은 곤전에서 소경 무녀에게 내리신 봉황가락지를 구경한 적이 있는 모양이다. 황급히 제 동료들을 밀치며 물러나 문을 연다. 방산이 문을 열어 놓은 군사들에게 다가들어 나지막이 말했다.

"가마 뒤에 남장한 여인 스무 명이 붙어있습니다. 곤전의 명을 받은 여인들입니다."

방산의 몇 마디로 가마는 내려지지 않은 채 열린 문을 통해 홍지문 밖으로 나섰다. 뒤따르던 칠성부 무사 스무 명이 문을 통과했다.

혜원은 장옷 속에서 싱긋 웃으며 목걸이로 만들어 걸고 있는 검은 진주 반지를 만져 본다. 아홉 해째 걸고 있는 목걸이다. 반야가 칠요

위에 올라 첫 오령 회합에 참석했던 태조산 원각사. 혜원은 당시 천안 선원의 무진이었던 경엽을 따라 원각사에 갔다가 칠요를 뵀다. 그때 칠요는 세자 저하의 병을 살피다 원기를 잃어 편찮은 상태였다. 몹시도 수척했지만 어여뻤다. 너무 높고 귀한 분이라 어려운 게 아니라 너무 아름다워 가슴이 쿵쾅거렸고 감히 눈을 마주칠 수 없었다. 그런데 그분이 가까이 오라더니 당신 손에서 진주 반지를 빼내어 어린 날의 혜원, 소예의 왼손 약지에 끼워 주었다. 훗날 다시 만나게 되면 나를 잘 부탁하오, 하면서. 그 이태 뒤 봄 어느 날 경엽 무진이 한참을 울고 난 얼굴로 말했다. 한양으로 가서 칠요를 보필하거라. 보필하라는 말씀이 눈이 되어 드리라는 것인 줄은 칠요 앞에 이르러서야 알았다. 북극성처럼 영롱하던 칠요의 눈이 검은 진주처럼 헤아릴 길 없는 어둠의 눈으로 변해 있었던 것이다.

삼덕의 집 마당에 도착한 가마가 내려지자, 삼덕이 나와 가마를 맞이한다. 자정이 두 각쯤 남은 듯하다. 혜원이 가마의 문을 들어 올리고 당혜를 신겨 주자 반야가 발을 내놓으며 일어선다. 혜정원에서부터 따라 온 이십 명의 무사들이 마당을 둘러섰다. 삼덕이 다가들어 읍하자 반야가 손을 내민다. 삼덕이 그 손을 마주잡으니 묻는다.

"보리아기는요?"

"자고 있나이다."

"언제 잠들었어요?"

"깨금 아주머니네서 잠들어 있는 것을 깨워 데려다 눕힌 지 한 시진쯤 되었나이다. 초저녁에 강수가 한 시진쯤 머물다 올라간 모양이고요. 아이를 깨우리까?"

"아닙니다. 달이 어느 쪽에 떠 있습니까?"

삼덕이 반야의 몸을 안 듯이 하여 달을 향해 세운다. 고개도 각도 맞춰 들어 주더니 반야의 손가락을 펴 달을 가리켜 준다. 고개를 끄덕이며 팔을 내린 반야가 달을 올려다보며 합장했다. 합장한 채 느리게 아홉 번 심호흡을 한다. 흡월吸月 의식이다. 삼덕이 따라 한다. 흡월 의식을 마친 반야가 눈이 보이는 사람처럼 삼덕네 마당에 가득 찬 사람들을 둘러보는 듯 훑고는 "방산." 하고 불렀다. 방산이 "예, 아씨." 하며 읍했다.

"무절들한테 제게 다가들어 손을 잡게 한 연후에 집을 둘러 세워 주시고, 축시가 될 때까지 이 집 둘레에 아무도 범접치 않도록 경계를 해주십시오."

"예, 아씨."

"현재 이 집 안팎에는 헤아릴 수 없는 혼령들이 떠다니고 있습니다. 여러분들이 이 집을 둘러서면 저는 그 혼령들을 여러분이 만든 울타리 밖으로 밀어낼 것입니다. 혼령들을 밀어낸 텅 빈 자리에서 저는 기도를 하게 될 것이고요. 여러분은 이 집을 둘러서 계시되 다들 등을 돌려 계시고 서로 간에도 말을 삼가 주세요."

"예, 아씨."

말을 마친 반야가 손을 내밀었다. 방산을 위시한 무절들이 차례로 다가와 반야의 손을 잡았다 놓고 물러난다. 무절들의 손을 일일이 잡아 보고 난 뒤 합장한 팔을 위로 한껏 뻗었다가 양쪽으로 펼치곤 느리게 한 바퀴를 돈다. 한 바퀴 돌고 나서 합장하더니 삼덕에게 손을 내민다. 삼덕이 반야를 이끌어 보리가 잠든 아랫방으로 들어갔다. 방산이 무절들을 향해 수신호를 시작했다. 너는 동쪽, 너는 그 옆, 너는 서쪽, 너는 그 곁 식으로 콕콕 짚어가며 집을 에워쌀 위치를 가리켰다. 무절들이 집밖으로 모두 사라지자 방산 스스로는 마당 한가운데 서며 혜원을 향해 미소 짓는다.

마주 웃은 혜원이 툇마루로 올라 앉아 합장 자세를 취한다. 등 뒤쪽 방문 안이 너무 조용하다 싶은 순간 방울소리가 울리기 시작한다. 정주 속에 든 일곱 개의 방울이 서로 부딪히며 내는 소리다. 칠요의 설명에 따르면 정주는 삼라를 뜻하고, 일곱 개의 방울은 만상을 의미했다. 무녀들이 정주를 흔드는 것은 우주 안의 만물을 일깨우는 행위이자 만물을 우주 안에 잠시 재우는 것이라 했다. 만물로 하여금 제 자신으로 돌아가게 하는 것이라고. 그러므로 반야 칠요는 지금 보리를 제자리로 돌려보내는 의식을 거행하고 있는 것이다. 무녀들만 할 수 있는 일이므로 혜원은 할 일이 없다. 혹여 잡스런 생각으로 상전의 기를 흩트리지 않도록 조심이나 할 밖에. 혜원은 속으로 「신묘장구장구대다라니」를 속으로 읊조리며 자신에게 생길지도 모를 잡념을 차단한다.

여기서 가장 먼 곳

반야가 곤전께 하직 인사를 올리고 있는 처소 문 밖에서 동궁 내외분이 듭시었다는 소리가 전해진다.

"어서들 듭시라 하여라."

동궁 내외가 거동할 것임을 알고 있던 곤전의 목소리가 밝다. 빈궁이 다시 회임한 뒤 궐 안이 모처럼 평화로웠다. 세손이 있으므로 빈궁의 두 번째 회임은 아무 근심이 없는 순수한 기쁨이었다. 반야가 일어나니 곁에 있던 나인이 부축해 몇 걸음 물러나게 해준다. 동궁 내외가 세손을 데리고 왔는지 방 안에 훈기가 아지랑이처럼 일렁였다. 세손을 곤전한테 안긴 동궁 내외가 저녁 문안을 올렸다.

"두 분 편히 앉으세요. 그리고 소소야, 소전을 참 오랜만에 뵙지? 몸이 불편하니 게 선 채 인사 올리려무나. 소전께서도 저 사람의 불편함을 살피세요."

반야가 선 자리에서 일배를 하고 일어나니 반야를 이끌어 앉힌 나인이 곤전 양쪽에 세자 내외가 앉아 계신다고 속삭여 주었다. 곤전이 입을 연다.

"동궁, 저 사람 소소가 사흘 뒤에 도성을 떠나 한동안 암자에 든다 합니다. 지난 섣달에 도적놈들이 저 사람이 깃든 북악을 지나쳐 가는 바람에 곤욕을 치렀다지 않습니까. 도성에 정이 뚝 떨어진 게지요. 소소야, 그렇지 않느냐?"

"황송하옵니다, 곤전마마. 쇤네 천한 이름이 도성 안에 삿되이 굴러다니게 되어 일어난 일이라 사료되옵니다. 쇤네 신을 받드는 몸으로 심히 방자히 산 결과일 것이옵니다. 얼마가 될지 알 수 없사오나 깊은 산 자그만 절집에 들어 경문을 외면서 심신을 맑히려 하옵니다."

"보세요, 동궁! 저 사람이 눈이 불편케 된 뒤로는 마주앉은 이의 몸을 만져야 상대를 볼 수 있다 합니다. 동궁께서 저 사람 손 한번 잡아 주시구려. 동궁 어리실 때, 깊었던 환후를 온몸, 온 마음으로 다스려 주었던 사람 아닙니까?"

곤전은 동궁을 보이고 싶은 것이었다. 어마님의 그 마음을 반야가 아는데 동궁이 모를 리 없었다. 움직이는 기색이 있는가 싶더니 불쑥 다가온 두 손이 무릎 위에 놓인 반야의 두 손을 잡아 모은다. 열여덟으로 장성한 크고 다사로운 손이다. 이렇게 어진 성정도 품고 계신 것을. 반야는 울컥 치민 안쓰러움에 소름이 돋는다. 손을 잡히니 그동안 희미하던 동궁의 미래가 확연히 느껴진 것이다. 마주 손잡은 반야의 속내를 모르는 동궁이 반야의 두 손등을 장난스레 쓸어보다 물러나더니 말했다.

"그대 눈이 보이지 않는다면서, 그 몸으로 산엘 어찌 들어가려고? 하나에서 열 가지 시중 받으며 살 터, 절집살이가 가당해?"

어릴 적 카랑카랑하던 목소리가 사뭇 굵어졌거니와 자상하기까지 하다. 지금 동궁의 심사가 편한 것이다. 세손이 이 품 저 품을 오가며 놀고 있었다. 사사로이는 어마님과 부인과 아들을 마주한 채 외인을 응대하는 동궁의 마음이 마냥 여유롭다. 저 온유한 심기를 유지하시며 산다면 얼마나 좋으실꼬. 부왕을 이기고 권신들을 누르고 비상할 수 있는 길이시거늘. 반야는 기도하듯 세자가 앉은 쪽에 눈길을 보낸다.

　"황공하여이다, 저하. 홀로 길을 다닐 수는 없사오나 정해진 곳에 머물기로는 불편을 모르옵니다. 소인을 거들어 주는 사람도 있삽고요."

　"그러해도 멀리 가지 말고 도성 근방 절로 가지? 천지가 산이지 않아? 산마다 절들이 있고?"

　"황감하여이다, 저하."

　"내 어린 날 그대가 나를 살려 주었던 걸 알아. 어마마마께서 그대를 몹시 귀애하심도 알고. 헌데 얼마나 떠나 있으려고 부러 하직 인사까지 드리러 왔어? 어마님께서나 예 계신 빈궁께서 종종 그대를 찾으시는데, 두 분 어찌하시라고?"

　"하와 당분간 떠나 있게 됨을 아뢰러 입궐하였나이다. 쉰네 몸이 성치 않사와 언제 돌아올지 모르겠사오나 심신을 맑히어 돌아와 다시 뵙겠나이다. 삼가 외람되이 청하오니 저하, 부디 지금 품으신 넉넉함으로 옥체를 보하오소서."

　소전에게 가장 필요한 게 절제였다. 사람은 누구나 절제가 필요하지만 소전은 특히 그러했다. 스스로 자신을 다스려야 했다. 그렇지 못하면, 지난날 제 아비와 할아비의 담장에 갇혀 날뛰다 말라죽은 새터말의 방희와 다를 게 없이 될 터였다.

"내가 울화를 다스리지 못함을 그 누구보다 그대가 잘 알 터이지. 해서 하는 말일 테고. 유념하겠고, 그대가 한동안 떠나 있겠다니 그 전에 그대한테 물을 것이 한 가지 있어."

"하문하시오소서."

"지난 섣달 도적 떼가 침범하였을 때, 내가 토포를 명했어. 다행히 가평에 있었다는 도적들 본거지까지 다 부수었지. 헌데, 한 가지 큰 의문이 남아 조정이 아직도 시끄러워. 포도청에서 세검정 일대며 북악, 정릉 일대를 이잡듯 뒤지며 조사를 하였으니 그대도 아려나? 좌포청의 두 군관과 그들 휘하 스물넷, 또 군자감의 직장과 그 종자까지 몽땅, 하늘로 솟은 듯 자취가 없거든. 대체 그들이 다 어디로 갔을까? 그대가 종적 없는 사람들을 찾을 수도 있나?"

관군들이 세검정이며 북악, 정릉 일대를 이잡듯 뒤지고도 한 구의 주검도 찾지 못한 까닭은 주검들이 아예 없었기 때문이다. 그들은 옹기가마 속에서 재조차 남기지 않고 연기로 사라졌다.

"소인이, 그들 생전에 만난 적 없는 이의 혼령을 찾기는 어렵나이다. 때로 혼령을 만날 수는 있사오나 그들 또한 쇤네와 연이 닿아야만 하옵니다."

"연이 어떻게 닿는 것인데?"

"혼령의 친족이나 식구가 쇤네를 찾아와 혼령과의 매개가 되어 주어야만 하옵니다."

"허면 그대는 흔적 없는 그들이 이미 세상 사람이 아니라 짐작하는 것이야?"

"관직에 있는 사람들이, 더구나 어명을 받든 자들이 살아 있으면서 그리 오래 잠잠할 수 있겠사옵니까."

"죽었다면 주검이 있어야 하는 게 아니야? 그들이 연기처럼, 물처럼 사라진 걸 그대는 이해할 수 있나?"

"망극하옵니다, 저하. 하오면 그들이 다른 어느 곳으로 간 것이 아니겠나이까. 그러다 무슨 일을 겪어 돌아오지 못하고 있는 게 아니올지요."

"내 생각도 그래. 하지만 제 수하들을 거느린 포도군관 둘이 그 새벽에 북악 쪽으로 출동한 것은 분명한 사실이거든. 좌포장도 모르게 말이지. 헌데 좌포장이 저도 모른다 하는 것은 회피임을 나도 알아. 나를 시삐 보는 것이겠지. 그대는 어찌 생각해?"

"황송하옵니다, 저하. 관에서 하는 일을 소인이 알기 어렵나이다."

"이보세요, 동궁. 한성판윤이나 좌우포장이 알아야 할 일을 그 사람이 어찌 알겠습니까? 더구나 몸이 불편한 사람인 것을요. 그저 이 어미 동무인 것으로 어여삐 여기세요."

곤전이 나서 말리니 비로소 동궁이 웃는다. 마침 세손이 동궁한테 안기기도 한 듯했다. 반야는 일어나야 할 때임을 느낀다. 대전께서 곤전으로 거둥하시는 기운이 느껴지지 않는가. 대전의 기세를 감당하기 어려우리라는 걸 예전에 벌써 경험하였다. 감당치 못할 존재 앞에서는 허점을 드러내게 마련이었다.

"곤전마마, 상감마마께오서 이쪽으로 거둥하실 듯하오니 소인을 이만 물러나게 하여 주옵소서."

"그래? 그렇다면 이 참에 주상 전하도 한번 뵈려무나."

"양전마마와 양궁마마를 한 자리에서 다 뵙는 광영을 미력한 소인이 감당키 어렵나이다. 통촉하소서."

"주상 전하가 그리 무서운 분이 아니시다만, 네 불편한 몸을 생각하여 물러남을 허락하노라. 몸 성히, 속히 돌아와 입궐토록 하여라."

다시 뵐 수 있을지 모를 곤전과 동궁과 빈궁을 향해 절한 반야는 나인들의 부축을 받아 대조전을 나왔다. 늘 그렇듯 주 상궁이 앞섰다. 이월 스무이레 밤, 바람에서 풋풋한 훈기가 풍긴다. 반야가 대조전 마당을 다 벗어나기 전에 동궁이 대조전을 떠나는 기척이 들렸다. 부왕이 거둥하실 거라는 말에 소전 또한 몸을 피하는 것이다. 요금문 앞에 이르렀을 때 주 상궁이 소소 무녀, 하며 다가와 손을 잡았다.

"곤전마마를 너무 오래 기다리시게 하지 마시고 몸 성히 다녀오십시오."

주변의 눈을 의식한 칠성부원으로서의 인사다. 반야도 그네 손을 맞잡아 쓰다듬은 뒤 요금문을 나섰다. 문을 지키던 군졸들이 뒤에서 조심히 가라 인사하는데 혜원이 다가와 손을 잡아 이끌며 말했다.

"말에 오르시지요."

혜원이 발걸이에 발을 걸쳐 주자 화풍을 탄 강수가 반야를 쉽사리 끌어올렸다. 뒤에서 혜원이 연풍한테 오르는 기척이 일자 강수가 한 손으로 반야를 당겨 안고 이랴, 속력을 내려 들었다.

"아니, 강수야. 천천히 가자. 별빛이 좋으냐?"

"별빛은 초롱초롱 하지만 밤바람은 아직 찹니다. 오늘도 뒤따를 자들이 있을 것이고요."

요즘 소소원을 주시하는 사람들은 좌포장과 군자감 검정을 위시한 한성판윤 쪽 사람들이었다. 소소원을 감시하라 내보낸 일단의 무리가 사라진 뒤 그들은 반야를 겨냥하고 있었다.

"그러니 천천히 가자는 것이야. 별빛 밝은 봄밤에 그들이 우리 뒤를 따르고, 그들 뒤를 또 우리가 따르는 행렬이 재미있지 않으냐."

지금쯤 소소원에는 무영이 와 있을 터였다. 밤이 늦었으니 묵어갈 것이다. 살피는 눈이 많으니 자주 보기 어려웠다. 무영과 더불어 사는 삶을 꿈꾼 적은 없으나 홀로 있을 때면 그가 못내 그리웠다. 어찌 그리 골고루 고운 사람인지. 그에게 굄 받는 반야도 그와 있을 때는 자신이 더없이 고와짐을 느꼈다. 그로 하여 생기를 찾으니 이따금 눈에 새로운 이상이 느껴졌다. 눈시림이거나 눈부심이었다. 흡사 빛이 들어서기 시작한 것 같았다. 그림자가 지나가는 듯도 싶었다. 무영과 함께 오래 지내다 보면 육안이 다시 열릴지도 몰랐다. 하지만 한 사내로부터 굄 받고 그를 굄하며 한 곳에 머물러 살 수 없는 계집이 반야였다. 사흘 후엔 소소원과 도성을 떠나 어디까지 가서 언제 돌아올지 모를 길을 나서야 했다.

미타원이 그랬듯 소소원에도 피바람이 지나갔다. 미래에도 무녀 반야가 앉는 자리는 늘 그렇게 피로 얼룩지게 될지도 모른다. 그때마다 떠나야 할지도. 그걸 감당하며 살라고 만들어진 몸이었다. 사는 동안은 감당할 것이었다. 백 년을 살지 않아도 되리라는 것은 다행이었다. 새로운 반야들, 새로운 칠성부원들이 태어나 자라고 있었다. 어느 날엔가 그들은 계원이 될 것이고 그중 하나는 칠요가 될 것이다. 그리 먼 훗날이 아니었다.

앞으로 소소원은 혜정원에 속한 칠성부의 한 별원이 될 터이다. 나머지 일은 방산이 다 알아서 할 것이다. 언제 어디서든 한 사람이 빈자리는 다른 한 사람이 채우는 게 사신계의 존속 방식이었다. 나는 나 대로 살았소. 그대는 그대 대로 살면 되지. 흔훤 만신이 이생의 마지막 순간에 남기고 떠난 말의 뜻을 아직 이해했다고는 할 수 없지만 더 살다 보면 알게 될지도 몰랐다. 풋풋한 바람 속에 섞인 봄내가 향긋하다. 반야는 강수한테 안긴 채 숨을 크게 들이쉰다.

"보리아기가 어디로 간 줄 아느냐?"

"제가 그걸 어찌 압니까?"

볼 부은 소리다. 강수가 모를 걸 알고 물어본 것이긴 하다. 보리아기는 지난 정월 열이레 새벽에 삼덕네를 떠났고 해돌과 복분이 따라갔다. 뜻밖에도 복분이 두어 시진 뒤에 혜정원으로 돌아왔다고 했다. 삼덕네를 나가 문안으로 들어선 뒤 갈지자를 그리며 시전 거리를 걷던 보리가 안국방의 어느 집으로 들어가더라는 것이었다. 보리아기가 그 집으로 들어가 한참이 지나도 나오지 않으므로 복분은 양희 무진에게 그 집에 대해 알아보라 하고 해돌에게로 돌아갔다.

보리아기가 들어간 집은 빈궁의 사가私家와 이웃한 허원정虛圓亭으로 작고한 영한군楹瀚君 이연李堜의 집인 것으로 밝혀졌다. 영한군은 폐조廢朝 광해군의 고손高孫이었다. 영한군 이연은 몇 년 전 돌림병으로 작고했고 그의 부인 녹은당이 허원정을 운영하고 있었다. 녹은당의 아들은 이록李麓이었다. 그는 두 해 전까지 주로 종친들이 직임하는 충익부에서 재직하다 사직하고 현재는 전국을 유람 중인 것으로 알려졌다. 이록에게는 이온李蘊이라는 무남독녀가 있는바, 보리아기가 이온이었다.

안국방 집에서 보름을 지낸 보리아기 이온은 종자들을 거느린 채 말을 타고 나와 동작나루를 건너 한양을 떠났다. 남녘을 향해 길을 나선 것이었다. 종친 가문의 무남독녀인 이온이 안국방 집을 두고 어디로, 왜 가는가. 그에 앞서 이온이 왜 그런 몰골로 소소원 밑에 버려졌는가. 그걸 알아보기 위해 해돌과 복분도 말을 타고 뒤따라갔다. 한 달이 넘었는데 두 사람은 아직 돌아오지 않고 있었다. 두 사람의 기운이 느껴지는 걸 보면 내일이나 모레쯤엔 돌아올 성싶었다.

"언젠가 우리가 보리를 다시 만나겠기에 하는 말이다."

"그리 말씀하시면 다시 만나게 되겠지요."

어찌 잊겠는가. 보리가 사라진 뒤 강수는 그에 대한 안쓰러움과 미안함을 삭히는 중이었다. 몸은 성장하였을지 몰라도 마음은 심경보다 더 어리던 보리를 거듭하여 범했다. 그러던 참에 보리가 사라졌다는 말을 들었을 때 다행이라 여겼다. 다행이라 여기는 자신이 부끄러웠다.

"아이들 그립지 않으십니까?"

화제를 돌리려 강수가 정수리 위에서 나직이 묻는다. 동짓달부터 내도록 평양에다 잡아 두고 있는 심경과 한본은 날마다 일기를 쓰듯 편지를 써 모았다가 인편이 생길 때마다 보냈다. 주로 저희들이 누굴 만나 뭘 배웠는지, 뭘 하고 놀았는지에 대한 이야기들이었다. 유릉원의 도방 내외가 두 아이를 자신들의 자식들처럼 다독이는 정황이 아이들 편지에 나타나 있어 혜원이 읽어 주는 것을 듣노라면 재미나면서도 든든했다.

"이제 보러 갈 거잖니."

"아이들을 데리고 어디까지 움직이실 계획이세요?"

"여기서 가장 먼 곳까지, 가 보련다."

"여기서 가장 먼 곳이 어딘데요?"

반야가 흐흥, 웃는다.

"현실을 벗어난 곳, 나를 벗어난 곳, 그리하여 다시 나인 곳."

"저한테는 어려운 말씀이세요."

"나도 어렵다."

"그럼 우선 좀 쉬세요. 천천히 움직일게요."

강수가 반야의 고개를 제 가슴팍에 기대게 한다. 우선 평양으로 가서 아이들을 데리고 무릉곡으로 갈 작정이었다. 눈이 멀쩡했던 스무 살에, 마중 나온 선인의 안내를 받으면서도 종일 걸어야 했던 산길을 불편한 몸으로 어찌 걸을지 모르지만 기어이 가 보고 싶었다. 그곳에서 느꼈던 그 평화가 그리웠다. 아무것도 하지 않아도 되었던, 아무 생각도 하지 않을 수 있었던 며칠간의 별유천지. 그 세상의 일부라도 아이들에게 보여 주고 싶은지도 몰랐다.

홀로 사념에 잠겨 설핏 졸던 반야가 문득 눈을 뜬다. 서늘한 살기가 자신을 향해 등등하게 뻗어 오고 있지 않은가. 반야가 고삐 잡은 강수의 팔을 잡았다. 강수가 말을 우뚝 세웠다.

"예가 어디쯤이냐?"

"문밖골입니다. 왜요?"

"사방에서 살기가 느껴진다. 나를 겨누고 있어."

반야가 말을 마치기 전에 혜원이 날카로운 피리 소리를 냈다. 동시에 강수가 말에서 뛰어내리더니 반야를 내려 안고 이리저리 움직였다. 길 안쪽 어느 바위 밑인 모양이다. 반야가 바위에 기대앉으니 혜원이 반야를 가리며 앞에 앉았다. 곧이어 다급히 뛰어오는 발소리들이 났다. 뒤따라오던 호위들이 피리 소리를 듣고 달려오는 것이었다. 그런데 그들 반대편, 문밖골 쪽에서도 이쪽으로 다가오는 소리가 났다. 뿐만 아니라 바로 주변에서도 와와, 인기척들이 솟구친다. 보이지 않아 귀만 살아 있는 반야 옆에서 어지러운 소란이 벌어

졌다. 시끄러운 소리들이 들렸다. 칼이 부딪쳤고 사람들이 부딪쳤고
나뭇가지가 흔들렸다.

"아씨, 깊이, 편히 엎드리십시오."

혜원이 짓누르듯 반야의 상체를 바위 밑에 엎드리게 했다. 매복한
놈들이 몇이나 되는지는 알 수 없어도 호위들이 그들을 물리치고 이
문밖골을 벗어나기는 할 터였다. 가까이 다가오는 놈들은 혜원의 피
리총에서 뻗어 나간 독침에 절명할 것이다. 소예의 피리총에는 스무
명을 죽일 수 있는 독침이 내장되어 있다고 했다. 못 벗어나고 이 자
리에서 스러진대도 어쩔 수 없는 일. 두렵지 않다. 여덟 해 전 공세
포에서 정신을 잃었다가 깨어나 앞이 캄캄했을 때 육안을 잃은 것을
깨달았다. 일시적인 증세이리라 기대할 것도 없이 명확했다.

지금 그때와 같다. 아니 반대다. 눈앞에 어둠의 틈이 느껴진다. 먹
물 같은 어둠이 아니라 장막의 틈새가 느껴지는 어둠. 환각일지도
몰랐다. 어둠을 느끼는, 혹은 빛을 느끼는 환각. 반야는 기도하듯 엎
드린 채 손바닥에 닿는 풀과 흙을 쓸어 본다. 만령, 회소, 설이, 효
혜, 설요, 당간, 반야……. 전대 칠요들의 이름이 손가락 사이에서
피어난다. 하늘 아래 모든 목숨의 값이 같음을 알고 숱한 자식들을
낳으며 살다가 흙으로 돌아간 이들.

그들처럼 살 수 있기를 바랐다. 모든 인간은 동등하고 자유로우며
스스로의 의지로 자신의 삶을 가꿀 권리가 있다는 그 쉬운 원리가
통하는 세상으로 나아가고자 했다. 무릉곡 같은, 그렇지만 무릉곡
처럼 지상에서 동떨어져 있지 않아도 되는 아름다운 세상. 정작 그
런 세상을 믿은 적은 있던가. 최소한 자신의 이번 생에서는 만날 수
있을 거라 기대하지 못했다. 오래도록 그랬으나 근자에는 달라졌다.

달라지는 스스로를 느꼈다. 내 살아 있는 동안 그런 세상을 못 만난들 어떤가. 백 년이나 이백 년 뒤, 그도 아니면 다시 천 년 뒤쯤에 그런 세상이 도래한다 해도 내가 여기서 나 대로 살다 떠나면 되는 것 아닌가. 오체투지하듯 엎드린 땅의 마른 풀잎 사이로 흙내가 올라온다. 아주 모처럼 맡아 보는 흙냄새다.

– 반야 2부 3권에 계속

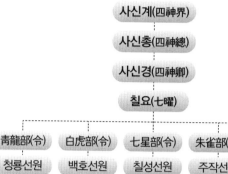

사신계(四神界)

사신총(四神總)

사신경(四神卿)

칠요(七曜)

靑龍部(令)	白虎部(令)	七星部(令)	朱雀部(令)	玄武部(令)
청룡선원	백호선원	칠성선원	주작선원	현무선원
각(角)	삼(參)	광(光)	진(軫)	벽(壁)
항(亢)	자(觜)	양(陽)	익(翼)	실(室)
저(氐)	필(畢)	형(衡)	장(張)	위(危)
방(房)	묘(昴)	권(權)	성(星)	허(虛)
심(心)	위(胃)	기(璣)	유(柳)	여(女)
미(尾)	누(婁)	선(璇)	귀(鬼)	우(牛)
긴(箕)	규(奎)	추(樞)	정(井)	두(斗)

사신계 강령(四神界 綱領)

凡人은 有同等自由而以己志로 享生底權利라.
모든 인간은 동등하고 자유로우며 스스로의 의지로
자신의 삶을 가꿀 권리가 있다.

誓願語

不問如何境遇 當絕對沈默於四神界 不問如何境遇 當絕對順從於 四神總令.
어떠한 경우에도 사신계에 대해 침묵하고, 어떠한 경우에도 사신총령을 따른다.

```
                          만단사(萬旦嗣)

                        만단사령(萬旦嗣領)

                         부사령(副嗣領)
```

麒麟部(令)	鳳凰部(令)	七星部(令)	龜部(令)	龍部(令)
기린부	봉황부	칠성부	거북부	용부
一麒嗣子	一鳳嗣子	一星嗣子	一龜嗣子	一龍嗣子
二麒嗣子	二鳳嗣子	二星嗣子	二龜嗣子	二龍嗣子
三麒嗣子	三鳳嗣子	三星嗣子	三龜嗣子	三龍嗣子
四麒嗣子	四鳳嗣子	四星嗣子	四龜嗣子	四龍嗣子
五麒嗣子	五鳳嗣子	五星嗣子	五龜嗣子	五龍嗣子

만단사 강령(萬旦嗣 綱領)

人自有其願 須活如其相 有權獲其生.
모든 인간은 스스로 간절히 원하는 바 그 모습으로 살아야 하며
그런 삶을 얻을 권리가 있다.

願乎? 有汝在. 去之!
그대 원하는가. 거기 그대가 있느니. 그곳으로 가라.

誓願語

不問如何境愚 當絶對沈默於萬旦嗣. 不問如何境遇 當絶對順從於 萬旦嗣領令.
어떠한 경우에도 만단사에 대해 침묵하고, 어떠한 경우에도 만단사령의 명을 따른다.

반야 2

초판 1쇄 인쇄일 • 2017년 12월 10일
초판 1쇄 발행일 • 2017년 12월 15일

지은이 • 송은일
펴낸이 • 임성규
펴낸곳 • 문이당

등록 • 1988. 11. 5. 제 1–832호
주소 • 서울시 성북구 동소문로 65–2 삼송빌딩 5층
전화 • 928–8741~3(영) 927–4990~2(편)
팩스 • 925–5406
ⓒ송은일, 2017

전자우편 munidang88@naver.com

ISBN 978–89–7456–500–8 04810
978–89–7456–509–1 04810 (전10권)

값은 뒤표지에 표시되어 있습니다.